新潮文庫

梟の城

司馬遼太郎著

新潮社版

1688

目次

梟《ふくろう》の城

おとぎ峠

伊賀《いが》の天は、西涯《せいがい》を山城国《やましろのくに》境い笠置《かさぎ》の峰が支え、北涯を近江《おうみ》国境いの御斎峠《おとぎとうげ》がささえる。笠置に陽が入れば、きまって御斎峠の上に雲が湧《わ》いた。

天正十九年。——三月もあと数日しかあまさない。落ちなずむ陽が近江の空を鮮々と染めはじめたその夕、茜雲《あかねぐも》の下の峠みちを、這《は》うようにしてのぼってゆく老人があった。

農夫のような粗服をまとい、七尺ばかりの黒木の杖《つえ》にすがっている。杖のほうが、むしろ老人を載せているようにみえたのは、老人が驚くほど小造りだったせいかもしれない。

長い影が、老人のうしろに続いた。杖は影を載せ、漕《こ》ぐようにほそい坂道をのぼってゆく。登りつめれば、道はそのまま甲賀の山々へ通ずるはずであった。

ふと老人は杖をとめた。人の気配がした。やがて老人の影をふんで、樵人《きこり》がすれちがおうとした。

「これ」

ふりむいた樵人の顔に、小さな恐怖がうかんだ。老人の容貌《ようぼう》が、あまりにもすさまじかったからである。右目と鼻がつぶれ、古い火傷《やけど》の痕《あと》が顔一面に這い、小柄《こづか》で切りさいたような唇から欠けた歯がのぞいている。歯が老猿のようにわらった。

「当薬が生えている」

「え?」

「その足もと。干して、胃の薬にせぬか」

「…………」

「せぬか」

男はあわてて道端の青い草を二、三本抜きとったが、老人の親切がわかると急に安《あん》堵《ど》したらしく、

「お前様は、どちらから」

「わしか。東じゃ」

「東……」

「下《しもつ》柘《け》植《げ》」

「あ。次郎左衛門さまか」

「知っておるのか。これは是非もないな」

老人は歯をむいて苦笑した。過ぐる天正九年、これは後述するが、伊賀ノ乱で信長の軍勢を悩ました下柘植次郎左衛門の名を、この国中で知らぬ者はない。

「ところで――」

老人は、杖の根もとにうずくまると、

「このあたりに、庵《いおり》があるはずじゃな」

「葛籠《つづら》さまの？」

「ほう、これまた抜け目のない。いかにもその重蔵」

老人の目に、ちらりと警戒の色が動いた。敏感に樵人の目に反射して、先刻の恐怖がよみがえったらしく、

「さ、重蔵さまの庵なら、このかみ手に大きな百年松がある。松から東へは、道がない。草をわけて、一丁も行きなされ」

「なるほど。重蔵は、毎日なにをしておる」

「知らぬ」

いうなり、樵人は逃げるように坂を駈《か》けおりた。

小さな崖《がけ》があった。

崖の上に、樵人の教えた百年松が根をはっている。

老人は、しばらく崖を仰いでいたが、やがて杖をとりなおすと、道端に支点をつくって、ふわりと大気の中に浮いた。ひらひら空を舞いつつ崖の上に降り、下草のうえを、けもののように走った。

楢《なら》があり、樫《かし》がある。ほどなく森がおわって、小さな原がひらける。

庵がたっていた。

軒こそ傾《かたぶ》いているが、建物はさまで小さくはない。辻堂《つじどう》に似ている。急にあたりが、淡紅の光に満ちた。西の空に、落日がようやくきわまりはじめたのであろう。靉靆《あいき》の粒に光が宿り、紅雲が降りてあたかも庵を包むようにみえた。

老人は、原のふちに立って、じっと庵をみつめている。むろん、景観を楽しんでいる風情《ふぜい》ではない。

やがて、紅雲の中から鉦《かね》がひびき、低い日没偈《にちもつげ》の声が洩《も》れはじめた。老人が訪ねる、葛籠重蔵であろうか。

一方、老人は誦経《じゅきょう》がはじまると草の中で奇妙な身ぶりをはじめた。

ひらひら、上体のみを舞わしている。

動きは、高音にさしかかるにつれて激しくなり、低音へくだると次第に弱まる。相手の呼吸を、自分の生理のリズムにあまさず写しとろうとするのであろう。……しかしそのまま、老人の足は休まず庵に近づいていた。

ふわりと、濡《ぬ》れ縁に布ぎれが置かれたように、老人の身が縁に這《は》った。

日没偈は、つづいている。

老人は、しずかに明り障子をあけた。

部屋がみえた。

西面して、厨子《ずし》があった。前に鉦があり、香炉がある。

しかし、人がいなかった。

日没偈はつづいている。

声のみがひとり、部屋の中央の無人の円座から立ち昇っているようであった。

老人は、急に笑いだした。

「重蔵。もうよかろう」

「…………」

「なんと、用心のよいこと」

「………」

「出い。この前へ」

「お師匠か」

「念にはおよばぬ。先刻から判《わか》っておろう」

「何しに、みえた」

「なぜ、身を隠す」

「もはや世を捨てたつもりでいても、気配をかげば体のほうが悟りきれぬ。気がつけば、自然、梁《はり》に手足がはりついて居申したわ」

「あはは、それはかえって当方の重畳《ちようじよう》。乱波《らつぱ》の生悟《なまざと》りはざれ絵にもならぬ。今日は、なまじ覚者《かくしや》にもなれそうにないわれを見込んで、よんどころない頼みをもってきた。まず、これへ寄らぬか」

「………」

音もなく、いっぴきの蜘蛛《くも》が糸をひくように、屋根ぐみの梁から人が落ちてきた。三十四、五。肩の肉が厚い。乱波といわれるにしては、めずらしく上背があった。

「重蔵。変らぬな」

「お師匠も、お変りなく」

沙弥《しゃみ》らしい生活はしているが、髪はおろさず、蓬髪《ほうはつ》を無造作にうしろで束《つか》ねている。赫黒《あかぐろ》い顔に微笑を浮べて座るのを、老人は待ちかねたように気ぜわしく相手の膝《ひざ》を指でつき、

「風間《かざま》五平が死んだ」

「なんと」

「あるいは、裏切りおったのかもしれぬ」

「…………」

「ともかく、伊賀で忍びにふさわしい男の種が絶えた」

風間五平といえば、

「ふむ。許婚者《いいなずけ》になっておる」

「ご落胆でござろう」

「わしか」

「姫ごも」

「木猿か。あいつの心底《しんてい》、この男親にはわからぬ。風間の消息をたずねにゆくと申している。死がたしかなればよし、もし風間五平が伊賀を裏切ったとあれば、この手で

刺す、という。……あれが男ならばな」

「……………」

「よい伊賀者になっていたであろう」

「しかし女であのお気象は不幸の種になろう。お師匠も、不仕合せな父親じゃ」

「考えてもみよ、伊賀ノ乱で郎党は四散した。その上、われとただ二人の弟子のうちの一人までもこの始末になっている。――重蔵、何処《どこ》へゆく」

「灯《あか》りをいれ申そう」

「要らぬこと。わしの目に夜昼はない。われは、目が鈍ったか」

「あは、十年も仏いじりをしていてはな。お師匠が要らぬといっても、わしには要る」

重蔵は、闇《やみ》の中に立った。

その後ろ姿を見きわめると、老人はすばやく板敷のうえを辷《すべ》って厨子に近づき、扉をひらいて手を入れた。そのひょうしに、闇の向うから重蔵の哄笑《こうしょう》がわいて、

「そこにはない」

「……………」

「念持仏はわが懐《ふとこ》ろにおわす。捨てようとされたか」

「当り前。忍者に仏いじりは要らぬ」

「察していた。お師匠がこの庵の庭先に立たれたときから、胸にきている。お師匠、わしは」

「聴かぬ。忍びにもどれ」

「それほどの仕事があるのか」

「ある。風間の仕事を継げ。もはや、伊賀にあってはこれほどの仕事をやれる忍者はわれを措《お》いてない」

急にあたりの闇を払って、燭台《しょくだい》の暈光《うんこう》が近づいた。重蔵は座にもどると、

「で、風間は？」

「京にいた。わしが命じた仕事をやっていたのが二年。消息が杜絶《とだ》えて半年。——飛脚をなんども遣《や》ったが、いずれも空《むな》しかった」

老人は、急に口をつぐんで身をよじらせた。しばらく懐ろを手探っていたが、やがて小さな麻袋をとりだし、対座している相手を置き忘れたかのような、依怙地《いこじ》な作業に没念しはじめた。小さな石を袋の中からつまみだしては、掌《てのひら》の上に並べてゆく。石は、陰湿な黒味を帯びていた。むしろぶきみに濡れ、そのうちのひとつが、急に動い

た。とみる間、他の石もぴくぴく動きはじめ、たちまち石のすべてが弾《はじ》けるように掌の上で踊った。蛭《ひる》であった。

「ひどく、凝る」

呟《つぶや》くと、頸《くび》を長く前へつきだした。目を閉じている。それは、老残の肉食鳥が岩角を摑《つか》んで天の風に耐えている姿にも似ていた。伸びた頸すじに、一つ一つの蛭をつまんでは、たんねんに載せてゆくのである。

刻限は、すでに酉《とり》ノ下刻（午後七時）を過ぎていよう。山が雨気を催しはじめたらしく、障子の外でしきりと樹《き》が騒いだ。

蛭は、老人の頸すじで次第に肥えた。やがて血玉になり、血を滴《したた》らせて雨だれのように落ちてゆくのを、葛籠重蔵は、灯りの影でもくねんと眺めていた。眺めながら、この老人の血管の中に、まだ他の生きものに吸わせるだけの血が残っていたことを奇妙に思った。

それほどに、老人は痩《や》せてもいた。またそれほどに、この下柘植次郎左衛門は、忍びにつながるわが身の利益のためには、たとえそれが伊賀地侍《じざむらい》のならいとはいえ、他のいかなるものも犠牲にして省みぬ酷薄な半生に生きてきた。

寿永四年、壇ノ浦で敗走した平家の将のうちで、伊賀平左衛門尉家長《へいざえもんのじょういえなが》というものがあった。源氏の世となってのちは、一族は伊賀盆地のすみずみにかくれ、自ら耕して辛うじて暮しをたてる零細な郷士におちた。

このうち、服部《はとり》ノ庄《しょう》に住んでその地名を名乗った者の集団を服部党といい、柘植に住んで地名を名乗った者を柘植党という。下柘植次郎左衛門はその一族のひとりであり、他にもいくつか、平姓《たいらせい》をもつ小集団が山々谷々に割拠した。

伊賀は、古来、隠し国といわれる。

たかだか四六〇方キロにすぎぬ小盆地を、山城、大和、伊勢《いせ》、近江の四カ国の山がとりまき、七つの山越え道が、わずかに外界へ通じている。

近江の甲賀へ通ずる口を御斎峠、山城へは笠置峠、伊勢へは加太越《かぶとごえ》、長野峠。これらは、すべて日本の表通りへ通じ、この口を扼《やく》せば伊賀は権力の視界から消えた。

権力といえば、京から発し琵琶湖《びわこ》東岸を通り、岐阜、駿河《するが》、小田原、鎌倉《かまくら》、江戸へ通じた交通路はそのまま日本史における権力争奪の往還路でもあった。

伊賀は、その権力の幹線と背中合せになり、しかも京へはわずか八〇キロ。権力が崩壊してゆく音も、権力が勃興《ぼっこう》してゆく音も、わずか襖一重《ふすまひとえ》できききつつ、この国の郷士たちは孤独な自分の日を愉《たの》しむことができた。

彼らの中で、忍びの術が発達したのも無理はなかったのである。京で一つの権力が崩壊するとき多くの落ち武者が、この間道国へ逃げた。寿永のころはおびただしい木曾《きそ》武者が落ちてきたし、関ヶ原で敗走した島津勢も、この国を通って堺《さかい》へ出た。

天正十年六月、本能寺ノ変をきいた家康は、わずかな手兵とともに堺にいた。本国三河に帰るためには、大坂、京、近江の道をとれば好んで叛軍《はんぐん》の顎《あご》に投ずるようなものであったろう。秘《ひそ》かに間道を伝って伊賀御斎峠に入り、柘植川に沿って加太越を越え、伊勢の白子から海上にのがれた。義経《よしつね》の場合は、この隠し国を積極的な兵略に用いた。京の木曾軍は、鎌倉を発向した義経の部隊が伊勢に出没したあたりから索敵情報をうしなった。義経は殊更《ことさら》に湖岸路を選ばず、部隊を伊賀に入れて足跡をくらましたのを知らなかった。のち忽然《こつぜん》と山城平野へ出て木曾軍を討滅したが、この隠し国が日本史で果した役割は、ふしぎとも玄妙ともつかない。

自然、隠し国に棲《す》む郷士たちは玄妙な個性を備えはじめた。畿内《きない》に住みながら、勃興してくる権力に驥尾《きび》して栄達することを毫末《ごうまつ》も考えなかったのは、滅亡のはかなさをその目で見つづけてきたからであろう。

かれらの多くは、ふしぎな虚無主義をそなえていた。他国の領主に雇われはしたが、食禄《しょくろく》によって抱えられることをしなかった。その雇い主さえ選ばなかった。報酬をくれる者ならいかなる者の側にもつき、仕事が終ると、その敵側にさえついた。今日の権勢が、直ちに滅亡につながることを、世襲の本能で知りつくしていたからである。

かれらは、権力を侮蔑《ぶべつ》し、その権力に自分の人生と運命を捧《ささ》げきる武士の忠義を軽《けい》蔑《べつ》した。諸国の武士は、伊賀郷士の無節操を卑《いや》しんだが、伊賀の者は、逆に武士たちの精神の浅さを嗤《わら》う。伊賀郷士にあっては、おのれの習熟した職能に生きることを、人生とすべての道徳の支軸においていた。おのれの職能にのみ生きることが忠義などとはくらべものにならぬほどいかに凜烈《りんれつ》たる気力を要し、いかに清潔な精神を必要とするものであるかを、かれらは知りつくしていた。

職能とは、云《い》うをまたない。忍びであり、偸盗術《ちゆうとうじゆつ》であり、測隠術であった。伊賀郷士たちはこの術を下人《げにん》に学ばせて間諜《かんちよう》、謀略の仕事を請け負った。伊乱記という古書に、こうみえている。

「不断未明より午《うま》ノ刻までは士農工商各家業の所作を励し午ノ刻より暮まではひたすら武法弓鳥の道を磨き別して測隠術を鍛練す。

上代より伊賀の遺風として其《そ》の古《いにし》への御色多由也《おいろたゆや》より諜術を伝へて、楯岡《たてをか》ノ道《どう》順《じゅん》、伊賀太郎兵衛、高山次郎太郎、小串《こぐし》、大串、城戸《きど》なんどと言へる名器のもの国中に充満して其の流今に至るまでしのびの通力を伝へ如何《いか》なる堅城要害と雖《いへど》も忍び入らずといふことなし。他国にても伊賀忍《いがしのび》とてこれを重宝せり」

鎌倉幕府が亡《ほろ》んで戦国末期にいたるまでのあいだ、伊賀には国守がなかった。右のような伊賀郷士たちが、伊賀連判状と称する同盟の掟《おきて》をつくり、「他国他郡より乱入の族これあらば表裏なく一味仕《つかまつ》り妨げ申すべき事。郡内の者、他国他郡の人数を引入れ、自他の跡望む輩《やから》これあらば、親子兄弟によらず惣郡同心成敗《せいばい》仕り候《そうろう》べき事」などと、一国をかれら協同の成敗の下においていたからである。

この組織に壊滅の打撃をあたえたのは織田信長であった。

天正五年の初頭、信長は自ら軍を率いて紀州雑賀《さいか》を征した。引き続き、柴田《しばた》勝家をして加賀、羽柴秀吉《はしばひでよし》をして播磨《はりま》、さらに翌年には明智光秀《あけちみつひで》をして丹波を略せしめた。信長の子で伊勢の北畠《きたばたけ》氏をついだ信雄《のぶかつ》の指揮下にある織田・北畠の混成部隊が隣国伊賀掃討の緒についたのも、このころであった。しかしその緒戦は惨澹《さんたん》たる敗北に終った。

織田信雄が伊賀征服の拠点ともいうべき丸山城を神戸《かんべ》の山谷に築いているとき、早くも企図を察した伊賀地侍が、つぎつぎと回章をまわして強固な連合組織を作りあげてしまったのである。

このとき、竜口《たつのくち》の百地党《ももちとう》より参加した名張郷《なばりごう》の郷士葛籠重蔵は二十歳、柘植党から参加した下柘植在住下柘植次郎左衛門は四十二歳、いずれも屈強の働きざかりであったろうと思われる。

柘植清広という者が頭取となり、郷士雑人《ぞうにん》をあわせた伊賀軍は七百人。

当然、これは全軍が奇襲隊であったろう。

なかでも火術・謀術にたけた百名の者が選抜され、野戦隊と区別するために忍び組と名付けられた。ほぼ二十組にわけ、それぞれ郷士を組長とし、下忍《げにん》を組下に入れた。

下忍のほとんどは、姓もろくにない。たとえば上野ノヒダリ、神戸ノ小なん、音羽《おとば》ノ城戸《きど》、柘植ノ小耳《こみみ》、といったあだながついている。士分ではなかったが、後世多くの伝説をつくった忍術の達人は彼等のなかから出た。

次郎左衛門、重蔵、さらに風間五平らは、これら下忍を指揮している。

そして百人の忍者を指揮する者は、楯岡ノ道順。

おそらく、忍者が、他に雇われることなく自らの防衛のためにしかもこれほど大規模で戦った例は史上最初で最後であったにちがいない。

丸山城は、山を背負っている。

両翼の地を、伊賀川の本流と支流が複雑な地形に削って流れていた。

その夜、四更《しこう》（二時）を過ぎたころ、盆地のあらゆる在所からあつまってきた伊賀勢が、東方の山地に集結し、静かに風のように城をとりかこんだ。

草のかげ、樹の梢《こずえ》、岩のくぼみ、城外のあらゆる地物が、死神のように息づきはじめた。

城の鎮将は、滝川勝雄《たきがわまさかつ》、その麾下《きか》のたれもが、自分が包囲されつつあることを気付かなかった。

おそらく、これほど静かな攻城戦も、戦史の上でなかったにちがいない。

真夏ではあったが、寅《とら》ノ刻をすぎると、さすが伊賀川の瀬からたちのぼる霧は、蕭《しょう》殺《さつ》たる冷気を帯びはじめた。そのころおい、ほそい、糸のような月が西の山の端《は》へ落ちた。

月の落ちるとともに、攻囲軍の四方から、黒い瘴気《しょうき》のようなものが、草の上に起った。忍び組であった。

百人二十組の忍びが、搦手《からめて》から、城戸から、櫓《やぐら》の蔭《かげ》から、まるで吸われるように城内へはいってゆく。

「黒阿弥《くろあみ》」

城南の渓流から岸を登って城の搦手に出た葛籠重蔵は、下忍の耳もとに口を寄せた。黒阿弥とよばれた男は、身をよじらせて、釣り梯子《ばしご》を背からおろし、草の根に顔をつけながら進む。草に触れて、虫の声がやんだ。代って、黒阿弥をとりまく他の下忍の歯から、虫の擬声が洩《も》れた。

城戸の内に、あかあかとかがりが燃えている。火のそばの城壁へのぼった黒阿弥は、まるで瓦《かわら》に化したように貼《は》りついて動かなくなった。目の下に、数人の番士の頭がみえた。

黒阿弥は、半弓を構えた。

そのころ、他の下忍は、重蔵とともに城壁を横に這《は》い、搦手門から遠く離れて西南櫓の蔭へ吸いこまれた。

何人かが櫓の軒へのぼって、木組のあいだへ、藁《わら》づとに包んだ硫黄、硝薬を詰め、長いこよりの火口《ほぐち》を垂らした。壁の下で一人が地を這い、火口を握って点火の合図を待っている。

静かに刻《とき》が、闇を流れた。

突如、本丸の屋根が火を噴いた。同時に、重蔵の手の者が握る火口に火がはしり、前後して、数個の櫓から火柱があがった。おりからの風が火を舐《な》め、火の中に跳梁《ちようりよう》する忍者の姿を魔物のように映しだした。

「あ、かなたに！」

火に気付いて、槍《やり》をとりなおして駈《か》けだそうとした搦手門の番士は、つぎつぎと声もなく倒れた。城壁のかげで黒阿弥が、息もつかず矢をつがえては鋭い弦音《つるおと》を鳴らしている。番士の屍《かばね》は、ほどなく城戸を破って雪崩《なだ》れこんだ攻城軍の伊賀草鞋《わらじ》のために無残にふみにじられはじめた。

重装の攻城軍が乱入したころは、軽装の忍び組は城外を遥《はる》かに離れ、それぞれ盆地の各所にひそんで、静かに火の成果をながめた。

城は火炎の中に落ち、城将滝川勝雄はわずかな手兵に血路を拓《ひら》かせて山中へのがれ、火傷《やけど》の体を京へはこんだ。

その火勢も、払暁《ふつぎよう》とともにおさまった。陽が伊勢の山から昇りはじめたころ、姿のない夜襲よりもさらに無気味であったのは、ほんの数刻前までこの野にあれほどの攻城戦が行われたにかかわらず、見わたす限りの盆地に一兵の伊賀兵もいなかったことであった。

無理はなかった。かれらは、陽と野戦をおそれた。陽が昇れば、伊勢の本城から後《ご》詰《づ》めの大部隊が到着することは必定であろう。

かれらは武者といっても、正規の戦闘が本業ではなかった。陽は、かれらの通力《つうりき》を消す。夜明けを待たず、迅速に部隊を解散したのは忍び武者には当然の行動であったが、用兵の常識ではなかった。七百の勝利軍が、折角略取した城には見むきもせずこつねんと戦野から消えた無気味さは誇大に諸国へ伝えられ、当然、敗報とともに信長の耳に入った。

「伊賀には、人外《じんがい》の化生《けしよう》が棲むのか」

信長の長く切れた目に、通常偏執者のみがもつ蛍火《ほたるび》のような光が宿った。この生得《しようとく》な合理主義者の目には、伊賀盆地にすむ忍者が、まるで魑《ち》魅魍魎《みもうりよう》のごとく映ったのであろう。かれは、かれにとって不可解なものをもっとも憎んだ。石山、長島における一向宗徒に対する異常な残虐《ざんぎやく》、叡山《えいざん》の焼打ち事件、いずれをとってみても、信長の精神の奥にある非合理なものへの激しい憎悪《ぞうお》を考えなければ、理解のできぬ異常さがある。叡山の宗教権威、念仏往生、伊賀の測隠術、……これらの間には、あるいはなんの共通性もないのかもしれない。しかし信長の、もはやそれは偏執的でさえある合理精神からすれば、同じく物の怪《け》のたぐいであろう。精神の隠微で湿潤な襞《ひだ》のかげではじめて棲息《せいそく》しうる悪霊のように見えた。

でなければ、天正九年三月、伊賀攻略を隷下《れいか》の軍団に命じたかれのことばは理解することができない。

「伊賀の者いちにんも生かすな」

叡山の僧徒を虐殺《ぎゃくさつ》したときと、同様の措辞であった。これは単なる出陣令ではなく、鏖殺令《おうさつれい》であるともいえた。

伊勢、大和、美濃《みの》、近江などから動員された兵力は、一万二千を越えた。伊賀兵はわずかに千余にすぎない。

その寡兵《かへい》に対して、指揮官には歴戦の武将をすぐった。

進攻路は、

近江口からは、蒲生《がもう》賢秀《かたひで》、浅野長政《ながまさ》。

大和口からは、筒井順慶。

伊勢口からは、滝川一益《かずます》。

山城口からは、丹羽《にわ》長秀《ながひで》。

七つの峠に満ちた織田軍が、ことさらに視界の清朗な好天をえらび、しかも夜戦をさけて天明を過ぎたころ、一せいに伊賀盆地へおりた。

農夫まで殺した。

織田軍にはめずらしく、この地では女子供まで殺戮《さつりく》した。

盆地の四囲をかこんだ織田軍が、次第に輪をせばめてゆき、そのあとにはおびただしい惨殺《ざんさつ》の死体が残った。かれらが殺戮に差別をおかなかったのは、その中に「化生」の忍者がまぎれこんでいることを恐れたからであろう。

この戦いでは、ついに伊賀兵は統一部隊を編成することがなかった。かれらはほとんど各個に戦い、夜陰に乗じて各軍の陣屋に現われては陣屋を焼き、兵を殺傷した。丹羽長秀の部隊ではこれらの襲撃による損害が、五十数名にのぼったという。

しかし、ついに最後の日がきた。——いまの名賀《なが》郡柏原《かしわら》の丘陵に、小さな砦《とりで》のあとがある。

この柏原城が、伊賀郷士が先祖から継承してきた最後の砦になった。

「なに、この砦を枕《まくら》に死ぬと。——柘植清広どのが、そう申すのか。そのために、国中に触れをまわして、われらを、こうは集めたのかよ」

夜陰、敵地を奪って柘植から柏原砦に入った下柘植次郎左衛門は砦の木柵《もくさく》をのりこえたあたりで、先着の郷士のひとりを摑《つか》まえ、甲高い声をあげた。

郷士は、からみつく次郎左衛門の手を払いながら、迷惑そうに、

「わしは、清広どのではない。しかし、屍に満ちた野を御覧《ごろう》じあればわかろう。あと十日もすれば、伊賀に人だねが絶えもうすぞ。あたら殺戮されてゆくより、この砦ひとつが残ったのを幸い、総勢討死のほぞをかため、伊賀侍のほまれを織田の者どもに知らしめてくれようというのが清広どのの肚《はら》であろう」

「ほまれ、……人並なことを云うたものかな。伊賀者のどこにほまれがある。ほまれを持たぬのが、伊賀者のほまれじゃ」

「うっ」

「どうした」

男が折り崩れてくるのを、次郎左衛門はうるさそうに支えた。流れ弾が後頭部からえら下の頸《くび》すじに突きぬけたらしく、あたり一面に血潮をまきこぼしている。

「死んだか」

まだ生温かい死骸《しがい》を地に投げだすと、次郎左衛門は闇《やみ》の中を館《やかた》へ走った。

館は、樟《くす》の巨木のかげに立っている。館のまわりにはふた重の柵がめぐらされ、柵の前は逆茂木《さかもぎ》が地を嚙《か》み、さらにその前には、水を湛《たた》えた堀が、爛春《らんしゅん》の夜にしてはさ

えざえと晴れわたった星空を映しだしていた。

その逆茂木の列を割って出てきた武者が、次郎左衛門を認めると、

「あ、お師匠。お師匠でござりまするな」

「五平か」

風間五平は、走りよってきた。具足こそつけているが、血の色ののぼった肉の薄い頬は、あたかもかんなぎの少女のような、ふと妖《あや》しさを覚えるまでの美しさをもっていた。

「われは、よう生きていたな」

「お師匠こそ」

「重蔵はどうした」

「竜口の砦で働いておりましたが、砦を焼かれてからは、行方が知れませぬ」

「死にはすまい。あれほどの忍者ならば、矢玉の雨を注がれても命を損わぬものじゃ」

「ただ……」

「うむ？」

「重蔵の病父の葛籠太郎兵衛どの、それに母御が阿山《あやま》の葛籠屋敷から竜口砦までへ避

難する途上丹羽長秀が手の者に殺され、妹御のみは竜口まで逃げて砦の兄に会《お》うた由《よし》にございますが、その夜のうちに自害して果てました。おそらく山中で凌辱《りょうじょく》されでもしたのを恥じたのでございましょう」

「珍しくもあるまい。人の死は、見あきている。それよりも、柘植どのを見たか」

「たしか、広間に――」

「また、評定か」

次郎左衛門は歩きだしたが、ふと思いだしたように五平をふりかえって、

「われの父御《ててご》も死んだぞ」

「えっ」

「ここへ来る途中、湯舟のはぶろ池のほとりで、むくろを見た」

「………」

風間五平は闇の中で棒立ちになった。やがて問い返そうとしたときは、次郎左衛門の姿は十数歩前を歩いて、そのまま、館の中へ消えた。

土間は、血と膿《うみ》の匂《にお》いがした。

土の上に蓆《むしろ》が布《し》かれ、おびただしい手負いが、ほとんど具足も解かれずに転がって

いる。

広間の杉戸をあけると、中は燭《しょく》もなく、闇の中で数人の気配がした。足を踏み入れたすぐそばの板敷の上に寝転がっていた一人が、むくりと寝返って、

「下柘植の?」

「うむ。百地《ももち》か。……何をしておる」

「評定じゃよ」

竜口に住む百地新之丞《しんのじょう》というその男は、物憂《ものう》げに答えた。

「こう寝転んでか」

「詮《せん》もない。ここまで窮《きわ》まれば、起きて話しおうても、別段の智恵《ちえ》がわかぬでのう」

「なんと、決めた」

「それは、あれへ」

百地新之丞は、上座のほうを指さした。そこに、まるで置き物のように黙然と腕を組んでいる柘植太郎清広の老いた影がある。影が動いてぽつりと、

「討死と決めたわ」

「なるほどのう。われらはよいお人を軍《いくさ》大将に選んだものじゃ」

「なんと」

「よう聞かれい。矢弾がこの身に当れば、わざわざ評定で決めいでも討死はする。諸国のさむらいは知らず、伊賀の忍び武者にあっては討死は恥辱じゃ」

「ならば、どうする」

「知れたこと、逃散《ちょうさん》じゃ。めいめいが寄る辺の国に逃げ、草を噛んでも生きてさえあれば、やがては伊賀者の怖《おそ》ろしさを諸国に思い知らせるときも来よう。織田に、いつかはこの仕返しが出来ぬとも限らぬ」

「手負いや女子供は?」

「やむをえまい」

「斬《き》るのか」

「屈強の者が逃亡したあと、降伏させればよかろう。あとは寄せ手が斬るというならこれも運。生かすというなら、それも運じゃ」

「むごいのう」

「むごいのは、お前様のほうじゃ」

いい終らず、次郎左衛門は入口の杉戸の方を鋭く振り返った。黒い、殺気に似たものを覚えたのである。

「重蔵か」

葛籠重蔵が立っていた。厚い唇をひきしめ、武者草鞋のまま、杉戸の前で黒々と立っている姿が、いつそこに現われたものか誰も気付かなかったが、気配のただごとでないのは、振りむいた一座のすべてにわかった。——ゆっくり腕をほどいて、重蔵は、

「わしは、逃散すまい」

と云《い》った。

この男の体から出てくるふしぎな威圧を、下柘植次郎左衛門は、払おうとするようにいらだたしく手を振って、

「さがれ。われの来る場所ではない」

「無礼であろう、お師匠。わしはお前様から忍びのわざは学んだが、お前様の下忍ではない。葛籠家は、歴《れっき》とした平《たい》姓《ら》のさむらいじゃ。この場所で、伊賀の僉議《せんぎ》に加わる資格はあろう。その葛籠家も——」

云って、重蔵は声を引いた。顔はうごかさず、唇も結んだまま、ただふたつの大きな目だけが静かに潤《うる》んで、やがておびただしく頰を濡《ぬ》らした。

その様子を、下からねめまわすように見ていた次郎左衛門は、

「醜いぞ、重蔵。ここへ何しにきた。泣きに参ったのか。親きょうだいが死んだのが

それほどわれには悲しいのか」

「いかにも。死んだのはお師匠の両親ではあるまい。わしが両親じゃ」

「ふふ、口のみは小賢《こざか》しい。よく聞け、わしはかつて何と教えた。忍者は土のごとくあれと、石のごとくあれと、風のごとくあれと、木の葉のごとくあれと。構えて、人並な心はもつなと教えた。――忘れたか」

「忘れた。しかし、いまは恥にも思えぬ」

「おろかなやつ。われの父母は死んでもはや土に化《な》った。われも、生きながらに土になれ。土になれば、亡《な》き父母の世界と同位《どうい》、悲しゅうなるはずもない」

「しかし、わしの体は生きておる。生きておれば涙も出る。この生きた人間が、死んだ者たちへ出来ることは仕返しあるのみじゃ。わしは逃散せぬぞ」

「戦さ場に残って、何をする」

「敵に業苦《ごうく》を負わしめる。お師匠、さらばじゃ、ことぶきよう生きらるるがよい」

「待て」

立ち去ろうとする重蔵の袖《そで》を、次郎左衛門の手が素早くつかんだ。そのまま一座へむきをかえ、

「おききのとおり、あたら、よき忍びをここで死なせるわけにもゆくまい。わしは先

刻の考えをわずかに曲げることにした。逃散のついでに、敵の陣屋に火術を仕掛け、火と矢の馳走《ちそう》を十分にした上で、国をひく」

「人数は？」

「寡《すく》ないほどよい。時は、明晩。おそらく日暮から陰雨がふるはずじゃ」

云い終ると、次郎左衛門は重蔵を見返り、

「と申して、これを誤つな。われの心をいとおしんだつもりではないぞ」

白い目を据えた。――この文字通り忍びの化生のような男には、おのれが育てた稀《け》有《う》の器がむざむざ死にこぼつことを見るにしのびなかったのかと思える。

大和宇陀郷《うだのごう》の山塊から発した二つの水流が、一つはひがし、一つは北へ流れて、やがて砦を載せた柏原の丘を囲んでいる。合流してさらに北へ一里。大屋戸《おおやと》の部落がある。

古くから伊賀の辻場とよばれ、名張街道、青山峠みちをはじめ、四つの街道がこのあたりで交叉《こうさ》した。孫子《そんし》の書にいう衢《く》地《ち》とは、これであろう。

当然、寄せ手による本陣が設けられ、わずか五、六十戸にすぎぬ部落には、丹羽長秀の手の者で満ちた。

月はなかったが、黒い天は、吹きぬけるように晴れている。そこに瞬《またた》く星の数よりも多く、地にはおびただしい篝火《かがりび》がもえていた。

民家の庭だけにかぎらなかった。街道の両側には数間をおいてえんえんとならべられ、川岸の葦《あし》のあいだにさえ、篝は火の粉をふいて地の闇を払っていた。

火の明るさのみが、ぶきみな伊賀の化生の出没からかれらを守る、唯一《ゆいいつ》の呪力《じゆりよく》だと思われたのであろう。

しかし、三更《さんこう》をすぎたころ、このおびただしい火の群れに、五つの火がふえたことは、かえって気付くすべがなかった。

いや、気付いた兵もある。

(なんだろう……)

陣舎から、長柄《ながえ》をもったまま小用をたしに出たその男は、川岸の土手のあたりから、洲《す》の中の葦の間へ目をこらした。

その中の篝火のいくつかが、わずかに動いて、陣舎のほうへ移動しているようにみえる。

(目のせいか?)

思いきって、土手をおりてみた。近づいてみると、何の異状もなかった。篝火は、あるものは高くあるものは低く、いずれも火を弾《はじ》いてひとりで燃えていた。

しかし、ふと気付いた。そのうちのいくつかが、普通の籠型《かごがた》のものではなく、黒い大鍋《おおなべ》のような皿が、火を受けて燃えていた。

籠型のものは、三脚の基部まであかあかと照らしていた。が、この見なれぬ鍋型のものは、皿の上の篝の火が強ければ強いほど、火の下では黒々とした闇をつくった。

（あ。忍びの！）

叫ぼうとしたときは、すでにおそかった。背からまわった手が、男の咽喉《のど》を、黒く塗られた焼刃《やいば》でつきとおしていた。

倒れた男の具足を素早く剝《は》いで身につけたのは、風間五平であった。美しいまつげにそよぎもみせず、まるで手馴《てな》れた事務家のような無表情さで、篝の間の死骸に茜色《あかねいろ》の忍び装束を着せおえてしまうと、やがて地に顔をつけて、地の中の虫にのみ聞かせるような忍び独特の声を、ひくくのどから洩《も》らした。

「重蔵。お師匠も来ぬ。雨も降らぬ。このいちめんの篝火では、身の動きようもない」

「…………」

「重蔵。お師匠は詐略《さりやく》の多いお人柄じゃ。まさかこのあぶない仕事を、わしらのみにやらせて自分は逃散する心算《つもり》ではあるまいな」

「しずかに、時をまて」

十数間むこうの篝の下の闇がかすかに動いて、虫のすだきにも似た声が、地につけている五平の耳に伝わってきた。

「——いかにお師匠が詐略の多い忍者であろうと、仲間だけは裏切らぬ。裏切れば、自滅することは知っている」

重蔵のその声にも、風間五平とはちがった意味で、師匠の下柘植次郎左衛門に対する批判の感情があったことはいなめない。

伊賀の忍者は、普通その技術を門外に出さず、わが子、もしくはその下人に相伝した。

父がすぐれた術者でない場合、まれに子を同僚の忍者にあずけた。

重蔵も五平も、そういう理由で、下柘植の郷士次郎左衛門にあずけられたが、次郎左衛門はこの弟子とりをさまで喜ばなかった。

無理はなかった。忍者がその術を磨き、子、下人に教えるのは道楽ではなかったのである。諸国の需《もと》めに応じ、すぐれた忍者を送ってその報酬をとってかれらは衣食していた。

同格の家柄からくる弟子などは無用のもので、いかにかれらを訓育したところで、これらを雇い主にわたして報酬をとるわけにはいかない。

ただ、そういう分けへだてが、次郎左衛門のばあい、露骨でありすぎた。束脩《そくしゅう》の田地一枚をとりあげたまま、ほとんど手にとって教えることもなく放置したのである。

やむなく、かれらは次郎左衛門の下忍たちから学んだ。下忍たちは、体に用のないときは主家の田を耕す。それを手伝ってかれらの歓心を得、体術、火術、眩術《げんじゅつ》、忍び用具の秘法を教えられ、あとは山中で独習した。

次郎左衛門の冷たさについては、かれらは少年のころから鬱積《うっせき》したものをもっていた。

かれらが長じたある日の午後、次郎左衛門は、書見をしていた。明り障子に梅枝の影が伸び、その枝を煮るように陽炎《かげろう》がもえていた。

ふと、書物の紙の白さが翳《かげ》った。次郎左衛門は、明り障子に視線を移した。陽炎がとぎれている。また燃えた。と同時に、次郎左衛門は座ったまま傍らの弓杖《ゆんづえ》をとり、明り障子を払い開けた。

あいた障子のすきまから、白いひと番《つが》いの蝶《ちょう》が舞いこんだ。——障子の外には誰がいたのでもなかったが、部屋の中に遊ぶ蝶をみて、はじめて次郎左衛門の目に光が射《さ》した。

弓杖が空気を斫《き》り、蝶の一つが落ちた。畳の上にぱたぱたと、白い粉を散らして悶《もだ》えている。

「ただの、蝶か」

蝶は、忍者がめくらましに使う紙のものではなかった。自分の気の迷いに苦笑しながら、書見に戻ろうとしたとき、

「あ」

見台の上から、書物が消えていたのである。

「お師匠」

部屋の隅に、いつ忍び入ったのか風間五平が端正に膝《ひざ》を折っていた。

「世の常の兵法《ひょうほう》なら、これにて印可《いんか》という仕儀になりましょう。今日かぎりお暇《いとま》を賜わります」

「五平。われあ！」

次郎左衛門は、素早く弓杖をとりあげようとしたが、指は空《くう》をつかんだ。その刹那《せつな》に部屋の別の隅から声が湧《わ》き、

「弓杖は、これに」

重蔵が、その杖をもって立っていた。

「おう。それにな」

次郎左衛門の所作に急に変化がきた。頬に急に老獪《ろうかい》な微笑がわき、場の空気をためすように目を細めはじめた。事態の尋常でないのに気付いたのである。しかしそれも一瞬の表情だった。

やがて、虎《とら》のような口をあけて哄笑《こうしょう》した。

「あはははは。いつのまに、これほどの忍者になりおったか。しかも、類《たぐ》いもない鮮やかさじゃ。五平、たれに教わった」

「盗みました」

「盗んだ? なるほど、わしは手にとって教えなんだ。これはわしの不明じゃ。これほどの筋があると見抜いておれば、もそっと身を入れて仕込んだはず。もはや伊賀ではおのれらにまさる忍者はあるまい。——芽出とう郷《さと》へ帰れ」

この最後の言葉は空中で聞えた。いきなり次郎左衛門は、飛びあがって五平を斬り

おろしていたのである。血が飛んだ。

が、五平はすでにその場にいなかった。先刻蝶の舞いこんできた障子の桟に、血が滴《したた》っている。

「お師匠」

重蔵は、ゆっくり壁を移動しながら、

「むごいお人じゃのう」

「ふ」

次郎左衛門は、この男にはめずらしく作為のない微笑をうかべて、

「われにはわかるまい。これはなによりの餞《はなむけ》の心算《つもり》じゃ。師匠のわしより出来た、――と思うた拍子に愛《いと》しさと憎さが一時に来た。とすれば、これほどの印可はあるまいが」

「わしをなぜ斬《き》らぬ」

「愚かな」

縁に出て、次郎左衛門は草履《ぞうり》に足をかけながら、

「斬れば、われも抜こう。五平と異なり、われはそういう気性じゃ。抜けば、わしが斬られる。あの隅で、われは立ちかまえ、五平は座っていた。座っておる者は、斬る

に造作がない。その場のいずれが弱いかを覗《うかが》う。忍びとは、そういう心の働きじゃ」

柏原砦《かしわらとりで》の生き残りの忍者をすぐり、寄せ手の六つの本陣を襲って、あわよくば主将の首を掻《か》こうと提唱したのは、下柘植次郎左衛門であった。自らは砦の正面の丹羽長秀の襲撃を買って出、組下に風間五平、葛籠重蔵、それに重蔵の下忍佐那具《さなぐ》ノ黒阿弥の三人を入れ、丹羽本陣の前の名張川《なばりがわ》の川瀬の中で落ちあう刻限まできめたのも、次郎左衛門である。

が、かれが必ず陰雨がふると予測したその刻限になっても雨は降らず、姿もあらわさなかった。

星が、流れた。天を裂き、はるか北の闇《やみ》をくまどる倶留尊山《くるすさん》のかなたへ消えた。

その光跡を追って、またひとつ、星が落ちた。

名張川の葦の根から、天をながめていた風間五平の目に、星の消えたあと、星がかつてそこにあった小さな天の影を投じた。空洞は風間の中にそのままの形象と暗い色彩を映し、不意に風間の心に人間の生きる作業のむなしさを思わしめた。

「いま、こうしていることは……」

風が、葦の茂みを静かな葉音を鳴らして通りすぎ、その風は、この男の中にできた空洞に隠微なささやきを呟《つぶや》かしめる。

「――自分の生きてゆく人生にとって、何の意味があるのだろうか」

劫初《ごうしょ》、この地上に生を得ていらい幾千億の人間が生きかつ思いつづけてきたこのうたがいが、葦の間にひそむ忍者の心に、暗い灯びを点じた。

「なんのために、わしは生きている」

「もし、楽しみを為《な》すためならば――」

風間は、自問する。

「天の意思がもし人をして楽しみを為さしむるためであれば、わしはいのちの外道《げどう》におちている」

忍者とは……風間は思う。――すべての人間に備えられた快楽《けらく》の働きを自ら封じ、自ら否《いな》み、色身《しきしん》を自虐《じぎゃく》し、自虐しつくしたはてに、陰湿な精神の性戯、忍びのみがもつ孤独な陶酔をなめずろうとする、いわば外道の苦行僧にも似ていた。

「その苦行のはてに――」

なにがあるか。――わずかに、粟《あわ》を食《は》める程度の報酬があたえられるにすぎまい。

「しかも」

風間は、目の前のおびただしい敵営の篝火を眺めた。

「このいのちの外道たちがやろうとしている目の前の仕事というのは、粟一粒の報酬さえない。……その嗤《わろ》うべき滑稽さ」

自分の咽喉を敵の刃《やいば》一分の下に曝《さら》して、あとに得られるものは、自らの術に対する悪酒のような自慰のみであろう。多くの忍者は、その精神の中に、神も、あるいはほとけも住ましめなかった。ただ、この自慰の中に生き、その身を傷つけて作った、体液のにおいのする法悦の中で死んだ。

「しかしわしのみは、そうは生きぬ。忍者が、人の世の楽しみを求めて、どうわるいか」

風間五平がこのときこの言葉のごとく確《しか》と決断したわけではむろんなかった。若い心がいのちのうずきに悶《もだ》えるとき、生き身を閉じるあらゆる隔壁は、駈《か》けめぐる想念の中で夢のごとく消える。醒《さ》めれば、やはり、風間五平の場合も生き身は隔壁の中で醜く跼蹐《きょくせき》する若い乱波《らっぱ》にすぎなかった。

この男の想念をむざんに破ったのは、目の下の川瀬を流れてきた一にぎりの藁屑《わらくず》である。

藁は、川上から流れてきた。

瀬に来れば早く、淀《よど》みは緩く、藁は川とともに流れた。

風間五平の伏せるあたりにいたって、藁ははじめて流れに逆らい、つと葦の茂みに吸い寄せられた。やがて、藁のみが、流れ去る。

残った葦の根の水面に、ふたつの目が浮いた。

「お師匠。……遅く」

風間の忍び声に、水面の目がわらった。

「重蔵は、来ておろうな」

川瀬から這《は》いあがって、風間五平のかたわらに顔を伏せた下柘植次郎左衛門はたずねた。

「葛籠はあれに。――お師匠こそ、刻限を間違えられた」

「刻限？　愚直なことをこくわ。なるほど刻限はあらかじめ決めはしたが、肝腎《かんじん》の天はなお晴れている。おのれらこそ、この星空とかがりのただ中で、なんの仕事が出来ると思うて来たか。忍者は、日月星辰《せいしん》土水風雨のうごきに応じて機を崇《とうと》ぶ。刻限のみを守って、いのちを守ることを知らぬ未熟者がうぬらじゃ」

風間五平は、そういう次郎左衛門の言葉を、おのれの後ろ暗さを隠そうとするこの男らしい韜晦《とうかい》とみた。――おそらくこの男はあのまま柏原砦から逃散《ちょうさん》するつもりであったにちがいない。しかし逃散すれば、いかに伊賀は亡《ほろ》びたとはいえ、いずれは仲間のたれかを刺客として応接する羽目になろう。その恐怖がもたげ、途中思い返してここに顔を出したまでにすぎない、……そう思って、風間は揶揄《やゆ》するように、

「ならば、なぜ見えられた。空のことなら、いまも晴れている」

「うつけ者。——この風を嗅《か》げ」

風間五平は、あっと声をのんだ。いつのまにか、風は重く湿度を帯びはじめていた。やがて、天の星が、二つ五つと姿を消した。雲が出、風がひくく野づらを払いはじめた。思うまもなく、雨の脚が、葦《あし》の葉に騒然とたった。

「知れたか。わしはこの刻《とき》を読んでいた」

(うそじゃ……)

風間五平は、そう思いもした。しかし現実に雨は降っている。次郎左衛門の運が雨に遇会せしめたのか、それとも云《い》うがごとく雨を読んで行動したのか、そのいずれにとっても、まるで天象とともに呼吸しているような伊賀の古い忍者の怪奇な心の成りたちを思って、慴伏《しょうふく》するような怖《おそ》れを覚えた。

「では、かかろう。——黒阿弥」

「ここに」

「われは、本陣の乾《いぬい》の方にある陣屋へ火術」

「五平」

「はい」

「われは、丑《うし》のかたの家へ火術。重蔵とわしは敵の乱れに乗じて本陣にまぎれこみ、長秀を刺す。事が終れば長居はせず、てんでに国境いを越えて他国に逃散せい。火具を濡《ぬ》らすな」

云うなり、次郎左衛門は土手を這いあがって、路上を徘徊《はいかい》する丹羽の兵を襲い、素早く具足を剥《は》いで身につけた。

重蔵、黒阿弥がそれにならった。

野のおびただしい篝火《かがりび》は、蕭条《しょうじょう》とした水気の中でつぎつぎと消え、風の吹くままに白い煙を左右に吐きくるわせた。

その煙を縫って四人の忍びは、路上に顕身し、悠然と歩きはじめた。うち二人は篝から抜きとった松明《たいまつ》を持ち、雨中を警戒する丹羽兵を粧《よそお》って先行してゆく。

やがて本陣に近づくにつれ、不意の雨で右往左往する寄せ手の兵にまぎれた。

わずか四半刻も経《た》たぬまに、大屋戸の丹羽陣地の様相が一変した。本陣の両翼の家から、硝薬のしきりと弾《はじ》ける音が聞えたかとおもうと、早くも庇《ひさし》から火を噴きはじめた。

「火を消せ」

と騒ぎまわる者。逆に、

「火を消すな」

と大声で走りながら、

「組々に固まって、あたりを見回れ。騒いで乗ぜられるな。たかが乱波の仕業じゃ」

と伝えている者もあり、わずかの間とはいえ、陣は常軌を失った。

地響きをたてて走りまわる兵に伍《ご》して、本陣の前を徘徊していた葛籠重蔵は、いまを侵入の好機と見た。路上から、つと足を裏門のほうへ近づけようとしたとき、いつのまに近づいてきたのか、

「われは正気かよ」

下柘植次郎左衛門であった。

「その雑兵《ぞうひょう》姿で、本陣へ入れると思うか。いくら乱波でも、戦さ場で旗本が固める中へ忍びこめるものではないわ。命を惜しめ」

「……お師匠こそ正気か。火をかけたすきに本陣にまぎれ入って長秀を刺すと云った

のはお師匠ではなかったか」

「時に応じて、味方をあざむくこともある。ああ申したればこそ、五平と黒阿弥は身を挺《てい》して火をかけた。火をかけて敵を怖れしめただけでも、この企ては成功したと見るがよい。もはやわしは逃散する。われも逃げよ。この上、敵の一人や二人殺したところで、なんの足しになるものでもないわ」

重蔵は、この場になって逃げようとする次郎左衛門の行動を卑怯《ひきよう》とは思わなかった。忍びの心には他国の武者のように一定の規律がない。常に事象に対して過敏に変幻し、ついには古い忍び武者になると、おのれの心でさえつかめなくなるという。次郎左衛門のこの場の行動は、味方を謀略する予定のものであったのか、この場に臨んで恐怖がそうさせた衝動的なものであったのか、それは次郎左衛門さえ自分を説明することはできまい。が、たとえ恐怖があるとしても、精神の虚実の操作の複雑な鍛冶《たんや》を経てきた忍びには、常人の場合のような露《あら》わな反応が、その表情のどの翳《かげ》にもあらわれなかった。

次郎左衛門は、この伊賀に棲《す》む乱波に特有の皮膚に粘液をまとうた腔腸《こうちよう》動物のような無表情さで、ひえびえと、本陣のむこうに燃えあがる火を眺めていた。この男は、自らの心の変幻さを、自ら批判することさえできぬまでの流動の中で生きている。それは、事実化生ともいえた。信長の伊賀掃滅は、そうした伊賀のふしぎな心への、はげしい憎しみからも発していた。

ただ、重蔵の心にはその流動さがない。それは忍者としての若さにも依《よ》ったし、また、重蔵は、両親を惨殺《ざんさつ》されて以来、その心から化生を喪《うしな》っている。なまの人間の復《ふく》讐《しゅう》の感情が、はげしく身を焦《こ》がしていた。重蔵は、静かに口を開いた。

「わしは逃げぬ。——仇《あだ》をうつ。たとえ味方はあざむけようと、わが心はあざむけぬ。さらばじゃ」

重蔵は、火事の騒ぎで不用意にあいている裏門へ足を踏みだした。同時に、次郎左衛門の姿も、周囲から消えた。

するりと、門のすき間から中へ入ると、かつてはこの農家の籾《もみ》干《ほ》し場《ば》になっていた広い裏庭に出た。

幸い、人影がない、と思ったのは誤りで、やにわに顔先の植え込みから、

「誰じゃ。——あっ」

重蔵は、一瞬すれちがって、人影の前を通りぬけた。暗殺のおそるべき手わざといえた。武者の胸に鎧通《よろいどお》しが突きたち、重蔵のはるかうしろで倒れた。鎧通しを抜かな

かったのは、返り血を嫌ったからであろう。

雨は、ほとんど止《や》んでいた。

ぽつりと、屍《しかばね》のそばで、思いだしたように庭の黒松からしずくが地に落ちた。しずくがいましがた、庭の静かさを破った音といえば、この音のほかになかった。しずくが地に届いたころ、重蔵の影は、すでに対屋《たいのや》の中に吸いこまれていた。

通りぬけて、母屋《おもや》に入る。母屋が本陣になっていた。灯りがさし、人声でざわめき、母屋の前の中庭のなかまで武者に満ちていた。

人の動きを巨細《こさい》なく網膜に焼きつけていた重蔵は、夢の中から突如この場に降りたたされた者のように、まるで目のさめるような鮮やかさをもって、自分はここで死ぬであろうことを思った。

ほんの刹那《せつな》ではあったが、この男の頬に冷たいわらいが浮んだ。ここ数日来、肉親の死をみて、怒りのままに身と意思を動かしてきた自分を、ふと笑い捨ててしまいたい自嘲《じちょう》の気持がうごいた。が、それも刹那のうちに消える。

と、重蔵は、剣を抜いた。

もはや、この武者の群れを前にしては乱波の術はなんの役にもたつまい。忍びを捨て、体をすべての敵の目の中に曝し、おのれの鋒尖《ほこさき》のむかう方向に乱入する以外、長秀の身辺に近づく手だてはなかろうと思った。

重蔵は、黒つむじのようになって、本陣の中へ突進した。

たちまち、混乱が起り、怒号が重蔵の頭上を越えた。

（書院――）

重蔵の頭に閃《ひらめ》くと、低い庭塀《にわべい》をとびこえた。降りた側は、禅的に模擬した粗末な枯れ山水の庭になっていた。彼の左右に、数本の槍穂《やりほ》が流れた。その穂を夢中で払いつつ、書院の縁に跳ねあがった。同時に、障子を蹴倒《けたお》した。

部屋の中には短檠《たんけい》が三つゆらめいて、白い畳の上に人はいなかった。

（逃げたか！）

と思った瞬間、まるで反射的に重蔵の身は自らも逃げる行動に移っていた。一旦《いったん》は死を決意したとはいえ、重蔵の中にある忍者のさがが、重蔵の意思とは別に、危険と危険の間にあるわずかな隙《すき》へ、まるで鮎《あゆ》のような機敏さで彼を跳動させる。

左手で短檠をつかんだ。――同時に、懐《ふとこ》ろの中から硝薬をとりだす。

「出あえ。乱波はここにいるぞ」

口々に叫ぶ声が、ひと声ごとに数を増してきた。庭には、身うごきもならぬほどの武者が満ちた。

「この顔を、覚えるがよい」

重蔵は、庭から部屋に駈けあがる者をふたつに斬り落して、凄愴《せいそう》な笑窪《えくぼ》をつくった。

「伊賀の者で、葛籠重蔵。この夜討は、戦さ駈け引きではない。いわば、仇討じゃ。一人でも多く、わが父の伴《とも》に冥府《めいふ》へ送るぞ」

繰り出してくる槍をからりと払い、その筋目へ放胆に踏みこんで鋒尖を相手のみぞおちへ通す。本来、乱波《らっぱ》というものは名を名乗るは愚か、その面貌《おもざし》をも敵にさとらせない。敵と刃を交わすことすら避けるものであったが、重蔵はそのいずれをもこの場に破った。

——槍をひけい。たかが死に身の乱波ひとり相手に命を落すのもおろかしい。穂尖《ほさき》をすきまなく揃《そろ》えよ。一時にかかれ。

そう下知する者があって、十数本の槍が重蔵の胸もとへならぶ。——そのとき、寄せ手の背のあたりで夜鳥の叫びにも似た声がわいた。

「あはは。たかが乱波ひとりと申したな。ひとりではないわ」

はっと一同がふりむいたとき、その顔をめがけて、ばらばらと半弓の鋭い矢が突きささった。

「いまじゃ。重蔵様、心得違いすな」

わめいているのは、黒阿弥であった。庭の東南すみに建っている茶室の屋根にうつぶせながら、矢をつがえては射た。

と同時に、重蔵の手から短檠の火が離れ、硝薬が飛び、紙障子に当って轟然《ごうぜん》と爆発し、その濛々《もうもう》たる白煙の中で、紙障子が一時に火《ほ》むらを逆だてて噴きあげた。

武者たちは群がって縁側にあがり、てんでに槍を薙《な》いで障子の骨を払ったが、火と煙がようやく薄れたときは、二人の乱波の姿はなかった。

一方、次郎左衛門である。そのまま脱出しようとしたこの男の場合はかえって悲惨な結果になった。

「あの者、不審――」

道路上をさりげなく歩いていた次郎左衛門の姿をみて、見廻りの一隊が訝《あや》しんだ。忽《たちま》ち百人余りの追手の包囲をうけたが、もはやこれまでとみたか、ひょいっと、追いすがる最前列の者をふりかえって、

「いかにも不審。わしは乱波じゃよ」

剽軽《ひょうきん》な身ぶりを示したかと思うと、

「あ――」

一同が声をのむなか、団々と燃えさかる民家の火の中へ身を投じた。追手の一瞬、目にもとまらず追手の一人を奪って肘《ひじ》の中で締めつけていたのだが、たれも気付かなかった。

火中に駈《か》け入ってからその男を放し、おのれは身の焦《こ》げただれていくのを自らの耳で聴きながら、秒一秒、火心の底に潜んだ。

男は、悲鳴をあげながら、火の中からあらぬ方角へとびだす。と同時に、どっとむらがった武者に、なますのごとく斬られた。その間髪を縫って、次郎左衛門は消えた。

――伊賀は、この夜で消滅した。

伊賀にとって最悪の年であった天正九年は過ぎた。国を散って諸方に流浪《るろう》した忍者たちは、この惨禍このかた、かつては思いもかけなかったさまざまな人生を歩んだ。

以降、十年たつ。

下柘植次郎左衛門は、いったん大和から播磨へ流れたが、その後郷里下柘植に帰り、信長に没収された旧知の一隅に茅舎《ぼうしや》をたてて、みずから新田をひらきつつ、からくもその日の食を得ていた。

風間五平は、京の街にひそんだ。

一時は、下柘植在の次郎左衛門の茅舎に身を潜めて、開墾のたすけなどをしていたが、やがて次郎左衛門の命で京へ去ったのである。この開墾の手助けをしていたとき、のちに登場する次郎左衛門の娘木猿と馴《な》れ親しんだのであろう。世継ぎのない次郎左衛門はむしろこれを奇貨として、婿をゆるした。

葛籠重蔵の場合は、やや異なる。

大屋戸の夜討のあと、下忍黒阿弥とともに大和、山城の国境いの山を走って、御斎《おとぎ》峠《とうげ》に至った。峠の起伏のかげに、仏いじりを好んだ重蔵の祖父の庵室《あんしつ》が遺《のこ》されている。この庵《いおり》にかくれて、黒阿弥は、奈良、郡山《こおりやま》、京などへ一夜で往還しては、重蔵の糧《かて》のために夜盗をはたらいた。重蔵は、大志をもっている。

当然、信長を討つということであった。

伊賀の流亡の忍者が信長を誅殺《ちゆうさつ》しようとしたことについては、重蔵のみでなく、他にも例があった。――伊賀が戡定《かんてい》されてのち、信長が国中を巡遊して伊賀の一ノ宮にある敢国《あえのくに》神社の境内に小憩したさい、付近の丘陵の上にたち現われた音羽ノ城戸とその仲間の忍者ふたりが三挺《ちよう》の鉄砲をかまえ、同時に火を噴き、と共に信長の周辺を固めていた数人の侍を斃《たお》した。しかし信長には傷をさえ与えなかった。

葛籠重蔵は、御斎峠を根拠にして、ときに京へ出ては信長の身辺をうかがった。当時、重蔵ははたちを幾つも越えず、大屋戸夜討の前後は、肉親を虐殺《ぎやくさつ》された悲しみと怒りの噴きでるままに、この男にしてはまれとみていいほどの狂躁《きようそう》に身の動きをまかせたが、峠に隠れてのちは日とともにその激情もうすれた。

ただ、この目的が、この男の人生にとって、早くも人生そのものに融《と》けつつあったということは云《い》える。土地を奪われ、家もなく、家名も消え、ただ壮気のみをもてましているこの年齢の重蔵にとっては、復讐はねがってもない生きる目標であったろう。

しかし重蔵が不幸であったことは、この復讐を彼自身の手ではなく、もしくは伊賀のどの仲間によってでもなく、かれらとは全く無縁の、維任日向守光秀《これとうひゆうがのかみみつひで》という男の手で遂げられたことであった。

天正十年六月二日、織田信長は本能寺で死んだ。

伊賀ノ乱以来、ようやく一年を経た時期である。

信長によって、土地、家名、肉親という人生の基礎を奪われ、しかもその信長を殺すことに賭《か》けてようやく人生に望みをもち、一転ののち信長の死によって重蔵はそれらのすべてをうしなった。

そののち九年。天下はすでに豊臣秀吉に帰していたが、峠にいる重蔵の日常は、なすことがなかった。

時に、行動を求めて重蔵の血が騒ぐことがあった。そうしたとき黒阿弥をつれてただ漫然と京大坂へ潜入してゆくのである。血を鎮《しず》めるために、目的もなく大名の邸《やしき》を物色しては忍びわざをしてあるく。他家の闇《やみ》の中に身を潜めればふつふつと清潔な昂《こう》奮《ふん》が体の深部からわきおこってくるのは、あるいはまた、それが日頃の怠惰に鬱屈《うっくつ》した精神を見るまにときほぐしてゆくのは、重蔵にとっては幼いころから忍びわざの中で心身を育ててきた、いわば天性に近いものであったろう。

とは別に、人生に目標をうしなった重蔵の日常に、いまひとつ為《な》すべきことがあった。この血を、それができることならば、怠惰の中に沈澱《ちんでん》させおおせることであった。——自らを、怠惰の精神へ馴致《じゅんち》させるために、重蔵は看経《かんきん》を選んだ。為そうにも目的がなく、かといって佶屈《きっくつ》たる精神を内に燃やしているのは人生の一つの不幸であろう。経を誦《よ》み、声明《しょうみょう》を唱え、梵唄《ぼんばい》をうたい、ついには怠惰に愉悦しうるようになることのみが、峠に棲む重蔵にとっていまは唯一《ゆいいつ》の生きるめあてのように思えた。重蔵が生活を沙弥《しゃみ》に似せて、しかも髪をそりこぼたなかったのは、本来、重蔵に求道《ぐどう》の心がなかったからである。

の一日であった。
──その葛籠重蔵が、下柘植次郎左衛門の突如の来訪をうけたのは、そうした日常
春とはいえ、日が暮れおちてから、山肌は音を刻むようにして冷えはじめている。
風が雨気を帯びはじめたせいであろう、庵の中までひどく嫩葉《わかば》がにおった。
ときに鼻腔《びこう》をさすような芽の匂《にお》いが、風に乗って部屋に物狂おしくたちこめては、
卒《そつ》と消えた。
──次郎左衛門は、背をまるめ先刻からものもいわず、夢中になって蛭《ひる》をいじって
いた。その影が短檠のむこうでぶきみに伸縮してあの乱以後見ちがえるほど老い朽ち
たこの男が、ふと、このまま老いゆくにしたがって、いっぴきの妖怪《ようかい》に化し去るので
はないかとさえ思えた。
それを見つめる重蔵の目が、先刻とは別人のようにきらきらと光りだしたのは、あ
るいは部屋にみちた嫩葉の匂いのせいであったかもしれない。
重蔵は、口をひらいた。
「お師匠」
すでに耳がうとくなっているのか返事もせず、次郎左衛門はいよいよ床を這《は》うよう
にかがまり、右拳《みぎこぶし》の指を立て、左の掌をひらいて、掌のくぼみの上で血玉になってい

る蛭を指でころころともてあそんでいた。

「聞えぬか」

「うむ？」

「この重蔵がいのちを燃やすほどの仕事ならば、忍びにたちもどってもよい。お師匠が配下の乱波にもなろう。――何じゃ、仕事は」

「秀吉を殺すことじゃよ」

次郎左衛門は、事もなげに云って、顔をあげた。

「なるほど。秀吉をな」

重蔵は反芻《はんすう》して、しばらく黙っていたが、やがて口をあけてわらった。

「よかろう。……よい話をもってきて下された。なにぶん、ここ数年は体も心もなまったゆえ、思うような働きもできぬかもしれぬ。したが、怠けつつも、まずその仕事、乗ってみよう」

云い終ってから重蔵は、次郎左衛門の小さな目をのぞきこんで、

「お師匠。その話、どこから金を貰《もろ》うた」

「堺の、さる商《あきゅ》うどからじゃ」

「名は、なんという」

「今井宗久《いまいそうきゆう》」

「おう宗久といえば、秀吉の寵愛《ちようあい》はことにふかいと聞いた。商人ながら、津田宗及《そうきゆう》、千宗易《そうえき》（利休）、今井宗久はそれぞれ二、三千石の知行を食《は》んでいるとも聞いている。なんで、その宗久が秀吉を殺したいのか」

「知らぬ」

「ふしぎなこともあるものじゃ」

「ふしぎといえば、世にきりはないわ。われわれ乱波以外の人の世は、ふしぎな話で満ちておる。われわれが刃向いもせぬのに、信長という男が突如あらわれて国中を押領《おうりよう》し、伝来の土地を捨ててわれもわしもこう流亡した。わがことながら、ふしぎな話よ。が、乱波にそういう思案推量はむだじゃ。――宗久が何を考えていようと、わしは金を貰《もら》えばよく、われは秀吉を殺せばよい。世の中のことからみれば、乱波は明快じゃな」

「どこで、宗久と会う」

「二日のちの丑《うし》、大仏の膝《ひざ》もとで待て。使いの者が来よう。――これは、当用の銀じゃ」

次郎左衛門が帰ってから、山の雨は本降りになった。

（もう、菜種梅雨か）

板敷の上で、麻を一枚しいて寝ころびながら、重蔵はしぶとい雨のあしを聴いていた。

ひたひたと庭先で足おとがして、黒阿弥が帰ってきた。

この男の丈は、五尺に満たない。重蔵の先代から仕えている所からみると、齢も五十は越しているはずだったが、その鳥のような相貌《そうぼう》は、ときに童子にさえみえる。

「ゆうべは、大坂か」

「いや、堺《さかい》でござる」

黒阿弥は、おそらく盗品であろう、持ち帰ったものを天井の裏におさめて、部屋にもどってきた。重蔵は、右肘を枕《まくら》にしたまま、

「あすから、ここを出る」

「左様か」

黒阿弥は、黙っている。しばらく、重蔵と黒阿弥の沈黙を、雨の音が埋めた。

「秀吉を刺す」

「左様か」

生れたときから忍びの中で育ったこの男は、まるで世間話のようにそれをきいた。
「しばらくお前は、京で店《たな》でも持って暮してくれ。名を、伊勢屋嘉兵衛としておこう。いずれ、当方から声をかける」

濡《ぬ》れ大仏

陽が高くなってから峠を発《た》った重蔵は、みちに沿っていったん甲賀信楽《しがらき》の多羅尾《たらお》に出、そこからきこり路《みち》を縫い、笠置《かさぎ》に出ようとした。

笠置から木津川の流れに沿えば、奈良は近い。多羅尾から童仙房《どうせんぼう》への道は、まるでみどりの洞穴をゆくような思いがした。

山肌を雑木が蔽《おお》って陽も透さず、自然、木《こ》の実《み》の種類も多いせいか、苔《こけ》の道をほとんど十歩あるくごとに重蔵の足もとからちょろちょろと小動物が走った。

その栗鼠《りす》のいっぴきが、きらりと美しい背をきらめかして重蔵から数歩先で急にあしをとめると、不意にこちらをむいた。

「重蔵さま」

たしかに栗鼠は呼んだように思われる。重蔵はすばやくあたりに目を走らせた。たれもいなかった。青い空が梢《こずえ》の茂みからわずかにのぞいて、みどりのひかりの帯を重蔵の立つ足もとの苔へそそぎかけている。

「ホホホ。重蔵さま」

すでに栗鼠の姿は消えている。右手に濡れた岩場があった。前に泉が湧《わ》いていた。そのふちに茂ったつよいどくだみの匂《にお》いの中から、このときはなやかな色彩がうかんだ。

「あら。そなたか」

「なんじゃ、そなたか、はひどい申されよう」

「いたずらをされては、こまる」

「悪戯《いたずら》なぞはしておりません。わたくしは、さきほどからこの泉のふちで重蔵さまの来るのを待っていただけ。ふふ、重蔵さまこそおかしいではありませんか、栗鼠なぞにまどわされたりして」

どくだみの匂いを曳《ひ》いて重蔵の前に立った女は、当世風の派手な小袖《こそで》こそ着ていたが、それをわざと面倒そうに裾《すそ》短かにたくしあげ、餌《え》を啄《ついば》みに舞いおりた雀《すずめ》のような身軽さで、ふわりと苔のうえに小さな足をひらいていた。

「なるほど、みちがえるほどじゃ。きれいになられた」

女は、黙ったまま、顔の中でそこだけがけもののように光る目できらきら笑っている。

「木さるどのはどちらへ参られる」

「京へ」

「風の字じゃな」

「ふふ」

「探してもし裏切っておれば刺し殺す……これはなかなかの大役じゃ」

「たれに聞かれました」

「てて御にきかされた」

重蔵は云《い》って、おかしそうに笑った。

「重蔵さまは、どちらへ参られます」

「さあて」

「奈良でありましょう?」

「ほう、たれからきいた」

「父です。五平を探す一方、重蔵のことも手伝えと。ですから、なかま。重蔵さまとは」

「迷惑じゃな」

「なぜ？」

「わしは男じゃ。女との仲間づれは困る」

「木さるは女ゆえ、わざが不足ともうされますか」

「こわいことを云う。さきほども、わしをめくらましたほどのうでじゃ。ただ、女ではのう、わしは男じゃから、時に犯しとうなるわ」

「ご遠慮あそばすな。犯してもよろしゅうございます、重蔵さまなら」

「これは、きつい。いっそ、いま犯そうか。わしはそういうことに存外しんぼうがないぞ」

「くッ」

と笑って、木さるは四、五間はなれた岩へとびあがった。

重蔵は笑っている。むろんそれはざれごとにすぎなかったが、ふと頭の片隅で風間と木さるのことを思った。

（許婚者《いいなずけ》とはいえ、風間とは何ごともなかったのかもしれぬ。次郎左衛門が、あるいは何ごとかあったがごとく風間を責めて、おのれの婿《むこ》にしてしもうたのであろう。風間が、土地もない郷士の婿になるのを嫌《きろ》うて、京へ出たのを幸い、身の行方をくらました。大方、そんなことであろう。……あの様子、まぎれもなくまだ生娘《きむすめ》じゃ）

木さるは岩からとびおりると、樹《き》の間を縫って栗鼠のように走りだした。

自然、重蔵の足もはやくなった。しかし、笠置へ降りる小半刻《こはんとき》というもの、重蔵は木さるの姿を失った。

森がきれて、傾斜が急になったあたり、目の下に木津川の白い河原が一条の紺碧《こんぺき》の条《すじ》をふくんで西へ流れているのがみえた。

崖《がけ》の上の樫《かし》の樹蔭に立って息を入れていた重蔵は、ふとこの樹の上に木さるがひそんでいることを感じた。

（なにか、悪戯を仕掛けてくるつもりだろう）

重蔵はそれを待つ気持になっている自分を、ふと可笑《おか》しみをもって眺めた。

（わしは、この女を好きかな？）

そのとき、ふわりと小袖が降ってきて重蔵は身をさけた。避けた位置へこんどは木さるの肉体がふってきて、

「だめ！　避けちゃ」

木さるはほとんど全裸のまま肩車するようにのって、重蔵の目を両掌《りょうて》でふさいだ。

「ここからわたしは京へいく」

「ふむ」

「いつかはこの体を重蔵さまにあげる」

と木さるは息をはずませて云った。

「五平はどうなった」

「ほんとは、きらい。父が婿にしたいものだから、わたくしをそそのかした」

「ではなぜ風間を探すために京へ行くのか」

「それがわたくしにもわからない」

「とにかく」

重蔵は、目を押えている木さるの指を一つずつ外しながら、

「女の移り気は男に迷惑じゃ。いちずに風間五平を探すことが第一。乱波《らっぱ》の娘にも操《みさお》はあるはずじゃ。よからぬところ、どうやらそなたはてて御に似ている」

ことさらに木さるのために目をつぶったまま、重蔵は木さるの腰のくびれを二つの掌に入れて、小柄にひきしまった体を地上におろした。ふしぎな弾力をおびた固い肉が、重蔵の掌のうちで煙をあげて融《と》けさるように感じ、重蔵は不意に瞼《まぶた》の奥でくるめ

きをおぼえた。

（いつかは、この女をわしは犯すだろう）

重蔵は木さるのほうを見ず、むしろ興ぶかげにわが心の動きをねめまわしながら、背を返して足を坂のほうへむけた。

「重蔵さま」

「そなたと遊んでいては、日が暮れるわ」

落ちるように重蔵の足が、眼下の木津川河原へむかって歩を速めた。

外はまだ薄暮の明りがのこっていたが、重蔵は油坂に旅籠《はたご》をみつけて、宿をとった。

「女はいりませぬか」

宿の主人がしきいのそとで云ったのは、客の派手な容儀をみてそう気をきかしたのであろう。重蔵はことさらに仕つらえて頭を立ツ髪にのばし、後ろを白糸の元結《もとゆい》でゆたかにさばき、もえぎの伊賀袴《いがばかま》を穿《は》いてすそを金の小はぜでとめている。

重蔵は小はぜを外しつつしばらく考えていたが、やがて、

「よんで貰《もら》おう。その前に酒を少々」

と云った。他国に入れば、忍者はまず女を買う慣習をもっていた。むろん、土地な

まりを知ったり様子を聞き探るのが一応の目的ではあったが。

やがて、女が入ってきた。

女はどちらかといえば大柄な体で、美人とはいえなかった。しかし細い清潔な目とゆたかな頬をもっていた。よほど無口なたちらしく、部屋の乾《いぬい》の片隅で、じっと両掌を厚い膝《ひざ》の上に重ねて畳の目をみている。

重蔵は、自然薯《じねんじょ》とほしざかなを載せた二枚の皿を交互につつきながら、徳利を傾けていたが、やがて口をひらいた。

「もそっと、ここへ寄れ」

「…………」

「そこへ、仏像を据えたように座られては、酒が旨《うも》うない」

「…………」

女は黙ったまま徳利に手をのばして、酒を注ごうとした。

「いや、そのほうもすごして貰おう」

重蔵は女から徳利をとりあげて、代りにさかずきを渡した。女は素直にそれを受けた。重蔵は注ぎながら、

「名は、なんと云う」

「小萩《こはぎ》と申しまする」

「よい名じゃ。やはり奈良か」

「はい」

「生れも」

「……はい」

「はは、これは無口じゃ。さすがに古い仏都だけあって、おなごも仏に似るとみえる。こよいはひとつ、仏に酒供養《くよう》しようか」

女は、はじめてちらりと笑った。笑うと、目もとが春の弦月《げんげつ》のように煙って、意外なほど美しい顔になった。

注がれるたびに、女はひと息でさかずきを干した。重蔵もしきりと重ねる。やがて、女の膝の線がくずれて、白いふくらはぎが重蔵の目を焦《や》いた。

「酔うたわ」

女は、それを目もとの微笑で受けて、

「でも、あなたさまは先程からひと滴《しずく》も召し上がっておりませぬ」

と無邪気に云った。

女は、笑っている。

重蔵は、内心、怖《おそ》れをおぼえた。重蔵はかつて酒を嗜《たしな》まなかったし、忍者はもともと酒気をきらう。闇《やみ》の中で気配を嗅《か》がれるからである。ただ巧妙にさかずきを重ね、かつてその手許《てもと》を気付かれたことがなかった。

「わしはただ、人に酒を供養するのが好きでな」

われながらまずいことを云うと内心で思いながら、膝をのばして寝所へ立った。

隣室に、ふた流れの臥床《ふしど》がとられている。重蔵は衣服をぬぎ、刀を枕《まくら》もとに置くと、紺の匂いの強い床の中へ足をのばした。

女が、手燭《てしょく》をもって入ってきた。手燭がゆれているのは、女の足もとがさだかでないからであった。それでも重蔵のぬぎちらした衣服を丁寧に畳むと、ほっと灯を消した。

闇の中できぬずれの音のみがたっている。音は歯切れのよい短切な調律をもっていた。音のみを聴いていると、闇の中に立っている女は、さきほどのやや鈍重な印象のあの女とは、まるで別人のようにも思えた。

女は重蔵の枕もとで指をそろえて一揖《いちゆう》すると、臥床へ入った。そして静かにからだをこわばらせた。

重蔵の胸には、この女に対してある疑問がめばえはじめている。

重蔵は闇の中の天井を見つめながら、横に寝ている女はただの遊女ではあるまいと考えはじめていた。

あるいは乱波ではないかとも思った。

しかし伊賀ではこのような顔を見たことがない。

(女は、甲賀か——)

とすると、なぜこの女が自分の身辺に近づいたか、理由の推測がつきかねた。

正体を探っている重蔵の同じ指が、つと女をひきよせて、下半身にまつわっている赤い絹の下をまさぐった。女は、びくっとしたようであった。固い緊張がはしって、女は膝をつぼめた。

重蔵は、静かにさぐって、女の深部にいたった。女は懸命になって、乱れようとする息を整えているのが闇の中でもわかった。やがて女は、力がつきたように重蔵の前にからだをひらいた。それからの女は、ただのからだに化した。

女は、小さな叫びをあげて、別人のように重蔵のからだへまつわりついてきた。

重蔵は、かすかに笑った。

(ただの遊女か。しかも稼ぎをはじめて、まだ日も浅い……)

思いつつも、重蔵はなお、女の中に動いている敵を感じつづけた。

女は、狂おしい所作をした。たとえこの女が重蔵へ目的をもった甲賀の者であったとしても、この刹那《せつな》はただの白い肉体にすぎなかった。

やがて、女は眠った。

ふと重蔵は、心の奥で小さな物音をきいたような覚えがした。音は不規則な波をひろげやがて沁《し》みとおるような哀れを、女の寝息におぼえた。この思いにはなんの色彩もおびていない。しかも、どういう哀れであるのか重蔵自身にもわからなかったが、ただひとつ、先刻来の自分の心の動きの中でこれが真実に近いものであることだけはわかった。

丑《うし》ノ刻が近づいている。

重蔵はしずかに床をぬけて部屋の中で身づくろいをした。

女は小さな寝息をたてている。

たてたまま、女の目はそっとひらいて重蔵の身うごきをながめていた。

重蔵は背中でその微弱な視線を知った。

（やはり、甲賀の女か）

重蔵はなんの警戒もせず、音をたててふすまをひらいた。

気付かれたと思ったのか、女は床の中でびくりと動いた。

油坂から東へ十五丁、奈良も古京極《こきょうごく》のあたりまでくると人家も稀《まれ》になる。雲井坂《くもいざか》をのぼりつめて無量院《むりょういん》の前まで出たとき、重蔵はかすかなおどろきをおぼえた。目の前に手向山八幡《たむけやまはちまん》の森があり、春日《かすが》、若草の丘陵がうずくまっている。たちこめる夜の雨靄《あまもや》の中でわずかにあかりが明滅するのは二月堂のあたりとみたが、そのかすかなひかりを光背に、異様な形象が闇の天地を占めていた。大仏である。

しかし舎殿はなかった。

目をこらすと、巨大な毘盧遮那仏《びるしゃなぶつ》は、いままで地上の何びともこれほどの醜怪な形象を想像しえた者はあるまいと思われるほどの無残な姿を地に載せていた。全身がどろどろに焼けただれたうえに無数の隆起と空洞があり、頭部はもはや形もなしていなかった。このほとけにこうも恥辱を与えた元兇《げんきょう》が松永弾正久秀《だんじょうひさひで》であったことを、重蔵は聞きおぼえていた。

永禄《えいろく》十年の春から秋にかけて弾正久秀は三好《みよし》三人衆と奈良で戦った。久秀は戒壇院《かいだんいん》に拠《よ》り、三好勢は大仏の回廊を砦《とりで》とし、般若寺《はんにゃじ》、文殊堂《もんじゅどう》、仏餉堂《ぶっしょうどう》、妙光院、観音院、授戒堂、北水門、南水門、千手堂、さらに戒壇院を焼き、ついに十月十日、久秀は敵の拠る大仏殿に火を放った。

巳《み》ノ刻、大仏殿焼了。――

猛火天ニ満チ、サナガラ雷電ノ如《ごと》シ。釈迦《しやか》像(大仏)ヲ湯ニナラセ給《たま》ヒヲハンヌ。言語道断、浅猿浅猿《あさましあさまし》トモ思慮ノ及バザル処《ところ》ナリ。

多聞院《たもんいん》の僧は、こう書き残している。その後二十年を経た。しかし復旧の事はすすまず、大仏はなお、このみじめな形相を天日に曝《さら》していた。

重蔵は闇の中凝然と座る巨人の骸《むくろ》をながめつつ、このむくろの前をえらんで時代の支配者である秀吉を殺害する企てを連絡しようとした今井宗久という商人の精神のあやしさをふと考えた。

雨が音もなく手向山のふもとの野を濡《ぬ》らしはじめている。

重蔵は裾《すそ》を草で濡らしつつ真っすぐに大仏の基座へ歩いて、一枚の蓮弁《れんべん》の下に腰をおろした。見あげると、印を結んで前につきだした大仏の左手の四つの指から、白い雨の糸が間断もなく滴《したた》りおちていた。

ふとこの大仏のまわりに黒い影が現われて、ひそひそと歩いている気配がした。指の下まで来たらしく、影がさしている傘にばらばらと雨の脚がしぶくのを重蔵は聞いた。

「たれじゃ」

云《い》って、重蔵は位置をかえた。左の手はすばやく刀の鯉口《こいぐち》をひろげている。

影は、無言のままで近づいてくる。重蔵の視野の中に入って、つと足をとめた。

重蔵はその白い顔に目をこらしていたが、やがて肩の力をわずかに落した。

(さきほどの遊女か……)

女は左手に傘の柄をもち、目を伏せ足をつつましくそろえて立っている。

重蔵は、すわったまま、

「用か」

「お肩が濡れましょう」

女はつと寄って、傘をさしかけた。

「よいわ。わしはここで雨の風情《ふぜい》をたのしんでいる」

「ホホホ、それは御風雅な」

女は急に弾《はじ》けるように笑って、

「ご同道いたしましょう。わたくしが、伊賀の葛籠《つづら》重蔵様の迎えの者でございます」

重蔵は無言で立ちあがった。女は白い腕をのばして、傘を高くあげた。重蔵にすれば、うすく察しはついていたが、それにしてもこの女が今井宗久の使いであったとは意外の度が過ぎている。

　重蔵は、女の横を歩きながら、

「お前は、甲賀か」

「……………」

　ちらりと男を見あげた目が笑っている。

「宗久の、乱波《らっぱ》か」

「……存じませぬ」

「なぜ、さきほどはわしに身をまかせた」

「あ。そちらではなく」

　二月堂へのぼる三叉路《さんさろ》へきたときに、女は云った。重蔵の足は、何の気なく二月堂の灯にむかっていたのだが、女の指はそれと逆の、持宝院の森をさしていた。女はそのまま竜蔵院、宝厳院、竜松院をすぎて、やがて道を山へとった。

　雨はなお降りつづいている。塗りつぶしたような闇がこめていた。

　この視界の中で、裾をかるくつまんだまま真昼の野をゆくように振舞うこの女の目は、乱波としても並な者ではあるまいと重蔵には思えた。

傘を叩《たた》く雨の音が、やや緩やかになった。その下で、女がくすくす笑っている。

「おかしいか」

「おかしいのは、わたくし。——わたくしはただの案内の役だけを果せばよかったのです。だのに身をまかせたのは、余分のことでした。伊賀で高名な葛籠重蔵様とはどういうひとかを知りたかっただけ」

「…………」

重蔵は、むろんこれをうそと考えた。

乱波とわかれば、それ以上の正体をつきとめる必要もない。宗久に雇われている以上、重蔵とは仲間の関係になるようであったが、もともと乱波のあいだに味方というものがありえなかった。雇い主の意思ひとつで仲間が仲間を殺した先例を、重蔵は数える気力もないほど多く知っている。

(わしを殺すのではないか？　この女は、いつか)

重蔵は、声をたてずに笑った。

この男は、そういう自分の予感を信頼している。予感を信頼することによってのみ成立している彼の職業と人生でもあった。そう思うと、どういう関連もなく、不意に重蔵の体の奥から、横を歩いている女に対する得体の知れぬ欲情がつきあげてきた。

女の肩が、重蔵の目の下にある。

白いうなじが、闇を濡らす雨の中で匂《にお》っていた。

自分を殺すかもしれないこの女への不意の欲情について重蔵の別の自分がひそかにおどろいてみせた。ここ数年、生きることに退屈しきってきたこの身を、いまさらのように思いだしたのである。身の危険といういきいきとした刺戟《しげき》が体のうちによみがえるとともに、それは同時に女への欲情をともなった。この交叉《こうさ》を重蔵は楽しんだ。

「女――」

「小萩とお呼びくださりませ」

「遠いのか」

「いえ」

女は立ちどまって、前の馬酔木《あしび》の森をゆびさした。

「あの蔭《かげ》に、東大寺の朽ちた塔頭《たっちゅう》がございます。そこ」

「それは惜しいことをした。も少し道のりがあればそなたを抱いていたかもしれぬ」

「え、この雨の中で？」

見上げた女の目の中に、青い情欲がともった。雨の中で横臥《おうが》を強いられる自分へ、なにか異常な想像の絵をえがいたのかもしれない。重蔵はおかしな女だと思った。しかし苔《こけ》の厚く積もった石段へ足をかけたとき、すでに重蔵は女を忘れた。山門の下まで来ていたのである。ちらりと朽ちた山門を見て、そのまま境内へ入った。

夜目にも庫裡《くり》はひどく荒れている。手をかけた障子の桟にざらりと埃《ほこり》がきしって、寺が永く無住であることを物語っていた。

「あ、庫裡ではなく……」

女が、小走りに追ってきた。

「どちらじゃ」

「あれに見える愛染堂《あいぜんどう》」

なるほど、そこのみが山内の木立の中で淡く灯がともっていた。

重蔵は歩きだした。女は、庫裡の軒端《のきば》に立っている。重蔵がふりむくと、女はかるく頭をさげた。おそらくこのまま いずれかへ立ち去るつもりであろう。ふと重蔵は、あの女は今井宗久の一味ではなくその敵のほうではないかと考えた。これは重蔵の直覚にすぎない。しかし、その直覚を心のどこかで楽しむ気持があった。

(そうなるといよいよわしはあの女にいつの日か……)

重蔵はひとりで首をすくめて、

（殺されるな）

なんとなくうきうきした微笑が口辺にわいた。

直覚は、中《あた》った。

愛染堂の戸をがらりと開けたとき、中にいた二つの影が躍ってすばやく佩刀《はいとう》を引き寄せた。

「――か」

「ちがう。伊賀の葛籠重蔵じゃ」

「では、案内《あない》のおとこは」

「おとこ？」

「左様。僧体を粧《よそお》うていたはずじゃが」

「案内は、女であった」

「女」

ふたりは、灯の影で顔を見合せた。ひとりがはっと他の一人に目くばせするや、その一人は刀を掴《つか》むなり堂を走り出た。見つけ次第斬《き》ろうとするのであろう。

男が出たあと、風が堂内へ吹きこんだ。燭《しょく》がゆれて、残った一人の男の眼窩《がんか》をあやしく隈《くま》どった。

瘦《や》せている。年も、五十は越していた。右のびんから頰にかけて古い傷跡があり、なにか、この男の凄惨《せいさん》な人生の絵形を見せているようでもあった。

男は、暗い眼窩の奥からじっと重蔵をながめている。灯が目を射《さ》すごとに、地獄絵にある亡者《もうじゃ》のような貪婪《どんらん》なしめりがやどった。男のうしろに厨子《ずし》がある。なにか、怪奇な愛染明王が立っていた。

重蔵は厨子にむかって立ったまま、目を細めて、

「わしは客じゃ。しかも名を名乗っておる。なぜ、名を告げぬ」

「乱波」

男は座ったまま頰をひきつらせた。傷が翳《かげ》を作って、泣いているようにみえた。

「口が過ぎる。わしは首領じゃ」

「名を訊《き》いておる」

「柴田《しばた》家の遺臣、松倉蔵人《くらんど》」

「よう付けた」

重蔵は笑って、男の前に胡座《あぐら》を組んだ。

「おおかた、濃州《のうしゅう》あたりの野伏《のぶせり》くずれであろう。なまりで知れる」

男は、かっと小さな目をひらいて刀を掴んだ。重蔵は微笑で制しながら、

「蔵人とはよう付けた。なんぞ官位でもありげにみえるのう。柴田家の牢人《ろうにん》というのもよう考えたわ。豊臣の世に容《い》れられぬ哀れさが、謀叛《むほん》の一ト役に打ってつけじゃ」

「喧嘩《けんか》を売りにきたのか」

「仕事をしに来ている」

重蔵は自分の刀をとって、がらりと遠くへ押しやると、

「しかし、お前様とは仕事は出来まいぞ」

「理由を云え」

「程無《ほどの》う、わかる」

重蔵は懐紙をとりだして端を裂き、丹念にこよりをひねって耳の孔《あな》の雨滴を掻《か》いた。

先刻の男が、雨に濡れて帰ってきた。

この男は、まだ若い。寸ののびた野太刀を串差《くしざ》しに帯びてはいるが、がら不相応に頑丈な肩の上に田舎回りの祭文《さいもん》語りによくある善良な顔を載せていた。

「し、死んだ」

駈《か》けこんできて、いきなり松倉蔵人の前に座ると、唇をわなわな慄《ふる》わせた。

「仔細《しさい》を云え」

「仔細もない。だ、だいぶつの下で、背から一突きで死んでいた……」

「殺したのは」

「わ、わかり申さぬ」

男は、そっと、耳を掻いている重蔵のほうを盗み見た。松倉蔵人も重蔵の顔をじっとうかがって、

「大方、この伊賀者であろう」

「わしではない」

重蔵は、こよりを膝《ひざ》の上に捨てて、

「話は変るが、松倉蔵人とか申したな。手下は何人いる」

「京に二十人」

「そのほか」

「美濃《みの》に五十人」

「この者は」

「雲兵衛という」

「死んだ者は」

「子飼いの手下で懸巣《かけす》ノ次郎。——乱波」

「なんじゃ」

「おのれも、今宵《こよい》からわしが配下じゃ」

「それは気の毒。だが、それでは仕事が出来ぬ。お前様には死んで貰《もら》う」

いままで喋《しゃべ》っていた松倉蔵人の首が口をつぐんだかと思うと、ころりと前に落ちた。重蔵の手に、いつのまにか雲兵衛の野太刀が抜き身になって握られている。

「雲兵衛」

「ひえっ」

「今宵から、わしに従え。この男には不憫《ふびん》を見せたが、仕事を遂げるためにはやむをえぬ。女乱波がわしにつきまとうた所をみても、大事はすでに洩《も》れておる。洩れた罪はこの男にあるとみた。口端《くちは》の軽い野伏風情と大事は為《な》せぬ。その大事、この男はお前に洩らしたか」

「は、はい。わしと懸巣ノ次郎にのみ……」

「次郎は幸いにも死んだ。お前はただ今より忘れることだ。忘れねば、お前も斬る」

「ああ」

「おびえずともよい。伊賀者には伊賀者の、仕事を仕切る道がある。仕事のために人を斬った。伊賀では世間のようにこれを非道とはいわぬ。わしの仕切りに従うかぎりお前の定命《じようみよう》に傷はつけまい」

云《い》って、重蔵は懐《ふとこ》ろから銀二枚を出して雲兵衛の膝もとへ投げた。

「か、忝《かたじ》けない」

雲兵衛は這《は》ってそれを拾いながら、重蔵を見あげた。重蔵は死骸《しがい》を見つつ、

「この男とは、仲は古かったのか」

「い、いや。ほんの半年前、京の東寺《とうじ》のあたりの宿で、この蔵人どのが、さむらいにしてやるから一味にはいれと……」

「もとは何をしていた」

「堺《さかい》のあぶれ者でござる」

「その手の綱だこ、水夫《かこ》もしておったな」

「ご明察、畏《おそ》れ入る。ばはん船に乗って呂宋《るそん》へも朝鮮へも押し渡ったことがござった」

「それは大そう勇ましい。しかしわしの云い付ける仕事はそう勇ましゅうないぞ」

「根からの臆病者《おくびようもの》でござれば」

「その臆病者がよい。しばらく京へ潜んでおれ」

「京のどこに」

「どこに居ようと、わしの使いが探しだしてくれるわ」

重蔵は立った。

この時刻から、朝駈けで堺の今井宗久の屋敷に行くつもりであった。

「このほとけ、境内の片隅へ埋めてやれ」

重蔵は、始めて痛ましい顔付をした。そのまま、死骸と雲兵衛を捨てて寺を出た。すでに、外は明るくなりはじめている。飛火野《とぶひの》を西へよぎりながら、暁天《ぎようてん》を見た。

体のどこかにかすかな疲れが残っているのは、あの女をなぜ殺さなかったかという後悔に近い思いであったろう。

敵を斬らずに、味方を斬った。これについては、伊賀の慣習に生きた葛籠重蔵は矛盾を覚えなかった。本来、伊賀には敵味方の意識がうすい。彼等は、自分の職業と職業集団のみを愛した。一時は敵味方にわかれていても、その意識と組織は一つのところから出ていた。その証拠の一つに、甲斐《かい》の武田勝頼《たけだかつより》に雇われた伊賀者と、三河の徳川家康に雇われた伊賀者が、終始駿河《するが》の山中で職業上の連絡をとっていた例があった。こういうことへの配慮から、戦国の武将は、通常重要な秘密は伊賀者の手にゆだねなかったといわれている。

しかし、あの場合はやや違っていた。重蔵の師匠下柘植《しもつげ》次郎左衛門なら、あの女が乱波《らっぱ》とわかれば女を抱いたあと容赦なく斬ったにちがいないと、重蔵は思った。伊賀者は、女を忌んだ。伊賀者の失態はほとんど女のことに懸っていた。仕事に絡《から》む場で女へ慕情を生じたとき、伊賀者の非情な職業意識はついに通力を失う。重蔵が女を斬らなかったことについて、女よりもむしろ自分の心の傾きを恐れた。女を斬ることによって、そのまま自分の心を斬り捨てるべきであったろう、と。

（どこという、取り柄もないあの女に）

これほどまでかかずらわっている自分に、重蔵は苦笑を覚えた。

（こんど遭ったときには必ず斬る）

飛火野を歩く重蔵の顔に、あかい血がのぼった。それは、白毫寺《びゃくごうじ》の丘に昇りはじめた暁の陽のせいであったか、もしくは生身の重蔵の胸のどこかにきざしはじめているあの女への哀憐《あいれん》のせいであったか、重蔵も知らない。

白い法印

天正十一年大坂に城を築いた秀吉は、堺《さかい》の町民に大坂への移住を命ずるとともに、この町の三方に青い水をたたえていた濠《ほり》をうめたてた。自衛の力を失って、堺は八年たっている。

それでも町ひとつ越えるごとに、くろぐろとそびえる剛勁《ごうけい》な木戸が、このまちの富と、容易に諸国の武権に屈せぬ自負を物語っていた。

重蔵は、南半町の木戸をくぐった。

午後の陽が、押しならぶ商家の屋根を焦《や》いて、数万の瓦《かわら》を一枚々々銀色に輝かせていた。

（唐船《からふね》でも入ったか）

重蔵は、思った。いかさま、雑踏を泳ぐ人は、むしろ異国の服のほうが多い。

「湯屋町《ゆやまち》はいずれかな」

「ここを真っすぐ、東へござれ」

重蔵の問いかけに、手代らしい男が、さも物忙しげに云《い》いすてて去る。

重蔵はゆっくりと歩を進めた。九つの町木戸をくぐって、大小路通《おおしょうじどおり》へ出ると、道の北から吹き渡ってくる風に、潮の匂《にお》いがした。

「これ。湯屋町はどこじゃ」

重蔵は、田舎武士の堺見物といった風情《ふぜい》を粧《よそお》いながら、いかにも寛閑とした口調で通行人へ呼びかけた。

足をとめた三十四、五の遊び人風の男が、赤い口をひらいて、

「口をつつしめ」

「これはなんと。わしになんぞ粗相があったか」

「その横柄《おうへい》な口をつつしめと云うのじゃ。他国ではしらず、この堺にあってはさむらいの二本差しは人足のうちにも入らぬわい」

「これは痛いしくじり。もう一度おたずね申す。湯屋町はいずれでござる」

重蔵は、その背の低い遊び人の顎《あご》もとまで近寄って、にこにこと小腰をかがめた。

「湯屋町で、酒《ささ》をたべたい」

「馴染《なじみ》の店はあるのか」

「このとおり、はじめて堺へ来た田舎者じゃ」

「金はあるのか」

「体が冷えるほど持っている。お手前の馴染の店でもあれば、同道して、一盞《いっさん》さしあげたいのじゃが」

遊び人は、急に薄い口許《くちもと》にいやしい笑いをうかべて、

「これは時の氏神じゃ。ちょうど咽喉《のど》が乾いて困《こう》じていたわ」

遊び人は、着物の裾《すそ》を心持からげて先に立った。

重蔵は、ゆったり微笑をうかべて随《したが》う。

湯屋町に入ると、まだ陽も高いというのに絃歌《げんか》の声がさざめいていた。

「おや、題目堂前《だいもくどうまえ》の――」

「その惣五郎《そうごろう》よ。今日は、いこう物持の旦那《だんな》をつれてきた」

琉球屋《りゅうきゅうや》と牌《はい》の出ている店へ入ると、女が数人湧《わ》くように出てきて、惣五郎と重蔵の両腕をとった。

「まあ、大きいひと」

「明《みん》の堅一官《けんいっかん》さまに似てござる」

「そのわりに、お顔がいかつうない」

「お口許が、宗薫《そうくん》さまにそっくりじゃ」

「宗薫？」

手をとられながら、重蔵はきいた。

「宗薫とは、たしか今井宗久どのの御子息であったな」

「おぬし、帯刀左衛門《たてわきさえもん》（宗薫）様を存じあげておるのか」

この離れ座敷から中庭が見える庭の右手には、反り橋に擬した中国風の廊下が架かっていた。題目堂前の惣五郎は、席につくなり膝《ひざ》の前を掻《か》きあわせながら、重蔵を見あげるようにしてそう云った。重蔵は、

「さあて。名ぐらいはどうにか聞き覚えておるが。しかしそれにしても妙じゃな。この堺では、たかが町人の宗久、宗薫の名を云っただけで、遊び人風情までそのように膝小僧をそろえるのか」

「滅多なことをぬかすでない。お前様は、一体どこのお人じゃ」

「越後《えちご》蒲原《かんばら》の郷士でな。会田《あいだ》源右衛門という」

「なるほど、大層な国なまりじゃ。そういう、わいらが見聞きしたこともない大田舎から這《は》い出てきたお人じゃから、そんなこけなことを云う。堺では——」

「女。この仁に酒をつがぬか」

「はい」

「堺では、なんじゃ」

「おう、堺では金がものを云うぞ。守護大名もこの土地に来れば鎧具足《よろいぐそく》を濠の外にぬぎすてて町へ入るのが常法じゃ。この土地では弓矢があるじではない。金があるじじ

や。その金を握るものが、津田、今井、小西、三宅……」

「題目堂前とやら」

「なんじゃ」

「酒が冷えるぞ」

「勝手に飲むわ。親の代から宗久さまのお店でこぼれを頂いてきたわいらとしては、今井の御威光を知らぬお人に、酒をおごられては潔《いさぎよ》うない。いま、たかが町人と云うたな」

「うむ」

「町人ではないぞ」

「では、何という」

「大蔵卿法印《おおくらきようのほういん》——そう、宗久さまには歴《れつき》と禁中から貰《もろ》うた位があるわ」

「大そうなものじゃな」

「しかも、商《あき》んどの身で摂州我孫子《あびこ》村、杉本村、遠里小野《おりおの》村をあわせて二千二百石の知行所まで関白から拝領してござるぞ」

「もし。惣五郎どの」

　さきの女と入れ代って這入ってきた新顔の女が、ぺたりと惣五郎のそばへ座るなり、ずしりと鉛を含んで重いぎやまんの酒器をとりあげて、男の膝をつついた。

「よそ様の禄《ろく》をあげつろうても詮《せん》ない。お前様は、この場ではそのさかずきの中の美禄に酔われるのが第一。さ、お干しくだされ」

「これはもっともじゃ。えろう喋《しゃべ》りすぎて咽喉がかわいた」

惣五郎は剽軽《ひょうきん》に額をたたくと、さかずきを両手の指で支え、口をふちへ近づけて、ぐびりと咽喉仏を上下させた。

重蔵は、女がこの部屋で入れ代ったときからじっと女の横顔を見つめている。

女は、惣五郎の膝にこぼれた酒滴を布で拭《ぬぐ》いながら、濃く化粧をした横顔で、刺すような重蔵の視線を平然と受けていた。

小萩《こはぎ》である。

どういう手だてをつけたのか、係の女とすりかわって酒席をとりもっていた。

小萩は、重蔵を見ず、ひたすらに惣五郎の膝に手をおいて酌をしている。

重蔵は、小萩の立居を見ているうち、この女に二度もしてやられた自分の間抜けさ加減に、いっそ可笑《おか》しみを覚えて、このまま声をたてたいような気持が咽喉奥から湧いた。この妙に明るい感情の始末に自分でもうろたえる思いがした。

女は敏感にそれを感じたのか、重蔵のほうは見ず、白い片頬にちらりと微笑だけを浮べた。

そのまま小萩はすっと立った。唐輪《からわ》にゆった髪が低い透し彫りのかもいに触れたほどの背丈だった。立ったまま重蔵を見おろした顔には、微笑がない。

くるりと背を見せると、小萩は部屋から消えた。

そのあとすぐ襖《ふすま》が開いた。生温かい軒下の風をもちこんで入ってきた先程の琉球屋の女に、重蔵は、

「ただいまの女、何と云う名か」

「ただいまの女？」

女は、けげんそうに首をかしげた。

「そら。背のたかいおなごじゃ」

横合から惣五郎が口を添えた。存外、酒に弱いのか早や上体を支えかねている。

「はて」

女はくびをかしげながら、

「きょうは銘木市《めいぼくいち》の流れでお客がいこうお出《い》で下されたゆえ、お前さまがたのお相手はわたくし一人しかございませぬが」

「なるほど。堺はさすが大明《だいみん》、呂宋《るそん》まで響いた殷賑《いんしん》の津だけあって、四ツ時《どき》から狐《きつね》が出るのか」

「まあ、おたわむれを」

笑いながら女はとり合わず、にじり寄って重蔵へ酒をついだ。

（あの女、わざわざ、奈良から堺までつけてきたものとみえる）

重蔵が琉球屋に入るのを見て、変装してこの店の女たちに立ちまぎれたものとみたが、しかし、

（なんのために――）

となると、重蔵にも答えがなかった。

――自分の行動を監視していることはわかる。監視していることを半ば脅しめかして知らせるためにこちらの行動の重要な切れ目きれ目に現われるのであろう。

――ひょっとすると、あの女は自分の目的まで知り尽しているのかもしれぬ。

――一体、背後に誰がいるのか。

（なんの……）

重蔵は、ふちを舐《な》めていたさかずきを杯盤の中へ捨てると、

（正体のほどは、事が進むにつれて知れることじゃ）

重蔵は立ちあがった。

「どこへ行く」

「厠《かわや》へな」

そう惣五郎へ云い捨てたまま、勘定を済ませて夜の町へ出た。

常楽寺から糸会所の前を通って妙国寺へ出るあいだは木戸がない。

堺の一日は短い。日中は港から大通りにかけてあれほど賑《にぎ》おうていたこの町も、日が落ちたあとは人通りが絶えた。どの店も大戸がおりている。

常楽寺の山門の前で足をとめた重蔵は、しばらく刻《とき》をかせぐつもりか石段に腰をかけて所在もなく休息していたが、やがて立つと、こんどは足を北へむけた。

一筋、二筋、三筋目、そこからほぼ一丁にわたって、長大な築地《ついじ》の塀がつづいている。塀のところどころから、巨大な蘇鉄《そてつ》が葉をのぞかせていた。

今井屋敷である。

(まるで、田舎の小城ほどもあるわ)

塀にそってゆったり歩きながら重蔵は刀の下げ緒を解いた。長い下げ緒の端を帯の間にはさみこむと、刀を鞘《さや》ぐるみ抜いた。

そのまま歩いている。

程をみて刀を塀にたてかけ、つばに右足の親指をかけてひらりと塀の屋根にのぼった。屋根の上から下げ緒をたぐって刀を引きあげ、

(存外、庭に木立がすくない)

ふわりと草の上におりた。一瞬の動作にすぎなかった。

重蔵は、木立を拾って進んだ。

急に目の前が白くなった。わずかな星あかりに映えてきらきらと沙《すな》が流れている。沙の上に濃い影をさまざまに穿《うが》って、大小の巨石が散在していた。

茶室が見える。

石の一つにうずくまって、重蔵はあたりの結構をうかがった。

闇《やみ》が重蔵の体を包み、動きをやめた五体の毛穴がしずかに邸内の冷気に呼吸しはじめるころ、この男の体腔《たいこう》の奥から手の指の先までふしぎな歓喜がはしる。

これは闇に生きる忍者の生理ともいえた。他人の屋敷や敵城に忍び入って、構内の粘つくような闇に体が浸ってゆくとき、この男の中の別な生きものがいきいきと目を覚まして四肢を張るようであった。

(宗久は、どこに寝ている)

重蔵はある建物に目星をつけると、石の蔭《かげ》でひと刻をすごし、邸内の寝しずまるのを待って静かに動いた。

台所の障子を外して中に入り、廊下を音もなくすべって、大蔵卿法印宗久の居間とおぼしい部屋の障子のしきみに油を流した。

障子は音もなくひらく。

ついで、重い金泥の襖があいた。

身をさし入れた部屋は暗い。冷たい香の匂《にお》いが漂うている。

「法印どの――」

「……ふむ？」

部屋の主はよほど目ざといたちらしく、響くように蚊帳《かや》の中から低い声が洩《も》れた。

「夜盗か」

「まあそれに似たもの」

安心させるためか、重蔵の声に笑いがふくんだ。

「手燭《てしよく》をつけられよ。隣りの間で待ち申す」

「とのいを呼ぶぞ」

「それは無駄じゃ。ふたり、縛ってしばらく騒がぬようにしてある」

「誰かは知らぬが、手回しのよいことじゃ」

蚊帳の中で、動く気配がした。

重蔵は、隣りの部屋へ入り、ぼんぼりに灯を入れて待った。

重蔵は忍びの服装でなく、他家を訪れるのにふさわしい容儀を整えて座っている。

宗久が入ってきた。

身に寸鉄も帯びていない。

白い綸子《りんず》の寝巻の上に黒い袖無《そでな》し羽織をはおっていた。

「賊。わしが、宗久じゃ」

「賊ではござらぬ。伊賀《いが》の葛籠《つづら》重蔵と申すもの」

「伊賀の?」

「左様。下柘植《しもつげ》次郎左衛門と申す者の指し金で参った」

「下柘植――。知らぬな」

「なるほど」

重蔵は、なお微笑を含んだまま、腕を組んだ。

渺《びょう》とした老人である。

うすく、ふた重の目を閉じている。小さな体にくらべ顔が異様に大きく、目鼻立ちは御所人形の童子のように優しかった。伊賀には、人の骨相を観《み》る独特の伝承があった。老いてからの童顔には、まれに大悪人をみるという。

(この老人、容易でないわ)

重蔵は、心中苦笑を覚えた。容易に、その企《たくら》むところを乱波《らっぱ》ごときにあかそうとは思えなかったのである。

老人が、大和国今井ノ庄に住む牢人《ろうにん》の子から身を起してわずか一代で巨富を築きあげるにいたったのは、堺衆に先んじて早くから権力に接近したためといわれている。

宗久が世間にひろめたところでは、祖父は近江《おうみ》高島郡今井市城の城主今井信経《のぶつね》であった。父は、出羽守宗慶《でわのかみむねよし》といい、この人物はどういう理由か大和へ流れた。宗久は、その三男である。

青年のころ、堺に遊んで茶を武野紹鷗《たけのじょうおう》に学び、茶道で同門の納屋宗次《なやそうじ》という商人に見込まれて女婿《じょせい》となり、納屋家の家財茶器のことごとく譲られたというが、永禄十一年以前にあっては、この商人はほとんど無名に近かった。かろうじてこの男の名が世の数寄者《すきしゃ》の間のみに知られたのは、かれが納屋宗次から譲られた名器松島肩衝《まつしまかたつき》の所持者という一事にとどまっている。

永禄十一年、天下に号令すべく京に入った織田信長を、摂津西成郡芥川《にしなりのこおりあくたがわ》の野陣に訪れたのは、その年の十月二日の事であった。

このとき、いわば宗久が名ふだがわりに用いたのは松島肩衝であったとされている。

「何者か」

信長の手の者が、茨木《いばらき》の方角から堤づたいに手代数人をつれて来着した茶人風のこの小さな男を制したとき、男はいかにも茶道に熟したいんぎんな物腰でこたえた。

「御陣中のお慰めに茶入《ちゃいれ》松島を献上仕ろうとする者」

「名は」

「近江佐々木源氏の末流今井出羽守宗慶の三男、いまは泉州堺に住む宗久と申す者でござる」

こう名乗ったのは、その閲歴のほうが武士たちの耳に入りやすかったからであろう。

「松島の茶入が参ったか」

信長は、この天下にかくれもない肩衝の銘をきいて、思わず膝《ひざ》をたてて云《い》った。信長の茶道具への執心は、すでにこのころから兆《きざ》しはじめている。

「は。しかし、参ったのは堺の宗久」

「はよう、これへ招《よ》ばぬか」

宗久を引見した信長は、いつにない機嫌であった。この茶道具好きの男が随喜したのは、宗久が目の前に据えたこぶし大の茶入のみではなかった。信長の声価がまだ世にさだまらなかった微妙な時期に当っている。足利《あしかが》将軍義昭《よしあき》を擁立し、諸豪に先んじて京へ入ったとはいえ、遠国《おんごく》はおろか畿内《きない》の武士でさえ、この駿河《するが》、美濃《みの》をようやく平定したばかりの尾張《おわり》の武将の実力をまだ正当にあがなおうとする者がすくなかった。その信長は、天下布武の野望にわかわかしく燃えている。たとえそれが堺の商人であろうと、おのれの名を慕《した》うて来着する者に随喜すべき時期であった。宗久は、この時期の信長の心をたくみに衝《つ》いた者といえる。

「これが松島か」

膝の上につかんで、黒い釉薬《ゆうやく》の微妙な輝きをすかしながら、

「宗久」

眉《まゆ》をひろげて云った。

「なぜ、おことはこの茶入をわしにくるる」

「それは――」

宗久は口許《くちもと》に微笑を含んで、しずかに顔をあげた。

「分限《ぶげん》に過ぎますれば」

「分限?」

「はい。この肩衝茶入は天下第一の名器といわれておりまする。天下第一の名器は、天下第一の御人のたなごころに落つべきもの。それがしごとき卑しき者の手にあるべきでございませぬ」

「たくみに追従《ついしょう》をこねるわ。わしが、その天下第一の者というのか」

「日ならず、天下を制せられる御人と拝し奉《たてまつ》ります」

「追従とは知れておっても、陣中、めでたいことを申した。なんぞ、望むことがあるのか」

「及ばぬまでも、この身の分際をもって御覇業のひとはしへ合力《ごうりき》しとうござります る」

宗久はこういう経緯《いきさつ》から、織田軍が使用する鉄砲、硝薬の調達の一切を賄《まかな》って巨万の富を築く一方、采地《さいち》千二百石を与えられ、信長の側近に侍した。

ぬからず宗久は采邑《さいゆう》である堺郊外我孫子村へ、河内《かわち》丹南郷、泉州湊郷《みなとごう》から信長の威をかりて鋳物師《いものし》たちを移住させ、巨大な吹屋《ふきや》(鋳物工場)の聚落《しゅうらく》をつくりあげた。

信長の部将藤吉郎秀吉と親しくなったのも鉄砲を通じてである。

元亀《げんき》元年六月、信長は秀吉らをして浅井長政《ながまさ》を近江の小谷《おたに》城に攻略せしめたとき、火戦は予想以上に惨烈をきわめ、焔硝《えんしよう》の不足を生じた。

「鉄砲火薬、いかにも良く候《そうろう》を、三十斤《きん》、いそぎ近江へ運び候え」

こう、秀吉はあわただしい書信を送る一方、こまやかな配慮をこの中に書き添えている。

「人夫の飯米は大坂に置いてあるからそれを使われよ。江北への道路は人馬をさしとめてこれを明けておくゆえ、安んじて運ばれたい」

かくて宗久の富は、信長の予定の事業がすすむにつれて、おびただしく膨脹《ぼうちよう》した。

その信長が死んだ。

信長との結縁《けちえん》のたねとなった松島肩衝は、本能寺の兵火に遭って焼滅したが、宗久はしかしそれ以前に秀吉にとり入っている。

山城山崎ノ合戦にあっては、宗久は秀吉の勝利へ賭《か》けた。中国筋から大軍を旋回して北上する秀吉へ千挺《ちよう》の鉄砲を贈り、明智《あけち》軍とくらべて圧倒的に優勢な火器が山崎の山野を制圧して秀吉の世をもたらした。天正十年十月、秀吉が紫野大徳寺で信長の葬儀を行なったあと、宗久を招んで、

「右府（信長）ご在世の折りと同じゅう、粗略つかまつるまいぞ」

と云って、名物の茶器一個、それに知行千石を加増した。いわば、堺との同盟継続のしるしのつもりであったろう。

……それから、九年経《た》つ。

いま、その宗久は、ひとりの伊賀者と対座している。瞼《まぶた》をおもく垂れて、年よりは異様に若くみえる顔がしらじらと灯のかげに泛《うか》んでいた。その顔は、まるで眠りこけたように唇を動かそうとはしない。

重蔵は、その唇許《くちもと》に粘つくような視線をからませながら、ひそかに、秀吉治下九年における この男の置かれた場所を考えていた。

——おそらく、宗久がその卓抜した商略をもって供給したあのぼう大な鉄砲の量がなければ、信長も秀吉も、天下の主にはなれなかったかもしれない。

法印宗久は、肚《はら》のうちのどこかでそう信じている。そう信じることが、この利口な男のただ一つの暗さであり、いまの不幸にもなっていると重蔵は思った。

信長はどの合戦を準備するときも、物資のすべてを宗久のみに依存した。

秀吉は信長の版図《はんと》を相続した。しかし、秀吉は亡主の商人までを相続しなかった。なるほど、宗久に対しては堺五ヶ庄の塩と塩相物《しおあいもの》の徴収権を安堵《あんど》し、また天正十四年の方広寺大仏造営にはおびただしい漆の調達を命ずるなどの利権を与えはした。が、処遇はそれだけにとどまった。

べつにかれは、かれなりの好みにあう商人を新たに堺で育てつつあったのである。和泉法眼小西隆佐《いずみほうげんこにしりゆうさ》という。その出生はわからない。

この時から九年後に起った関ヶ原における西軍潰滅《かいめつ》とともに没落するこの白粉屋《おしろい》あがりの商人は、商人の身で堺奉行になり、その第二子弥九郎行長が摂津守《せっつのかみ》に任ぜられ封禄《ほうろく》二十四万石の大名に栄達するまでの寵遇《ちようぐう》をうけた。

隆佐は秀吉の権威を背景に朝鮮から瀬戸内海にいたる貿易の実利を独占し、子の摂津守行長は塩飽《しあく》、小豆島《しようどしま》を根拠地として秀吉の海上権を代行したばかりか、隆佐は天正十二年以降にあっては秀吉の財宝と収入の事実上の管理者となり、その妻は北政所《きたのまんどころ》の祐筆《ゆうひつ》となって大坂城の大奥を動かす権力を握った。

信長のころの今井宗久とは、その地位が逆転している。

宗久はむしろはなはだしく衰退した。

天正十五年、秀吉が九州へ軍を進めたときも、兵糧《ひようろう》弾薬の調達は隆佐とほか三人の堺商人の手に委《ゆだ》ねられ、兵糧だけでも二十万人、飼料二万頭分というばく大な調達に伴う利得に、宗久は空《むな》しく指をくわえる位置に堕《お》ちた。

——ましてこんにち、秀吉は朝鮮を攻める企てを発表している。合戦による利得には参加できず、かろうじて、朝鮮や明国との貿易で息をついていた今井宗久にとっては、秀吉の企ては彼に自滅を強いるにひとしかった。

（もし、秀吉が亡《な》ければ……）

この男がこう思い立ったとすれば、おおよそそうした事情によったものであろうと重蔵は思った。

むろんこの男は、秀吉を殺すという単純な行為のみでこの危険な企てを考えたのではあるまい。それによって生起するばく大な利益を誰かに約束された。……その男は、あるいは、

（家康か）

重蔵は、ふとそう思ってみた。家康その人でないにしても、徳川家の家臣団のたれかがこの陰謀の糸をひいているにちがいないと思える。

重蔵の想念は際限もなく駈《か》けめぐっている。しかし重蔵の前にいる僧形の男は、肉づいた咽喉をみせたまま、凝然と目をとじていた。

（むだなことではないか……）

宗久の企てをむだと思ったのではなかった。重蔵は、目の前にいる男の背後の絵に

執拗《しつよう》な興味をもちはじめた自分を、ふと笑ってみたくなったまでであった。

（わしはただ、金をもらえばよい）

それだけで伊賀者は存在している。自分の忍びの術によって、どのように世が動こうと伊賀の者の関知するところではない。そう思ってはみたが、自分の胸にわきあがってくる興味をせきとめる気力がふしぎと起らなかった。それよりも、むしろ、この場で法印の口を割らせてみたい衝動にかられた。

「法印どの」

重蔵は、口中に湧《わ》いた唾《つば》を、法印に気付かれぬようにのみくだして、ゆっくり唇をひらいた。

「すこし、口をきかれぬか。夜陰、賊のようにまかり越したのは、ひとの耳目を憚《はばか》ったゆえでござった。これは伊賀の作法とでも心得られたい。それとも、この伊賀の男が信じられぬといわれるか」

「……奈良で、松倉蔵人《くらんど》という男に会《お》うたか」

「会うた」

「それでよかろう。わざわざ、わしに会いに来ずとも、用は十分足りておる」

「松倉という男、わしに何も語らなんだ」

「なぜじゃ」

「死人に、口がない」

「ほう、あの男死んだか」

「わしが斬《き》ったわ」

「……………」

宗久は、はじめて重蔵を見るように、物珍しげに重蔵の目をのぞきこんだ。

「斬ったか」

別にそのことに驚いた風情《ふぜい》でもない。体をしずかに揺り動かしながら、小さな目が底の知れぬ影を湛《たた》えて、宗久は声をたてて笑った。

「それも、伊賀の作法の一つか」

微笑の奥から、じっと重蔵を見つめている。

「そう心得ていただいてもよい」

「ふむ」

もう宗久の顔から、微笑が消えている。目だけが、重蔵の顔を見すえていた。体が小さく、顔が大きい。ふと重蔵は、灯の影に浮んだ宗久の顔が、みるみるもののけのように脤《ふく》れあがってゆく錯覚をおぼえた。

(この男——)

宗久は、肚の裡《うち》で口をひらいた。

(やるな)

そう思った。

直感にすぎない。なぜ重蔵が蔵人を斬ったか、宗久には当然わかる由《よし》はない。しかし、宗久は重蔵の目の中に燃えている、いままでに会ったどの種の人間にもみたことがない、暗いふしぎな炎《ひ》に惹かれる思いがした。

(これが、乱波《らっぱ》の目か……)

この目は、自分の人生にいかなる理想も希望も持ってはいまい。持たず、しかもただひとつ忍びという仕事にのみひえびえと命を賭けうる奇妙な精神の生理をその奥に隠している。その奇妙な生理が、この男の目に名状の仕様のない燐光《りんこう》を点ぜしめている。……

そう思ったとき、宗久の胸のうちに氷がとけるような自然な感情が流れはじめた。この男に大事を打ち明けてもよさそうな、むしろそうしたい気持がわいたのは、宗久にもふしぎなほどであった。

宗久は起ちあがって重蔵に近づき、その厚い肩をかるく打った。

「茶を喫《の》むか？」

「この夜ふけに？」

「造次顚沛《ぞうじてんぱい》にも客を迎えうる支度があるのが茶道じゃ。重蔵とやら、当代、千利休《せんのりきゅう》、津田宗及とならんで三人といわれるこの今井宗久の点前《たてまえ》に、まず不足はあるまい」

「ふふ。それはたいそうな茶じゃ」

重蔵は、さして弾みもせぬ表情で刀をひろうと、宗久の後ろに従った。

回廊を踏んでしばらく行くと、廊下はいつのほどか土橋に変じている。橋の下に清流の奔《はし》る音が聴えた。

宗久は先導しつつ手燭《てしよく》をかざして重蔵に庭下駄《げた》をはかせた。行くにつれ、道は小さな森を縫う。やがて、露地になって細まっている。

いつ命じたのか、書院を兼ねた茶室の窓に灯がともっていた。しずかな釜《かま》のたぎる音さえ、障子を通して聴えている。

客座についた重蔵は、

「これほどの贅沢《ぜいたく》はござるまい」

と笑った。

「この茶室か」

「いや、庭や茶室ならば金さえ持てば造作もない。贅沢とは、天下の大茶人を亭主にして作法もなく茶を喫むということじゃ」

「その可笑《おか》しみがわかれば、茶はならわずとも極意に通じている」

宗久も笑いながら茶杓《ちゃしゃく》をとった。

炉の上で南蛮鉄の異形《いぎょう》の釜が松籟《しょうらい》のような音を息吹いていた。

「………」

重蔵は、茶釜を見つめて耳を澄ました。湯の音でなく、この屋根の下にうごく別な気配を嗅《か》ぎとろうとしている。

「法印どの」

「ふむ？」

「隣室にどなたかがおられるな」

「あれは、仔細《しさい》ない」

「どなたじゃ」

「あとで、ここへ来よう」

宗久は、茶碗《ちゃわん》を重蔵の膝《ひざ》の前に置いた。重蔵は、存外、作法をまもってそれを喫んだ。

「ほう、ほのかに作法に叶《かの》うておる。忍者でも茶を喫むことがあるのか」

「別に。——見様見真似《みまね》じゃ」

「振舞様が右府様（信長）によう似ている。作法を手のうちにうずめこんで、いかにも大振りに茶を楽しんでいる風情にみえた。……関白なら、こうはゆかぬ」

「…………」

「関白は豪気にみえて、茶席につくと存外作法に小心じゃ」

「素姓がわるいゆえであろう」

「いかにも」

重蔵の誘い水に、響くように答えた宗久の語気に憎しみがこもっていた。宗久はつづけて、

「その上、あの天下様は側近に素姓の知れぬ者のみを集めたがるわ」

「小西隆佐もそうじゃな」

「…………」

「法印どのは、その天下様を別なお人に更《か》えたいのであろう」

「そうみえるか」

「みえる。しかし、関白は老齢じゃ。そのうえ一子鶴松《つるまつ》も死んだ。あとをつぐ秀次《ひでつぐ》に人望がない。無理をせずとも、豊臣の世はあと幾何《いくばく》もなかろう。法印どのは、その日を待てばよい」

「待てぬわ」

宗久はそう云って、静かに茶碗を手にした。

「あの天下様のお気ぐるいのおかげで、日ならず、朝鮮、明国との商いの道が絶える。座して待てばこの方の自滅じゃ」

「殺すか」

重蔵は、宗久を揶揄《やゆ》するようにいった。重蔵の投げた無造作なことばに、さすが、宗久は息をつめて返事を嚥《の》んだ。じっと、灯の影から重蔵の表情を見すかすように口をつぐんでいる。

(存外、この男には小心なところがある)

重蔵は、自分の投げた語調が、意外な探索の効果をもって戻ってきたことに満足した。

語を継いで、

「あの男を殺せば、あとの権力の帰趨《きすう》をとりめぐって、世に戦さがはじまる。元亀《げんき》以前にもどるぞ」

「それは……」

宗久は言葉をとぎらせた。重蔵を見た。その視線をうけて重蔵の目が笑った。

(この目は、信用できる)

そう、宗久は内心、自分の安心を確かめてから、押しつぶしたような声で、

「のぞむところじゃ。戦さがはじまれば、わしの商いは、すべてがよくゆく」

「それだけではあるまい」

「………」

「法印どのと手を組んで新しい天下をつくろうというぬしは誰じゃな」

「伊賀の者――」

「なんじゃ」

「埒《らち》をまもれ。話が立ち入りすぎる。わしが頼んだことを、おぬしがやる、それだけでよい」

「道理じゃ」

重蔵は笑って、

「しかし、わしはかつて、亡き親と妹のために信長を殺そうとして機をうしなった。その憾《うら》みで、世を捨てるまでの気持に堕《お》ちたが、秀吉はその信長の後継者であるともいえる。わしにとって、殺しばえはなくもない」

「…………」

「それで、なんと無《の》う、この話に余計な興をもちすぎたわ。茶をもらおうか」

「もし万一」

宗久はいった。

「こと露《あら》われて捕われようと、わしが名は出すまいな」

「愚かな念を入れらるる」

重蔵は横をむいて、不快げに吐きすてつつ、

「わしは葛籠重蔵じゃ、諸国の乱波の間では少しは名がある」

そのとき、左袖《ひだりそで》のそばの襖《ふすま》がきしった。

重蔵は、そのほうを見た。すぐ視線を畳の上に戻して、膝の前の茶碗をとり、

「さきほどから、所望しておる」

「茶より……」

宗久は受けとって茶碗をぬぐいながら、

「酒のほうがよいのではないか。ちょうど、酌に都合がよい美人がこれに参った」

「小萩《こはぎ》であろう」

重蔵は、襖のほうを見据えた。

女が、ふかぶかと頭をさげている。

小萩であった。

「存じていたか」

「存じていたどころではない。ここへ来るまでのあいだ、なんどかわしはなぶられた。

——この女は、法印どのの何に当るのか」

「わしの、養女じゃ」

「養女——？」

重蔵の顔に、意外な表情が泛《うか》んだ。しかし、濃い眉《まゆ》をひそめたまま、疑わしさを解こうとはしない。

「もとは、すでに亡《ほろ》んださる名家の姫として生れた」

「姫か。しかも法印どのの養女という。……が」

重蔵は、くすりと笑って、

「いずれであれ、わしはそこもとを遊女として扱うぞ。遊女なみに、体に用があれば、こなたから求めるわ。——よいか」

重蔵はことさらに、一語々々恫喝《どうかつ》するような語調で云《い》った。小萩は、顔をあげた。ほそい一重の目もとに、いつものように煙ったような微笑がゆれている。その目がまっすぐ重蔵をみつめて、

「よろしゅうございます」

「ふ」

重蔵は苦笑を洩《も》らそうとしたが、笑いにはならず、ただ頰だけがゆがんだのが自分でもわかった。重蔵の心に、敗北感がある。

（わしは、この女に惚《ほ》れているのか……）

うろたえるものを覚えた。

しかも小萩のほうは、芯《しん》のいささかも崩れない表情で、物静かに重蔵のその心の所作を見すかしている。

重蔵は腹立たしかった。小萩にでなく、自分の姿勢の崩れに対してである。

（ゆらい、わしは女を求める心に脆《もろ》い。いつか、身をあやまつ日がくるわ）

「葛籠重蔵——」

宗久はあらたまってそう呼んだ。

「こののち、わしの指図は小萩を通じて聴くがよい」

「左様か」

「金子のこと、それも小萩か、その使いの者が毎々とどけることにする」

「ふむ」

「暑い」

宗久は急に胡座《あぐら》を組むと、茶人に似合わず、襟をつまんで胸もとの肌を出した。

小萩は、掌《たなごころ》の中で小さな扇子をひらくと、にじり寄って宗久の襟のあたりへ風をいれた。その動作にみごとな折り目があって、いささかも崩れた媚《こび》がない。

（ふしぎな女じゃ）

重蔵は見とれる思いがした。

小萩の手のそばに、すでに酒の用意がなされていた。

小萩は扇子を収めると、杯を重蔵と宗久へくばって、銀の酒器をとりあげた。酒器の柄をつまんだまま、重蔵を眺めている。

「いかがでございます」

重蔵は、にべもなく手を振って、

「要らぬ。伊賀者は仕事のみに生きている」

われ知らず、いわでものことを云った。

「ほう、下戸《げこ》か」

宗久が云った。

「今宵《こよい》は、これで退散する。女、いずれ会うこともあろう。わしは京へ行く」

重蔵はたちあがった。

「まだ朝までだいぶ刻《とき》がある。この屋敷のうちで寝《やす》んでゆけばどうじゃ」

「かたじけない。しかし、寝るぐらいはどこでも寝られる。忍者には、どのような屋敷にも長居は無用でな」

「まあ、そのようにお急ぎ遊ばされず、おとまりなされば……」

小萩は、座ったまま重蔵を見あげた。例の微笑を泛べたまま、

「……小萩は遊女でございますゆえ、お伽《とぎ》をしてもよろしゅうございますものを」

「ばかめ」

重蔵は窓へ手をかけた。用心して茶室をにじりから出ず、窓をひらいて、ひらりと暗い夜へ飛びおりた。木立の蔭《かげ》を拾いながら、体の内側に、一度知り覚えた小萩の肉

体への思慕がうずいているのを覚えた。

木さると五平

「あれをごらん」

四条の河原に集まっていた一かたまりの頭が、一せいに北を見た。

「そこじゃない、艮《うしとら》だよ」

云《い》われて、群衆はその方角を見た。物売りもあれば、放下僧《ほうかそう》もいる。輪になって固まっているその真ン中に、ひとりの若い娘っ子が裾《すそ》みじかに着物をきて、北東の方角を指さしていた。

「ばかだねえ。あの山の方角だよ、何というの、そう如意《にょい》ヶ岳《たけ》」

目をきらきら光らせて、頭ごなしに群衆を叱《しか》りつけている。

——木さるであった。

「山を見るんじゃないよ。山には木がはえているだけさ。その上をごらん」

群衆の目が、鴨川《かもがわ》の東に隆起している山とは名ばかりの如意ヶ岳のあたりをさまよった。

「雲が見えるかい。うっすら、人のかたちをしているあの雲が。よく見ていてごらん、やがて大きくなっていくから」

木さるがそう云ったころ、すでに風が吹きはじめていた。南へ吹いて、顔を山へ向けている男たちの鬢《びん》をほつらせた。その風が強まるにつれて人がたの雲がみるみるひろがり、南へ形をくずして、青蓮院《しょうれんいん》の山からのぼりはじめた黒い雲と一つになった。しかし、群衆の頭の上の現実の空は、気味わるいほど晴れている。

「雲から目を離すんじゃないったら。ようく見ていてごらん、雲の色がだんだん真っ黒になってくる。ほらほら、東山の色がうすくなりはじめた」

心なしか、東山の緑に靄《もや》がおりはじめて、やがて風が蕭殺《しょうさつ》たる雨気を帯びた。

「だめ、目を離しちゃ」

そう、群衆の視線をひとひらの雲に貼《は》りつけつつ、

「ね、風が重くなってきた。あたしの上で松の枝が鳴っている。——見ちゃだめ、あたしがみんなの代りに見てあげる。ほらほら、松の葉が光ってきた。ぽつぽつ濡《ぬ》れはじめたよ」

ぽつりと、群衆のたれかの襟もとへ雨のしずくが落ちた。頸《くび》すじへ羽虫でもとまっ

たのだろう、それを雨の滴《しずく》だと誤ったのか、

「あ、降った！」

「まだまだ。もう来る。夕立だよ、ざあっと来ても、静かに動かずにいるんだよ」

群衆の中には、かれらをより群衆化させるために、ひとりはきまって精神の脆弱《ぜいじゃく》な者がいる。放下僧の一人が、やがて夕立が来るという痛いような期待と緊張にたえかねたのか突如あたまを抱えて、

「降ったあ！」

「夕立が来たあ」

群衆が、一時に騒然となった。

「夕立だあ」

かれらの頭上に白い雨が容赦なく襲いかかった。逃げる者、ただ一本の松の幹に殺到してうずくまる者、むろんひと滴の雨もふってはいない。逃げまどうどの男の目も夢遊病者のように瞳孔《どうこう》がひろがっている。

頭上の空は、拍子ぬけするほど青々と晴れていた。八月の太陽が、この瞬間も都のいらかをかしゃくなくあぶっている。寺々の森は相変らず、ここ半月ばかりつづく蒼《そう》天《てん》の下で白い枯れ色をみせていた。

木さるは、もうその場にはいなかった。悪戯《いたずら》に倦《あ》いたのか、すでに四条大橋を渡って建仁寺の藪《やぶ》に向ってすたすたと歩いている。

その後ろ姿を、松の蔭《かげ》からじっと眺めていた武士があった。

編笠《あみがさ》の下から、白いあごがのぞいて、この武士の若さと美貌《びぼう》を思わせた。かすかに、

「木さるか……」

と呟《つぶや》く。武士は、風間五平である。急ぐでもなく木さるのあとを追った。

当時はまだ祇園《ぎおん》に茶屋の街はない。建仁寺までの道は、わずかな民家をよぎって松とすぐき畑と藪の中に一筋に走っている。

当然、あとを追う五平の姿は、木さるさえふりむけば視野の中にある。五平は、むしろ気づかれるのを待つように距離をちぢめた。

道は建仁寺の境内に入る。広い境内に、松が美しい諧調《かいちょう》をつくって点在していた。最初の松の根元までできたとき、木さるは、くるりと振りむいた。木さるは十分に計算していたのだろう、足をとめた風間五平には、いざというときに楯《たて》にとるべき松が身のまわりになかった。

「どなた？」

五平を、真っ正面から睨《にら》みすえている。

「………」

編笠の下の白いあごが笑った。

編笠のまま、黙って足を一歩踏みだした。木さるは松を楯に身をひいた。

「わしじゃ」

あごは、笑いを含んで云う。

「わしとは？」

木さるには、すでに相手がわかっている。つけられているときから、背中に五平を感じていた。その五平を探すために京へ出て来、しかも日中人の寄る場所を求めてはそれらしい姿の武士、商人、僧侶《そうりょ》、神官はおろか乞食までを物色した。その五平が、五平の方から足をむけて木さるをつけてきた。

となると、かえって身を翻《ひるがえ》そうとした自分の心の奇妙さを、木さる自身も理解することはできない。

「すねているのか」

五平は編笠の緒を解きながら、木さるへ近づいた。

木さるは、じっと立ったまま五平を睨んでいる。

（なるほど、あたしはすねている）

木さるはそう思った。しかし、そればかりではないような気もした。

「五平どの」

「うむ？」

「あなたはいま何をなされています」

「…………」

「なぜ、国許《くにもと》との消息をお断ちになりました。——あ、いけない！」

木さるは、五平の手を払ってとびさがった。五平の笑いに崩れた顔が前にあった。その顔を見ながら、これほどの美貌が笑うと口もとに卑《いや》しい影がくびれるのを木さるは傷《いた》ましく思った。

「なぜ五平どのは——」

「なんじゃ」

「わたくしを妻に迎えにきてはくれないのです」

「妻にか」

「ええ」

「いずれ、そうする」

「うそ！　顔に書いてある」

「ばかめ」

五平は笑って、木さるの肩を抱こうとしたが、

「あっ」

素早く足をひいて、手首を抑えた。手首にちかりと赤い点が残った。木さるの指の股《また》に細い針がのぞいている。

「きつい女子《おなご》じゃ」

五平は手首を舐《な》めながら、

「宿はどこにある」

「いえませぬ。……どこの国に、自分の隠れ家をいう忍者があるの？」

「その宿へ行こう。つもる話をしたい」

五平はかまわず、先に立って歩きだした。彼がたかをくくったとおり、木さるは頬をふくらせてついてくる。

境内を離れて松原通に出ると、五平は何気なく道を東へ折れた。右手は六波羅の聚《しゆう》落《らく》をのぞいては、見渡すかぎりの田の面《も》である。目の前の翠巒《すいらん》のなかに、あざやかに

清水《きよみず》の塔が浮んでみえた。

その清水の方角から、おそらく参詣《さんけい》の帰りであろう、小者ひとりをつれた武士が足早におりてくると、風間五平の前で小腰をかがめて過ぎた。

木さるはやりすごしてから、五平の顔を疑わしげに見た。何か云おうとして、しかし口をつぐんだ。ひたひたとついている。

五平はべつにあてどはなく歩いた。そのしなやかな肩には、やがて木さるが家を教えるという自信がみられる。ただ、みちみちとりとめもない訊《たず》ね方で、木さるへ話しかけた。

「なぜ、あの河原でめくらましなどを施していたのか」

「退屈したから」

「うまく眩《くら》ませたからよいものの、しくじれば袋叩《だた》きに遭うぞ」

「…………」

「なにをしに、京へ出てきた」

「さあ」

「云わぬか」

「わたくしの訊ねることに答えて下さらぬお前様に、こなたばかりが答える必要はない」

「いつからそのように強情になった。——これ」

そう云って、五平は木さるの手をとろうとした。あたりに、人の影はない。木さるは邪慳《じゃけん》にふりほどいた。そのくせ、

「あ、そちらではない」

「こうか」

五平は、珍皇院へ入る小さな藪道をとった。

「お客人かよ——」

突如、藪の中から声が響いた。

五平は、ぎくりと足をとめた。道の両方が真竹の藪になっている。

「客人かな」

「そう。国の知りあい——」

木さるが答えた。姿が見えない。

「許婚者《いいなずけ》とやら申しておった、その仁か」

「ふふ」

「なかなかの美男じゃ」

「みかけだおしの、つまらない人」

「照れおるわ」

あとは、あはははと笑う声が竹藪の中にこだました。

「たれじゃ」

五平は、木さるの傍《そば》へ寄って小声でたずねた。

「竹ノ上人《しょうにん》さま」

「竹ノ上人？」

「そう土地の人は云ってる」

五平は足を径《みち》の上から外して、用心ぶかく竹の枯れ葉を踏んだ。藪の中へ入る。声のするほうへ近づこうとしている。

竹は、藪むこうの日の光が見通せる程度に生えている。誰かがこの中にいれば、十分に姿が見えるはずであった。

「竹ノ上人とやら」

「なんじゃ」

「姿を見せて声をかけるがよい。無礼じゃ」

「無礼？　おのれのめしいを棚にあげてなにを云う。わしは先刻から居《お》るべき所におるわい」

「どこに——」

五平がいったとき、声はすっと消えた。いぶかしんで、五、六歩足を踏み出したその足首に冷たい手がからみついた。

「あっ」

思わず跳びすさった。

「あははは、わかったかよ」

笑い声とともに、五平の目の前の地面が小刻みにゆれた。地面と思ったのは、地をぼってりと蔽《おお》うている竹の枯れ葉であった。その枯れ葉の下に、芋虫のように埋まって目だけを出している頓狂《とんきょう》な顔がある。顔はふたつの肘《ひじ》で支えられて、五平を見上げていた。

「お、お前は何者じゃ」

「仰山《ぎょうざん》じゃよ」

「仰山？」

「珍皇院住持、以《い》天《てん》仰山じゃ」

「そこで何をしている」

「お前も一緒にやってみぬか」

「なに」

「人間が、いま少し真っ直《ま》《す》ぐになろうわい」

「竹を見ているのか」

「そう。見ている。しげしげとの」

「なんぞ、理由があるのか」

「べつにないわ。好きな女を眺めるようなものじゃ。竹が好きでな、もう二十年もこう眺めている」

「二十年——」

「いっこう、悟りそうにない」

「なぜ、わざわざ、竹の落ち葉の中で寝なければならぬのじゃ」

「まあ、それも気の迷いかな」

「気の迷い？」

「こうすれば、いっそう、竹の心がわかりそうに思うた」

「竹の心がわかったか」

「わからん」

「愚鈍な坊主《ぼうず》じゃ」

「そのかわり、ひょいひょいと、わしが竹になりおる」

「ふふ、坊主らしゅう、法螺《ほら》を吹くわ」

「これが法螺かよ。あははは、その証拠にお前ほどさとそうな顔をした男が、わしがどこにおるのかわからなんだではないか。竹藪《たけやぶ》に入って竹を見ず、人の姿のみ求めようとしたお前の迷いがわしを見付けさせぬ」

「ほざくわ」

「しかし、話は変るが、竹になるのも、よしあしでな、不便なこともある」

「…………」

「竹は、生得《しょうとく》まっすぐじゃ。こちらがまっすぐでは、他人のゆがみがよう判《わか》って、小うるそうてかなわん。……たとえば」

仰山はあごから右手をはずして、五平の顔を指さした。

「美しい顔をしている。しかし悪相じゃ。そういうことがよう判る」

「なぜ悪相じゃ」

「外道を知っているか。わしらと同じような修行をする。しかし方角がちがう。おのれを虚《むな》しゅうするためのものではなく、おのれの利欲のためのものじゃ。累積《るいせき》して顔に悪相があらわれる。——これ、何と名乗っておるかは知らぬが、われは乱波《らっぱ》じゃな」

「なに！」

「斬《き》るな。わしを斬ったところで、その悪相はどうにもならぬ」

仰山はごろりと背をむけて、肘枕《ひじまくら》をついた。

「五平どの」

木さるは後ろへまわって、五平の袖《そで》を小さくひいた。

「仰山さまの相手になっては日が暮れる。また、勝てもせぬ」

「どうせいというのじゃ」

「宿へ案内《あない》しましょう。わたくしも、仰山さまにまねて、五平どのの正体をつきとめとうなった」

木さるは、五平の先に立った。藪の上の青い空に、月が残っていた。

藪が切れると、寺がある。いつごろの火災で焼けたのか、寺の半ばは黒く焦《こ》げ、半ばは朽ちおちていた。

「珍皇院。……これは、さきほどの竹坊主の寺ではないか」

「ええ」

木さるは裏口へ回って、小さな別屋へ入った。

「どういうわけで、この寺に来たのか」

五平は、わずか一間しかない木さるの部屋をねめまわしながらいった。

「四条の通りで、仰山さまに袖を引かれた」

驚いたことには珍皇院は寺領もない。かつては真言宗に属したが寺領のないまま永く無住になっていたのを仰山が住んだ。仰山は時に托鉢《たくはつ》に出るかたわら、時に旅人に宿も貸す。この禅僧は、体《てい》のいい旅籠《はたご》を稼ぎながら、本尊を供養《くよう》しているらしい。

「仰山さまのことよりも――」

木さるの表情から急に若々しい女の匂《にお》いが消えて、ふと忍者の娘らしいきびしさが五平に迫った。

「さきほどは妙な光景を見ました。供をつれた歴《れっき》としたお武家が、あなたに辞儀をされたようじゃ」

「辞儀ぐらいしよう、知人に会えば」

「いや。ただの知人の様子ではなかった。五平どのを役目柄目上と心得た態度に見受けたが」

「酔狂をいってもらってはこまる」

「お座り、風間五平」

木さるは声を殺してきびしくいった。

「父の下柘植《しもつげ》次郎左衛門に代って訊《き》きます。——答えようによっては」

「どうするかな」

「その分ではおきませぬ」

「きつい詮議《せんぎ》じゃ」

五平は白い顔に嘲笑《ちょうしょう》をうかべて胡座《あぐら》を組んだ。刀は左脇《ひだりわき》へ引きよせている。木さるの目もとに、つと血がのぼった。

「五平」

「なんじゃ」

「伊賀《いが》の掟《おきて》を破りましたな」

「………」

「見ればわかる。あなたはもともと伊賀者のくらしを嫌うていた。これほどの腕と才《きろ》をもちながら、生涯の乱波ぐらしはいやじゃというていたのを覚えています」

「その通りじゃ」

「一年も、伊賀と消息を絶った。いや、いい逃げはさせぬ」

五平は口を開こうとして、つぐんだ。苦笑が残った。

「あなたは伊賀を脱《ぬ》けた。どこぞの国持大名に仕えた。そうにちがいない。まちがいか」

「まあ、おぬしの存念をいえ」

「蔵縄手《くらなわて》ノ鹿次《ししじ》どのを覚えていますか」

「ふむ」

「この春、仲間の手で刺された。加藤肥後守《ひごのかみ》どのに仕えているのが伊賀に聞えたためじゃ」

「木さる――」

五平も呼びすてた。足を組みかえるのを粧《よそお》って体を前へにじらせながら、

「忘れたか。めおとのことこそせぬが、そなたとは許婚じゃ。忘れまい」

「許婚なら、なぜ一年も捨てておいたのです。この場の次第によって、わたくしから
その縁を切ります」

「お師匠が許すまい」

「父は承知している。縁を切ったうえ裏切り者をこの手で刺すと申したら、それでよいと」

「子供じゃな」

「え？」

はぐらかされて、木さるは小さく口を開けた。唇の中から白い歯がのぞいている。あどけない青さが、木さるの長いまつ毛をせわしくまたたかせた。

「大人というものは、そうは勇ましゅうない。ことさら男と女の間柄になると妙じゃ。わしに話すべきことがあっても、子供のそなたには話せぬ」

五平は飛びかかって、木さるを抱いた。

「この場で大人にしてつかわそう。女になるのじゃ。話はその上でする」

「いや！……堪忍《かんにん》して」

木さるはもがいた。裾《すそ》を割って白い脛《はぎ》が出た。五平は素早く木さるの足もとへ手をのばして、二つの親指を細引でしばりあわせた。五平の左腕は、木さるの胸もろともに、両腕を動かぬまでに抱きしめている。五平の右手は、木さるの上に游《およ》いだ。

「か、堪忍して」

木さるは、それでも擦りぬけようとする。木さるにはそれだけの体技があったはずだった。しかし、まず腕が萎《な》えた。背筋から髄をとおって力が溶けてゆくのがわかった。意識がしびれそうになるのを木さるは必死に防ごうとした。

「堪忍して……」

「ふ」

五平の手は木さるの体の中にある。体だけは、木さるの子供っぽさを裏切っていた。

その皮肉が五平を苦笑させた。

「仰山さまを呼ぶ」

「あの男はまだ竹の中で寝ている。たとえこの場に来ても、許婚の者が夫婦のことを営むのにとがめようがあるまい」

いいながら、どういうつもりか五平は木さるの親指の細引を解いた。脚は自由を許された。しかしそのことが却《かえ》って、木さるに自由を喪《うしな》わせた。木さるの意思は、脚に防御を命ずる気力をすでに失った。ひらかれた体の中に、五平の生命がつらぬいた。

「いや」

唇だけが力なくそういった。目尻《めじり》からひと滴《しずく》だけ涙が落ちた。しかしすでに事実ははじまっている。

「木さる、聞くがよい」

五平はやさしく木さるの耳許《みみもと》で囁《ささや》いた。木さるは、意思のない者のような表情で、こっくり点頭《うなず》いた。

「これで、そなたとはまちがいなく夫婦じゃ」

五平は、血の気のうせた木さるの唇に、木さるよりも形の美しい唇を軽く重ねながら、

「裏切り者の妻は、当然裏切り者になろう。そなたが疑《うたご》うたとおり、わしはたしかに伊賀から脱けた」

「…………」

「以後、前田玄以《げんい》どのの手の下についている。禄《ろく》は二百石」

「…………」

「玄以どのが職、存じておるか」

「…………」

「京都奉行じゃ。わしの役は京に潜入する諸国の隠密《おんみつ》、不審の者を探る。手柄の次第によっては、千石にも加増されよう」

「わたくしが、その妻か」

木さるはいった。彼女自身気付いていないにしても、その声に弾みがある。

五平は点頭いたが、ふと半面、気持の奥にしらじらしさがひろがった。

五平は前田家に仕官するに際して、乱波という身分は隠している。まして、伊賀者下柘植次郎左衛門の命によって松倉蔵人《くらんど》という牢人《ろうにん》と東大寺境内で会い、しばらく不穏の企みに参じたことなどは、おくびにも出さなかった。

まさか、伊賀の歴とした乱波のひとり娘を妻にするわけにはゆくまい。……と、五平は思っている。

名さえ更《か》えた。

下呂《げろ》正兵衛康次という。

土佐の旧一条家の家臣の中にそういう姓があるのを幸い、その裔《すえ》と称した。

伊賀を捨てた。

しかし仲間が捨てさすまい。身を守らねばならぬ。そのときは、問責に来る伊賀の使いを斬るか、罪状を設けて死罪におとすつもりであった。

それを意外にも、木さるが来た。

木さるのことは伊賀を捨ててからでも想《おも》わぬでもなかったが、もともとこの者を嫁にするについては、五平の意思よりも次郎左衛門の懇請が働いている。しかも、次郎左衛門の婿《むこ》になればもはや生涯を乱波で終る。これでは五平の、彼なりの野望は崩れねばならぬ。

……このとき、五平の体の下に抱かれている木さるが、せきあげるように体を動かした。

「どうしたのか」

「わたくしを妻にしてくださる？」

「する」

五平は、むなしい目付をした。

木さるは気付かない。

五平の欲情を愛情とみた。この男のために伊賀も捨てようと思った。思った瞬間、なぜか、葛籠《つづら》重蔵の顔が泛《うか》んだ。その顔を消すために木さるは五平の腕の中で逆上した。

「抱いて！」

五平の首に腕を巻きながら、木さるは体の中の何かを激しく砕滅することによって重蔵の顔を消そうとした。祈りにも似ていた。やがて顔は消えた。木さるは虚脱した。

彼女にとってこの場合、重蔵の顔が伊賀の仲間の象徴であったのか、あるいは別に、木さるは秘《ひそ》かに重蔵を愛していたのか、おそらくそのいずれでもあったろう。五平との行為が終るころ、木さるは伊賀と訣別《けつべつ》した。

「わしのために働くか」

「働く」

「当分、この宿に居よ」

「お前は？」

「三条の役宅にいる。やがて迎えるようにしよう」

五平が、畳に臥《ふ》している木さるを見おろしたときは、ひえびえとした顔に戻っていた。

「裾を繕うがよい」

木さるは、気だるそうに身を動かして五平の前に座った。

「葛籠重蔵のその後、存じているか」

いわれて、木さるは、初めて目が醒《さ》めたように顔をあげた。その刹那《せつな》、この娘のもつ毅然《きぜん》とした野性の張りに瞳《ひとみ》がもどった。

「重蔵さまのこと？」

「ふむ」

「重蔵さまがどうなされた」

「どうもせぬ。ただ訊《たず》ねたまでじゃ。なんぞ、そなたは存じていよう。てて御の次郎左衛門どのが、重蔵をなにかに使《つこ》うておるな」

「知らない」

「顔に書いてある」

五平は声をあげて笑った。

「いま、伊賀を裏切ると申したばかりではないか。まだ、そなたは女になり足らぬのか」

五平が手をのばして引き寄せようとしたのを、木さるは振りはらって、

「もうよい。——重蔵さまのこと、すこしは知っている」

「言え。どうやら、そのことはわしを千石取りにするわ」

「千石に」

木さるは右手をついて、体を支えた。畳を見つめつつ考えている。

「そなたとわしの間に生れる子もまた、千石の主取《しゅうど》りをすることになろう」

「……重蔵さまは、京へ来ています。それだけしか知らない」

「思いだしておくがよい。いずれそのことで働いてもらわねばならぬときがある」

なぜか、五平は深く訊ねようとはせずに座を起《た》った。

「急ぐ。送らずともよい」

「送るものか」

木さるは座ったまま、庭先を見て吐きすてるようにいった。五平の背は、すでに庭石を二つ三つ越したあたりを歩いている。

木さるはすかされたような気がしてならない。体の中ににぶい疼痛《とうつう》が残っていた。五平が残して行ったものは、愛情でも誠意でもなく、ただ不透明な疼痛だけであったような気もする。

しかし……五平は千石といった。千石の武士の妻とはどういう挙措をし、どのような衣裳《いしょう》を粧った女性かはしらないが、木さるはふとそれになってみたいようにも思いを駆られる。こう思うと、奇妙な論理だが、その幸いを齎《もたら》す五平の愛情を信じられるような気もした。同時に、自分も五平を愛しはじめているようにも思えてくる。木さるは乾いた瞳をあげた。瞳に藪《やぶ》のむこうの茜雲《あかねぐも》が茫然《ぼうぜん》と映っている。

同じ空の下を、五平は藪の中にあった。仰山が藪道をさえぎった。赤い口を開けて、

「寺を訪ねてきたのも何かの仏縁じゃ。喜捨を置いてゆかぬか」

「馬鹿《ばか》な」

五平は、仰山を押しのけた。

「おのれこそこけじゃ。地獄を背負うて歩いておる癖に、僧に会《お》うて供養《くよう》する才覚もない。やがて冥利《みようり》がつきようわい」

背中へ毒づいて、やがて枯れ葉の上に転がった。

五平が立ち去ったあと、仰山の転がっているそばの道を、かさこそと足音を忍ばせて通り過ぎた女がある。それは木さるではなかった。……

羅《ら》刹《せつ》谷《だに》

東山の南に、泉山《せんざん》という、楓樹《かえで》に蔽《おお》われた峰がある。峰の奥に、古来澄明《ちようめい》な泉が湧《わ》きつづけている。頂きの高さは、さほどでもない。しかし渓《たに》は深く、渓に沿えば、千里も孤絶した深山のように山容がさまざまに変幻する。

岩間に湧く泉を集めて、一条の細流が谷々をめぐっている。音無川《おとなしがわ》という。幅は五尺に満たず、川というほどの規模もない。山麓《さんろく》を離れて下京《しもぎょう》の市中に入ると、川はわずか十数丁を奔《はし》るのみで鴨川《かもがわ》に消える。

麓《ふもと》を離れるあたり、夢のように華麗な朱塗りの小橋が架かっていた。五平が珍皇院を辞した刻限から二刻《ふたとき》ばかり経《た》ったころ、この橋の橋板を鳴らして泉山のほうへ渡った二人の男があった。

「この橋か」

「左様。人の住む世はこれまでと申す」

泉山に泉涌寺《せんにゅうじ》があり、四条帝以来、歴世の天子墓所になっている。朱塗りの橋は、浮世橋という。橋を渡れば冥界《めいかい》という事であろう。

「黒阿弥《くろあみ》」

呼んだのは、葛籠《つづら》重蔵である。黒阿弥は商人の風体を粧《よそお》っている。道はすでに山中に入っていた。山中の闇《やみ》は、数尺むこうも見定めがたい。

「あれに見える灯がそれか」

「あれは人魂《ひとだま》でござろう」

黒阿弥は事もなげに云《い》った。山に鬼気がある。

杉の巨樹が肩に接し、頭上のわずかな天に星がのぞいている。

急に、くろぐろとした巨《おお》きな風が足もとから吹きあげてきた。

「重蔵様、これが羅刹谷じゃ」

云い残して、黒阿弥の姿がみえなくなった。のぞくと、二丈ばかり下の丸木橋の基部にひらりと立っている。重蔵は跳ばず、崖《がけ》みちを探して迂回《うかい》した。王朝のむかし、この谷に死者を食う鬼が出没した。鬼は女のむくろを好んだ。むくろが無くなると都へ出て辻々《つじつじ》に立ち、生きた女を摑《つか》み啖《く》らったという。この場にその鬼が現われたかのように、突如、重蔵の前を人の影が過ぎた。かと思うと、すぐそばの木立からも人が現われる。影は重蔵の目の前をすいすいと通りすぎてゆく。足音もなく、声もかけず、丸木橋を渡って闇の向うへ溶ける。

ひと目みて、その歩きざまから伊賀《いが》甲賀の乱波《らっぱ》と知れた。

崖をすべりおりた重蔵は、ゆっくり丸木橋を渡った。影のほうからみれば、重蔵も黒阿弥もその影のうちの一人であったろう。

丸木橋を越えたあたりで崖の茂みに小みちを見出《みいだ》し、がさがさと這《は》いのぼってゆくと、急に二百畳ばかりの平地がひらける。三方を巨岩が囲っている。

朽ちた薬師堂がある。

ほのかに灯がともっていた。

重蔵はふと、堂が背負っている崖の上にのぼってみた。風が吹いている。

ふりむくと、京の灯がみえた。

目の下に堂の屋根がある。

わずかな境内があり、星空の下で白く浮いている。その白い境内に、すいすいと影が走っては屋根に吸いこまれた。

「だいぶ集まったようでござる」

黒阿弥がのぼってきて、耳もとで囁《ささや》いた。

「いく人いる」

「ざっと二十人」

「伊賀ばかりか」

「甲賀の者数人、播磨《はりま》の者一人」

「わしは、ここで涼んでいよう」

「え。出られませぬか。しかし、あなた様は今宵《こよい》から彼等の棟梁《とうりよう》でおわすが」

「棟梁は姿を見せぬほうがよい。この堂の本尊はなんじゃ」

「薬師でござる」

「薬師でよい、棟梁は。姿がみえぬほうが威令もとどく。……用意の金は？」

「銀二百枚」

「厚薄なく撒《ま》くがよい」

「承った」

黒阿弥は、草を掴んでいた手を離すと、ずるりと崖の下へ落ちた。

堂の中へ入ってゆく。堂の中にいた者が、いっせいに黒阿弥をみた。さすがに武士の装束にこしらえた者が多いが、行商人、農夫といった風体もまじっている。いずれも弾みのない、皮膚の黄青くにごったこの渡世《とせい》特有の表情で、暗い短檠《たんけい》のかげに目ばかりを光らせている。黒阿弥は入るとすぐ口を切った。

「わしがおぬしらを傭《やと》うた伊賀の黒阿弥じゃ。存じておる者もあろう。いまはこの風体のとおり、伊勢屋嘉兵衛と名乗って、京の大仏のそばで研ぎのたなを出している。よく見知りおかれるがよい」

一同は、無言のまま座を立ち、黒阿弥をとりかこんで円座を組み直した。

「このところ、秀吉の天下はいよいよ安泰かにみえる。戦さもない。おぬしらも痩《や》せておろう」

黒阿弥自身が痩せていた。その黒阿弥の小さな手が、一座でめだつほどに痩せた顔

の長い男を指さして、

「おぬしは、たしか伊賀の夏見ノ耳次であったな。いまどこにおる」

「京の河原じゃ。天正九年伊賀を離れて以来諸国を流浪《るろう》したが、もはや乱波の要る世で無《の》うなったとみえ、思わしい仕事もない。傀儡師《くぐつし》、寺の雑仕《ぞうし》、さまざまに身を変えてみたが、落ちる果ては都の河原住いじゃ。人に食を乞《こ》うておる」

「なぜ盗賊を働かぬ」

「ひとりではのう」

「幸い、今宵は知りうるかぎりの乱波を嘯集《しょうしゅう》して、二十人も集まった。それぞれ出生《でしょう》の地では名ある乱波じゃ。これだけが仲間を組んで、京、大坂、堺《さかい》に稼ぎまわれば、天下を覆《くつがえ》すこともやすい。おぬしも食を乞わずに済む」

「仕事は、賊か」

「賊だけではない。火付けもある。しかし、さしあたってはそういう荒事ではない」

「どういう……」

「おぬしらは力のかぎり、世を呪《のろ》え」

いって、黒阿弥は銀十枚ずつをとりだして、それぞれの懐《ふとこ》ろにねじ入れ、

「流言《るげん》を飛ばすことじゃ」

口をつぐんで一座をながめまわした。

秀吉の天下も先がみえたということを、機会と場所をとらえては庶民の耳に吹きこめと、黒阿弥はいうのである。

「しかしうち見たところ、この天下、揺ぎそうにない。公家《くげ》も武家も百姓も、泰平を謳歌《おうか》しているかにみえるがのう」

年寄株の乱波がいった。

「甲賀の衆、それは浅見じゃ」

黒阿弥は、掌を示し、親指を曲げて、

「まず第一に、秀吉に子がない。これは世が乱れるもとじゃ。次に……」

黒阿弥が説明している同じことを、岩の上に座っている重蔵も考えていた。足の下のはるかな羅刹谷の底で、夜半の風が渦を巻いている気配がする。

その重蔵は、堺を発《た》って京へ入ってから、まだいくらも日が経っていない。数日前、方広寺横に店を出している研師《とぎし》伊勢屋嘉兵衛こと黒阿弥を訪ねた。黒阿弥は店先でいんぎんに手をついて、

「わたくしめが、研師嘉兵衛でござります」

「これを二十日ばかりでねがいたい」

「ほう、国広《くにひろ》でござりますな」

目釘《めくぎ》をはずしながら仔細《しさい》らしく眺め、

「国広にはめずらしく無反《むぞ》り。若作りらしく匂《にお》いに壮気がござります」

無駄口を叩《たた》きつつ、そばにいた小僧を使いに出すと、重蔵を見て急に目を据えた。

「かねて仰《おお》せの乱波寄せのこと、明々後日、暮四ツ」

「場所は」

「羅刹谷薬師堂」

「無住か」

「もちろん」

「それはよい。——京の事情を聴きたい」

「あまり、かんばしゅうござらぬな」

黒阿弥のいうかんばしくないとは、京の庶民のくらしは一向に平穏で、乱波として
この治世につけ入る隙《すき》はすくないという意味であるらしかった。

「いや」

重蔵は、かすかに首をひねった。

「よくみれば、存外そうでもあるまい」

「重蔵様はどうみられた」

黒阿弥は小さな口を閉じて、耳を寄せた。

乱波とは、乱世の技術者ともいえた。いつ、どの綻《ほころ》びから世が乱れるかという予兆を、彼等はいつも見探っている。まして、この二人は秀吉を斬《き》ろうとしている。斬るだけではなく、その事に端を発して世が乱れるということを彼等の依頼主が望んでいるとすれば、京の市民の間に秀吉への怨嗟《えんさ》の声があがっていなければ、この仕事はやりにくかった。

「手近かなことで考えてみてもわかる。秀吉がいま死ぬとすれば、さしあたって狂喜する者があるぞ」

「家康でござるか」

「いや。唐入《からい》りのために徴発された数万の人夫じゃ。すでに今年の正月に諸国に布令が出ている。四国、九州は六百人、中国、紀州は五百人、五畿内《きない》四百人、近江《おうみ》のある村などは家かず百十軒について十八人の百姓が徴集されたという噂《うわさ》が、堺まで聞えている。これらが、この十二日に大坂に集められて船に乗せられるというが、その日を待つこの男どもや妻子は、いま生きた心地がすまい。都にもこの不満の声が地鳴りとなって響かぬはずはない」

「左様か。しかし、むしろ逆にも思える」

黒阿弥は手をのばして、仕事場の壁にぎっしり掛けられた刀を指さして、

「あのとおり、新規に店をひらいたどこのたれとも知れぬ研師でさえ、これだけの注文がござる。研師のみにはかぎらぬ。なにしろ四十万の軍兵《ぐんぴょう》が戦さ支度をしている。いま都の諸式の商いには黄金の雨が降るようじゃ」

「その雨が一年もすれば、にがりの雨にかわる。四十万の軍兵というが、それらを養うおびただしい兵糧米《ひょうろうまい》が海へ運びだされるぞ。やがて諸式が騰《あが》って武家も商人も窮迫する。乱というのはそういうときに起るものじゃ。秀吉が朝鮮、大明《だいみん》に攻め入って、かなたで千万石の土地でも斬りとればまだしも、さもなくば、豊臣の天下はあと三年ももつまい。……と、これはわしがいうのではない。今日、気まぐれに身を変えて河原に寝ころんでいたら、河原の小屋にすむ雑人どもでさえそう申しておったわ」

云ってから、重蔵はふと自分の言葉の軽率さに疑いをもった。まるで逆のことを、

――つまり秀吉の世は容易に崩れまいとも、急に思いはじめたのである。重蔵が考えたのは、秀吉が持っている金であった。

（あのぼう大な金銀があるかぎり、秀吉という男は、うわさのとおり、顔に作り鬚《ひげ》を貼《は》り、おはぐろを付け、真っ赤な袴《はかま》を穿《は》いて太平楽を唄《うと》うていようと、まず当分は人がついてくる……）

重蔵は、もともと秀吉麾下《きか》の部将達の忠節や結束などを過大にみてはいない。乱波の世を見る目は、親子相承《あいう》けて、どれほどの湿度も帯びておらず、人の情誼《じょうぎ》や武士の忠義を計量して物事を考える愚はいささかもしない。しかしいま重蔵の想念の前にたちふさがったものは、明瞭《めいりょう》な固さと色彩と形を備えていた。秀吉の背後に積まれた、かついかなる支配者も持った例《ため》しのないおびただしい新鋳の金銀がそれである。

重蔵が考える秀吉は、ふしぎな運の恵まれ方をした。立身の運のみではない。それのみならば、足軽から身を起して信長の野戦軍司令官になるだけがせい一ぱいの限度であったろう。秀吉は天正十年六月亡主の仇《あだ》を山崎で討った。同時に、亡主の子や家康、勝家などを差しおいて、亡主の地位に代ろうとした。事実上の簒奪者《さんだつしゃ》であるという点、光秀となんら変らない。しかし、亡主の部将たちは同僚の間から出たこの簒奪者に対して、きゅう然と従った。いつに、秀吉の力よりも秀吉が握っている金銀の力であったと重蔵は考えている。

地上の秀吉が山崎で光秀を討ったとき、日本の地下では空前絶後ともいうべき大奇《き》蹟《せき》が動いていた。秀吉の地上の運に呼応するがごとく、諸国の山野からおびただしい金銀が一時に湧《わ》き出たのである。ただちに、秀吉は佐渡、生野《いくの》をはじめそれら全国の鉱山を一手に押えた。同時にその金を惜しみなく新付《しんぷ》の部下たちに撒いた。

もともと信長の下級将校であったころから、部下が手柄をたてるとその場で手摑《てづか》みに金を与えたこの男のことである。金がどれほど人間の心を魅惑するものであるかを熟知していた。天正十三年と十七年の両度にわたって行なった金賦《きんくばり》という露骨な行事は、そのうわさが百姓町人の間に伝わってゆくにつれて、この男がもはやなま身の秀吉ではなく、犯すことのできぬ黄金の化身に変じてゆく錯覚に世のすべてが陥った。

このとき、彼の別墅《べっしょ》である聚楽第《じゅらくだい》の南門に積まれた金は、第一回が金子五千枚、銀子三万枚、第二回は金銀二万六千枚、あわせて三十万五千両というばく大なものであった。これを参賀する公卿、諸侯、大夫《たいふ》たちに手摑みで与え、これをもって戦国生き残りの武将の荒肝をひしいだのみではない、石高以上の部下を養わねばならぬかれらを黄金の前に拝跪《はいき》せしめた。

重蔵は、金が秀吉に天下をとらしめたと考えている。したがって、この金力が崩れるときに成り上りの豊臣政権の土台も崩れさると思った。さもなければ、秀吉以上の金力を持った男が世に現われたとき、金銀で眩惑《げんわく》されたいわゆる豊臣恩顧の武将の大半はその男の側に走るにちがいない。

　そういう男は、居るか。

（家康か。――）

　重蔵は考えたが、いかに家康が関東二百五十五万石の大領主とはいえ、それほどの財力はもつまい。ただここに重大な可能性がある。……堺衆の結集である。家康の行動に対して堺の富力が裏付けられたとき、天下は家康を信用するにいたろう。重蔵にすれば、そのときこそ豊臣家は亡《ほろ》ぶ。

（なるほど、宗久のたくらみとはそれか）

　重蔵は、目の醒《さ》める思いで、今井宗久という商人の腹中の地図を読んだ。この企《たくら》みは宗久から家康に持ちこんだものか、家康自らが置いた周到な布石の一つが宗久なのか、いずれにしても数年後には世の擾乱《じようらん》は必至のように思えた。

（信長のために覆滅せしめられた伊賀の郷士も、あるいは後年起る擾乱の次第では再び世に立てるようになるかもしれぬ）

　ここまで宗久の肚《はら》を読みすすめると、この男にはめずらしく血の躍る思いがした。おのずと判《わか》ることがあったのである。伊賀忍者の棟梁のひとりとして、重蔵の師匠下《しも》柘植《つげ》次郎左衛門は、事の成功と引き替えに伊賀郷士の取立てを家康麾下の有力者と約束しているのではないか。……

（話は、服部《はっとり》半蔵が持ってきたにちがいない）

重蔵は臆測《おくそく》した。

服部半蔵は伊賀郷士の名家服部家の出で、父の代から家康に仕え、のちに江戸麹《こうじ》町《まち》半蔵門前に屋敷を貰《もら》い石見守《いわみのかみ》と名乗って禄高《ろくだか》八千石、伊賀忍者のあがりとしては稀《け》有《う》の出頭人になった男である。徳川家と伊賀郷士との折衝はつねにこの男がやってきた。

（あの男なら、伊賀を悪いようにはすまい）

秀吉を斬ることが、そのまま伊賀の復興とつながっている。

重蔵の身のうちに、はじめてこの仕事に捨身《しゃしん》してみる情想がふつふつと湧きあがった。

まず都の巷《ちまた》に、豊臣政権への怨嗟の声を放つことであった。その手はじめとして、朝鮮出兵に関する麾下大名の不平と反対の声を誇大に流言することである。

いまそれが、足もとの薬師堂の屋根の下で、黒阿弥をかしらに彼が集めた二十人の玄人《くろうと》のあいだで密議されている。

見おろすと、すでに堂の灯が消えていた。外部から灯を望見されるのをおそれて、火の気を絶った闇《やみ》の中で彼等は議事をすすめているのであろう。仰ぐと、あざやかに子《ね》ノ刻の星宿《せいしゅく》が瞬《また》いていた。九年後におこる関ヶ原ノ戦いは、すでにこのときから始まっていたと云《い》えるだろうか。

時がすぎた。

黒阿弥があがってきた。

岩の上に黙然と重蔵が座っている。

「散ったか」

「散り申した」

黒阿弥は重蔵の横に木彫りの庚申《こうしん》ざるのようにしてしゃがんだ。

しばらく二人とも黙って空の星をながめていたが、やがて重蔵が声をかけた。

「なんでござる」

「小萩《こはぎ》という女がいる」

「もう女がお出来なされたか。お父上様もそのとおりであったが、お前様も厄介なお人じゃ」

黒阿弥は重蔵の顔を見て、半ば呆《あき》れたように、半ば責めるような口ぶりで云った。

「大柄で、目が細く頬の豊かな女じゃ。しかし、わしが惚《ほ》れているわけではない。いや、惚れているかもしれぬ。一度、通じた」

「それ見なされ」

「戯《ざ》れ言《ごと》ではない。この女がわれわれの仕事の最も手強《てごわ》い敵になりそうな気がする」

「一体、何者じゃ」

「宗久の養女で、しかも滅亡したさる名家の息女であると宗久も云うている。……しかし、わしの目に狂いがなければ甲賀の乱波《らっぱ》の化けたものじゃ。宗久もたばかられておる。味方ではあるまい。それが味方でないとすれば、どの筋から潜り入ったものであろう」

「つべこべ詮議《せんぎ》する前に、すぱりと斬ればよろしかろう」

黒阿弥は、闇の向うを見たまま、事もなげにいった。重蔵は、くすっと笑って、

「斬れるものではない。一度は通じたことのある女を」

「ふふ。ただびとのようなことをいう。乱波なら、もすこし、性根を入れて生きることじゃ」

この男は、郷士葛籠家の下《げ》忍《にん》として畑も打ち、子守もした。重蔵はむつきのころか

ら知っている。語気に父親のような気持をこめてさとしたが、ふと言葉をひきとって、

「いや、わしが斬り申そう、見つけ次第に。——異存はござらぬな」

「むしろ、わしから頼みたい」

「よい音《ね》じゃ。それでこそ葛籠重蔵様じゃ」

黒阿弥は、鳥のような表情で口をつぐんだ。黒阿弥はもはや五十をすぎている。この老練の乱波は、ふと黙るとその瞬間から、そばに座っている重蔵でさえ闇に融《と》けたかと思うほどみごとに気配を絶つのである。口を開けば再び地上に出るこの男の永い修練の玄妙さを、重蔵でさえ無気味に思うことがあった。……沈黙のあと、

「重蔵様」

そう声が出て、ひょいと黒阿弥の気配が再び地上に出た。

「なんじゃ」

「風間の五平様のこと。——消息をきかれたか。やはり、われらの仲間を逃散《ちようさん》されたのでござろうか」

「それを探りに、下柘植の次郎左衛門どのの娘御が京へのぼっているはずじゃ。いずれわかる」

「もし逃散いたしたのなら、重蔵様、心得ていなさろうな。……朋輩であったお前様

が斬らねばならぬ。また、あれほどの腕のある仁、余人には仕物《しもの》にできますまい」

「木さるどのが刺すと申したが」

「女は、当てになり申さん」

黒阿弥は、吐き捨てるようにいった。忍びの権化《ごんげ》のようなこの老人は、忍びの働きの中に女気の入ることを極度に嫌っている。入峰する修験者の物忌《ものい》みに似た一種の信仰のようなものといってよかった。

「その木さる様にお逢《あ》いなされたら、早々に伊賀へもどるよう申しなされ。忍者が仕事をする結界の中に女が出没されては不吉じゃ」

「片意地なことをいうのう。黒阿弥も年をとったわ」

「わしの年がいわせるのではない。伊賀では何百年そういい伝えている」

重蔵と黒阿弥は、その崖《がけ》の上で別れた。黒阿弥は袖《そで》はしを指でつまみ、両手を翼のようにひろげて数丈下の暗い地面へ吸いこまれるように跳んだ。重蔵はそのまま更に崖を攀《よ》じ、稜線《りようせん》を南へ伝って泉涌寺参道の松並木へ出た。まだ、夜が明けるのにだいぶ間がある。夜の京の地図を体に入れるために、天明まで町を歩いてみるつもりだった。

忍び文字

珍皇院の藪《やぶ》を離れた風間五平は、襟すじからぞくりと風をくらったような、会心の独り仕草をして、京の巷《ちまた》にむかい、足をかるがると運ばせた。

（願《ねご》うてもないくノ一じゃ）

五平は、木さるをくノ一の術の対象にしか考えていない。くノ一とは、女という文字を三つに分解してみればわかる。忍者の隠語である。

伊賀《いが》甲賀の忍者にとっては、所詮《しょせん》、女とはくノ一にすぎなかった。くノ一の不幸は男の愛に感じやすいことである。これに愛をさえ与えれば、いかなる危険にも屈辱にも背徳にもたえうる至妙のさがをもっている。伊賀の施術者《せじゅつしゃ》たちはこれに擬装の愛を与え、真実に愛することを避けた。くノ一の術だけでなく、乱波《らっぱ》の術はすべて、おのれの精神を酷薄に置くことによってのみ身を全うしうることを教えている。

五平は運にめぐまれたと思っている。彼のくノ一は、ただの女ではなかった。手足になるには絶妙な技倆《ぎりょう》の持主であり、おそらく許婚者《いいなずけ》である彼の出世のために血の失《う》せるまで働く。

（お師匠はよい娘を作りあげたわ）

五平は、頬にうずうずと湧《わ》く微笑をおさえかねている。

この男は重蔵の仕事が秀吉の暗殺にあることを知っていた。ただ、下柘植《しもつげ》次郎左衛門や松倉蔵人《くらんど》の背景に何者がいるのかを知らない、これが明らかになれば、天下を揺がす大政変は必至であろう。五平は忍者の冥利《みょうり》として胸のおどる思いであった。むろんこの仕事を一人でやる決意を固めている。またやらねばならなかった。京都奉行の組織に委《ゆだ》ねれば、あたらこの功名を分割させられてしまうのが落ちであったからである。

大宮通を北へゆくと、城郭とさえいえるほど巨大な聚楽第《じゅらくだい》のいらかが、あざやかに視野を占める。

囲繞《いにょう》する長大な土と石の帯が、碧落《へきらく》にむかって白い光をふきあげていた。

その郭壁から南東へ数丁はなれたあたり、閑院内裏《かんいんだいり》趾《あと》の草の野がある。一群の武家屋敷が塀をつらね、その一角に五平が、京都奉行前田玄以から与えられた屋敷があった。

——屋敷の小さな長屋門の前まで来て、なお五平は気がつかなかった。

すでに珍皇院を出たときから、このことははじまっている。往還の人ごみにまじって、見えかくれに五平をつけてきた影があったのである。

五平が門に入るのを見すますと、影は遠い塀のそばにたちどまった。

門のうちでは、若党が五平の足をすすいでいる。玄関の両脇《りょうわき》には、小侍が二人膝《ひざ》をそろえていた。かつての乱波の分際では、とうてい及びもつかなかった二百石取りの武士の境涯であった。

ただ女気は、この屋敷にない。出入りの商人などの中で側妾《そばめ》をとりもとうと申し出る者もあったが、五平はとりあったためしがなかった。女を入れたために、自分の素姓をさとられたりするときの煩《わずら》わしさを恐れている。当時、男手だけで家政を仕切っている武家屋敷がいくらもあったから、五平の屋敷だけがそのために目にたつという惧《おそ》れもなかった。居間に入ると、五平は手をふって小侍を追ったが、ほどなくその小侍が障子の外に指をついて、

「いましがた門の者へ文箱《ふばこ》を託した者がござります」

「名は？」

「告げませぬ。女性《にょしょう》でありましたよし」

「女か……？」

くノ一である。

文箱は諸侯の調度かと思われるほどのみごとな金蒔絵《きんまきえ》である。ひもを解いて、からりとふたをあけると、底の黒い漆地に五平の顔が浮ぶようにうつった。

その底に、奉書紙を短冊《たんざく》にさいた一枚の紙きれが沈んでいる。指を入れてうら返す五平の眉《まゆ》がけわしく寄ったのと、女の筆あとで奇妙な数行の文字が認《したた》められていた。それはただの真名《まな》でもない、むろん仮名《かな》でもなかは、その文字をみたときであった。

精鏢垰爈炶鉋標垉鑠炶鉥桺鑠錆、僸柏垰艴焬泊躰、

鉋躰垰躺垉桺躰濼洂墂洂鑠熿。

艴躺洂泊色艴爈炶。

これは忍び文字である。忍者のみが仲間うちの牒状《ちようじよう》を書くときに用いている隠し文字であった。

文字にいろは四十九通りあり、偏は木火土金水人身を用い、旁《つくり》は色青黄赤白黒紫の

文字を使って組みあわせる。

この文字をみただけでもあきらかに忍者からの牒状とはみてとれるが、この手の女文字にはおぼえがなかった。透かしてみても、筆蹟《ひっせき》は木さるのものではない。

仲間のうちで、いまの五平が前田玄以に仕官していることを知っているものは木さるをのぞいてないはずであった。その木さるでないとすると、しかもこの筆蹟のとおり女で忍び文字を使う者となれば五平にはまったく心当りがなかった。ことごとく忍び文字を用いている点、身の素姓をひたすらに隠している五平に対し自分はそれを知っているぞという無言の恫喝《どうかつ》をふくんでいるかに思われる。

五平の顔から血の気がひいて、手にもっている牒状よりも白くなった。からだをふたつ折れにまげて下腹を押しつぶし必死に身のうちから湧きひろがる慄《ふる》えを殺そうとしている。筆あとが嫋《なよ》やかなだけに、そこから立ち昇る気配にはぶきみな妖気《ようき》があった。

乱波である五平には、おのれの怯懦《きょうだ》を自制する無用の習練をもっていない。むしろ乱波は恐怖を自然のままおのれの中に放置する。慄えながら五平は、一字々々、文字を拾って読んだ。——ひらがなに直せば、次のとおりになる。

ぢゆうさまにあはせまゐらせる、みやうとり（明酉）こく、にでうかはら（二条河原）くすのきのした。

いがのごへいさま
「重蔵に会わせるという……」

思わず声を出した。ふしぎな細工をする女であった。会わせて、重蔵に斬《き》らしめようというのか。——そうとすれば、これは下柘植次郎左衛門の指し金で京に入った伊賀の女と思われるし、当然重蔵もそのことを熟知しているにちがいない。

しかしそれにしてもいぶかしく思われる。重蔵が五平の所在を知っておれば、こういう回りくどい小細工をせずに屋敷へ参入して五平を斬るはずであった。

「明日の酉《とり》ノ刻（午後六時）といえばまだ陽は西にある。まさかその明るさで果し合いも出来まい。いったいこの女は何をたくらんでいるのか?」

五平は、おのれをとりもどしていた。しかし、恐怖のあとには云《い》い知れぬ不快さが残った。それを断つつもりか、五平は脇差に手をかけた。

「うむ!」

小さな光が一閃《いっせん》した。金蒔絵の文箱は、ふたもろとも四つにわれ、からからと無心に畳の上へころがった。

「ご用でござりまするか」

障子をあけて、さきほどの小侍が呆《あき》れたように五平の顔をながめている。

それから小半刻《こはんとき》も経《た》っていない。

方広寺裏の伊勢屋嘉兵衛の軒先にたった女がある。大柄なからだを町家の娘ふうにしつらえ、ゆたかな頬にさえざえと血の気をのぼらせていた。おりから、京の空をあかね色に染めはじめた陽に、女はながく影をひいている。

「どなたさま」

店先から小僧が声をかけた。

女はそれが特徴の、けむるような微笑に目をほそめて、

「葛籠《つづら》さまは、こちらにお泊りではございますまいか」

小腰をかがめた。

「つづらさま? なんぞ戸惑うていやる。こちらは研師《とぎし》じゃ。旅籠《はたご》の伊勢屋なら河原の筋にもあるが」

小僧がけげんそうにこたえたのは、その表情のとおり、ここに重蔵が泊っているのを知らなかったからであろう。

重蔵は気がむくとふらりと伊勢屋の離れにきてとまったが、住み込みの小僧でさえ

離れの人の気配に気づいたことがない。その重蔵の所在をこの女が知っている。店先で背を丸めて研ぎをしていた黒阿弥《くろあみ》は仕事の手をとめ、なにげなく砥石《といし》から刀身をはずして鍔元《つばもと》から鋩子《ぼうし》までを見すかすふりをしながら、白い目を女のほうへ走らせてみた。

(この女が小萩《こはぎ》か)

その拍子に、黒阿弥の目は女の視線にとらえられた。目もとだけで、にっこり会釈《えしゃく》をしたのである。黒阿弥は内心狼狽《ろうばい》しながら、顔を俯《ふ》せて砥石に刀を当てた。

(あ、あきらかに乱波じゃ)

黒阿弥の六感が、そうつぶやく。しかもしたたかな乱波のようにおもえる。

(なるほど。これでは重蔵様も斬れまい)

黒阿弥は、そこに立っている女を自分が刺さねばならぬ日を思って、おもわず砥石に当てた刀身に力がはいったとき、

「そなたが知らなくても」

女の声が耳に入った。

「そこにいらっしゃるあるじがごぞんじでございましょう」

ふっと、女は笑った。

黒阿弥は黙々と刀を研いでいる。

「親方……」

小僧はこちらをむいて、返事と注意を促した。

黒阿弥は刀を研ぎながら見むきもせず、低い声で、

「離れへお通し申せ」

離れにはきょうは重蔵はいまい。黒阿弥は頃を見はからって、のっそり座敷へ入った。

女は端然と座っている。

黒阿弥を見て、

「小萩と申しまする」

「どちらの」

「重蔵様がごぞんじのはず……」

「その重蔵様とやらを、手前がた存じ寄りませぬが」

「……………」

女は答えず、だまって前栽《せんざい》の植え込みを眺めていたが、やがて起《た》ち支度をはじめると、

「もしあとで重蔵様をお思いだしになりましたならば、あすの酉ノ刻、二条河原の樟《くすのき》の下で風間五平ともうすお人にお逢《あ》わせ申しあげると、お伝え下さいますように」

すっと起ちあがる女の裾《すそ》を、黒阿弥はは たくようにして、

「乱波!」

「黒阿弥。無礼でありましょう」

呼ばれてあっと声をのんだすきに、女は裾をさばいて座敷を出た。黒阿弥が庭石の上に立ったときは女の影はどこにもなかった。

女と入れ代るように植え込みの向うから出てきた人影がある。重蔵である。

「黒阿弥、その様子では容易にあの女は斬れまい」

「………」

黒阿弥は、うろたえた自分を愧《は》じるような風情《ふぜい》で重蔵を見ない。

「いそいで斬る必要もあるまい。当分は今井宗久の養女、さる名家の裔《すえ》ということでおとなしくつきあってやれ」

「その姫君が、お前様に言伝《ことづ》てを致した」

重蔵は黒阿弥が云う言伝てを訊《き》いていたが、

「こんどは妙なことをたくらんだな」

ぽつりと云った。庭先に蚊ばしらが立っている。二人はぼんやり蚊ばしらを見ながら、どちらの目も、あすは降るのではあるまいかと考えている。

その翌日、阿弥陀《あみだ》ヶ峰《みね》のみどりは雨に洗われた。そのあざやかな翠《みどり》を背に、重蔵は時刻よりも大分前に傘の柄を握って京の巷《ちまた》へ出た。相変らず派手な小袖《こそで》に袴《はかま》、それに夏というのに軽い地の袖無し羽織をはおっている。巷への目的は、風間五平に会うためではなかった。小萩に会うつもりで、重蔵は京の街を南から北へ、固そうな足もとを拾ってゆく。

二条の東辺は小さな公卿《くげ》屋敷町の一角になって、さらに東へ寄るともはや家はなかった。ときおりの鴨川《かもがわ》の氾濫《はんらん》をおそれたのであろう、河原までは茫々《ぼうぼう》と夏草の原がつづいている。河原の堤の根に、一もとの樟の老樹が雨に濡《ぬ》れているのがみえる。

重蔵は屋敷町の辻《つじ》に立ちどまり、公卿屋敷の塀に身を寄せながら、傘をすぼめた。雨は容赦なく重蔵の身にふりそそぐ。

(もう出るころじゃ)

むしろ楽しそうな遠目で、あたりへ気を配った。

案の定、河原へは最も近くつきでている一軒の公卿屋敷の玄関に一挺《ちょう》の女駕籠《かご》がとまるのが見えた。ここよりはやや遠い。重蔵はおそらく女の手筈《てはず》はそうした場所から河原の模様を見物するつもりであろうと、あらかじめ考えていたのである。ただ、あの女が公卿屋敷にまで出入りしていようとは、その正体のふしぎさに驚きを新たにする思いであった。辻が風の道にあたっているのか、目の前の雨の脚が白くけむりはじめている。

重蔵は、音を避けるために傘を捨てて屋敷へ近づき、一瞬、雨の中に身を翻《ひるがえ》すと、低塀のうちに入った。

屋敷は荒れている。

秀吉はおのれの勢威に朝廷の栄誉を飾るために天子をはじめ大小の公卿に采地《さいち》を贈って歓心を買った。しかしこの屋敷の様子ではあるじの禄《ろく》は百石にも満つまいなどと思いつつ、重蔵はつくばいのかげに身をひそめた。

灌木《かんぼく》の中に刻が流れている。ゆたかな青葉の茂りが重蔵を蔽《おお》って、この男の背を雨脚から遮っていた。しばらくするとぬれ縁の上にほとほとと足音がきこえて、朽ちた板をふむ白い素足がみえた。

素足が重蔵の目のさきを過ぎた。小萩である。やがて厠《かわや》の戸をひらいて出てきた素足は、重蔵の目の前でとまった。手を洗おうとしている。しかし、つくばいの上の柄《ひ》杓《しゃく》をとりあげようとした女の手がふととまった。

「そこにいるのは、重蔵さま？」

「いかにも」

「濡れますぞえ」

「もう濡れている」

「お着更《きが》えをなされたら。……屋敷は無人な上に、遠慮もございませぬ」

「よいわ」

「それでも……」

女が降りて重蔵の袖をとろうとする気配へ、男は制するように手を振って、

「待て。降りるな。このほうは乱波《らっぱ》じゃ。雨に濡れて風邪を引くようなことはない。わしがあがれば、困ることになるぞ」

「困る？　たれが……」

女は黙って茂みをみつめていたが、やがてほのぼのと笑って、

「よろしいではございませぬか。わたくしのからだをお求めくだされても。……遊女として扱うと申されたこと、小萩は忘れておりませぬ」

「ばかめ。……風間五平に伝えて貰《もら》おう」

「お会いなされませぬか」

「一体、五平はどうしている」

「お奉行様のお手先とか」

「おおかた、そんなことであろうと思うた。しかしその五平とわしをなぜ会わせようとした」

「会えば、お珍しい話もあるはず」

「女」

歩み寄るなり、女の襟を握って力まかせに雨の中に引き倒した。

「遊ぶのもよい加減にせい」

重蔵は倒れている女を見おろして、

「どこの狐《きつね》か知らぬが、どうせ宗久の養女でも、何とやらの名家の姫君でもあるまい。われは五平と奉行の仲間じゃな」

起きあがろうとする女の右手の甲を重蔵の足が踏みつけた。女は黙って痛みに堪《た》えた。

「奉行の手先ときいて気が変った。顔を合わせば昔の仲間を斬らねばならぬと思ってお前に言伝てを頼もうとしたが、五平が奉行の手先ならば会《お》うても話はおもしろい。別の日と場所を約そう。今日から十日ののち、丑《うし》ノ刻。場所は――聚楽第《じゅらくだい》の一ノ御殿の屋根の上」

「聚楽第の屋根の上……？」

「そのほうが忍者らしゅうてよかろう」

「重蔵様」

「なんじゃ」

すでに塀の屋根に手をかけていた重蔵がふりむいた。

「わたくしは前田玄以どのの手先ではありませぬ。お顔も存じあげませせぬ」

「そうか。するとお前を雇うたのはどの方角じゃ」

「…………」

「いえまい。しかしたれの手先でもよい。たかが女にすぎぬ」

「もし――」

呼びとめた女の目差《まなざ》しに必死な色が浮んだ。が、重蔵の体はすでにその場になかった。塀を跳びこえたこの男は、降りしきる八月の雨の中を三条にむかって歩いていた。

体だけは白い雨に濡れそぼったが、暗い気持がはるかに塀の内側にのこっているのをどう仕様もない。濡れながら、重蔵はあの瞬間の女の目差しを執拗《しつよう》に考えた。あのとき、あの女のはりつめた目の中に男を想《おも》いはじめた者のただならぬ気配がやどっていた。その目がいま、重蔵の胸のなかに暗い色彩を塗りかさねてひろがっている。

甲賀か伊賀か、あの女の正体はしらない。しかし、重蔵を呼びとめようとした女は、乱波の仲間としてそれを見てやるのが無残なような思いがしたからであった。すくなくとも重蔵はそう自分の心に呟《つぶや》きかけて、息苦しいようなおもいで、小萩のその哀れさを思った。

乱波は死の刹那《せつな》まで乱波の心でなければならぬと、重蔵はこの仲間のことを考えている。小萩への おのれの強い関心もそれにつながったものだと自分にいいきかせていた。小萩は、重蔵にすればおのれさえ、真似《まね》ようもないそうした心の典型のような女であった。この女に対して、さわやかな怖《おそ》れに似たものを重蔵は感じてきたのだが、その小萩は一瞬とはいえ、重蔵の前で無残に崩れている。

しかし、小萩が崩れたのは余人に対してではなく、重蔵自身に対してであった。いやあるいはそれは正確でないかもしれない。その前に重蔵のほうが小萩に対して崩れていた。小萩のさとい心はそれを感じて、隙《すき》をみせた重蔵に反射的に女としての隙をみせたのではないか、――重蔵は目のさめる思いでおのれを眺めた。

（とすると、哀れなのは……）

おのれのほうである。雨の中で、重蔵は苦笑した。そう思うと、なぜあの公卿屋敷まで小萩に会いにいったのか、自分の行動さえ謎《なぞ》に思える。当初、自分にいいきかせたのは、小萩の小細工に対して先制の釘《くぎ》をさすことであった。風間五平でも、重蔵の立場ならおそらくそうする。しかし、重蔵の真実の心はそうではなかったかもしれぬ。それにかこつけて女に逢いに行った自分の心を、重蔵はいま見透かしたような思いがした。

（そうとすれば、ただの女と男ではないか。黒阿弥があざわろうたのも無理はないわ）

重蔵は急に、午後の光の中を歩いているおのれという忍者が、見るまにみすぼらしくなってゆくのを覚えた。

そのころ、小萩は二条河原の樟の下で、風間五平とむかいあっていた。

「重蔵さまのお使いでございます」

「ほう。あの手紙は重蔵であったのか」

それには女は答えず、

「折あしく都合ができて、きょうは会えぬとのことでございます。つぎにお会いする約束は聚楽の――」

「聚楽の？」

「一ノ御殿の屋根の上。十日後の丑ノ刻」

いうと、白い脛《はぎ》をしぶきに汚して走り去った。

阿弥陀ヶ峰の東のすそは、わずかに窪《くぼ》まって、あざやかな松のみどりでかざられている。小松谷という。この名は平重盛《たいらのしげもり》の邸《やしき》のあったむかしから、すでにいちじるしい。今井宗久の京の寮はこの松の林の中にあった。しかも宗久自身はほとんど住むことがない。

堺《さかい》の豪商の寮にしては奇妙なほど結構がかぼそいのは、むしろ流行のわびを一字に凝集しようとした宗久らしい趣興が働いているとみてよかろう。庭はそのまま歩いて一丁にもおよぶほどの広い地を仕切り、石も置かず樹《き》も植えず、ただ自然の起伏のうえにびょうぼうと茅《かや》の生いしげるにまかせている。その茅の原にうずもれて小さな数寄屋《すきや》ふうの家がたち、あるじとして小萩がすんでいた。その日、茅の原の家に来客があった。ひどく長身の武士である。小萩は座敷に招じて客に一揖《いちゆう》しつつ、

「わたくしが、宗久の娘小萩でございます」

「それがしは、渡辺慧《さとる》と申す。お見知りおきくだされ」

「父から承りました。渡辺さまは鹿島《かしま》流の兵法をお使いなさるとか」

「いささか」

「常陸《ひたち》鹿島の神人《じにん》と仰《おお》せられましたな」

「もとの身分でござる。社前で私闘を結んだことがあって、いまは諸国流浪《るろう》の境涯じゃ」

「兵法は鹿島、香取《かとり》と申しまする。さぞ、渡辺さまはお強いことでござりましょうな」

「まず、いささか」

かるく頭をさげた。べつに慢じている様子もない。二十八、九のやさがたといっていいほどの男で、広い肩と松の幹ほどに節くれだった下膊《かはく》の発達さえなければ、ふとみたところ公卿の青侍に似つかわしい。ただ、都大路の日蔭《ひかげ》をせかせかと拾いあるいている公卿侍にしては、この男の目のつきがちがっていた。ときどき白い目をみせる。

対座している小萩でさえ、ひやりとするほどの青い狂的なひかりを宿していた。

もともとは、家康の裨将榊原康政《ひしようさかきばらやすまさ》の添書をもって堺の今井宗久に会いに来た男である。康政が書いた文意では、この男は素姓の点は分明でない、しかしうちみたところつかいどころあり、しばらく京で上方見物でもさせられたいとあった。

渡辺慧にすれば康政を通じて家康にでも仕官するつもりであったろう。家康はすでに将門《まさかど》以来といってもいい広大な関東の支配者になっている。坂東《ばんどう》一円の郷士の子等は、天下の副主ともいうべきこの三河からきた温和な領主に仕えることをのぞんだ。

慧は当時まだめずらしいものの一つだった鹿島の刀技に熟達していた。この地は刀法の源流ともいうべきところで、戦国期を通じて鹿島の社家《しゃけ》が工夫をかさね、ついに松林左馬助《さまのすけ》という者が鹿島流、一名神明流の技法を編むにいたってその後の兵法諸流の淵叢《えんそう》となった。足利《あしかが》義輝将軍の兵法の師になった塚原卜伝《ぼくでん》もこの鹿島の社家から身を起している。

慧も卜伝の例にならって、芸をひろく諸侯に知られるために上方へ出てきたものとみえる。当時の剣客は、ほとんど京へ足をとめて派手な仕合を興行しつつ諸侯の目にとまる幸運の日を待った。のちの宮本武蔵《むさし》が、京八流の一つ吉岡《よしおか》門に挑戦したのもそうした理由によるものである。

この男が榊原康政に頼ったいきさつはわからない。また、康政がこの男を今井宗久に託した理由もわからない。おそらく康政はこの男に対し、宗久が秀吉のお伽衆《とぎしゅう》として天下の政道にくわわっている者ゆえ、同じ仕官をするにも宗久に知られれば有利な道があるとさとしたのであろう。

宗久はそれを無造作に小萩に託した。康政と宗久の背後に天下覆滅の黙契があったとすれば、なんぞのひとはしにこの男を使えという言外のことばが手紙にふくめられていたはずであった。いうに及ばないが、小萩のもとに送られてきたこの男には、そういう自分の運命を知るよしもなかった。

小萩は手もとの鈴をとりあげて指の間でもてあそんだ。それが鳴るのとほとんど同時に、三方を目の高さに掲げた老女がふすまをひらいてはいってきた。三方に載せられているのは金子である。

「京は諸式が高《たこ》うございます。なんぞの足しにでもとこればかりを用意いたしましたゆえ、ごゆるりと上方をご見物くださいませ」

「なんと……」

よほど窮乏の旅をつづけてきたのであろう、それほどの骨格の男が目の前の金貨と小萩の顔を見くらべて絶句した。しかし、その間に不覚にも手だけは伸びて三方の上の黄金の山をつかんでいる。

「かたじけない。これが世間でやかましい新鋳の金子でござるな」

まじっていた大型の金一枚を掌にのせて、つと顔をあげた。口もとに先刻までなかった卑《いや》しげな媚《こ》びが浮き出ている。

「まあ。そのように大形《おおぎよう》な」

小萩は口に手の甲をあてて笑いながら、

「あきゅうどのお金はいわば悪銭。あなたさまのようなあすあるお武家さまの手でつかわれればお金も冥利と申すものでございましょう。京には、とのがたのお好きな傾《けい》城《せい》の町もございます。兵法の芸もさることながら、このほうの芸をおみがきなさいますのも、悪《あ》しゅうはございますまい」

「ふむ」

男は露骨に喜色をうかべて、

「ねからの武辺者でござる。そのほうの案内はまったく通ぜぬが」

「ならばさっそく今宵《こよい》、男衆をお付け申して、お道筋をご先導いたさせましょう。かの者たちもご冥加《みようが》にあずかってよろこびましょう」

「なにくれとかたじけない」

男は頭をさげた。頭の頂点の伸びたさかやきのあいだに、白いふけがわびしく浮いていた。そういうことへの脆《もろ》さがこの男の弱点であることを、小萩は男の目をみた瞬間から見抜いている。京の妓楼《ぎろう》の町でこの男が遊ぶうち好きな女のひとりでもできてくれれば小萩にとって大きな幸いであった。男はいつもうるんだような、本能に溺《おぼ》れやすい目をもっている。あの町の女のもとに入りびたり、やがて女のためにはたく金に困《こう》じて、しげしげこの小松谷に金をせびりにくるようにさえなれば小萩の薬籠《やくろう》のなかに入る。とまれまずこの男の持っている関東の骨を抜きとってしまうことであった。

幸い、京の傾城の町は、あずまの男どもの骨を抜き客気を融《と》かすふしぎな魔力をもっている。源九郎義経《よしつね》やその従兄《いとこ》の義仲《よしなか》、さらにその末裔《まつえい》の足利武者をあげるまでもなく、この国の歴史は京の女とあずまの男とのたたかいであったといってもよい。しかも、いまだあずまの男の勝ったためしをきかないのである。

宗久からの手紙によれば、この男はいまだ無名とはいえ、かつては鹿島の境内で同僚と私闘を結び、相手をみごとに両断したばかりか立ち退《の》きぎわに社家がさしむけた手だれの追手二、三をまたたくまに斬《き》りすてたほどの刀技をもっている。

しかもまだ若い。武士の間ではなお戦場での組み打ちが重んじられて刀技を尊ぶ風は少なかったとはいえ、これほどのわざならば名を世にひびかすのに造作はあるまい。当人もその気鋭に燃えて上方へのぼってきた。それを待つ京の女は、しかし野性をあしらうすべを血の中で知っている。やがてこの男も、身を刻む苦行のほかに身を融かすような楽しい人生のあることを知りはじめ、坂東の土が培った客気の志をいつかは忘れはてるはずであった。小萩はそう思うと、男というすべてのものへ身のうちから疼《うず》くような嗜虐《しぎゃく》の情念をおぼえるのである。

小萩が思案したとおり、男は数日たってから再び小松谷に姿を現わした。金をもらいにきたのである。小萩は男の気持を汲《く》んで自らは応対に出ず、あとあとの来やすいように楠《くす》という老女を出して希望の金を渡してやった。三度目は男は来ず代りに妓楼から男衆がきた。小萩は、男がようやく金をもらう自分の立場に狎《な》れはじめたことを察してひとりほほえんだ。四度目はぬけぬけと自分で足を運んできたのを鄭重《ていちょう》に茶亭に招じて、

「みやこの味わいは、いかがでございました」

「いや。まことに、生きることのこれほど楽しいものとは存じ申さなんだな。夜が明けたようでござる」

「それは何よりでございます」

武骨な手ぶりで茶を啜《すす》っている男の挙措をながめながら、ふと思いだしたように、

「渡辺さまは、お強いそうな」

「酒でござるか」

「兵法でございます」

「………」

男は茶碗《ちゃわん》をおいて、小萩を見た。だまって凝《じ》っと見ている。目に驕慢《きょうまん》ないきどおりがのぼっていた。自分が兵法につよいことはわかりきったことなのである。しかも常々金をもらっているこの宗久の縁者に改めてそれを確かめられることに、はげしい屈辱をおぼえて、

「お女中衆にはわからぬことじゃ」

吐きすてるようにいった。

「ほほほ、これは済まぬことを申しあげました。なんぞお気にさわられることでありましたら、おゆるしなされませ」

「なに」

男の頰に血がのぼっている。小萩の笑いを揶揄《やゆ》と取ったのである。

「わざのほどを確かめたいと申されるのか。べつに京にきては高言こそ吐かね、日本国の兵法の本山といわれる鹿島権現《ごんげん》のやしろでは一、二をあらそった渡辺慧じゃ。な

るほど印可はもたぬ。それは破門をうけたからじゃ。わしの腕が門流のたれそれより も劣っているわけではござらぬぞ」

「それはもとより。……いっそ京であたらしく流儀を興《おこ》されては」

「そうも考えている」

「差し出がましゅうございますが、そのほうの費《つい》えのこと、諸大名へのよびかけ、それらは大蔵卿《おおくらきよう》法印（宗久）がうけあいましょうほどに」

「ふむ、……」

もう、気色がすこしやわらぎはじめている。そのかおいろの変化をみながら、小萩はこの男の腕をためしてみてやりたくなった。

（さて、……）

小くびをかしげた小萩の脳裏にいきいきとした形をもって浮びあがったのは伊賀の葛籠重蔵であった。

あの男を斬る。……

小萩は、それを考えた自分に客の前ながら目をみはった。むろん先刻まで思いもよらなかったことであったし、彼女が身を置いている使命からしても、いまあの伊賀者を殺す時期ではなかった。

しかし、彼女はこの着想のすばらしさに人前をわすれて酔うおもいがした。

（重蔵を斬る……）

そう思うだけで、体じゅうの血がにわかにくるめいて、かるい眩覚《くるめき》をさえおぼえた。

（重蔵を斬る）

と、小萩は心の中でそっと呟《つぶや》いてみた。その拍子に、男へのはげしい欲情がうずいた。男への奇妙な愛しかたしかできぬ、そう仕組まれた自分の精神の神秘に、彼女は同時に嫌悪《けんお》をおぼえはじめている。

重蔵のからだに刃《やいば》がふれる日のその裂けた肉のいろどりまで小萩はあざやかにまぶたの内側に映すことができるのだが、しかしこの情念には、ほかに、乱波《らっぱ》のみに理解できるふしぎな精神の屈折があった。

小萩はすでに重蔵を愛しはじめている自分に気付いている。しかし、重蔵への思慕によって、乱波としてのおのれをうしなったあの瞬間の自分を、彼女は歯嚙《はが》みするほどのくやしさで考えつづけてきた。あの瞬間とは、雨の日、二条の公卿《くげ》屋敷で曝《さら》けた自分の醜態についてである。

あのとき、重蔵は塀に手をかけて、去ろうとした。その瞬間、小萩はわれを忘れて、

「重蔵様――」

と呼んだ自分は、一体心の中のどういう国に棲《す》んでいる自分なのか。まるで夢の靉《あい》靆《き》の中にいるようなあのときの気持を、いまもまざまざと思いだすことができる。しかも、奇妙なことに、屈辱をもってそれを思いだすのである。

(おそらく、あの伊賀の男は、そういうわたくしをさげすんだにちがいない)

だからこそ、重蔵は返事もせず、ふりむきもせず、塀のむこうへ消えた。

ゆらい、乱波というものは、相手とおのれの心を詐略《さりやく》する仮装の心理の中で生きてきた。仮装を強靭《きょうじん》にすることがお互いの正義であり、そういう仲間をかれらはすぐれた乱波として尊敬してきた。が不覚にも、小萩は自分の濡《ぬ》れた内臓を出した。

重蔵には、小萩への警戒心がある。それは小萩も気付いている。しかし同時に、重蔵ほどの男が、自分へ乱波としての畏《おそ》れをはらってくれていることにも気付いていた。その前で、不覚をとった。重蔵をついには敵にしなければならないのは、小萩の乱波として置かれた終局の宿命であるかもしれない。しかしそれまでの間でも、重蔵の尊敬だけはつなぎとめておきたかった。重蔵を斬ることは、自分の乱波としての非情を、高朗としたかたちでたしかめることであったのである。これもひとつの、強烈な恋といえるかもしれない。

そう考えて、能面のようにほほえんでいる小萩の居ずまいに、客は対座しながら無気味なものを覚えた。

ひたひたと音がする。

露地をあるくその草履《ぞうり》の音が、茶亭の軒端《のきば》にとまって消えた。客の耳には、その足音のぬしが、老女の楠であることがわかる。足音が消えたのは、金を持参した楠が、客の出をまつために、くつぬぎのそばでしゃがんだからであろう。

慧の胸はふくらむ思いがした。楠の足音は金の足音なのである。東国の田舎では、まだ金というものがほとんど流通していない。まして武技のみに専念してきたこの神人あがりの男は、その魅惑については嬰児《えいじ》のように薄い肌をもっていたのである。黄金を手にとれば指がふるえた。その冷やかな感触は、ふところの中で肌の血をあやしく沸かせた。

金に無垢《むく》であっただけに、金に支配されてゆく自分を感ずることができなかった。楠の足音は、正直に自分の悦楽としてひびいた。

足音が軒端でとまった拍子に、この東国の男は、その黄金の使い姫である小萩に、奴隷《どれい》のように随喜してみたい衝動にかられた。まるでおどるような声をあげた。

「わしに、出来ることはないか。金銀をもらうだけでは心が済まぬ。どのようなことでも致すつもりじゃ」

「まあ。気のおやさしいお方。しかしそのように固苦しくお考えなさらずとも、存分におつかいくだされればよいのでございます。あなたさまのお小遣いぐらいで、堺の大蔵卿法印の金蔵が減るわけではございませぬ」

「そうであろう。しかし、わしの気詰りに変りはない。……わしにできることといえば」

男は、あかがね造りの刀をひきよせて、

「これじゃ。これが法印どののお役に、なんぞたつことはござるまいか」

「さあ――」

小萩は白い表情の奥で男の他愛なさに噴き出しながら、しかし吉祥天女《きっしょうてんにょ》に似た顔の形のいい唇を綻《ほころ》ばせて、

「法印は商人でございます。つるぎの用はございませぬ。しかし、上方育ちの小萩は、あずまの殿の屈強のほどが見とうございます。まして渡辺さまは鹿島随一といわれるてだれ。そのおわざまえを、この小萩のために見せてくださいますか」

「見せるとも。相手は京の兵法者か。それとも大坂の者か。流儀はいずれじゃ」

「わけあって、相手の名は伊賀の重蔵というのみでくわしくは申せませぬ。しかし、その者のくにでは抜きんでた腕をもつという……」

「よいよい。どうせ上方の武芸じゃ。造作はあるまいぞ」

「その者、ちょうど今宵、夜半から聚楽第《じゅらくだい》の周辺にたち現われるはずでございます」

「案内してくれるか」

「はい。しかし、構えてご油断召されますな」

「よけいな念じゃ」

その夜、夕刻から中京の柳町の妓楼若狭屋《わかさや》の一室で馴染《なじみ》の女を抱いていた渡辺慧は、ふと暗い窓に、真夏の大きな片欠けの月が落ちてゆくのをみた。月は遠い近衛《このえ》屋敷の樗《おうち》の下枝にかかっていたが、やがて屋根に沈む——時刻はすでに子《ね》ノ刻をすぎようとしている。慧は、いぎたなく寝た女のからだを押しのけ、かれのくびにからみついた白い腕を畳の上にもぎり捨てた。女はうすく目をあけて、

「どうしたのえ。いまごろ」

「用を思いだした。おとなしく留守をしてくれ」

「なんのご用？」

「忘れものじゃ」

「……なんとねむい」

「おう、ねむるがよいぞ」

「いつ、もどる？」

「さて、のう。やはり明けがたか」

「それなら、明けがたにもういちど抱いてくりゃれ」

「ふむ」

ふりかえった床の中では、もう女は眠りにおちている。

（京の女とは、これほど可愛《かわい》いものか）

腕をそっと掛蒲団《かけぶとん》の中へ入れてやりながら、なろうことならこの白粉《おしろい》のにおいのする小さな部屋で、青雲の野望を朽ちさせても悔いはないような気もした。しかし、そうは思いつつも、女の枕《まくら》もとで、この男の手はあたらしいわらじをひしひしと足に結びあげていた。

「――さま」

だしぬけに小路の闇《やみ》だまりがうごいて、羽虫の音のようにかすかな男の声が慧の耳に入った。

思わず跳びのいて居合腰になる慧へ、影はちょんちょんと雀《すずめ》が穂をひろうような奇妙な足どりで近寄って、

「ま、待っておくんなさい。あたしは小松谷の使いで、妙兵衛という気の弱い手代。しかもお前様のあない者じゃ。——この顔」

小さなとうがんに似た顔をぬっと闇の中から突きだして、

「こののちも見知りおいてくだされや」

手代ふうに身を仕つらえていたが、目のくばり、からだのこなし、見るものがみれば乱波が化けていることがわかる。妙兵衛というのは小萩が使っている乱波のひとりであった。

「そうか。——足労をかける」

疑いもせず、妙兵衛の小さな影のうしろからゆっくりと従った。

柳町の北の曲り角までくると、ここでも辻《つじ》の闇がむくりとうごいた。その闇だまりへ妙兵衛は近寄って、

「すね次じゃな」

「ふむ」

「どうじゃ」

「まず上乗のあんばいじゃ」

こう答えたのは、京の辻々の見回りが今夜は手薄だという意味である。聚楽第のあるじの秀吉はこのところ大坂城に移っていた。

そこから西へ半丁ばかりゆくと、不意に闇から出てきてすれちがった町人がある。すれちがいざま、

「上乗」

といった。

小萩の手配である。聚楽第の周辺に幾人も乱波を伏せて重蔵の接近を見張るほかに、慧らが市中警備の者に見とがめられるのを未然にふせごうとしていることがわかった。その手配の緻密《ちみつ》さがわかるとともに、慧はようやく小松谷に住む小萩という女にえたいの知れぬ無気味なものを感じはじめてきた。

堺町の辻であったのは、妙兵衛をふくめて四人目の影である。男は妙兵衛へ近寄るなり、聞きとれぬほどの声で、

「見えた」

「方角は」

「丸太町から堺町へ」

いいおわると消えた。それをきくと妙兵衛はすっと慧の肩へ顔を近づけてきて、

「この前の屋敷跡の原に身を伏せなされ。あと五十も数えるうちにこの道を通りかかる男が重蔵じゃ」

「おぬしは」

「あたしの仕事はここまで。お前さまの仕事はこれからじゃ。残念ながらここで退散させていただく。しかし、いのちだけは大切になされいや」

「なに！」

「いやさ、兵法ではどれほどの達人かは知らぬが、なまなかなことで、伊賀の重蔵ほどの男が斬れると思うたら大きな間違いでございますぞ」

あとは返事もきかず、まるで捨てぜりふのようにいい残して、ぱっと身をひるがえした。妙兵衛の感情の中ではいくら重蔵を斬るあないをつとめたとはいえ、いざ命のやりとりとなると、目の前の兵法家よりは乱波仲間の重蔵のほうによりつよい身びいきを感じたものにちがいない。

慧は妙兵衛の言葉に従って、小路のきわの草の中に足を踏み入れた。五百坪ばかりの草の原は、いつの時代のたれの屋敷であったかはわからないが、礎石だけは残って

いる。

慧は、草の根をわけて土に耳をつけてみたが、寝しずまった地上からはわずかに葉かげの虫の音がきこえてくるにすぎない。

あきらめて顔をあげ、目をこらした。

目の前の小路をへだてて長曾我部《ちようそかべ》宮内少輔《くないしようゆう》の長大な裏塀が、まるで一芒《いちぼう》のひかりの帯のように星あかりの中にうかびあがっている。

そのとき、ひかりの帯の東のはしに、一点かろうじて分別できる程度のかすかなしみがうかんだ。見るまにしみは、東から淡い横線をえがきつつ西へはしってくる。それは白い壁に影を落した飛鳥にも似ていた。

(重蔵か!)

思うなり、慧はつつつと塀にむかって進むや、声もかけず剣をぬいてきらりと影を横に払った。影はみごとに両断されて、地上へ落ちた。その間刹那《せつな》であったにすぎない。その刹那ののち、慧の全身から一時に滝のような汗がふき出たのは、地上に横たわっている影がなんと茜色《あかねいろ》の袖《そで》無し羽織であったことに気付いたからであった。

羽織のみが、物の怪《け》のように走っていたのか。その正体がわかると、慧はふき出た汗が一時に凍るような思いがした。恐怖がめざめた。物の怪へのおそれというわけではない。鹿島以来のかれの兵法が、かつて相手にしたことのない異様な技法に遭遇したたじろぎであった。

慧は、一時も早く現場からのがれて、見えざる相手の襲撃をふせぐ分別をたてた。それに気づいたときは、かれはすでに夢中で走っている。塀に沿って右へ折れ、左へ曲る。足が宙に浮いた。

しかし一方、重蔵である。重蔵が妖術《ようじゅつ》を使ったのではむろんなかった。塀に沿って聚楽第へ走る途中、ふいに闇の中から剣気が殺到してくるのを悟ったとき、すばやく羽織をぬいで慧のほうへ投げ、しかも投げたころはすでにかれのからだは地上になかったのである。すでに塀を跳躍して長曾我部屋敷の中にあった。

庭内の苔《こけ》の上に降り立った重蔵は、そのまま地に伏して塀の外の気配を読みとろうとしていたが、やがて足音が西へむかって走り去ったのがわかると、重蔵も風のように長曾我部屋敷の庭内を西へ走り、再び塀を乗りこえて小路へひそんだ。

「待て」

ぎくりと足をとめたのは、すでに歩度をゆるめて南へ去ろうかと思案していた慧である。ふりむいた小路のかげに、黒装束、黒覆面、つか長の大《だい》刀を背中にせおった大兵《ひょう》の忍者が立っている。

「さきほど、いたずらを仕掛けたのはその方か。たれに頼まれてわしを斬ろうとした」

「頼まれはせぬ。われは、重蔵という男じゃな」

慧は口ではそう答えつつ、さすがにこの頃おいになると度重なる異変から立ちなおって、しずかに呼吸をととのえながら、じりじりと足の親指を屈伸させて塀のほうへ移動しはじめている。重蔵は塀を楯《たて》にさせまいと、同じ側の塀にぴったり身を貼《は》りつかせつつしずかに前進した。

「いわぬと、ふびんながら斬らねばならぬ」

「ふふふ。この渡辺慧を斬れるつもりでいるのか」

微笑を含んで云《い》ったつもりだったが、語尾が自分でも聞きとれぬほどにかすれた。じりじりと右肩で塀を擦って近づいてくる黒装束の男から凄気《せいき》ともいえる異様な気魄《きはく》が流れて、不覚にも慧のかかとをうしろへうしろへ押しさげた。

そうなっても、男は背中の刀を抜かない。

慧も、なお素手のままであった。刀に手をかけた瞬時にからだが崩れることをおそれた。

「云っておくが、わしはただの武士ではない。人を殺す無駄は知っている。しかし云わねばやむをえぬ。斬らねばやがてわしの身があやうくなる」

「………」

慧はもはや答えることもできず、血の気のひいた顔に脂汗《あぶらあせ》をながして目だけを青く光らせている。慧にはひとつの計算があった。相手のこれほどの気魄がいつまでもつづこうとは思えなかった。このまま対峙《たいじ》してその衰えを待てば、やがて逃走できる機会がつかめようと思ったのである。しかし、心のすみで逃げようという考えが浮んだとき、相手の五官にどんな感得力がひそんでいるのか、

「逃げてはならぬ」

呪縛《じゅばく》するように云った。事実、そう短く云い放たれたとき、慧の五体は動こうという意思をどの関節からも喪失した。いまこの瞬間に相手の大刀が真っ向からふってくれば、慧は据え物のように斬られていただろう。

そのとき、相手はのろのろと右手を上げはじめた。

慧はようやくかかとの後退をとめた。相手のからだに崩れが見えようとしている。つかを握る寸前が、決定的に相手の構えが柔軟さを失うときであった。相手はとびさがって抜くか、前へ跳躍して抜くのか、それは相手にとっても地獄の瞬間であったろ

う。

その毛ほどの瞬間を、慧の全身がすべての機能を集中してみつめた。相手のからだが開く隙《すき》をさらに拡大するために、慧は静かに自分と相手の呼吸を読みあわせた。やがて相手の右手がつかまで一尺にのびたとき、慧の右手から電光がはしって、

「しゃあ」

恫喝《どうかつ》の声とともにはるか後ろへ跳びすさった。しかし跳躍した慧の左足が空中から土に降りぬうちに、相手のからだはみるみる伸びて、ふりかぶった白刃とともに慧の頭上から蔽《おお》いかぶさった。

慧はしまったと思った。間合の算定を誤った。相手がこれほど異様な跳躍力をもって放胆に間合を無視するとは思わなかったのである。

左側は塀である。慧が身を守るために自ら選んだ位置であったとはいえ、それが死地になった。左から発動して右へ相手の生き胴をはらう自由を喪《うしな》った。窮して、慧は刀の刃を上へ翻《ひるがえ》すと、そのまま刃を天にむかってはねあげた。

剣はむなしく天の風に流れた。

慧は死が来たことを悟った。その瞬間ののち、相手の白刃が落ちてきてかれを両断

するはずであった。

しかし、奇妙なことが起った。

相手は来なかったのである。

慧が構えを立てなおしたときは、はるか数間後方の闇の中に、その黒装束の男は刀もたずに凝然と立っていた。

慧はそのときはじめて気付いた。もともと相手は、刀を抜いてさえいなかった。相手は跳躍したまま慧の位置をとびぬけて後方に立った。その間、慧はひとりで、まぼろしを相手に懸命に立ち合っていたにすぎない。

「命はあずけてやる。こんど会ったときは、必ず頼まれた者の名を云え」

男はそのまま闇に消えた。

慧は総身からみるみる力がぬけて、足もとの大地がゆらぐ思いがした。

聚《じゅ》楽《らく》

聚楽第は、京の内野にある。

秀吉の京における第館《ていかん》とはいえ、東は大宮、西は浄福寺、北は一条、南は下長者町をかぎって濠《ほり》をめぐらし、石畳を築き、白壁には銃眼をうがった巨大な平城の体をなしていたが、この年の晩春朝鮮入りの準備令をくだした第館のあるじは、にわかに多忙になった軍政をみるために大坂に移り、このところ聚楽は火の消えたようになっている。さて、堺町《さかい》長曾我部《ちょうそかべ》屋敷の裏で渡辺慧《さとる》をふり捨てた重蔵が、数丁を走って下長者町の東角まできたときはすでに子《ね》ノ下刻をすぎていた。

まだ、半刻《とき》あった。

風間五平との約束は、丑《うし》ノ上刻である。

(思わぬ手間をとったわ)

町家の黒板塀に身をよせて、向いあう聚楽第の巨大な結構をながめていた重蔵の脳裏には、もう先刻の刺客のことはない。

もともと、乱波《らっぱ》がひとつの仕事の内側に身をおいているときは、正逆の乱波がさまざまな方角から入りこみ、それら眼前で影絵のように跳梁《ちょうりょう》する乱波の素姓のみに気をとられていては、ついに事の本筋を見失うおそれがある。それにしても重蔵にとってふしぎであったのは、先刻の男が乱波ではなく、しかも関東の折り目の正しい刀法を使っていたことである。

（五平なら、ただの武士を使うまい。乱波を使う。使嗾《しそう》した者が五平ではないことがわかる）

伊賀《いが》の修練の一つに、流水ということがある。つねに心を水のごとく流動させてとどまらせないという生活法だが、下長者町に入った重蔵は、すでに堺町で白刃をかわした重蔵ではない。重蔵は刺客を忘れて、目の前の巨構を専一にながめた。今夜、ここに忍び入ることは、五平に逢《あ》えるだけではない。やがては終局の目的になる秀吉の居室参入の日までに、ぜひとも知っておかねばならぬのは聚楽第の郭内の地理であった。

松がある。

松のむこうに白い郭壁があり、郭壁の上に天に一朶《いちだ》の星雲が立ち昇っている。目をこらせば緑色の火がゆらめいているようにもみえる。伊賀の忍びは、城の西北に夜青光があがれば兵気すくなしと占ってきた。重蔵はかすかに眉《まゆ》をひろげた。

濠のふちからしずかに身を水中に没した。

石垣の根まで泳ぎついたとき、水中にいる重蔵の手もとから、するすると蛇のように一条の長熊手《ながくまで》が石垣を這《は》って成長した。この器具は、忍び熊手といわれ、細竹を一《ひと》節《ふし》ごとに切って麻紐《あさひも》を通し、紐を引けばたちまち竹竿《たけざお》のようになって先端の熊手を高所に掛ける。

塀を越えて中に入った重蔵は、忍び装束の水をしぼり、熊手を畳んで土の中に埋め、さらに内郭の小さな塀を越えて中に入ると、思わずその壮大な結構に目をみはった。星空の下にくろぐろとした人工の山川が、かぎりもなく展開しているのである。

重蔵は遣《や》り水の流れに沿うて、第館の中心を知ろうとした。水がくだるにつれて庭池は変幻し、ついに星を映した青い池に注ぎこんでいる。

池の中央に島があり、島の上には、重蔵がかつて見たことがない異様な形をそなえた三層の楼閣が天にむかってそびえていた。

それは、地におりた天女が天にあくがれて踊躍しているようにもみえ、また、蓬萊《ほうらい》の島にすむという瑞鳥《ずいちょう》が、翼をひろげていま地を離れようとしている姿にも似ていた。建物が劃《かく》している夜空から、声なき奏楽の音が、絶えまもなく湧《わ》きでているようにも思える。

伊賀には、城かずを踏むということばがある。忍び武者として重蔵は、いくたびかその城かずを踏んできたが、所詮《しょせん》、天下の所有者が王城の地に築いたこの聚楽第にくらべれば、田舎のくさ家にもおとっている。このうつくしさの前に立つと、忍びとして修練してきた通力が霧のように消えてゆくふしぎな心の痺《しび》れを覚える。

深夜、敵の城池の闇《やみ》に身をひたしてゆく伊賀者がたれしも覚えるひそやかな愉悦がある。昼間の城は他人のものであっても、闇の中の城は、その闇がつづくかぎりおのれの所有であるという忍び武者特有の孤独な悦楽がそれであるが、重蔵がいま味わいつつあるものはその程度の些末《さまつ》なものではない。この壮大な城池の美を通して、秀吉という天下の所有者とただ二人きりで対座している思いなのである。ただの武士ならば階級の網の中でしばられているが、忍者はつねに孤独な姿で天下に相向っている。その忍者の孤独のすばらしさを、いま重蔵ほど壮大な規模で味わいえているものはかつてなかったはずであった。

（さて、一ノ御殿……？）

ようやく酔うことから醒《さ》めた重蔵は、あたりをゆっくり見渡した。重蔵が指定した一ノ御殿とはおそらく固有の名前ではなく第館の中で中心になっている建造物を指した通称にちがいない。池の中にあるあの三層の楼閣こそそれであろう。

池には、橋がない。

島は池心に浮んでいる。

敵の忍び入りを恐れて、平素は舟便を用いるらしく、葦《あし》のしげみをわけたあたりに、石を畳んだ小さな舟着場が仕つらえてあるのが発見された。楼閣には灯がついていないのである。それからみれば、おそらくわずかな警備の者しか殿居《とのい》していまいと思われた。

警備の薄さからみて、ことさらに水中に体を濡《ぬ》らして潜る必要もない。そう踏んで重蔵は、用意の水器をとりだして静かに息を入れた。

用意のものを革水蜘蛛《かわみずぐも》という。

鹿皮《しかがわ》の浮き袋である。浮き袋の両翼にクジラのヒゲを細く削って束にした輪と桐材がついており、浮き袋に腰をおろせば手軽な筏《いかだ》になる。

革水蜘蛛を葦の間におくと水面に映った星影がかすかにくずれて、重蔵はくらい池の上を音もなくすべった。

島について、楼閣の欄干のうちに入り、忍び鑰《かぎ》をとりだして戸をあけると、思ったよりも容易に閣の中に入ることができた。

一層、二層、三層と、真っ暗な部屋の中を重蔵は階段づたいに上へのぼり、三層目の窓をひらいて檐《のき》に手をかけ、そのまますると屋根のふちに身を引きあげた。

「重蔵か」

風間五平である。

すでにかれは先着して、檜《ひ》わだの屋根のゆるやかな勾配《こうばい》にゆったりと身をゆだねて寝そべっていた。

「五平じゃな」

「ふむ。先刻から待っておった」

五平の白い顔が、さすがに懐かしそうにわらった。

「九年ぶりか」

重蔵はいった。

「いや、十年になる」

五平は答えて、

「おぬしがおとぎ峠に隠れて以来のことじゃ。郷里では、下柘植《しもつげ》のお師匠はつつがないか」

「相変らず、達者じゃ。下柘植のお師匠といえば、五平、京で木さるどのに会《お》うたはずじゃな」

「木さる。——会わぬ」

「うそをいうてもはじまらぬ。おぬしの顔に、会うたと書いてあるわ。あれは、裏切り者の五平をわが手で刺すと意気込んでいたが、こうして五平が壮健でいるところをみると、おぬしは木さるを犯してくノ一にしたとみえる」

「わしの許婚者《いいなずけ》じゃ。どこからも尻《しり》をもちこまれまい」

「よいわ。それで、おぬしは京でなにをしている」

重蔵は、身を起して五平の顔をじっと見つめた。五平は星あかりの下で薄ら笑いをうかべた。むろん、重蔵は、五平が京都奉行の前田玄以に仕官していることを小萩《こはぎ》からきいて知っての上のことである。

「忍者に倦《あ》いた。仕官したわ」

「………」

「しかも京都奉行の隠密《おんみつ》役じゃわい」

「ふむ」

「つまり、おぬしを捕える役ということになる」

「面白いことになった」

重蔵は、くすりと笑った。

星が流れた。

「お、消える」

「星か」

「風間五平じゃよ」

伊賀の掟《おきて》として、伊賀を捨てて大名に仕官した五平を重蔵の手で斬《き》らねばならなかった。しかしそういうおどけた口調を藉《か》らねばならぬほど、重蔵の心はそのことにはずまないのである。重蔵の幼いころから青年へ生いたつ時代の記憶は、すべて五平と共にあった。

五平を斬るのは、おのれの半生に刃を当てるようなはげしい痛覚がある。友情というよりも、これはさらになまな感覚であった。

「なぜ、伊賀を売るような気になったのか」

「わしは、平穏なくらしがしたい。知行をとって人にも崇《うや》まわれてもみたい。可愛《かわい》い女をみつけて女房にし、子供を生んで庭木などを眺めて暮してみたかった。この気持葛籠《つづら》重蔵などはわかるまいな。それともわかるか」

「わからぬな」

重蔵は、ひややかにいい捨てて、

「忍者が嫌というのもよい。しかしその男がなぜ隠密役などになった」

「まさか勘定方にもなれまいではないか。身についた芸を売りこむより手はない」

「禄高《ろくだか》は」

「二百石」

「わずか二百石を貰《もら》うのに、師匠を売り、仲間を売り、さらに忍者の自由を売ったことになるのう」

「いつまでも二百石ではない。やがて千石にも、いや場合によれば万石の諸侯になるのも夢ではあるまい」

「わしの売り値はどうじゃ」

「まず、二千石は固かろう」

「わびしいな」

重蔵は、腹ばいになって、まるで自分を嘲笑《ちようしよう》するようにくすくすと低い声でわらった。腹の下から昼間の檜わだのぬくもりが伝わってきて、思わず眠気をさそわれたような、こころよい精神の弛緩《しかん》を幾月ぶりかで味わっている。やはりこうして話していると、風間五平の体臭には重蔵だけにわかる昔の仲間の甘い郷愁をふくんでいた。

「それでは、わしは売られる前におぬしを斬ることにする」

「容易には斬れまい」

五平は、薄い肉を皺《しわ》ばめて笑った。

「五平。念のために聞くが、おぬしはここへは誰のしらせで参った」

「おなごじゃ。名は知らぬ」

「小萩じゃな」

「ほう、やはりおぬしの下忍であったのか」

「ではない」

「たれじゃ」

「わしにも正体が知れぬ」

「いずれの味方じゃ。わしか、おぬしか」

「それも、わからぬ」

「伊賀きっての忍び武者といわれた男がふたり、それでは嘲弄《ちょうろう》されているようなものではないか」

「まあ、そういう所かな」

そういってから重蔵は、ふと気をかえたような軽やかな口調で、

「それはそうと、五平。おぬしはわしが京へ入った仕事は知っておろうの」

「この聚楽の屋根の下におるあるじを殺すことであろう」

「ふむ。考えてみれば、かつてはおぬしの仕事であったな。心を入れかえて、もとの乱波にもどらぬか。それとも、やはり二千石がほしいかのう。いくら、わしを売って玄以の恩賞を得ようとも、まさか足軽あがりの秀吉ほどにはなれぬぞ。わずかな禄をはむより、関白秀吉にひとりひとりで命をやりとりする乱波《らっぱ》にもどれ。おのれほどの材が、二千石が二万石でも、抱え者には惜しいわ」

「ははは、重蔵よ、どこで、それほど口が旨《うも》うなった。わしは金輪際、乱波にはもどらぬ。二百石が三百石にふえるだけでもよい。伊賀の下柘植次郎左衛門が請け負ってきた密謀の全容をあきらかにして出世のたねにするつもりじゃ。重蔵、今夜は古い仲間の風間五平としていったんは見のがす。しかし、明日からはこうはいかぬ。京都奉行のお手先として、京、大坂、堺、海は天竺《てんじく》、呂宋《るそん》までもおぬしを追うぞ」

「いうわ」

重蔵は興ざめたように身を起すと、五平へ、

「そのうちに罷《まか》り越す。十分、首を洗っておくがよい」

そのまま、するすると勾配のうえに体をすべらせて屋根の檐までいたり、ちらりと、上の五平のほうを見た。五平の姿は、すでに消えていた。京の空は変りやすい。いつから雲が出はじめたのか、五平が寝ていたあたりの勾配を通して、南の空にはすでに

一つぶの星もみえなかった。

重蔵は片手でたるきをつかみ、片手で三層目の隅柱をつかんでかるがると辷《すべ》り、二層目で同様のことをくりかえし、一層目から下は、二丈の高さを夜の闇の中へ飛んだ。池のふちまでくると、隠しておいたはずの水蜘蛛がない。

（五平、さすがに味をやる）

すでに五平が使って、池を別の方角へすべり渡ったものと思われる。

重蔵は水に没して対岸に頭を出すと、その拍子に右手のあたりが明るくなった。小半丁先の林の中に建っていた小さな茶亭が、音をたてて燃えだしたのである。

（五平め、放《つ》けおったな）

重蔵は葦のあいだから身をわずかに起すと、火とは反対の闇だまりにむかって黒いつむじのように走った。

よほど夜気が乾燥していたのであろう。茶亭の火のつきはよかった。おがらのように火柱が天に立った。

第内《ていない》が騒然としはじめた。火のそばで数人の影が右往左往しているのがみえる。

（やりおった――）

重蔵は、五平の乱波としての才に舌を巻く思いがした。

重蔵の思案では、むろん、五平は聚楽第《じゅらくだい》にうらみをいだいたわけではなかろう。また、火をつけて聚楽第警護の士に重蔵の潜入を知らせようという忠義心があったわけでもない。そのつもりなら、予《あらかじ》め聚楽第に報《しら》せて追捕《ついぶ》の網を張ったはずであった。五平は、いまのところ重蔵の身に危害を加えまい。むしろ、重蔵配下の伊賀者をぞんぶんに京の市中で跳梁《ちょうりょう》させる、そのあと事態が上司に過大に印象されるのを待って、自分の手でその密謀団を一挙に検束しようという計算に相違ない。釣りあげる獲物《えもの》に比例して、恩賞もふえるのが自明である。

（仕官をしても、乱波の根性はぬけぬようじゃ）

重蔵は、植え込み、建物、凹地《くぼち》を縫って走りつつ頰をゆがめた。

（あの男のことなら、人も数人、殺《あや》めておるにちがいない）

そのとおり、炎上する茶亭の周辺で五平はきらきらと神速な刃をふるっていた。数人の警護の士が、叫びもたてずに斃《たお》れた。消火に当った同僚でさえ、仲間の屍《しかばね》をみつけたのは明け方になってからであった。むろん、そのときには重蔵も五平も聚楽第にはいない。

重蔵が黒阿弥《くろあみ》のもとに帰ったのは、夜があけてから小半刻《こはんとき》もたってからである。

「ねむるぞ」

裏戸を押して離屋《はなれ》に入った重蔵は、三和土《たたき》の上に立っていた黒阿弥に低く声をかけた。

「おつかれでござったろう」

黒阿弥は、一晩寝ずに待っていたらしい。膝《ひざ》を重蔵の枕《まくら》もとで折って、

「聚楽から火が出たというのは重蔵様の」

「早耳じゃな」

「早耳ではござらぬ。朝から町中そのうわさでもちきりじゃ」

「あれはわしではない」

「たれでござる」

「風間五平じゃ」

「ほう。妙な手伝いをする男ではある。なぜ、お斬りなさらなんだ」

「しばらく泳がしてみたい。聚楽に火をつけて騒がせてみることは、われわれの仕事の手筋として、わしがやるべきことでもあった。利口な五平は汗をかいて手伝《てつど》うてくれた」

「すると――」

黒阿弥は小さな顔をひねって、

「早々に、火の利に応じねばなるまい」

火だけ燃えたのではもったいない、とひとり言のようにぼそりと呟《つぶや》いた。羅刹谷《らせつだに》に集めた二十人の傭《やと》い乱波どもに、このさい一せいに流言を嘯《うそぶ》かしめねばならぬという思案である。重蔵は箱枕をひきよせながら、

「それはわれにまかせるわ。寝だめするゆえ明朝まで起すな」

黒阿弥は、仕方がないといった表情で、あるじの体にうすい夏蒲団《なつぶとん》をかけた。

翌朝、重蔵は日が高くなってから方広寺裏の伊勢屋《いせや》の裏口を出た。市中を歩いてみようと思ったのである。

ことしの京は、ことに暑い。

深編笠《ふかあみがさ》の綿入れひもが、あごにたまる汗に濡《ぬ》れきしって、陽除《ひよ》けのはずの笠がかえって暑熱の責め具になった。河原にちかい見世物小屋の軒をのぞき歩いていた重蔵はたまりかねてひもを解き、編笠を頭上にかざすようにして人混みの中を歩いた。四条へ出た。橋のたもとで猿芸を演《や》っているのを人垣のうしろからのぞこうとしたとき、小柄な、武士とも遊び人ともつかぬ風体の男が人垣の中からひょいと重蔵をふりむい

た。

「あ、あなた様は」

「おう、いつぞやの。——達者か」

「へえ。おかげさまで」

「来やれ。そこの茶店で息を入れよう。暑い」

「ありがとうございます」

重蔵は、よしずのかげへ入って、男にも席を作ってやりながら、

「なんとよく照るのう。やはり呂宋あたりもこうか」

「へえ。いや、……それより、あれから京へ出てずいぶんとお姿をお探し申しました」

男は、雲兵衛である。東大寺山内の廃寺で、重蔵は松倉蔵人《くらんど》を斬った。見逃がされたこの男は、重蔵の指図のとおり京に出てきていたのである。斬られずにすんだばかりか、金まで恵まれたことを、この小心な男はよほどの恩義に思っているらしく、

「なんぞございませぬか」

擦り寄るようにいった。剽軽《ひょうきん》な顔が、造作いっぱいに恐縮と服従心を表わそうと努めている。

「なんぞとは？」

「わしにできますことは」

「あるだろう。しばらく方広寺裏の伊勢屋嘉兵衛という研師で、とぎの使い走りでもしていることじゃな。かたわら、武家屋敷のうわさなど耳に貯《た》めておくがよい。いま市中になんぞおもしろいうわさがあるか」

「聚楽が」

雲兵衛は、さも大事そうに声をひそめて、

「燃えたそうでございます」

「ふむ」

「あれは、関白に不満をもつ大名がひそかにたくらんだ仕事じゃと、市中ではもっぱらのうわさでございます」

「大名とは、たれじゃ」

「さあ、それは、毛利とも申し、長曾我部、徳川、細川、はては関白の養子秀次《ひでつぐ》公だと申すうわさもあって、とりとめもございませぬ。しかしなかなか面白いうわさもございます」

「勿体《もったい》ぶらずに申せ」

「弥九郎をごぞんじでございますな」

雲兵衛は堺出身の男である。

同じく堺の薬商人の子弥九郎が、親の隆佐《りゅうさ》ともども秀吉の異常な寵愛《ちょうあい》をうけて宇土《うと》二十四万石摂津守《せっつのかみ》小西行長になってからも、地場の商人たちの間では羨望《せんぼう》と軽蔑《けいべつ》をこめて弥九郎としか呼ばない。

「関白に朝鮮入りをされては、親の隆佐が儲《もう》からぬそうでございますよ。なにしろ、朝鮮人に白粉《おしろい》を売りつけて、あれほどの身代を作ったあきんどでございますからな」

「好まぬと言っても、子の摂津守行長は地理に明るいのを買われて、数ある大名の中から朝鮮入りの先鋒《せんぽう》に選ばれるというわさではないか」

「さ、そこが痛し痒《かゆ》しでございます。ほかのさむらい上りの大将ならともかく、あきんどから成りあがったあの男ほど関白の朝鮮入りの無謀さを知っておる者はございませぬ。しかし関白の寵愛の手前、諫《いさ》めるなどはとんでもないこと。やむなく関白の留守城に火をつけて、国内がまだ関白に心服していないことをそれとなく知らそうという魂胆」

「なるほど。話にすじみちが通っている」

「それぱかりか、弥九郎めは朝鮮王宣祖《せんそ》の母親平《へい》と申すものとひそかに手を結んでいる様子だそうで」

「ほう」

重蔵は、おどろいた。

むろん、根も葉もないことだ。うわさを播《ま》きちらしたのは黒阿弥の一統の仕事だと思っていたが、それにしても黒阿弥らは朝鮮王の名までは知るまい。一犬虚に吠《ほ》ゆれば万犬実に鳴くという。虚を伝えた黒阿弥よりも、実に鳴く巷間《こうかん》のうわさのほうがはるかに現実感を帯び、思わぬ尾ヒレを加えてくることにおどろいたのである。

「なるほど、関白秀吉がいかに大気を粧《よそお》うていようとも、後顧の憂《うれ》いがあっては大軍を海外に送ることはできない。弥九郎の思惑《おもわく》、あるいは当るやも知れぬな」

重蔵は相槌《あいづち》をうちながら、ふと別なことを考えた。

大蔵卿《おおくらきよう》法印宗久も、ひそかに朝鮮王と手を握っているのではないかということである。宗久だけでなく、堺の豪商の幾人かは、陽《よう》に関白に随《したが》いつつ、かげでは朝鮮と気脈を通じて朝鮮遠征を食いとめようとしているようにも思えた。うわさというものは、たとえ虚報であっても、まま、思いがけぬ洞察をふくんでいることがあるものだ。

(妙なことになった。わしの仕事がうまく運べば、堺の商人や家康ばかりでなく、高《こ》

麗《ま》の腰弱ざむらいの命までたすかる）

重蔵はおかしくなった。むろん、この男はそこまで考えて、仕事の思案をたてているのではない。乱波が自分の仕事の結果や影響を考えるのは、いわば不純である。

「雲兵衛」

重蔵は、茶代を置くときにそっと雲兵衛の掌に銀の粒をにぎらせた。雲兵衛はやたらと恐縮して頭をさげたが、座を立った重蔵を不安そうにながめて、

「お、お供は叶《かな》いませぬか」

この男は、よほど重蔵という人間に魅力を感じはじめたようである。顔に、すがるような表情があったが、

「また会おう」

重蔵はふりすてて、

「伊勢屋に住むがよい。ただ着ておる物はよくない。商家の者らしく、嘉兵衛にしつらえてもらうことじゃな」

床几《しょうぎ》をたって、ゆっくり、足を東にむけた。橋をわたる。小萩に逢《あ》うのが、目的であった。この女の小松谷の寮のありかはすでに黒阿弥を尾行させて確かめ了《お》えていた。

小萩に逢う重蔵の気持は、自身でさえ明瞭《めいりょう》でない。

小萩のなかの女が欲しいのか。それとも、傭い主の養女として仕事の様子を知るために会うのか。あるいは、それらとはまったく別に、小萩の不可解な正体をすこしでもはぐってみたいという興味なのか。重蔵はそれを考えるたびに、おのれの中の不透明な部分に対してほのかに嫌悪《けんお》を覚える。嫌悪は予感を伴っている。おのれの破滅をさそうかもしれないというそれだ。

阿弥陀《あみだ》ヶ峰《みね》への坂をのぼって、松林のなかを北へ折れた。松林の中に、寮の門の軽やかな屋根がのぞいている。門へ、みちがまがっているのだが、そのあたりで草を擦る音がきこえたかと思うと、ひょっこり、武士が姿をあらわした。褐色《かちいろ》の小袖《こそで》にくりばかま、あかがねの重い陣太刀を作りも変えずに帯にさして、ひとめで坂東あたりの兵法修業者とみてとれる。小径《こみち》である。いずれかが避けねばならなかったが、武士は数間さきで、足をとめた。

鹿島《かしま》の神人、渡辺慧である。

ひとめ見て、重蔵は先夜の襲撃者であることに気づいたが、先方は、あの闇夜《やみよ》に忍び装束をしていた重蔵を見覚えていない。

足をとめたのは用心のためらしく、重蔵は先方の気を汲《く》んで無造作に松林の中に踏み入れて径を避けた。

男は、腰車を緊張させながら通りすぎる。重蔵は苦笑した。人を斬《き》る工夫のみにうつつをぬかしている兵法者の単純さが、みじめなほどにあらわれている。

門は、ひらいていた。

玄関で案内《あない》を乞《こ》うと、老女が出てきたが、重蔵の風ぼうをみて、眉《まゆ》のあたりにうろんなしわを寄せた。

「どなたさまでございます」

「左様……」

いいながら、重蔵はものめずらしげに庭などをながめた。

「どなたさまで」

「うむ。葛籠重蔵とお伝えねがいたい」

「葛籠さま。どちらの」

「無宿じゃ」

老女は不興げに姿をひっこめたが、やがて出てきたときは、打って変るようないんぎんさで、

「さ。こちらへ」

草履《ぞうり》をはいて庭の中を先導し、通されたのは、瀟洒《しようしや》な数寄屋《すきや》である。建物は粟田《あわた》の

学問所の結構をまねたのか、二棟あまりの離屋《はなれ》になっている。

老女が消えた。部屋にすわると三方が明り障子の上の透かしから涼風が吹き通った。

夏住いにのみ使っているのであろう。

軒下に小萩の足音がきこえた。障子のあいだから身をすべらすようにして入ってきたのは、この女にしてはめずらしい燥《はしや》ぎようである。

「まあ。どういう風の吹きまわしでございましょう。よくお出《い》でくだされました」

「それも、命のあったおかげじゃ」

重蔵は、くすくす笑った。

「おいのち？」

「門のあたりで、ちかごろ流行《はやり》の兵法の修業者らしい男とすれちごうた。あれは先夜、一度、目にとめた覚えがある。その宵はすんでのことに、命をとられる所であった」

「まあ」

「おどろくには当るまい。驚かされたのは、当方じゃ」

重蔵は、法印の養女を見た。

相変らず、目もとに、煙るような微笑をくゆらしている。

「お前じゃな」

「さあ」

微笑が消えない。

「遊ぶな」

「遊びではございませぬ」

「それを糺《ただ》すためにきた。この重蔵に刃を加えた訳合をききたい。もうせ」

「申しまする。重蔵様のお血の色を見とうございました」

「ふうむ」

「お怒りあそばすな。小萩は女でございます」

「先刻承知じゃ」

「ご承知ではありませぬ。女心の不思議さは小萩でさえわかりませぬ。重蔵様にわかるはずがない」

のしかかるような口調でいう小萩の奇妙な殺戮《さつりく》の理由を、重蔵は冷やかな表情で聞いた。これは、愛の告白ともとれた。しかし、乱波《らっぱ》の云《い》い草を、乱波が信ずる馬鹿《ばか》もないのである。

(小萩だけではあるまい。女というのは、天性の乱波であろう。あの口先は相手だけ

ではなく、おのれ自身の心まで詐略《さりやく》にかけおるわ）

「小萩」

呼びすてた。

「わしが斬られるものと、あらかじめ見込んだわけじゃな」

「はい。上り音曲、下り兵法と申しまする。あの者はあずまの兵法者。いかに上方の伊賀が忍びの国と申しても」

「歯がたつまいと思うたのか。乱波の術は、兵法のごとく武技の強弱を争うためのものではないわ。いわば遁走《とんそう》するための術じゃ。幸い、あの場を遁《に》げることができたものの、遁げねばこのわしは二つにされている所であった」

「いいえ。危うく二つになりかけたのは、あの者のほう」

「見ていたのか」

思わず、重蔵の語気は荒くなった。

「はい。物蔭《ものかげ》から」

「小萩」

「はい」

「わざわざ荒だてて訊《き》かずともやがては知れると思うていたが、いまこそいずれかを返答せい。お前は、真底、宗久の味方ではあるまい。宗久を誑《たぶら》かして養女にまでなっておるが、正体は甲賀あたりの乱波と踏んだ。女だてらになにをたくらんでおる。おのれを頼うだ筋はいずれじゃ。それを申さぬと」

「お断りなされますか」

「痴《し》れ者。何者じゃ」

重蔵は気色ばんで佩刀《はいとう》をつかんだ。

小萩は、胸をおさえた。上体を折るようなしぐさで、ほろほろと声をたてて笑った。声にこの女特有の粘膜のしめりがある。

「ほほほほ、重蔵様はみずからの仰言《おおせ》られたことをお忘れになりましたか。——小萩は遊女でございますぞえ」

「痴れたことを云う」

重蔵は、左手で鞘《さや》をはらった。右手に残った抜き身が、空《くう》をきって小萩ののどもとでとまった。

「ふびんじゃが、斬る」

云ってから、重蔵はわれながら稚拙な責めざまだと思った。そう思うと、ふと気が変った。どうせ一筋縄でゆく女ではないのである。真実、目の前にある白い肉を二つに斬る気になった。

そういう重蔵の殺気が、鋒先《ほこさき》を伝って小萩に伝わった。

さすがに小萩の顔色が変った。

しかし微笑だけは凍らず、刃の上の目をほそめて真っすぐに重蔵を見ながら、

「遊女でございますゆえ、重蔵様のお求めがございましたら、いまでもお枕《まくら》もとの伽《とぎ》をさせていただきまする」

かすかに、声にみだれがある。重蔵の殺気に懼《おそ》れたのか、あるいはその殺気の下で重蔵を合歓に誘おうとする自分の奇妙な欲情に陶酔しているのか、この女の変幻の奥を重蔵はつかむことができない。

自然、鋩子《ぼうし》がさがった。

(負けたわ)

こうなれば、重蔵の心はいっそ朗らかになった。おどしも利《き》かないような女を、しかも、脅されても相手の心に密着して欲情を覚えるような女を、重蔵のかぼそい異性体験では始末に負えるものではない。

そのとき、小萩は、声をのんで激しく倒れた。

重蔵が蹴《け》ったのである。

肩を蹴られながらも、小萩の倒れざまは、蹴られることに歓《よろこ》びを覚えているような風情《ふぜい》でもあった。

互いに無言である。

倒れた小萩のほそい上目が、じっと重蔵を見つめている。両肘《りょうひじ》をつき、上体は腰でよじれて、下肢は白くすそからはみでていた。

頰から微笑が消え、重蔵をみる瞳《ひとみ》がつよくきらきらと異常に燃えている。何を考え、何を仕出かすかわからない静かな、しかし狂気の目である。

数尺はなれて、重蔵が立っていた。ただでさえ赫黒《あかぐろ》いこの男の顔が血を噴くように紅潮しはじめているのは、むしろ怒りではなかった。力を抜き、足蹴《あしげ》にしてみはしたものの、重蔵の意思は自分の手足になにものも命ずることはできなかったのである。

重蔵は、つきのめされるような慕情を、はじめてこの女に覚えた。この女のからだを愛したことはある。しかしいまは、それだけではない感情が重蔵の心を占めた。乱《み》波の世界のみに生きてきたこの男が、はじめておのれを手玉にとる卓抜した仲間を見出《いだ》した思いである。相手が男の場合なら、この驚きは直ちに敵愾心《てきがいしん》か畏《い》敬《けい》心《しん》に変ずるはずであったが、女の小萩に対しては突如激しい愛慕の気持に変った。この気持は、倒れている女の体を知り覚えているだけに、血の匂《にお》いのする欲情を伴った。畳の上の女を見ながら、重蔵はこのまま刹那《せつな》の欲情をとげてみるか、それとも斬りすてるかを考えた。

女への愛を覚えたとはいえ、この瞬間のおのれの気持は、あすはどう変りはてているかはわからない。変ればよし、もし女への愛慕を持ちつづけるとすれば、重蔵は乱波として死地に堕《お》ちる。女に翻弄《ほんろう》されつづけたあげく命を奪われるのがおちであろう。いなやもなく、この機会に女を殺すのが正しかった。乱波は永久を希《ねが》わぬとはいえ、いまこの女をこの状態のままで殺しておけば、自分の刹那の愛慕が、永遠のものとして胸に生きるはずである。

重蔵は、つかを握る手に力を入れた。刀身が少しく動いて、障子の隙間《すきま》から射《さ》す陽にきらりと光った。気配を知ったのか、夏足袋をはいた女の足の親指がかすかに屈した。

しかし、重蔵の刀の鋩子が、女の裾《すそ》をまさぐって急にはねあげた。女の黒い地図がみえた。女は、まつ毛を俯《ふ》せた。女は、もう自分の勝利を信じたにちがいない。胸もとの隆起にやわらかい波がたった。

それをみて、重蔵は、自分の緊張が挫《くじ》けるのを覚えた。同時に、おのれの不覚への怒りが、重蔵の右手をつかがしらに逆手《さかて》にもちかえせしめた。刀は、上から下へ、白い滝のようにまっすぐにおりて、音もなく女の右股《みぎもも》のつけ根の脂肪を突き通した。鋲子が畳を縫った。女は声もたてなかった。重蔵は刀を捨てて、寮から消えた。

京の盗賊

真葛《まくず》ヶ原の萩《はぎ》の花に露がおりた。そんなあいさつが辻々《つじつじ》でかわされるころ、如意《によい》ヶ岳《たけ》のいただきに精霊《しょうりょう》を送る火が燃えて、天正十九年の秋が立った。

送られる精霊の中に、夏のおわりに鬼籍に入った秀吉の世子鶴松《つるまつ》がいる。五十を過ぎて儲《もう》けたただ一人の子であっただけに、秀吉の相貌《そうぼう》は一時にふけた。まるで愚昧《ぐまい》な老父に化し、鶴松が息を引きとるとすぐ東福寺に駈《か》けこんで、にわかに髻《もとどり》を切った。髻を切りながら、人前憚《はばか》らず大声をあげて哭《な》いたというのだが、なみ居る大小名が関白の悲嘆を手をつかねて眺めているわけにもいかず、石田治部少輔《じぶしょうゆう》が髷《まげ》に小柄《こづか》の刃を当てたのをきっかけに、あらそって自分のもとどりを切り、堂内に時ならぬ髻塚をきずいたと、幾分のおかしみをもって巷《ちまた》ではうわさした。

秀吉は目にみえて耄弱《もうじゃく》した。天正十年姫路から軍を旋回して、山崎の野におのれの運命を賭《か》けた秀吉の気鋭は、すでに鶴松の死とともにない。人と話をしていても、亡《な》き鶴松のことに思いがいたるとすぐ目を泣きはらした。

秀吉の悲嘆に、滑稽《こっけい》な阿諛《あゆ》の演技をみせたのは治部少輔三成以下の諸侯であったが、髻を切るよりもはるかに悪質なおもねりをみせた武将は加藤肥後守《ひごのかみ》清正である。聚楽第《じゅらくだい》に拝謁《はいえつ》して大兵《だいひょう》の膝《ひざ》を進ませつつ、

「いつまでもお愁《かな》しみがつづいては、おからだのためにもなりませぬ。お忘れ遊ばすためには戦さにしかず。朝鮮入りのおん事、早々に下知《げち》くだされば、殿下の御気もなにかとまぎれることになりましょう」

清正は、秀吉麾下《きか》のほとんどの武将が、内心朝鮮入りを望んでいないことを知っていた。永い戦国期に戦いにあけくれてきたかれらが、ようやくありついた地位と領国に安堵《あんど》しきろうとするのは当然の人情である。それを知って無用の火遊びを秀吉にすすめた。清正は、のちの関ヶ原で徳川方の大名として豊臣家を倒滅する役割にまわったが、このとき彼が使嗾《しそう》した朝鮮ノ役の失敗が、主家滅亡の遠因となったことを、その存命中に気づいたかどうか。

秀吉は、鶴松が死んでから憑《つ》かれた者のごとく、朝鮮遠征の準備に熱中した。準備

が進むにつれて、京大坂の人の往き来《ゆき》ははげしくなり、戦いに縁のない百姓町人までが騒然たる物情の中へ巻きこまれた。そういう天正十九年秋。

——戦さ支度に沸きたつ京の町のいらかの下で、黒阿弥《くろあみ》がしずかに、しかもたゆみなくかれの仕事をつづけていた。

手先の二十人の乱波《らっぱ》は、すでに雲兵衛などを入れて三十名近くにふえている。この男たちは、物売り、放下僧《ほうかそう》、見世物師、手代、乞食など、市中のあらゆる職業に身をやつして、機会をとらえては市井《しせい》の世論を反豊臣政権に追いこむことにつとめた。

それだけではない。

秀吉の治安を愚弄《ぐろう》するために、聚楽第の膝元で盗賊をはたらきはじめたのである。大名、富商の屋敷に忍び入っては、黄金、刀剣、茶器のたぐいを掠《かす》めた。黒阿弥はもともと物欲のすくない男であったが、天性が偸盗《ちゅうとう》に相応しているのか、この仕事に異常な執心を示した。警備を破って物を掠める行為そのものに、痺《しび》れるような歓《よろこ》びを覚えていたようであった。

忍びの陰陽三十八術のうち、偸盗術というものがある。

偸盗のための忍び具だけでも、大クナイ、トイガキ、シコロ、結び梯《ばしご》、浮橋、聴鉄《ききがね》、まきビシ、水中スイリ、水中かぶと、浮踏《うきぶみ》、飛梯《とびばしご》、雲梯、鉤梯《かぎばしご》、巻梯、蜘蛛梯《くもばしご》、探鉤《さぐりかぎ》、入子《いりこ》かぎ、鏁子抜《かぎぬき》、がんじき、忍び釘抜《くぎぬき》などとおびただしい数にのぼるが、むろんそれらのすべてを常に用いるわけではない。忍び入る屋敷の結構や警備の状況によってたずさえる種類がかぎられる関係上、屋敷の様子とにらみあわせた忍び具の選択眼、そのこなしようが術者の良否にかかってくる。黒阿弥は偸盗にかけては卓抜したわざをもっていた。

「精が出るのう。こよいもか」

重蔵は、刀に打ち粉をうちながら、なかば呆《あき》れたように黒阿弥をみた。黒阿弥は、重蔵のそばで忍び具を整えながら、せっせと出支度をしている。

「これが、ただひとつの愉《たの》しみでござるでな」

「すこし、淫《いん》しているようじゃ」

床ノ間につみあげられたおびただしい刀剣の束を見て云《い》った。無造作に積まれてはいるがいずれもしかるべき大名の所持品であり、世に隠れもない銘刀もすくなくない。

「年をとり申したでな。すこしの気儘《きまま》はおゆるしくだされ」

「別段気儘にはなるまい。洛中《らくちゅう》の大名屋敷はたいそうなおびえようじゃと聞いている。武門の恥と思うてひた隠しに蔽《おお》っているが、いずれ市中にも聞えずにはおくまい。大名の家宝が軒並にぬすまれるようでは、自然関白の武権も軽侮されるようになる。せいぜい淫してくれてよいことじゃ。いずれへ参る」

「下長者町の加賀屋敷はどうでござろう」

「あの屋敷には聞えた茶碗《ちゃわん》があるな。何と申したか」

「枯れ葉でござる。たしか、細川越中が金二千枚で譲れと申して譲らなんだとかいう……」

「それは、わしに貰《もら》おう。にごり酒など汲《く》みたい。利休坊主《ぼうず》が申したそうじゃ。藁屋《わらや》に千金の名馬を繋《つな》ぎたるが真個のわびじゃとな。大名より、乱波づれに持たせたほうが茶碗も生きる」

「重蔵様は、いつに無《の》う、上機嫌でござるな。ひるま、なんぞよいことがござってか」

黒阿弥は、大錠前をあける「型のクロロガキの紐《ひも》を腰にゆわえつけながら、それ以上訊《き》く興もなさそうな表情で起《た》ちあがった。

別に、よいことではない。

しかし重蔵がやや多弁になっていた理由は、案外こんなことに原因があるのかもしれない。昼間、木さるに遇《あ》ったのである。

「ほう。木さるどのではないか」

方広寺裏の隠れ家を出て、大和小路の近くまできたとき、町家の娘の振りに作った木さるが不意に横手の竹藪《たけやぶ》の中から出てきた。

「まあ。重蔵様」

「笠置《かさぎ》で別れて以来じゃな」

木さるの顔を見た。木さるは黒い瞳《ひとみ》をわきへそらした。目の下に、かすかな隈《くま》が浮いている。問わずとも、この女がいまどういう生活の中にあるかが、わかるような気がした。

「ここか」

重蔵は、藪を指した。木さるは重蔵を上目で見あげて、かぶりを振った。宿を知られるとこまるのか、目の色に狼狽《ろうばい》がかくせない。

「五平を刺したか」

重蔵はわらって、相手の目をのぞくように、背をかがめた。

「い、いや」

「なぜ、刺さぬのかな。五平の裏切りはあきらかじゃ。奉行の手先になっておる。あれを刺すと、たしかそなたは父上にも大きな口を叩《たた》いたはずじゃな」

からかっている。その後の、この女の変化を何もかも察しぬいた上でのことである。

「どうじゃ」

「うん」

「なぜ刺さぬ」

「刺せぬ」

木さるは黒い目を一ぱいに見開いて、

「そんなに刺したいなら、重蔵様が刺しやれ」

「ははは、挨拶《あいさつ》じゃ。その様子では、五平とめおとになったのか」

「…………」

「どこに住んでおる。五平は、優しゅうしてくれるかな」

「…………」

見上げている木さるの目に、ぱっと涙がにじんで、

「嫌」

つと手がのびて、重蔵の胸を突いた。そのまま、くるりと向うをむいた。様子に、なにかつきつめたものがあるのを感じて、さすがに重蔵は頬から微笑を引いた。

重蔵には、師匠の娘の保護者としての兄のような感情がある。

「騙《だま》されておりはせぬか。五平に」

「それでも、……妻にしてやると申した」

「利口なようでも、そなたはまだ年もおさない。乱波のでしょうを隠しているような五平が、乱波の娘を妻にするはずがあると思うか。そなたのからだを抱きたいがための方便じゃ。伊賀《いが》の乱波下柘植《しもつげ》次郎左衛門の娘が、男に騙されるようでは話にならぬ。騙さぬか、逆に」

重蔵は、そのとき不意に小萩《こはぎ》の顔を思いうかべて、急に、ひとり噴きだした。木さるをいさめている自分が、けっこう、小萩に騙されているのである。

「なにを、笑うの?」

「いや、こちらのことじゃ。この重蔵も小萩という女に騙されている。危うく首を掻《か》かれそうな瀬戸際《せとぎわ》もあったわ。すこしは、その女に見習うことじゃな」

「どこに居るの、その小萩という女」

木さるの目に、突如嫉妬《しっと》が青く光った。女の心はわからない。いままで五平の愛情を疑って銷沈《しょうちん》していたこの女が、こんどは重蔵の変心をなじるような迫りかたをした。周囲の男のたれをも、独り占めしていたいのかもしれない。

(惚《ほ》れやすいおなごじゃ)

そう思ったとき、重蔵は一策を案じた。木さるの嫉妬を利用して小萩の詐略《さりやく》をもつれさせようというのである。

「小松谷じゃ。堺《さかい》の大蔵卿《おおくらきよう》法印の寮ときけばわかる」

「重蔵様とは、どのような仲じゃ」

「男女ひと通りのことはした」

「きらい!」

くるりと背をむけると、燃えたつように派手な小袖《こそで》が藪の中へ走り去った。

ただそれだけの行き遇いである。それだけのことが、重蔵の気持を奇妙に明るくした。いつになく多弁になっている重蔵を黒阿弥は揶揄《やゆ》したが、この敏感な男はすでになにかを察していたのかもしれない。

身支度を整えおわると、

「では、罷《まか》る」

重蔵に一揖《いちゆう》して、静かにふすまをひらいた。

夜の街に出た黒阿弥は、加賀屋敷への路筋をとらず、西《にし》ノ洞院《とういん》をまっすぐに北上した。

最初から、加賀屋敷へ行くつもりはなかった。

風間五平を制裁するのである。

このことを、重蔵は知らない。

知らなくてもいいことだと黒阿弥は思っている。上忍としての重蔵は、秀吉の命を縮める工夫にのみかかればよい。そのための謀略や妨害者の殺戮《さつりく》、火付け盗賊のはたらきはすべて下忍としての自分が果さねばならぬことだと思っていた。

五平の屋敷の築地塀《ついじべい》の下まできたとき、屋敷の中の気配をうかがうために、天水桶《てんすいおけ》のかげに身をひそめた。虫の音がかまびすしい。屋敷の中に小さな池でもあるのか、遠蛙《とおかわず》の声がきこえた。

黒阿弥は身をひそめたまま、四囲《あたり》に湧《わ》くように鳴いているさまざまな虫の音色を選りわけて音の地図を頭の中でつくりつつ、屋敷の中の建物の配置や人の気配を音の映像の中から拾いだそうとしていた。

小半刻《こはんとき》も経《た》った。

そのとき、黒阿弥の顔が、蒼《あお》ざめた。

塀の向う側で、突如、虫の音が絶えたのである。ある距離から次第に虫の音が消えて、ついに塀の根元まできた。

その刹那《せつな》、黒阿弥のすぐ目の前の塀の屋根へ、ふわりと人が乗った。茜頭巾《あかねずきん》に茜の忍び装束、黒阿弥と同様欛《つか》ながの刀を背負った男が、すばやく四囲を見まわすと、そのまま道路の上へ降りた。おりるや、風のように走った。

黒阿弥は、それを追った。どちらも、体を横にして蟹《かに》のように走る独特の走法をとっている。ひと目みて、相手が伊賀流の術者であることがわかる。

(五平どのじゃ。五平どののほかに、あれほどみごとな術者はない)

ある大名屋敷の築地塀のそばまできたとき、前を走る五平の影が、ぱんと音をたてるような勢いで空中に跳ねとび、そのまま屋敷の内側に消えた。

そのみごとさに、黒阿弥はしばらく呆然《ぼうぜん》として足をとめた。

(ああ、あれほどの身のさばきは、重蔵様でも叶《かの》うまい)

黒阿弥は、背中から刀をはずして鍔《つば》に足の指をかけた。しかし、思いとどまった。いまから屋敷へ忍び入ったところで、五平の姿を捉《とら》えることは至難にちかい。外で、身をひそめているに如《し》くはあるまい。

(――しかし、なぜこの屋敷に)

黒阿弥は、くびをかしげた。

屋敷は、さして宏壮《こうそう》ではない。門、築地、総じて女性的な結構をしている。記憶をたどって、この屋敷が茶器の蒐集家《しゅうしゅうか》で知られた金森飛騨守可重《ひだのかみよししげ》の第邸《やしき》であることに気付いた。

(そうか)

疑問がはれた。京に出没する大名荒しは、おのれだけではなかったのである。聚楽第《じゅらくだい》の茶亭に火をつけたのと同様、いかにも風間五平がやりそうな細工であった。陰に重蔵の徒党の働きをたすけて十分世をさわがしたうえ、事件の肥大を待って網をうつ魂胆と思えた。

しかし、驚くにはあたらない。

この屋敷のうちで、五平を死骸《しがい》にするのである。忍び装束の死骸が、じつは京都奉行前田玄以の家士とわかれば、天下は瞠若《どうじゃく》するにちがいない。大名荒しの罪はすべて京都奉行にかかって、黒阿弥の京を擾《さわ》がす手筈《てはず》はさらにおもしろいものになりそうであった。

黒阿弥は、背中から半弓をとりだして矢をつがえたとき、こけた頬に残忍な微笑がうかんだ。まっとうの太刀打ちなら、逆に五平のために斃《たお》されるだろう。

しかし黒阿弥がつがえた矢の鏃《やじり》には、急所は射損じても相手の生命を断てるように、十分に毒が塗布されていた。

黒阿弥は身を跳ばして、金森屋敷とは小路を隔てて隣りにある寺院の四脚門《しきやくもん》に身をひそめた。

忍者は風上を退《ひ》き口にしない。黒阿弥の目の前にある塀のいずれかの一点から、五平の姿があらわれるはずであった。

黒阿弥は、弦《つる》を試みにしぼった。

霧が、流れはじめている。

塀の上を、夜目にも白い霧がたゆたいはじめた。塀と夜空を劃《かく》す線が、ようやく分明でない。

黒阿弥は、舌を打った。

(運のよい男じゃ)

黒阿弥は、目をこらして懸命に塀よりわずかに上の暗い空を見つめていた。夜陰にあっては、目的物そのものを視るよりもその周辺に視点を落したほうが、目的物の輪郭をつかみやすいからである。

風が、黒阿弥の目の前まで霧の流れを押しやってきた。

匂《にお》いがある。

そのとき、黒阿弥はようやく気づいた。不覚であった。この霧は、忍者が焚《た》いている狼煙《のろし》ではないか。黒阿弥は背筋から水を浴びせられたように慄《ふる》えた。あたりに目を配った。どこかに五平がいる。

はるかに遠い辻《つじ》で、犬の啼《な》く声が聞えた。

黒阿弥は、背をまるめて啼き声の方向にむかって走った。

(遁《に》がした)

犬の方角に、五平がいる。

かれはすでに黒阿弥が伏せていることに気付いて、霧を焚いて遁身《とんしん》したものと思えた。その途中、野犬に吠えられたに相違ない。

(この上は、五平どのの屋敷で待つか)

黒阿弥は思案したが、しかしおそらく五平もその手を予測して自邸には戻らぬかもしれない。

(おそろしいお人じゃ)

黒阿弥は、五平の卓抜した術に、あらためて戦慄《せんりつ》する思いがした。

天明が近い。すでに路上を歩いている黒阿弥は、町人の服装に戻っている。実直な研師伊勢屋《いせや》嘉兵衛が、よぼよぼと軒下をひろって歩いていた。

しかし、五平との勝負は、まだおわってはいなかった。四条大橋のあたりまできたとき、夜が明けはなれた。雨を含んでいるのか雲がひくく川しもに垂れて、川のせせらぎが今朝ばかりは妙にさわがしくきこえる。その橋のたもと、瀬の音の満ちるなかで、ひとりの武士が腕を組んで立っていた。

「黒阿弥」

五平である。待ち伏せていた。薄い唇をゆがめて、笑いに似たものを作った。

「さきほどは、馳走《ちそう》になったのう」

黒阿弥は、覚悟した。この場を遁げることもできる。しかし五平はわざわざ明るさを選んでいる。かれに復讐《ふくしゅう》の気持さえあれば、闇《やみ》の中ならいざ知らず、この明るさの中では半丁も走らぬうちに斬《き》り倒されるのは自明であった。

黒阿弥は、研師を粧《よそお》うて小脇《こわき》にもっていた刀箱の紐《ひも》をすばやく解いて、

「五平どの、やる気じゃな、ここで」

「云《い》うに及ばぬ。下忍風情《ふぜい》に命を狙《ねら》われるようでは、腹の虫がおさまらぬ。もそっと、こなたへ寄れ」

「ご覧のとおり、わしは町人のなり体《てい》じゃ。殺せばお手前の身分に傷がつくぞ。京の雀《すずめ》どもがまた騒ぐわ。奉行のお手先が夜盗を働くばかりか、辻《つじ》斬りまでしてかせぐとな」

「云うな」

五平は踏みこむなり、刀を抜いた。黒阿弥は跳びすさりつつ、刀箱を落した。手にすでに、欅一尺五寸もある忍び刀を抜いている。

「五平どの。これはよい図ではない。伊賀者がふたり、なにを争《いさ》こうているかと人が怪しむ」

「わしは伊賀者ではない」

「その構え、見る者がみればわかる」

「わかる前に、お前は斃れておる」

「ふふ。そうは参らぬ。存分にござれ」

「うぬ！」

五平は異様なほど跳躍した。黒阿弥は夢中で落ちてくる刃を払いあげた。そのはずみに黒阿弥の体がむざんに崩れて、数歩ころげるようにのめった。のめった姿勢を旧《もと》にもどさず、そのまま地を舐《な》めるように遁げた。

「仕損じたか」

五平も追わない。すでにちらほら遠巻きにしてこちらを眺めている人影に気づいたのである。すばやく白刃をおさめた。何食わぬ顔で橋を東へ渡った。見物の遠目からすれば、いずれも一瞬の出来ごとであったろう。

「重蔵様」

「ふむ」

重蔵は方広寺裏の離屋《はなれ》で目をさました。黒阿弥が枕《まくら》もとにすわっている。

「帰ったか。例の茶碗《ちゃわん》はあったかな」

「加賀屋敷には、罷らなんだ」

「なにをしていた」

「風間様を仕止めようと一晩追い申したが」

「五平を」

「手に負えませぬ。軽薄な仁じゃが、わしとはわざがちごうていた」

「当り前じゃ。命をとられなんだだけでも、よう運を拾うた。怪我《けが》はなかったか」

「手首を少々」

云いながら、黒阿弥はこの表情に乏しい男にめずらしくはにかんだ笑いを洩《も》らした。

右袖から、白い晒《さらし》がのぞいている。かすかに血がにじんでいた。

重蔵は、その血から目をそむけながら、吐き捨てるように云った。

「五平は、わしが斬る。こののち、差し出たことをいたすとゆるさぬぞ」

父の代から葛籠《つづら》家に仕えているこの黒阿弥の寿命をいたわりたかったのである。

「承知じゃな」

念を押す重蔵へ、黒阿弥は一段と声を荒らげた。

「承知できませぬ。その念、お前様に押せたことではござるまい。それほどならなぜ早々に斬らなんだ。乱波《らっぱ》に世の常の情けがあってはつとまらぬ。五平どのは一日生かせば、一日害あり。小萩も同然じゃ。お前様は、おとぎ峠で十年も仏いじりをしているうちに、ほとほと乱波らしい性根がなまり申したな」

日ごろ、重蔵のなまぬるい態度をみて、よほど肚《はら》にすえかねていたのであろう。嚙《か》みつくような一徹さで云いつづけた。

「伊賀が亡《ほろ》んで、十年経った。年を経るにしたがって、人の恨みも薄らぐ。しかしお前様は、父御《ててご》ばかりか、母ごぜ、妹のひい様まで殺されなさったお人でござるぞ。その恨みを忘れるようでは仏もうかばれまい。なるほど、相手は織田右府で、いまは死んでこの世にないが、右府の世を継いだ秀吉がいる。秀吉に従う大名がいる。その手先がいるわ。信長が伊賀の郷士を草を刈るごとく殺したように、お前様も秀吉の天下に従う者を悉《ことごと》く殺したところで罰はあたるまい。まして伊賀を裏切って前田玄以に奔《はし》った風間五平を斬るのに、寸刻の猶予《ゆうよ》も要り申さぬぞ」

「云うのう」

重蔵は、苦笑した。いちいち、黒阿弥のいうとおりだと思っている。この仕事に手をつけたころはなお京の政権に対する伊賀者らしい怨恨《えんこん》があった。しかし、いざ京に身を潜めてみると、もはや時代が移ったという感が深かった。恨みよりもいまの重蔵を支えているものは、天下の主を斃すという、何百年来伊賀のなんぴとにも恵まれたことのない壮絶な忍者の舞台、その一事である。世を擾乱《じょうらん》する乱波通常の仕事を黒阿弥のみにまかせて興を示さないのはそのためであったし、まして、区々たる伊賀の裏切り者の制裁などは重蔵の生きる興趣からほど遠いものになっている。しかしそう説明したところで、黒阿弥がいよいよ猛《たけ》るばかりであろうと思ったから、低い声で、なんとなく黒阿弥をなだめるようにぽつりと云った。

「斬る。——ただ、日をすこし藉《か》してくれ」

「藉すもかさぬも、お前様のことじゃ。わしの知ったことではない。ただ捨てておけば、逆にお前様が斬られるかもしれぬ。むこうはお前様などとちがって正真の乱波じゃ。必要とあれば、斬る。容赦はあるまい。これは五平どのにかぎらぬ。小萩も同断じゃ」

「小萩は、当分わしには斬れぬな」

黒阿弥をみて、からかうように笑った。

「なぜじゃ」

「惚《ほ》れておる」

「どちらが」

「多分、むこうじゃ。惚れてくる女は斬りにくい」

「けっ。大そうな太平楽でござるな」

黒阿弥は、なかばあきれたようにそっぽをむいた。

(やむをえまい。斬るか)

思いつつも、重い腰をあげかねた。

重蔵は、時間を待っている。時間とは、天の時と地の利、そしておのれの気魄《きはく》が漲《ちょう》溢《いっ》して交叉《こうさ》する将来の妙機を指している。そのときこそ、ひとすじに秀吉の居城に直入して、乱波としての冥利《みょうり》を一挙動に賭《か》けるつもりであった。

それ以外の日常が、すべて億劫《おっくう》になりはじめているのである。五平のことも、小萩のことも、いわばこの待ち時間のうちの遊びにすぎなくなっている。

しかし黒阿弥は異なる。

この老人は、伝統の乱波の精神の中に生きている。人間を草木のようにしか見ていない。はびこる草は容赦なく刈るべきであった。その非情さこそ、黒阿弥にすれば伊賀者の至純な魂というのであろう。

重蔵はわかっている。かろうじて腰をあげようとしたのは、この老乱波の心を安んじてやらねばならないと思ったからである。

(秀吉の命を狙うからには、どうせわしにも死ぬ日がくる)

いわば、五平や小萩を死へ送る重蔵の云いわけのようなものであった。他人の命を奪うのにそれだけの言葉が要る。その言葉の分量だけ、黒阿弥のいうごとく、おとぎ峠の十年で重蔵は乱波の心をなまらせたのかもしれない。

「出る」

重蔵は、刀をひろって起《た》ちあがった。

「いずれへ？」

「木さるどのの宿じゃ」

「ほう、五平を斬りに、でござろうな」

「それは遇ったときのはずみに任せよう。なにもいそぐことはない。第一、わしが五平を斬るとは限っていまい。時のはずみではわしが斬られる」

「臆《おく》されたかのう」

「五平にはな。……あの男は、次郎左衛門どのが婿《むこ》に狙《ねろ》うただけあって小器用な稟質《ひんしつ》がある。わしが臆するのも当然じゃ」

松原通へ出れば、足もとに新涼の風が巻いた。風は、東山から京の街へ吹きおりる。背を押されるようにして降りると、藪《やぶ》がある。

（たしか、この藪じゃ）

藪の中の小みちに踏み入れようとして、重蔵はかすかに眉《まゆ》をしかめた。たしなみある忍者は藪に入らない。足の裏がたてる枯れ葉の音を嫌った。その音が竹にこだまして気配を遠くへ伝えるからである。

小径《こみち》はうねっている。中ほどばかりきたときに藪の中から声が湧《わ》いた。

「ほう。きょうは新顔じゃな」

重蔵は聞えないふりをして、手足から力を抜いた。いつでも自由に反射しうるように整えてすたすたと歩いた。

「どこへ行く」

かまわずに歩を進める。

「たれじゃ。ここはわしの寺じゃぞ」

そう聞いて、重蔵は、歩を少しゆるめた。

「名を云え。口がきけぬのか」

重蔵は、なおも黙って歩く。

とうとうたまりかねたのか、声の主は藪を出てあとを追うてきた。

竹ノ上人《しようにん》である。

竹の葉を着て、好奇に光る目を無邪気に見張っている。よほど、来訪者が好きらしかった。

重蔵は歩をとめて、

「この奥に家があるか」

「ある。わしの寺じゃ」

「寺？　女がひとり、住んでいるはずじゃが」

「その前に名をいうたらどうじゃ」

「山田左衛門とでもしておこう」

「嘘《うそ》じゃ」

「そうかな」

「伊賀の乱波葛籠重蔵であろうが。——あ、待て」

いつのほどか重蔵は脇差からきらりと小柄《こづか》を抜きとっていた。上人は、両手を前に振りながら所作だけはわざとらしくあわててみせたが、顔付は案外動じもしていなかった。

「物騒な仁《じん》じゃ。落着いてこの顔をよく見い。見忘れたか」

にやりと笑った。わらうと、顔の中からもうひとつの別の顔がのぞくように思われる。歯のむき出た唇がひきつって、顔に凄気《せいき》がある。額から右頬にかけて薄あかい火傷《やけど》のあとがあり、傷跡がいちめんの小じわを作って、虫のようにひとりうごいた。

「おう——」

「気付いたか。あっははは」

空にむかって、大声でわらった。前歯を二本わざと欠き、歯の奥に、声を変えるための含み綿がのぞいた。

「五平も知らぬ。木さるでさえ気付かぬ。われが見まがえたのも無理はないわ」

なんと、この和尚《おしよう》は下柘植次郎左衛門の変相の姿であったのである。

「お師匠じゃな」

「そうよ。未熟者めが」

道ばたの苔《こけ》の上へ腰をおろし、自分の横を指さして重蔵にもすわれと命じた。重蔵はうごかない。突っ立ったまま、

「なんでそのような真似《まね》をなさる」

「真似ではない」

次郎左衛門の語るところでは、伊賀郷士団が亡ぼされてから、京へ奔ってこの荒れ寺の住持になりすましていたという。もっとも、その間、伊賀下柘植の家にも住んでいた。十日に一度下柘植から消えては京へ走る。だから家人でさえ、伊賀の忍者下柘植次郎左衛門と京で寺領も檀家《だんか》もない荒れ寺に住む仰山《ぎようざん》という雲水僧が同一人であることを夢にも知らなかったし、むろん、京の松原の町の人々のほうは、竹藪にかくれて天竺《てんじく》の苦行僧のように世を捨てきっているこの奇行の僧の素姓が、伊賀から流亡してきた忍者のひとりであろうとは、気付くよしもなかったのである。

しかし近年は、寄る年波に衰えて京へ出ることもまれになっていた。

「そうは、精が出ぬでな」

「では、こんどはなぜみえられた」

「木さるの身が案じられてのう。乱波でもわが子だけは可愛《かわい》い。木さるより一足先に伊賀を発《た》って、四条の河原で袖を引いてやったら気付かずについてきた。それ以来、この荒れ寺を宿にしている」

「なるほど。——さて、これは訊《き》いてまずいことかな」

「なんじゃ」

「伊賀が亡んでから、どういうわけで京に潜まれていた」

みごとに変身した次郎左衛門をながめつつ、重蔵はこの重大なことをいかにもさりげなくきいた。

「無用にせい」

「きいてみたい。申されぬとあれば、このほうで推測してもよろしいか」

「われの勝手じゃ」

竹ノ上人はわらった。そのたびに変相が割れて次郎左衛門の顔にもどるのである。

伊賀郷士が信長に誅滅《ちゅうめつ》されて、諸国へ散った伊賀忍者のうち、信長、秀吉を憎んで京へ入って都の治安に仇《あだ》を為《な》すものが多かった。

　重蔵がいまやっている仕事はそれなりに歴《れつき》とした陰謀の組織に乗ったものだが、天正十年前後から数年のあいだ京に跳梁《ちようりよう》した忍者は大てい組織をもたず、ただおのれの恨みと糧《かて》を得るために偸盗術《ちゆうとうじゆつ》を用いた。そのほとんどが、七方出《しちほうしゆつ》のわざを使ったという。

　七方出とは、出家、山伏、虚無僧《こむそう》、放下僧、猿楽師、商人、常のなり（一般人）の七つの姿に変る術を指すが、技芸と知識を身につけるほかに相貌《そうぼう》まで変えることがある。忍びの師匠が弟子に印可をさずけるとき、この七方出のわざをもっとも重視したらしく、「渡船の伝」という話がつたわっている。

　おそらく伊賀川だろう。その渡船場で五十年も船頭をしている老人があり、自然客を見る目が肥えていたが、近在の忍術の師匠が弟子に七方出それぞれの変相をさせて渡船に乗せ、老人に見破らせたという。気付かれずに渡りおわった弟子に印可を与えるのである。

　次郎左衛門は、七方出のうち出家をもっとも得意とした。十年ちかくも京の寺に住んで気付かれなかったばかりか、巷《ちまた》の人々からその奇僧ぶりを慕われてきたとはなみなみなわざではない。

（なんのために？）

他の流亡の伊賀者と同じく夜盗を働いたか。

重蔵は考えた。

あるいは、べつに政治的な理由があったからであろう。ひょっとすると、あの伊賀の最後の夜討以来京に出没して信長や秀吉をつけ狙《ねら》い、ついに果せず年老いたのかもしれない。

(こまめなお人じゃ。なにをしておったか、知れたものではない)

竹の葉を着て、重蔵の前にちょこんとすわっている小柄な次郎左衛門をみて、ふとおかしみのようなものが湧く思いがした。忍者にはやはり尋常の人とは異なる心があるのかもしれない。遺恨を抱くと化生《けしよう》のような執念をもつ。あの夜以来、人知れず伊賀と山城の境を夜ごと往復して、いまの黒阿弥のように、京の街を魔のように掠《かす》めていたのか。

それがいまはただの老父になり果てている。木さるの身をひそかにまもるために再び伊賀から出て竹藪の中で暮しているのである。

(それも、この仁の真意はどこにあるのか知れたものではない)

そうは思ったが、重蔵は何くわぬ顔で、

「木さるどのは、お達者でござるか」

「先日、藪向うの松原の道で遇《お》うておったではないか」

なるほど、よく知っている。

「五平をごぞんじか」

「知らん」

次郎左衛門は、みえすいた嘘をついた。

「ここを、しばしば訪ねてきておるはずじゃが」

「見たことがない」

「娘御と、五平は通じたということをきいているが」

「許婚者《いいなずけ》じゃ。そういうこともあろう」

「五平は前田玄以に仕えたという。伊賀を奔《はし》ったのじゃ。存じておられぬか」

「はじめて聞く」

「しらを切るのも、よい加減になされい」

重蔵は、声をはげまして恫喝《どうかつ》した。この老人は、なにを考え何をくわだてるか知れたものではないのである。この竹藪の寺にかくれて京の街をうかがっているのも、単に木さるの保護という口上どおりではないとも思える。しかも、五平に対しても意外に寛容であり、木さると通じているのがわかっていても、騒ぎたてようともしない。考えてみれば、もともと乱波《らっぱ》に節操があろうはずがなかった。重蔵を京に派遣した次郎左衛門自身、風の向きによってはあすは重蔵の敵にもなりかねないのである。ことに、次郎左衛門という男は過去の行動に照らしても油断ができるものではない。

(疑えばきりがないが、この仁は、ぞんがい、五平のほうに寝返っておるのではないか。その点、五平は巧者じゃ。どのような口弁を弄《ろう》して、この欲ふかい仁を誘うたかわからぬ)

もしそうであれば、重蔵こそいい面《つら》の皮である。身を挺《てい》していまやっている今井宗久の仕事ももとをただせば次郎左衛門の指令ではないか。次郎左衛門自身、伊賀から重蔵を派遣したことで存分の金はとっている。しかしその上に金をとろうと思えば、こんどは逆に重蔵および宗久の一統を捕縛する側に協力すればよい。まさかとはおもったが、もし次郎左衛門が敵方につけば、重蔵は容赦なく斬るつもりであった。重蔵は重蔵で、いまの仕事をやりとげるためにはどういう情義も顧慮しない。それが、この下柘植次郎左衛門から訓《おし》えられた伊賀者の精神でもある。

「お師匠、申しておく」

「なんじゃ」

「妙なことをなされると、お命はござらぬぞ」

「なにをもうす。訳があるなら申せ」

「訳はわしもわからぬ。ただ念を入れておくだけじゃ」

重蔵は、次郎左衛門を捨てて、ゆっくり藪の奥へ入って行った。

寺がある。庵《いおり》と呼んでもよい。

（ここじゃな）

別屋になっている小さな家の戸をあけた。小さな土間があって、すぐ板敷になっている。よほど年代を経た建物らしく、障子のあかりをうつして、板敷が飴《あめ》のような光沢を薄くくらがりの中に浮きあがらしていた。あがって、もう一枚障子をひらくと、木さるの居間である。

重蔵は、案内《あない》も乞《こ》わなかった。

いきなり、さらりと障子をひらいた。

「まあ、重蔵様」

木さるは、殊勝に背をかがめて縫い物を手にしていたが、つぶらな瞳《ひとみ》をあげた。

「なにを縫うてじゃ」

「小袖《こそで》」

「結構じゃな」

重蔵は、すわった。円座にぬくもりがある。部屋にかすかな男の匂《にお》いが漂うていた。

(居たな。五平は)

すれば、次郎左衛門が意識して重蔵の足を竹藪に釘《くぎ》づけにしたことになる。その間に、五平を去らせたのであろう。そうなると、

(いよいよ、くさい)

重蔵は思いながら、

「木さるどの。そこの藪に人がいるのを知ってござるかな」

「竹ノ上人《しょうにん》さまのこと?」

木さるは、天真爛漫《てんしんらんまん》といっていい表情できききかえした。

「その上人、じつはなにびとか、存じておろうな」

「たあれ? 知らぬ」

「もそっと、こちらに寄りなされ」

「こう?」

膝《ひざ》をにじらせて重蔵のそばに寄り添おうとした木さるの手首を重蔵はいきなりぐっ

と摑《つか》んだ。

「不憫《ふびん》じゃが、痛い目に遭わす」

「………」

握られながら、木さるは不審そうに重蔵をながめている。手首の骨を締める重蔵の指がしだいに強くなってきた。

「痛いか」

「痛い」

「では申せ。重蔵に余計な隠しだてをするのではござらぬぞ。存じておるであろう、あの者が誰であるか」

「知らぬものは知らぬ。なぜ折檻《せっかん》なさるのじゃ。木さるはなんぞわるいことをしたか——あっ痛い」

「申せ」

「知らぬ」

「手が砕けるぞ」

「あっ」

木さるは身をよじらせた。重蔵は、木さるの両手首を合わせてつまむようにしながら、目は冷やかに木さるの表情を読んでいる。刺すような重蔵の視線の中で木さるは必死に平静な表情を保とうとしたが、その努力の裏にあきらかに重蔵の訊《たず》ねる答えを知っているように思えた。

「父娘《おやこ》、似たものじゃ。しらを切るなら、当方で教えてやろう。あれは、そなたの父《てて》御《ご》、下柘植次郎左衛門どのじゃ」

「…………」

「おどろいたかな。なぜこの重蔵にうそをつく」

「…………」

「五平にたぶらかされて、なんぞ、あらためて父娘で企《たくら》みはじめたか」

重蔵は、手を放した。木さるは、よろけまいとして、両足でからだを漕《こ》いだ。そのとき、木さるのなかに思わぬ女のにおいをかいで、重蔵は内心、うろたえるものをおぼえた。

「もうひとつ糺《ただ》す。たったいままで、ここに五平がいた。なぜわしに会わすまいとしたのか」

「重蔵様」

「なんじゃ」

「もうわたくしどものことにお構いくだされるな。頼みじゃ」

木さるはつめたく云《い》った。その表情は、ことさらに冷やかであろうと努力しているようにもみえる。

「わたくしども、とはたれのことじゃ」

「父と五平どのと、わたくし」

「ふうむ——そうか」

わが仲間ながら、伊賀の者は化生であった。いかなる信義もない。おのれの利益以外にどういう行動の規準もなかった。この三人にすれば、おのれへの、なにほどの呵《か》責《しゃく》もないのであろう。ただ、あたらしく仕事がはじまったというだけのことである。

そう思って、重蔵はくすくすひとり笑いをした。

笑うしか、この場を糊塗《こと》しようがなかった。予期せぬことではなかったが、三人の裏切りを木さるの口からきいたことがおのれに対して片腹いたく思えたのである。木さるについては、重蔵にいくぶんの自惚《うぬぼ》れがあっただけに、これはわろうべきことであった。この一瞬で、重蔵はかれらから他人になった。同時に、敵になった。しかしより正確には、重蔵は道化の役割にまわされたのである。

「木さるどの、これは繰り言ではないが、そなたの父御も老いられた。五平はわずか千石二千石の生活ほしさに伊賀を裏切ったが、そなたの父御は娘を千石侍の妻にするために仲間を売る。いかに伝来の土地を奪われたとはいえ、伊賀の郷士も落ちぶれたものじゃ。売られたのは、どちらの場合もこの重蔵じゃ。売られるのはかまわぬ。ただ売り値がいかにもみすぼらしい。葛籠重蔵ともあろう者が、仲間のわずかな安穏の生活のために売られたとあっては、諸国の乱波への聞えもわるかろう」

「お願い。——京を逃げて。重蔵様が、いまの仕事を捨てて姿を消せば、売る売らぬのいまわしいことも無《の》うなる」

「そのかわり、せっかく五平の千石の夢も泡になるわ。お師匠は弟子の一人を千石取りにするためにもう一人の弟子を囮《おとり》にかけた。その計略も外れる」

「まさか——計略だなんて」

「計略じゃ。なるほど、はじめから裏切るつもりでわしをこの仕事に使《つこ》うたのではあるまい。初手は重蔵によって利を得ようとした。しかし途中で気が変った。重蔵を捕えるほうが利が良いと考えたのじゃな。利益の二重どりにもなる。国に伝わる詐術《さじゅつ》の中でもこれほど巧緻《こうち》な計略はなかろう」

「……………」

「そなたを責めているのではない。そなたは女らしゅう仕合せになることだけを考えているのであろう。また、それでよい」

「逃げて——」

「あははは。逃げはせぬ。父御にも五平にも伝えておくがよい。重蔵は気を変えぬ。安んじて裏切りの仕事にかかるがよいとな。——そのかわり」

「え？」

「もう容赦はせぬぞ。伊賀の忍者としていずれが術にまさるか、勝負が楽しみじゃ」

「重蔵様」

「うむ？」

「木さるは嫌じゃ。わたくしがわるかった。世の女なみの夢をもったのを悔いている。最初竹ノ上人が父であるとは知らなかったが、気付いてから父に訴えた——五平どののことを。あれの妻になれるよう計ろうてくれと頼うだ。それが父に重蔵様を売らせることになった。すべて木さるがもとじゃ。もう五平どののことはあきらめる」

「諦《あきら》める必要はない。いかに忍者の家に育ったとはいえ、乱波仲間のいざこざのために女の仕合せを諦めるのは、女として出過ぎている。そなたはそなたのことのみを考えておればよい」

「嫌じゃ。もう伊賀へ帰る」

「ほう」

「そのかわり、頼みがある。重蔵様はいつか申されたな」

「なにをじゃ」

「木さるを犯してくだされ。木さるは、重蔵様が好きじゃ。重蔵様の情を貰《もら》えれば、木さるはおとなしゅう伊賀で待っている。――重蔵様」

「なんじゃ」

「木さるを妻にしてたもれ」

重蔵はだまって木さるの目をのぞいた。この女の本心がどこにあるのかわからない。黒い瞳に明り窓が映って、まばたきをするたびに、窓がきらきらと鮮やかに洗われた。乱波の練術は、心を自然に漂わせて外界の事象に反応するままに放置する。三歳のときから練術をうけた木さるは、ついにみずからでさえおのれの本心をつかめなくなっているのであろう。いわば、あどけない化生のようなものになりはてているのである。

「心を鎮《しず》めて、よく考えてみるがよい。五平と重蔵とのいずれが好きなのじゃ」

「重蔵様が好き」

「ではなぜ重蔵と契《ちぎ》らず、五平と契ったのかな」

「——五平どのとなら」

「大身の武家の内室になれるからじゃな。——それでよいではないか。重蔵は生涯忍者でおわるぞ」

「…………」

「それならばいやか」

「うん」

「こまったのう」

重蔵は、網代張《あじろば》りの天井を仰いで明るく笑った。この化生の相手になっていては、陽が暮れそうである。木さるを部屋の中に置きすてて、草履《ぞうり》を拾った。藪《やぶ》のむこうの空に銀色の雲がわきでている。頭の上にしきりと翅音《はおと》がした。小さな蜻蛉《とんぼ》がむらがって、翅《はね》の上の空は青くつめたい光にあふれつつ、秋という季節の移ろいやすさを感じさせた。

「すこし、仕事をいそがねばなるまい」

重蔵は、軽い焦燥をおぼえながら、藪の中の道をひろった。

次郎左衛門はどこに行ったのか、藪の中にみえない。

京で日をすごしているうちに、まるで、蚊が湧《わ》きたつように身のまわりが騒然としてきた。下忍の黒阿弥をのぞくほか、たれも味方といえるものがなくなってしまったのである。

ただ一つの幸いは、かれらが乱波《らっぱ》の狡智《こうち》をもっていることである。重蔵の仕事が熟さぬうちは直接重蔵の身に手を触れることはあるまい。いよいよ重蔵が秀吉の居城に忍び入る寸前を待って網をうつつもりであろうと思われる。重蔵にすれば、かれらが網をうつ直前に、そのことごとくを斬《き》り払う必要があった。

「面倒じゃのう」

重蔵の思うのはそのことだった。相手はいわば魑魅魍魎《ちみもうりょう》であった。通常の武士なら施す手もあるが、一人は重蔵の師であり、いまひとりは重蔵より軽捷《けいしょう》な術をもつ風間五平である。そのほかに木さるがおり、さらに正体のさだかでない小萩がいる。こうとなっては、気根をつくして術をあらそい、あとは天命を待つしか仕様があるまいと思われた。

「京を捨てて逃げるか」

そうも思わぬではない。しかし土地を奪われた伊賀郷士としてどこに行くあてもなく、第一、生きていくうえでなにを為《な》す目当てもないのである。辛うじて得た生き続ける希望が秀吉を殺すことであれば、果せずともそれに驀進《ばくしん》するほかはあるまい。

考えつつ、重蔵の足は京の市中に入り、徘徊《はいかい》するうちに、ふと絃歌《げんか》の声が耳に入った。あたりを見まわすと、いつのまにか、柳町の入口にさしかかっている。酒色の町である。所在なげに歩いてゆくうち、妓楼《ぎろう》の二階から呼びとめる声がふってきた。妓《おんな》であろう。

「そこを往《ゆ》くお武家さま」

重蔵はきこえぬふりで歩いてゆく。

「聞えぬかえ。もうし」

重蔵は足をとめた。目をあげると、二階の手すりに身を乗りだした妓が、掌で唇《くち》もとをかこんでこちらを見おろしていた。

「用か」

「そう。用が無うて呼びはせぬ」

「申せ」

「申そうほどに、こちらへあがって来やれ」

「そこで申せばよい」

「用はわたくしではない。ここに居やるお客様じゃ」

「それなら、降りて来う」

「重蔵」

ぬっと、妓をおしのけて白い顔の武士がのぞいた。胸をはだけている。五平である。

薄い唇が動いて、

「酒がある。差そう」

「うむ」

重蔵の五体に緊張が湧いた。しばらく足をとめていたが、やがて意を決したのか軒先へ大きなからだをまげて入った。

そのとき、白い犬が二頭、もつれながら表を駈《か》け通った。

「ほほほ、いらっしゃいまし」

とんとんと階段を駈けおりてきた妓が、かまちのほうへ向って愛嬌《あいきょう》をふりまいたが、

「おや？」

たしかに軒先へ入ったはずの武士が消えている。

「いま、ここへお人が見えなかったかえ」

「さあ」

土間にいた男衆が二人、顔を見あわせてくびをひねった。

特殊の仕掛けをしたわけではない。さっき二頭の犬が鳴きながら通った。男衆がそれへ気をとられたわずかな時間に、重蔵はのっそりと入って、草履をふところにいれたまま階段をのぼったのである。常住座臥《ざが》、忍者は遁法《とんぽう》のなかに生きている。ふとしたはずみを利用して身を動かすことが、重蔵だけでなくかれらの習性になっていた。

「おぬしも妓をよぶか」

「いらぬ」

部屋の中で対座している。重蔵が答えた。それをみて、妓が声をあげようとした出鼻を、五平の掌が制して、

「しばらく退《さが》っておいてもらう。この男と話がある」

妓は、うろん臭そうに眉《まゆ》をひそめた。その跫音《あしおと》が廊下のむこうへ消えるのを待って、

「まず、飲め」

「勝手に飲むがよい」

「毒は入れてないぞ」

「わかっている」

「重蔵。あの藪の中でお師匠に会《お》うたな」

「見ておったわけじゃな」

「ふむ。おぬしが入ってくるのを見て、これはまずいとわしは木さるの部屋を出た。ついでに、藪の中で盗み聴きをしたが」

「相変らず、はしかいのう。しかし五平、申しておくが、お師匠父娘だけは誑《たぶら》かさずに置け。あの仁は、土地を失って以来、呆《ほ》うけたようになっている。五平ごとき者の口弁でだまされるひとではなかった。それを思うと、憐《あわ》れじゃ」

「ふふ。むかしは、こちらが誑かされたからのう。あいこじゃ。うまうまとお師匠父娘を味方に引き入れたが、そこで重蔵」

「なんじゃ」

「おぬしも入らぬか、わしが味方に」

「なんと――?」

さすがに、重蔵はけげんそうに五平の顔をみた。

「おどろくことではない。もとをただせば、おぬしとわしはおなじ伊賀の仲間であった。いま敵味方に分れておるのは、いわば乱波の方便じゃ。しかし、このままではわしはおぬしに斬られる。わしがおぬしを斬るかもしれぬ。無用なはなしと思わぬか。

そこで、一策を案じた」

「………」

「おぬしは、いままでどおりの仕事をつづけて、依頼主から金をとればよい。わしも、これまでのかたちでゆく。最後は、予定のごとく秀吉の城に忍びこむのじゃ。わしも、それを追う。ぎりぎりのところまで追いこんで、おぬしを捕える。いや、おぬしをではない。おぬしの下忍じゃ。その男に泥をはかせたかたちをとって、おぬしの依頼主を末の末の係累《けいるい》まで捕え尽す。どうじゃ、妙計であろう。こうすれば、わしにもおぬしにも怪我《けが》は無うて済み、しかも利益はかわらぬ」

「伊賀の節義も地に堕《お》ちたものじゃのう。むかしは、いかようなことがあっても、おのれの仕事だけは裏切らなんだものじゃ」

「国を追われて根無し草になっては、そうもいうていられぬ。どうじゃ、考えてみぬか。——あっ」

五平の体が斜めへ跳ねあがった。

「な、なにをする」

五平の左の襟もとを、一筋の小柄《こづか》が縫っていた。

「ふふ。しくじったか」

「これが返答か」

五平は青い顔をして、小柄を抜きとった。

「まあ、そういうことにしておこう。しかしさすがは五平じゃ、脆《もろ》くは命を捨てなんだ」

膝《ひざ》をたてて起《た》ちあがろうとした重蔵を、

「待て」

五平は軽く手で制して、身を伏せた。耳を畳につけている。

人の気配がする。それも、ひとりやふたりではない。階段の下、廊下のはし、軒の下、この家の内外に人間の呼吸が満ちているように思えた。

「重蔵、捕方《とりかた》じゃ。さきほどのおんなが、怪しんで密告したものとみえる。いま京をおびやかしている大名屋敷荒しの一味とみたのかもしれぬ」

「そうには相違あるまい」

「笑《わろ》うておる場合ではない。わしは逃げる」

「居てやれ。京都奉行の手先が盗賊ときけば、京の上下は肝を消すぞ」

「ほざけ」

五平は、刀の下げ緒を解いて背に掛け渡し、白い布で面を素早くつつんだ。重蔵は

座ったままそれを見ていたが、

「ここはわしが防いでやる。その天井板をはずせ」

「ふむ。――しかし、恩には着ぬぞ」

「刻《とき》を貸してやるだけじゃ。後日命をもらう」

「とれるものなら、な」

手に力を入れると、五平はするすると天井の暗い穴に消え、板がもとどおりしまった。

「おまちどおさま」

五平と入れかわるように入ったのは、さきほどのおんなである。捕方に頼まれて様子をうかがいにきたのであろう。重蔵がひとりで端座しているのをみて、

「あのお人は？」

「厠《かわや》へ立った」

「そう」

「杯をくれ」

「はい」

重蔵は、おんなが注いだ杯の中のものをにがそうにのみほすと、

「捕方をよんだのか」

「えっ」

「驚かずともよい。そちの名をきいておこう」

「春蟬《はるぜみ》」

「生国は。ついでに、父親の名も申せ」

「山城の久世村。父親の名は次郎作と申します。なんで、そのようなことをお訊《き》きじゃ」

「せめて、供養《くよう》の費《つい》えなと送るつもりじゃ」

「供養？」

「密告したのはかまわぬ。ただ、当方の面体《めんてい》を見覚えたのがそちの不仕合せじゃ。のちのち、わしの仕事の不為《ふため》になる。――これ」

「あっ」

やにわに女の口を抑えて、重蔵は膝の上に引き倒した。

「伊賀者はむごいぞ。人の命を蚊ほどにも思わぬ。わしに遭《お》うたのが身の不運と諦《あきら》めるがよい」

確かめると、脇差《わきざし》を抜いて女の胸もとをくつろげ、虫を刺すように突き通した。息が絶えたのを

そのとき、布をとりだして自分の面を包んだ。

数本の刺股《さすまた》が部屋の中につきだされた。重蔵は畳を蹴《け》って跳ねあがり襲

撃者の視野の中から姿を消した。天井の格子《こうし》を四肢の指でつかんで張りついている。

その手許《てもと》から小さな物体が落下した。畳に達するまでの間に大音響とともに爆発し、

白煙が部屋と廊下に立ちこめた。。その煙の中を、重蔵は天井に張りついたまま、すい

すいと水蜘蛛《みずぐも》が泳ぐように移動してゆくつぎに爆発した。移動するごとに、煙玉は階段、階下とつぎ

蔵はすでに、四度目の煙玉が、最初いた部屋の屏風《びょうぶ》のかげで爆発したときは、重柳町から離れて河原のほうにむかって悠々と歩いていた。

最初の煙玉が多量の火を噴きあげて襖《ふすま》をなめた。幸い、火はわずかに天井を焦《こ》がし

ただけで消えたが、うわさは京の街じゅうにひろがった。過般来、聚楽第《じゅらくだい》をはじめ京

の諸侯の屋敷をおびやかしつづけてきた黒い影が、たまたま市中で起ったこの事件を

契機に、にわかに京の市民の前に怪奇な映像をもって立ちはだかりはじめたのである。

「妖術《ようじゅつ》を使うというぞ」

「しかも、豊臣の世に不満を抱いているそうじゃ」

そうした噂《うわさ》を聞いて、ひそかにほくそえんだのは、むろん五平と重蔵である。重蔵

は世に物情を湧《わ》かせればよい。五平のほうはその上に立って収穫のふとるのを待つという方略であったから、事態はどちらにとっても望む方に進んでいるとみてよかった。

翌朝、五平は奉行所に出仕するとすぐ、組頭前川十郎左衛門の詰め間によばれた。

「聞いたか」

十郎左衛門は、癇癖《かんぺき》のつよそうな半白の眉をひそめて、のっけからいった。

「何をでござる」

むろん、相手のいう意味はわかっている。

「柳町の火事騒ぎじゃ」

「なるほど」

「例の大名屋敷を荒す盗賊の首領らしき者が二名、不敵にも登楼しておったと申すわ。藤本安兵衛の組が追捕《ついぶ》したところ、妖術を使って消えたという。わしのにらんだところ、妖術ではあるまい。忍びであろう。伊賀者とみたがどうじゃ」

「べつに伊賀とは限りますまい。忍者なら甲賀にもいる。紀州、美濃《みの》、甲府の乱波《らっぱ》も多少のしのびわざは出来ましょう」

「伊賀じゃ。あの者どもで無《の》うては、白昼あれほど巧緻《こうち》な術はつかえぬ。その旨《むね》、徳善院様にも申しあげた」

「殿は、なんと仰《おお》せられましたか」

「おぬしを呼べと、申された。早々、支度をせい。同道する」

徳善院というのは、法体《ほったい》の京都奉行前田玄以のことである。

秀吉取立ての諸侯の中には、父母の素姓の明らかでないものが多いが、この民部卿《みんぶきょう》法印もその例外ではない。ただ、清正や正則《まさのり》のように鍛冶《かじ》屋や桶《おけ》屋の子ではなく、前歴は尾張《おわり》国小松原寺の住職であったという点、多少の素姓らしいものはもっている。本人は鎮守府将軍利仁《としひと》の裔《すえ》で美濃一国に栄えた名族斎藤の末流と称《とな》えたといわれるが、要するに素姓よりもずぬけた才智《さいち》ひとつで世を渡ってきた男である。

寺が尾張にあったことがこの人物に幸いした。早くから信長に見出《みいだ》されて嫡子信忠《ちゃくしのぶただ》に付していたが、巷説《こうせつ》では秀吉とも互いに微禄《びろく》のころから懇意であったという。

そのころ秀吉は玄以にむかって、こういう法螺《ほら》を吹いたというが、真偽はどうであろう。玄以は、又の称を半夢斎ともいった。

「半夢斎どの」

「なんじゃ。また閑《ひま》ばなしか」

「もし仮にじゃな。わしが天下をとったとしたら、貴僧は何を望む。金か、寺か、それとも領地か。いずれにしても叶《かな》えてやるぞ」

信長の在世中にこういうことをいえば、謀叛《むほん》になる。秀吉のような細心な男がこんな放言をするはずがないのだが、巷説の作者は玄以に次のように答えさせている。

「左様、むかし国を出て叡山《えいざん》で修行していたころ、都の出の者がなにごとにつけてもわれわれの田臭《でんしゅう》を嘲《わら》ったことが、いまだに憎々しく思いだされる。いつかは京の者のおうへいに目にものをみせてくれようと思うていたが、さいわい筑前《ちくぜん》どのが天下を取られるようになれば、拙僧を所司代にしてくださるか」

実に奇態なことだが、この冗談は実現したのである。秀吉は天下の主になり、玄以は京都奉行の位置についた。こんな逸話が残っている。任についてほどもないころだろう。従者数人をつれて市中を馬上から巡視していた玄以は、東寺のあたりまできたとき、思わずたづなを引いた。一頭の牛が車につながれて悠然と道を塞《ふさ》いでいた。平素、何を考えているかわからないほど沈静なこの男が、牛をにらんで烈火のように怒った。

「奉行の通る道であるぞ。その牛、斬《き》り捨てよ」

「は？」

従者は主人の真意をはかりかねて、呆然《ぼうぜん》とした。

「しかし相手は牛でござるが」

「下知にそむくか」

馬からおりて自ら牛を斬りすてかねまじい勢いであったので、やむなく従者数人が牛をかこんで滅多突きにつき殺した。むろん驚いたのは京の公卿をはじめ庶人である。奉行を乱心者であろうと考えた。牛でさえ従わぬものは斬るという男なら、人の場合どのような目に遭わせるか計り知れたものではない。この京の上下が慴伏《しょうふく》したおかげで、永い戦国の動乱を経てきたわりには、京の治安は渋滞がなかったといわれる。

この男は五万石の封禄を食《は》み、豊臣五奉行に列するほどに秀吉の恩顧をうけたが、どれほどの忠誠心を持っていたかうたがわしい。このときから九年後の関ヶ原合戦の直前、石田方の挙兵を真っ先に家康に密告したのはこの男であったからである。

もともとは、信長の嫡子信忠の家臣であったし、信忠が明智《あけち》の反乱軍のために二条城で自刃《じじん》するとき、わざわざ呼びよせられて後事を託されたほどの深い関係にある。いかにしてもこの乱軍の中を脱出し、織田家の正嫡《せいちゃく》三法師を守り育てて世を継がせたうえ父祖の仇《あだ》を報ぜしめよ、というのが信忠の遺言であった。

本来のすじあいからいえば、前田玄以は当然、織田滅亡後遺子三法師を擁して主家の柱石となるべき運命におかれていたのだが、玄以の出世欲はその境涯に甘んずることを阻《はば》んだ。秀吉はそれを見抜いていたにちがいない。彼を抜擢《ばってき》して奉行の座につかしめ並の諸侯の上位に立たせたのは、彼の出世欲を満足させることによって織田家の旧権復活の虫を封じたつもりであったろう。玄以もまた、亡君の遺託を思いだして良心のうずくのを覚えつつも、おのれの立身に喜悦した。

秀吉が死んで家康の勢力が擡頭《たいとう》しはじめたとき、掌《てのひら》を返したように玄以ははじめて本心を露呈している。彼が傅育《ふいく》すべき若君三法師つまり岐阜中納言《ちゆうなごん》織田秀信《ひでのぶ》が、石田三成の策動に応《こた》えて大坂方に加担したときいて、急使を岐阜城へ発し、こう諫止《かんし》しているのである。

「織田家の御子孫に於《おい》て、仮令《たとひ》幾代を経るとも徳川家に背き給《たま》ふことあるべからず。少しも早く東国に味方して、御家の安否を徳川家と共にせさせ給ひ候《さうら》へ」

この文面は、あれほど面従してきた豊臣家をみごとに無視しきっているばかりか、言外に秀吉こそ織田家の簒奪者《さんだつしや》であるとさえ罵《ののし》っていそうである。玄以にすれば、信長亡《な》きあとの天下の継承者は当然嫡流《ちやくりゆう》三法師であり、さもなくば織田家の唯一《ゆいいつ》の永世同盟者である家康こそそれにつくべきであったと思っていたのであろう。そのくせ秀吉勢威のころは、いささかもその気ぶりをみせなかったのは、織田家恩顧の他の諸大名と同断で、玄以のみを責めるわけにはいかない。

話が前後するが、そういう怜悧《れいり》複雑な性格の持ち主である玄以が、いま警視総監ともいうべき京都奉行の位置についている。しかも彼の所轄《しょかつ》下の京で、豊臣の天下をゆさぶろうとする怪盗が跳梁《ちょうりょう》しはじめたのである。この男の本心の底を探ってみれば、自分の封土がゆるがないかぎり、豊臣の世が危殆《きたい》に瀕《ひん》することはあるいは歓迎すべきことであったようにも思える。

五平は十郎左衛門に連れられて下長者町にある徳善院玄以の上屋敷に罷《まか》り越した。

五平を引見した玄以は、ずんぐりと青黒く脂《あぶら》切った顔に鼻翼の異様にひろがった大きな鼻をつけて、大儀そうに脇息《きょうそく》に寄りかかっていた。細く横に切れた一重のまぶたがほとんど眠っているかのように動かない。

通されてきた二人をみるなり、まだ座に進み入らぬうちに蠅《はえ》を追うように手を振った。

「十郎左はよい」

「は？」

「退《さが》っておれ」

じっと横合の窓を通して、中庭の侘助《わびすけ》の椿《つばき》の枝が風にふるえるのを見ている。十郎左衛門が座を退きふすまを閉めおわるのを見届けてから、玄以は桑の脇息を前に引き寄せて、からだを物憂《ものう》そうに前へ垂らした。

うしろにひとり、小姓が控えているだけである。百畳ほどの間に三人がそれぞれの方向をむいて座っているだけだが、ただ玄以の後ろに左右に武者隠しの朱の房が垂れている。金泥で装飾されたその障壁の中に、何人かの警護の武者がひそかに息づいていることを五平は六感でさとっていた。

「正兵衛」

「はい」

下呂《げろ》正兵衛康次というのは、五平が仕官するときに仮につけた名乗りである。

「そちは、いずれの生れであったかな」

「お忘れでござりましたか。土佐の産、一条家の末流でござりまする」

「いつわらずともよいぞ」

「は？」

「平らかに申せ。咎《とが》めだてはせぬ。生国はいずれじゃ」

「土佐にござりまする」

「それは聞いた。正真のそちの生国を訊いておる。申せ」

「土佐にござりまする」

「わしの目を節穴とおもうか」

「はっ」

「その方を召し抱えるとき、わしはどこぞで見たことがあると思うた。思いちがいかも知れぬ。少なくとも、曾《かつ》てその方に似た匂《にお》いをもつ者に遭《お》うた覚えがある。たれに似ていたのか、永らく思い至らなんだが、頃日《けいじつ》、独り茶を喫《の》んでなにげなく茶室の露地を見たときに、ふいと思いだした。右府様（信長）のことじゃ」

「…………」

「右府様はひとりの庭ばたらきの者を飼《こ》うておられた。禄《ろく》は無うてそのときどきの摑《つか》み渡しじゃ。右府様は茶室の縁でその者と引見されるのがおしきたりであった。男は三和土《たたき》の上に跪《しゃが》んで、さまざまな細作《さいさく》の報告を言上する。その光景を、わしは二度ばかり座に同席して眺めたことがある。その男をまじまじと見ながら、ふしぎな人物もいるものじゃと思うた」

「…………」

「面貌《おもざし》は、二十歳ほどに見ゆる。かと思うと、まばたき一つしただけで不意に五十ばかりの老いを翳《かげ》らせおる。春先の野に燃ゆるかげろうのごとくきらきらと変るのじゃ。時に仏のような慈顔にみえ、時に陰鬼のごとき顔になる。寸刻もとどまらぬ。その者が露地を去ったあと、いかに面貌を思いだそうと努めても、ついに思い出せなんだ。右府様にあれは何者でござるかと伺《うかご》うてみた。知らぬか、あれは伊賀者じゃと、吐き捨てるように申された」

「………」

「その者と、その方、瓜《うり》ふたつのごとく似ておる。よほど虚実の心術に心身を委《ゆだ》ねた顔じゃ。生れは伊賀であろう。当家に何の目当てがあって細作に入った。咎めぬゆえ、素直に申せ」

「恐れ入りましてござりまする。このほう、下呂正兵衛とは真っ赤ないつわり」

「何者じゃ」

「伊賀の風間五平と申す乱波《らっぱ》でござる」

五平は薄く笑って、覚悟をきめた。どうやら前田玄以には、自分に対して別の下心があるらしいと読みとったのである。正直に申し述べて、身に不利益があるまいと考えたのだが、しかし同時に、玄以と自分の座との距離を測ってみることも忘れなかった。武者隠しから警護の者がとびだす寸前に、玄以の咽喉元《のどもと》に刃を擬せるであろうと

いう目測をしつつ、

「しかし殿」

「何かな」

「拙者は細作のために御当家へ忍び入ったのではござりませぬ。もしそうであれば、こうは正直に身許《みもと》を明かしませぬ。乱波に厭気《いやき》がさしたのでござる」

「ほう」

「庭先でしかあるじに引見できぬ賤《いや》しさが、ほとほと厭になり申した。おのれの功名ひとつで明らさまに名を挙げうる武士の世間に入りとうござった。改名して出《で》しょうを秘匿《ひとく》したのはそのゆえでござる。しかし殿に見露《みあら》わされた以上は是非もござるまい。この伊賀者を如何様《いかよう》に仕置されるおつもりか」

「どうともせぬ」

「それなら従前同様――」

「いや、禄を三百石に加増して、組頭にしてつかわそう。不足はあるまい」

「あ、忝《かたじけ》のうござりまする」

「世間に例のないことではない。徳川殿には服部《はっとり》半蔵という伊賀者を重用なされていると聞く」

「風間の家は服部の支族でござる。うじは平氏でござれば、乱波とて、まんざら木の股《また》より生れた根からの賤者《せんじゃ》ではござりませぬ」

「よいわ。関白殿下も、もとをただせば尾張国中村の百姓の苫屋《とまや》より出られた。腕一つ働き一つの時世じゃ。話はかわるが――」

「例の賊のことでござりまするな」

「おう、悟りのよい。その賊、そちと同じ伊賀の者じゃな。相違あるまい」

「は。しかし……」

「隠すな。今のそちは前田家の歴《れっき》とした家士じゃ。伊賀者でないことを忘れまいぞ。伊賀と縁を断つために改名までしたそちが、昔の仲間を売ろうが売るまいが、いささかの差しさわりもない。出世の道にも叶《かな》うことじゃ。心当りを申せ」

「畏《おそ》れながら、即答致しかねまする」

「やはり、武士になりきれぬと見ゆる。武士は如何ような手段を経ても出世が第一じゃぞ。源平の昔から、武士は朋輩を売り、抜け駈《が》けをし、功名を焦《あせ》り、おのれひとりの誉れをまもることを本義と心得てきた。乱波の卑《いや》しめらるるは、仲間を重んじて己れを尊しとせぬ故《ゆえ》による。武士になるためには、おのれの功名のみ考えるがよい。どうじゃ」

「は。……」

「それなら、話を変えてみよう。伊賀で他国にまで響いた忍者の名を申せ」

「居《お》り申さぬ」

「なに」

「いちにんも、高名の忍者はおりませぬ」

「わしを愚弄《ぐろう》するのか」

「いや、左様なことは。——畏れながら、卓抜したわざの忍者が、他国に名を著わすなどのしくじりをするはずがございませぬ。世の常の兵法者は、晴れがましき相手と仕合をし、おのれの名を天下に売り歩くものでござるが、忍者は逆に、人に顔も名も知られざるを一義といたすゆえ、わざの卓《すぐ》れたる者ほど、他国にとって無名の者でござる。なまじい、名と顔が世にあらわるれば忍びの仕事はできませぬ」

「なるほど。これはわしの訊《たず》ねざまがわるい。わざに卓れた者はたれとたれじゃ」

「やはり、楯岡《たておか》ノ道順《どうじゅん》と申す者のほかには下柘植次郎左衛門でござりましょう。あとは、福守定斎入道《ふくもりじょうさいにゅうどう》、大須《おおす》孫大夫《まごだゆう》、百地《ももち》伝右衛門、柴田周防《すおう》入道、下忍では、百地ノ小猿、上野ノヒダリ、神戸《かんべ》ノ小なん、音羽《おとば》ノ城戸《きど》、新堂ノ小太郎、こう挙げてゆけば限りもござりませぬ」

「そのうち、いま京に出没しておる者は、その仕業からみてよほど卓抜した者に相違ない。たれと見るか」

「これは御難題。なにしろ、ただいま申した中で、十間を離れて人を斃《たお》しうる者が八人」

「ふうむ」

「白昼雑踏の中でおのれの姿を消しうる者が、百人はおりましょう。あの程度の仕事、めだつほどのこともござりませぬ」

「そちはどうじゃ」

「これは未熟でござる」

五平は、にたりと笑った。ことさらに葛籠重蔵と黒阿弥の名を出さなかったのは、五平の中に残っている伊賀者の一分がさせたことである。それと、玄以の問いがあまりにも素人《しろうと》じみて、真面目《まじめ》に応えるにはばかばかしすぎた。かれが列挙した忍者の名というのは、天正伊賀ノ乱前後に討死、病没、行方不明になっている者がほとんどで、すでに伊賀での実在の人物はすくない。五平の正直な心中は、先人ならともかく現存する忍者でそのわざ玄妙の域に達している者は自分と葛籠重蔵をおいてないと思っている。

「もうひとつ訊《き》く。伊賀の忍びどもは関白殿下の御時世に恨みを抱いているというのはまことか」

「まことでござる」

「なにゆえじゃ」

「これは、わが殿とも覚えませぬ。天正九年の信長公、伊賀攻めのみぎり、伊賀に化生が棲《す》むとお呪《のろ》いあそばされて草を刈るように伊賀忍びを掃滅なされたこと、そのときお側《そば》に近かった殿には十分了知なされていることと存ずる。伊賀の恨みは草木にいたるまで、なかなかに消えますすまい」

「わからぬのう。いまは関白殿下の御時世じゃが」

「恨みには相手が必要でござる。ことに信長公の世をそのまま継がれた関白殿下なら、晴らす相手として恰好《かっこう》じゃ。なにぶん化生のさがゆえ、執念が深《ふこ》うござる」

「乱波どもは徳川殿の天下を望んでおるときくがどうじゃ」

「天下の事など、忍者にとっては余計なことでござる。しかし、数ある世の大名の中で伊賀者が一途《いちず》に慕い奉《たてまつ》っているのは家康公をおいてござりませぬ。去《さ》んぬる弘治《こうじ》三年家康公若年のみぎり三河国西郡宇土城を攻められたとき、伊賀の忍者七十人が十六歳の服部半蔵に率いられて蔭《かげ》の功名を樹《た》て、家康公より格別のお情けを頂きましたことは、拙者ども幼い頃より耳にたこができるまで語りきかされておりまする。天正伊賀攻めの際も、家康公ばかりは極力諫止《かんし》なされたという噂《うわさ》が伊賀に聞え、本能寺ノ変の直後、堺から急遽《きゅうきょ》三河に戻られる家康公を、伊賀の山野から駈けつけた二百人の忍者が護衛し奉り、その功によって伊賀忍者に千貫を賜わった事もござった。忍者を蔑《さげす》まず、人並に扱《あつこ》うて下されたのは徳川殿だけじゃと申し、伊賀者の多くは一朝事あるときは関東の恩に報ずる心を貯《たくわ》えておりまする」

「そちは、どうじゃな」

「拙者は伊賀者ではござりませぬゆえ。さてそのことは先刻、殿の口から申された」

「尤《もっと》もじゃ。しかし、このたびの盗賊ばら、まさか徳川の世を招来する陰謀を後《うし》ろ楯《だて》に働いておるのではあるまいな」

「その儀はとくと探らねばわかりませぬ」

「そうとすれば、ゆゆしきことになる。そちにすべての指図を任せよう。早々に探索するのじゃ。よいか」

「探索するのみでよろしいのでござるか」

「念者な男じゃ。言葉のとおり順《したが》えばよい」

玄以は、さぐれとはいったが捕えよとはいわなかった。五平は念を押してから、内心、白い笑いを泛《うか》べた。玄以の心事が、意外なほど複雑なことに気付いたのである。

（この男は、存外、豊臣の世が一時も早く過ぎることを冀《ねが》っておるのかもしれぬ。秘《ひそ》かに徳川に心を寄せているのではないか）

五平は、ほのかにそう思ったからこそ、伊賀者が徳川を慕《した》うて世を擾《みだ》そうとしていることを殊更《ことさら》に誇張して聴かせてみたのだが、この探りはどうやら玄以の的を射たようであった。

「よいな」

「はっ」

玄以は立ちあがった。五平は平伏しつつ、袴《はかま》の絹を鳴らして去ってゆく自分の抱え主の心が、いま微妙に動揺しつつあることに気付いている。やみくもに賊を捕えるのが怖いのである。もし賊の背後にある陰謀の糸のひと端を家康が握っているとすれば、玄以の政治的立場が将来まずいものになろう。この男は、秀吉が定命を終えたあと、もしくは非業《ひごう》に斃《たお》れたあとは家康が世を継ぐことを怜悧《れいり》な計算をもって見通している。いまはとにもかくにも、奉行という立場から首鼠《しゅそ》両端を持する必要があると考えているにちがいない。

(これは、おもしろいことになってきたぞ)

五平は、ひそかに心の躍るのを覚えて、思わず陰湿な笑いが唇許《くちもと》にのぼった。

甲賀ノ摩利

しかし、前田玄以は風間五平が思ったほど甘い男ではなかった。五平は玄以の本心を探りえたつもりだったが、むしろ玄以のほうが五平を見抜いた。しょせん伊賀《いが》者には、愚直な忠誠心がない。使えるだけ使って、あとは息をとめるよりほかにこの男を遇する法があるまいと、玄以は五平の饒舌《じょうぜつ》の裏からするどく汲《く》みとった。

(あの男、油断はならぬ)

奥の一室で息を入れた玄以は、五平を殺すまでの処置を考えた。五平に事件の全貌《ぜんぼう》をさぐらせるのは云《い》うまでもない。しかしその間の玄以の急務は、五平の動静をたれに監視させるかということである。その男は必要あり次第、五平を斬りすてねばならなかった。それだけの力量のぬしがいるか。——

その用意は、むろん玄以になくもない。

鈴を鳴らして、法印玄以は気ぜわしく側臣を呼んだ。

「先日、あの土地へ使いを遣《や》ったか」

「近江《おうみ》の……」

「いかにも」

「今夕ぐらいには京へ参りましょう」

「訪ねてくれば、すぐこの間へ通せ」

家臣が去ると、玄以はひとり起って、邸内の持仏堂のそばの小さな経堂へ入り、一巻の経典をとりだして部屋へもどった。

二月堂ものといわれる朱うるしの重厚な経机の上にそれを載せると、経巻の古びた金襴《きんらん》の装いが三方塗《ぬ》り籠《ご》めの薄暗い部屋のなかでしずかな寂光の空間をつくった。

本は、紺地に金泥で写経されている。経の名は、密教の仏家でさえ耳なれた経とはいえない。

——摩《ま》利《り》支《し》天《てん》陀《だ》羅《ら》尼《に》咒《じゆ》経《きよう》
そう、文字は読める。

経巻をとって、僧服の官吏らしく軽く一礼すると、目が誦《よ》んでいる経の名とは全く別のことを口の中でつぶやいた。

「摩利《まり》のやつは達者でいるかのう。もう九年になる」

呟《つぶや》くと、そのままの語調で、娜莫三満多没駄南唵摩哩唧娑嚩賀と真言《しんごん》を唱えた。声に、相手への懐《なつ》かしみが籠《こも》っている。

釈道の守護神摩利支天は、梵語《ぼんご》で陽炎《かげろう》の意である。春の野辺にもえたつかげろうは、その形相、見ることができず手に取ることも叶《かな》わない。「天アリ摩利支ト名ヅク。常ニ日ノ前ニ在ッテ行キ、シカモ日ハ彼ヲ見ズ、彼能《よ》ク日ヲ見ル」という「摩利支提婆《まりしだいば》華鬘経《けまんきよう》」の章句は、陽炎をもって人格神に具象した古代印度人の美しい想像力を偲《しの》ばせる。その姿体は天女に象《かた》どり、頭に瓔珞《ようらく》の冠を頂き、左手に天扇を持ち、右手は下へ垂れて掌を外へむけ、五指をのべて与願の勢をなし、しかもその姿は人には見えない。ただ摩利支天のみ人を見ることができる。これに祈念すれば、余人に知見せられることなく、余人に束縛されることなく、しかも王難、賊難、行路難、水火難、刀兵軍陣難、毒薬難、悪獣難、毒虫難、一切の怨衆悪人難《おんしゆうあくにんなん》などの諸悪をまぬがれ、失道曠《こう》野《や》の中においてこの天はその人を守護して捨てず必ず危窮を免れしめるという。いかにも伊賀甲賀の忍者にふさわしい守護神である。自然、かれらにひろく信依されていた。

玄以が待っている男には、摩利支天の異名がついている。この異名は伊賀忍者のあいだでは類似のものがなく、ただ甲賀忍者の仲間にかぎって用い、それもなまなかな術者には与えられなかった。一郷一代一人という不文律があり、いわば卓抜した術者にのみ仲間が授ける称号のようなものであったらしい。さきにのべたように、摩利支天は梵語でかげろうのことである。陽炎のごとく人に見えず手に取れず、摩利支天のごとく諸難を払いのける玄妙な通力をもつというところからその異称が来た。

その男を待っている玄以に、さきほどからたえがたい睡気《ねむけ》が覆《おお》いはじめている。玄以は背を正して書見しつつ懸命に瞼《まぶた》の重さと闘おうとしていたが、この睡気にはひとつの予感を含んでいる。あの男がやってきたのではないかということである。玄以は懸命に文字へ目を曝《さら》した。

(無礼なやつじゃ。このぶんでは、案内《あない》も乞《こ》わずに、すでに屋敷の中に入っておるな)

唇をゆがめ、ことさらに笑おうとした。笑うだけ、まだ覚醒《かくせい》の余白があることを自分で確かめたかったのである。ところが、それに応《こた》えるように声がひびいて、

「徳善院どの」

玄以は、目をみはった。

「懐かしさのあまり、案内を通さずに参入した。もっとも、忍者がいちいち玄関から出入りするようでは、命がいくつあっても足るまい」

「ふむ」

さすが狼狽《ろうばい》をかくせず周囲を見まわしたが、天井、屏風《びょうぶ》、襖《ふすま》のかげ、どこにも虫いっぴきの影もない。

（不埒《ふらち》じゃ）

玄以の顔に血がのぼった。いらいらと机を叩《たた》いて家臣を呼んだ。

「たれかある」

「はっ」

「曲者《くせもの》が忍びこんだようじゃ」

「曲者？　その気配もござりませぬが」

「先刻、申しつけておいたあの男じゃ」

「その者なら」

「どうした」

「すでに参っておりまする」

「ど、どこじゃ」

「殿のおん前に」

平伏して答えていた取次ぎの家臣が、急に面をあげた。その顔がからと弾《はじ》けるように笑って、

「わしじゃよ。徳善院どの。甲賀ノ摩利洞玄《まりどうげん》じゃ。——いや」

あらためて手をつき、

「お久しゅうござる。このたびは、よくぞ招《よ》んでくだされた。御用はなんじゃ」

ずかずかと進んで、玄以の前にあぐらをかいた。

玄以は不興を隠しおえず、ただ、

「その後、つつがないか」

といった。

「つつがない。ただ、お互い年をとり申したのう。お手前を見て、これはお人違いかと思うた」

玄以と摩利洞玄は、もともと尋常の仲ではなかった。天正十年六月二日明智光秀《あけちみつひで》の一手が京の織田信忠《のぶただ》の旅宿を囲んだとき、信忠は幼君三法師護持の任を玄以に与え、

たまたま信忠が手許《てもと》に使っていた忍者、甲賀ノ摩利洞玄を脱出のために付けたのである。因縁はこのときにはじまった。

洞玄は乱刃《らんじん》の中を果敢に斬り抜けて白河口にまで至ったが、ここでも敵の兵が道に満ちているのを知ったとき、玄以をふりかえって、

「もはや力及ばぬ。わしは忍者ゆえ天にも地にも身を隠せるが、お手前ら一行を連れていてはなんともすべがない。ここで腹を切るがよい。わしが介錯《かいしゃく》してやるでな」

「われはどうする」

「云うまでもない。わしは日本国でなんぴとがあるじでもない忍者じゃ。さむらい共の争いに挾《はさ》まって死ねば恥になる。わしは逃げるぞ」

「ま、待て。それではわしは主君の遺命が果せぬ。なんとか連れて逃げてくれ」

「あ、伏せい」

洞玄は、すがりつく玄以らを草むらのかげにつきとばし、明智の兵が通りすぎるのを待ってから、

「年に五十貫ならどうじゃ」

洞玄は小声で妙な事をいった。

「ふむ。――まあ、よかろう」

救出の謝礼として、摩利洞玄が生きているかぎり、毎年甲賀郷の洞玄の屋敷へ五十貫文を届ける約束をしたのである。洞玄は背に玄以を縛り、胸に幼い三法師を抱き、文字どおり摩利支天のように山野を駈《か》けてついに岐阜城まで送りとどけた。

城に着いたときは、さすがの洞玄も満身にうけた擦り傷が化膿《かのう》して息をつくのも苦しげだったが、一刻も足を城にとどめず、袖《そで》を引きとめる玄以の手をふりきって、

「甲賀に女が待っている。久しゅう抱いてない」

快活に笑った。玄以はその姿をほれぼれと見て、武芸才覚いずれをとっても乱波《らっぱ》には惜しい奴《やつ》と思った。

「気を変えてみぬか。このままここに留《とど》まってさむらいの中に入れば、小城の一つも持てる器量じゃ」

「たわけた事を云う。まだお手前にはわからぬか。お手前が命を拾えたのもわしが忍者であったからじゃ。ただのさむらいなら、とうにお手前の命はどこぞの野に落ちていよう。忍者にはそれだけの働きがあるが、そのただのさむらいの群れにはまじわれぬ心組があってな、いわば片輪じゃ。ことに、主取《しゅうど》りをしたり家来を持ったりする物《もの》憂《う》さに堪《た》えられぬ。その矢倉の屋根を見るがよい。むらがっておる雀《すずめ》、あれが、おぬ

しらさむらいというものとすれば」

「われは何じゃ」

「梟《ふくろう》じゃよ」

洞玄はからりと赤い口腔《こうこう》をみせて笑ってから、

「忍者は梟と同じく人の虚の中に棲《す》み、五行《ごぎょう》の陰の中に生き、しかも他の者と群れずただ一人で生きておる。これで、ひとなみのさむらいの暮しが出来ると思うか。――そういう余計な心配をするよりおぬし」

玄以の肩を叩いて、

「五十貫文の約束は忘るるな。その金でわしは、また一人、女を養えるのがたのしみじゃ。そのためには、おぬしが出世をしてくれぬとこまる。蔭《かげ》ながら祈っておくぞ」

摩利洞玄は、そう云い残して傷だらけの体を城から消した。

日が経《た》つにつれて、玄以は自分の生涯の急場を救ってくれた男を懐かしむようになった。五十貫文は、その後、毎年秋になって知行地の取り入れが済むと、他の費《つい》えをさしおいても送った。俸禄《ほうろく》のすくない頃はずいぶんと気骨の折れる額だったが、ただの一度も欠かすことがなかったのは、玄以がそれだけ悪人であったからである。玄以の人柄は、決して善良とはいえない。そのことは己れも知っている。むしろ自負している。しかし真正の悪人は、いかなる善人よりも義理がたく、時あっては異常な誠実さをもつものだ。あのとき摩利洞玄の口約束の相手がなまなか善人であったら、ただの数回の送金で約束は反故《ほご》になってしまっただろう。玄以は執念とも思えるような誠実さで、五十貫文を送りつづけた。摩利洞玄も、そのつど、いちども請取状も渡さず礼状も送らず、ただ黙々とこの金を受けとりつづけた。そういう習慣の中から、自然、他日もう一度玄以が洞玄を必要とするときがくれば、身命を賭《と》しても起《た》つという、ふたりだけの阿吽《あうん》で交わした黙契のようなものが出来あがったのである。

「洞玄。ほかでもない」

玄以は、膝《ひざ》を組みなおして云った。

「近頃、どういうわけか都に乱波が入りこんで思うさまに跳梁《ちようりよう》しておる。一説には、関白殿への謀叛《むほん》の企てありとも聞いているが、どうじゃ」

「ふむ。伊賀衆じゃな」

「わかるか」

「すくなくとも甲賀ではない。伊賀衆は右府に剿滅《そうめつ》されて以来、世にはなはだしく恨みを抱いておる。あれでは物も掠《かす》めとうなろう。都の金殿玉楼を見れば、火も付けとうなろうと、甲賀の者は同情している」

「それだけか。――伊賀者どもはおのれの恨みだけで動いておるのか」

「なるほど、お手前は悧巧《りこう》な男じゃ。よう悟った。右府から関白へと世が移り変り、お手前も巧みに逆瀬《さかせ》へ棹《さお》をさしてここまできたが、もうそろそろ舟を乗りかえねばならぬ秋《とき》がきているようじゃ。いつまでも関白の世がつづくと思えば大きなあやまりじゃぞ」

「待て」

玄以は立って障子際《ぎわ》に行こうとしたが洞玄が制して、

「たれも聴いてはおらぬ、庭の茂みにわしの下忍《げにん》がしのんで見張っている」

「手回しのよいやつ」

「関白の皺《しわ》の数をかぞえることが肝要じゃな。まるで愚に返っている。朝鮮攻めはその一例にすぎぬ。小谷殿の娘に子を生ませ、その子が死んで以来気が呆《ほう》けてござるときくが、子に愚かなあの仁は、あとにまた子が出来ればいよいよ悩乱にとめどがなくなろう。世継ぎのない者に天下が永く保てるはずがない。どうせ一代の天下じゃ。どの大名も、ぬけめ無《の》う、関白の天下から逃げ支度をしておるぞ。藤堂しかり、細川、長曾我部《ちょうそかべ》、金森、福島、加藤、いちいち挙げるに堪えぬ。いずれも、ひそかに内府

（家康）に款《かん》を通じておる。そのうちたれぞ気の逸《はや》る者が、天下の崩壊を早めるために伊賀者を使嗾《しそう》しているのではあるまいか。あるいはまた」

「内府か」

「そうじゃ。伊賀者の後ろに徳川家があるとすれば、これは容易ではない。いかに京都奉行とは申せ、徳善院どの、かろがろしく動いては事を誤るぞ」

「ふむ。――それが探れるか」

「大役じゃのう」

「礼ははずむぞ」

「要らぬ。ほかならぬおぬしのためじゃ。所要の金銀さえ貰《もら》えばよい。しかし、他に乱波を傭《やと》うてはおらぬのか」

「ひとり、伊賀者がいる。たしか、風間五平と云《い》うた」

「風間。……あの男はこんな所にもぐっておったのか。伊賀を裏切ってどこぞへ逐電《ちくてん》したときいたが」

「存じておるのか」

「知らぬが、しかし伊賀甲賀と申しても、山つづきの一つ国のようなものじゃ。忍者仲間のうわさは大小となく伝わる」

「出来るか」

「ふむ。あれほどの腕なら、甲賀なれば摩利の称は受けられよう。しかし、あれの朋輩にあれ以上の者がいた。いまはどうしておるのかは知らぬが」

それ以上、摩利洞玄は忍者仲間の消息を語ることを避けた。いくら相手が玄以とはいえ、世間の者に仲間のことを語るのは乱波として慎む気がさしたのであろう。

「伊賀者どもの振舞をわしが見張るのか。……それもあんまり能がないのう」

肚《はら》のなかでつぶやきながら、洞玄は、前田法印玄以の屋敷を出た。つづらを背負い、すねまでの木綿のよごれ袴《ばかま》をはき、半白の髪を無造作に括《くく》って、旅なれた膏薬《こうやく》売りの姿に化けている。洞玄は甲賀者である。そのほこりもある。おめおめ伊賀者の風間五平の行動に密着していちいち監視するというのもいまいましくあるし、同時に無用の骨折りでもあった。

(京に仕事に出ている甲賀者は、たれたれであったかな)

そういう者に、京における乱波の跳梁の裏筋を聞きとってみることを考えた。しかし折りのわるいことに、たれも稼ぎに出ていそうにないのである。秀吉の小田原征伐を最後に、ここ当分、戦乱というものがどの地方にも絶えて、しぜん忍者の用はすくなくなっていた。

堀河の町並に沿って、ぼんやり軒すじを売り流していた洞玄は、ふと古い記憶につきあたって、思わず歩幅をちぢめた。

(そうじゃ。……望月刑部左衛門《もちづきぎようぶざえもん》がいた)

洞玄が思い当ったこの姓は、近江甲賀郷にあっては隠れもない名門とされている。望月家の刑部左衛門重久という者が、老年になってから不図《ふと》思いたったように土地を去って京に棲みついた。たしか五、六年も以前のことであったように思われる。ただし、いまでは数年前に鬼籍に入っている。

(あれは何の為《ため》に京に潜入していたのか)

洞玄は、くびをひねった。が、それを知るすべもない。ただひとつ、ここに記憶の糸がある。刑部左衛門は、甲賀を出るときに、ひとりの娘をつれていたということである。刑部左衛門はたしか生涯妻を娶《めと》らなかったはずだから、おそらく然《しか》るべき家からのあずかり子であったのであろう。

(刑部左衛門の死後、その娘はどうしているのか。あのとき十四、五としても、もうよい年頃になっているはずじゃ)

洞玄は、木屋町の旅籠《はたご》に帰りつくとすぐ二人の下忍をよんだ。洞玄は甲賀を出るとき以来、十人にあまる下忍をひそかに前後にしのばせている。それぞれ身を変えているから、常人の目にはそれが供だとはみえない。

「すぐ甲賀へもどれ。望月刑部左衛門が京で何を致しておったか得心のいくまで調べてみよ」

「承知仕《つかまつ》った」

もうひとりの下忍には、

「そちは、このまま伊賀へ行って、いま国を空けている者の名をさぐるのじゃ。よいか」

「はて」

「臆《おく》したか。その方が甲賀者とわかれば、おそらく生きて国境いへは出られまい。かと云うて、伊賀忍者の動きを探らずには、こんどの仕事は半歩も進まぬ。この分ではこんどの仕事は甲賀と伊賀の闘いになるかもしれぬぞ。主命じゃ、調べい」

「は」

ふたりの下忍は、翌未明、旅籠を出てそれぞれの目的地へむかった。

甲賀郷は近江《おうみ》国の南部にあり、山岳が重畳している。

伊賀とは別国というほどではなく、山地をもって南北あい接続しているのである。

甲賀者の気質が伊賀と異なる点は、伊賀の独立不羈《ふき》に対して、甲賀はよく主に仕える。かれらが近江国守護佐々木氏へその滅亡にいたるまで仕えてきた誠心はなによりの証左といえる。ことに長享《ちようきよう》元年足利《あしかが》九代将軍義尚《よしひさ》が自ら兵を率いて佐々木高頼を討伐したときは、甲賀忍び衆は高頼の先鋒《せんぽう》となって奮戦し、義尚を近江鈎《まがり》ノ里《さと》の本陣に夜襲して甲賀忍びの名を天下に高からしめた。このとき、霧の濃淡に応じて巧みに出没したため「魔法をもちい霞《かすみ》の陣を張って眩惑《げんわく》する」と、京勢の恐怖するところとなったといわれる。

ひと口に、甲賀五十三家《よ》という。忍びの社会では、甲賀郷の重だつ家をそう総称する。ことさら数字で称ぶのは、伊賀忍び衆がほとんど平姓をもって遠い氏族を一つにしているのに対し、甲賀では源平藤橘《げんぺいとうきつ》さまざまな族姓をもつ家にわかれて割拠しているからであろう。したがって頭《かしら》だつ家柄もない。一郷の大事は、五十三家の合議によって裁断していた。その点、伊賀とはかわらない。

ちなみに、正徳年間、甲賀衆芥川《あくたがわ》家の日記に載せられている戦国初期の甲賀五十三家の顔ぶれをあげてみよう。

山中　十郎
嵯峨越前守
宮島掃部介
倉治右近介
平子主殿介
葛城丹後守
杉谷与藤次
土山鹿之助
望月出雲守
針　和泉守
美濃部源吾
鵜飼源八郎
小川孫十郎
山上藤七郎
八田　勘助
神保　兵内

青木筑後守
小泉　外記
鳥居　兵内
杉山　八郎
夏見　大学
多羅尾四郎兵衛
三雲新蔵人
大原源三郎
和田伊賀守
牧村右馬介
池田庄右衛門
服部藤太夫
大河原源太
大久保源内
佐治河内守
上野主膳正

饗庭河内守　上田三河守
高野備後守　長野刑部丞
隠岐右近太夫　多喜勘八郎
頓宮四方介　野田　五郎
上田新八郎　内貴伊賀守
岩室大学介　大野宮内少輔
中山民部丞　岩根長門守
高山源太左衛門　黒川　文内
伴　左京介　高峰　蔵人
芥川左京亮　新庄越後守
宇田　藤内

このほかに、それぞれの家に分家、下忍があり、甲賀忍者といわれたものの数は三百はくだらなかったであろう。永禄《えいろく》五年家康が今川家の支城蒲郡《がまごおり》を攻めたときに、甲賀衆二百人を雇い入れたという記録が、のちの幕府家人甲賀衆の手による「甲賀古士訴状」にみえるところからも推察できる。ちなみに、この合戦ではかれらは夜陰に乗じて鵜殿《うどの》長持が守る蒲郡城に忍び入り、長持の首を掻《か》いたうえ、手に手に城中に放火して一挙に落城せしめたといわれている。

甲賀ノ摩利洞玄は、五十三家のうち伴《ばん》家の分家、同姓藤内のことで、父の名乗りを継ぎ、隠居してのちは洞玄と称した。なお、さきに京で死んだという望月刑部左衛門は、望月家の分家で、本家は代々出雲守《いずものかみ》を僭称《せんしょう》している。

この望月本家は、甲賀の儀礼では郷内筆頭家の扱いをうけてきた。この家が、甲賀流忍術の始祖甲賀三郎の直系の子孫であるということに由来している。甲賀三郎は、平安時代に実在したといわれる甲賀説話の上での怪人で、兄に謀《はか》られて地獄に通ずる穴に落ち、七昼夜落ちつづけて再び這《は》い出、こんどは蛇身に変じて復讐《ふくしゅう》をとげたという人物である。伊賀忍者がその始祖と仰いでいる聖徳太子の諜者御色多由也《ちょうじゃおいろたゆや》に対応する存在であろう。

さて、如上《じょじょう》の望月刑部左衛門の死の前後の消息をさぐっていた下忍が、甲賀ノ摩利洞玄が宿泊している木屋町の旅籠にもどってきたのは、その後十日を経てからのことであった。

「知れたか」

「は。意外なことがわかり申した。刑部左衛門が死に場所は、なんと石田治部少輔《じぶしようゆう》三成の京の屋敷でござるぞ」

「ほう。妙な男に殺されたものじゃな」

「滅相もござらぬ。石田屋敷で十分に飼われつつ、安楽に往生いたしたそうな」

「治部少輔と刑部左衛門と。はてどこで結びついたか。——三成はもとは江州観音寺の寺僧であったというが、同じ江州でもまさか甲賀郷の望月家と縁はあるまい」

「お二人の間に縁が無うても、結びつけたお人がござる。それ、抜関斎《ばつかんさい》さまでござるよ」

「佐々木の殿か」

その名をきいて、洞玄は、柄にもなく急に居ずまいをただした。抜関斎佐々木（六角）義賢《よしかた》というのは、かつて甲賀郷一円の忍者があるじと仰いだ旧主である。旧主の名を聞いて、洞玄のような男でさえ居ずまいを正した。同じ忍者でも伊賀者なら、地上の何者にもおのれの精神を売らぬという倨傲《きよごう》な精神に生きている。甲賀忍者と伊賀忍者とは、この一事によって異なる。ついでながら、近江佐々木家というのは、頼朝《よりとも》の家人であった定綱以来、鎌倉、室町とつづいた源氏の藩屏《はんぺい》で、義賢の代になってから信長と戦い、近江観音寺城で降されてこの名族はほろんだ。義賢はのち、甲賀郷にのがれて得度し、名を承禎《じようてい》入道と改めて、かつての被官であった望月家の一隅で老いを養った。話はやや古く、永禄十一年のことである。

承禎入道はこのときすでに五十に近かったが、敗残の身になお無残であったのは彼の肉体が壮健であったことである。土地の女に身の回りを世話させつつこれに孕《はら》ませて、娘を生んだ。娘が生れてみたところで、これに与える土地もなく、将来の幸福を保証する嫁ぎ先もない。やむなく、まだ十分に生い立たぬまにその子を望月刑部左衛門の養女にしておいたという。

「すると、刑部左衛門が連れていたという娘は、抜関斎さまの子か」

「左様」

「それと、石田治部少輔とはどういう繋《つな》がりがある」

「さて、そこじゃ」

「勿体《もつたい》ぶらずに申せ」

「抜関斎さまは、その後京で花鳥風月を楽しまれたが、しかし気にかかるのは甲賀に残した一子のことでござった。ついでに、その子の身のたつよう、今をときめく石田治部少輔どのに頼まれたのでござろう。治部少輔どのの父正継どのは、もと近江京極家の家臣であったと聞き申す。京極、六角と名乗りこそ違え、もとは同じ佐々木氏。

抜関斎さまはそうした縁を頼まれたのではござるまいか」

「ふむ。そちにしてはさかしい見様じゃ。それで治部少輔どのはその子をどうした」

「堺《さかい》の大蔵卿《おおくらきよう》法印宗久どのの養女に取持ったということでござる。宗久どのといえば百万石の大名も及ばぬ富商。さぞ、栄華は思うままでござろうな」

「して、その娘の名は何と申す」

「小萩《こはぎ》、とか聞きもうした」

「小萩……」

洞玄は、その名を憶《おぼ》えるように目をつぶって呟《つぶや》いた。やがて口をひらいて、

「刑部左衛門のほうはいかがした」

「宗久どのから賄《まかな》いを貰《もら》い、京の今出川の数寄屋《すきや》風の隠宅で安楽に世を終ったと申す。……しかしここに、ゆゆしき事がござる」

下忍は、身を乗りだして云った。

「なんじゃ。そのゆゆしき事と云うのは。大層な面構えをするではないか」

「小萩と申す抜関斎さまの姫御、この姫御に刑部左衛門どのは、一郷の流儀を巨細《こさい》となく授法いたしておりまするぞ」

「……なに」

洞玄は、目をみはった。

「甲賀流の印可を授けたと申すのか」

「いかにも」

下忍は、大きくうなずいた。

「われらと同じ仲間じゃと申すのじゃな」

「左様」

「それを知って、治部少輔は宗久法印のもとに養女に入れたのか」

「さ、それは。……治部少輔どのにでも訊《き》いてくだされ」

「こけを申すな。――しかしこれは面白うなってきた。京の盗賊の一件、思いもよらぬむじながほうぼうに潜んでいるかもしれぬ。わしは即刻発《た》つぞ」

「いずれへ罷《まか》らるる」

下忍があわててあとを追ってきたときは、洞玄はすでに旅籠の土間に腰をおろして草鞋《わらじ》のひもを結んでいた。

「堺へ行く」

下忍に耳打ちすると、洞玄の身は路上の闇《やみ》に躍って、またたくまに融《と》けた。

主人の風のような出立《しゅったつ》を路上で見送った下忍は、何の用心もなくそのまま旅籠近江屋の軒先へもどって、ふいと土間へ入った。

その姿を、じっと闇《やみ》の中で見ていた男がある。ちなみに洞玄の下忍は、主人と同様、行商人の風体をしていた。その背中を見つめていた闇の中の男も、京づくりの商人の風儀を粧《よそお》うている。

(あの旅あきんど、只者《ただもの》ではない。身のこなし、目のくばりかた、忍者のにおいがある)

忍者が忍者をみれば、いかに変装をしていても、なにがしかの勘ははたらく。ましてこの目撃者は、葛籠《つづら》重蔵の下忍、伊賀者黒阿弥《くろあみ》である。

(甲賀者じゃな)

そう見ると、今宵《こよい》のかせぎはとりやめることにした。この路上で、夜のあけるまで様子を見きわめてみようと思ったのである。幸い、近江屋の向いに旅籠があった。

黒阿弥はいそいで旅装をととのえ、旅人を擬装して宿の路上に面した二階の部屋をとった。

(なんのために甲賀者が京に出てきているのか)

しかしこれは黒阿弥にとって自問するまでもないことであった。当然、彼自身の胸に響くものがある。黒阿弥一統の伊賀者の跳梁《ちょうりょう》に対抗させるために、京の施政者が思いついた苦肉の策に相違なかろう。

(甲賀を敵にまわせば、厄介じゃな)

黒阿弥は、体の底から慄《ふる》えが伝わってくるのを、自分の目でもわかった。恐怖である。しかし不自然な自制をしない。忍者はゆらい、おのれの臆病心《おくびょうしん》を本能のままに放置している。黒阿弥は終夜、障子を細目にあけて、路上と近江屋を観察しながら小刻みにふるえつづけた。

一番鶏《いちばんどり》が啼《な》く刻限、未明までにまだ間があった。黒阿弥が見つめている近江屋の大屋根に黒い影がはしったのである。影はそのまま向う側に吸いこまれたが、黒阿弥の恐怖はさらに大きなものになった。

(あの忍者、尋常なものであるまい)

そういう予感が、彼の恐怖の本能に正直な影を落した。

その旅籠《はたご》に逗留《とうりゅう》していた黒阿弥が、近江屋に止宿している男がどうみても甲賀ノ摩利洞玄であることに気付いたのは、数日を経てからのことである。

たしかに、洞玄のいかつい体つきには見憶《みおぼ》えがあった。それに、下忍の顔も見た記憶がある。そう見極めると、黒阿弥はそそくさと宿を引き払って、方広寺裏の伊勢屋《いせや》嘉兵衛の離れへ帰った。

「どうした。数日見なんだのう」

重蔵は、うっそりと縁先で爪《つめ》をきりながら云《い》った。

「相変らず、呑気《のんき》なことでござるな」

黒阿弥もまた、飽きもせず小姑《こじゅうと》くさい皮肉を云う。

「爪を剪《き》るのが、そんなに呑気か。このあと、髭《ひげ》も当ろうかと思うているが」

「女にでも会いに参らるるのか。わるいところを、先代様に似られたわ」

「父はそんなに女好きであったのか」

「行く先々で、女のために失策《しくじ》られて、この黒阿弥めはいかい苦労をし申した」

「案じるな。わしはお前の云うほど女好きではない」

にやりと笑って、

「なんじゃ、その顔」

重蔵は、黒阿弥の小さな目が一ぱいに見開いて、まだ恐怖が去りやらぬ面持をあらためて眺めた。

「重蔵様。甲賀者の邪魔が入ったようじゃ」

「おそらく、奉行所が傭《やと》うたのであろう」

「棟梁《とうりよう》は、甲賀ノ摩利でござるぞ」

「……………」

重蔵はだまった。結んだ口もとに、微妙な緊張が走った。

「たしかに、洞玄じゃな」

「ちがいござらぬ」

黒阿弥の歯が小さく鳴っている。怖《おそ》れをこれほど正直に表現できる男もめずらしい。畳みかけるように、

「容易ではござらぬぞ」

「ふむ、容易でない」

云いながら、重蔵はすでに一瞬の緊張から抜けだして、黒阿弥の懸命な目付を揶揄《やゆ》するように笑った。

「案ずることはあるまい。しかし当方も敵の動きだけは探らねばならぬ。意図と動きを探ったうえ、裏を掻いてゆけばよい」

「さて、それだけでよいか」

「よくはない。洞玄はたしかにうるさい。おりをつくって、斬《き》らねばなるまい」

「重蔵様に斬れるかのう」

「疑うではないか」

声を出して笑って、

「なかなか、人間というものは斬りにくいものじゃ。おとぎ峠で十年も怠けて以来、生きうごくものに対して、人並にあわれみを覚えるようになった。腕がにぶったとは思えぬが、心にすさまじさを失《うしの》うた」

「愚痴でござるな」

「正直なところ、愚痴じゃ。それはそうと、洞玄を傭うたのが前田玄以であるとすれば、一策がある。黒阿弥いや伊勢屋嘉兵衛は、前田家にも出入りしておるのか」

「なかなか。しかし、奉行の家士ぐらいには取引きがござる」

「今度の盗賊、あれはさる方の指図をうけておると、そっと噂《うわさ》を耳に入れてやれ。内府(家康)と申してもよく、関白の養子秀次《ひでつぐ》と申してもよい。存外ききめがあるかもしれぬ。それに、しばらくこちらも鳴りをひそめて様子をうかがってみる」

重蔵が、あたらしく京に入りこんだ甲賀者の棟梁が摩利洞玄であると知った頃、ほとんどおなじころに、洞玄もまた伊賀者の棟梁が葛籠重蔵であることを知った。伊賀に潜入した下忍の報告をきいて、おそらくそれと推量したのである。

「おとぎ峠に、重蔵の祖父葛籠右京大夫が建てたという庵室《あんしつ》があったはずじゃが、そこにも行ってみたか」

「参り申した。しかし雨戸に釘《くぎ》をうちつけて、夏むぐらが枯れたまま濡《ぬ》れ縁までかぶさっていもうした」

「何よりの証拠じゃ。重蔵に相違ない。下柘植《しもつげ》次郎左衛門なればもはや老齢で、あたらしく事は起せまいからな」

「とすると、事が重うござるな」

「なにがじゃ」

「葛籠重蔵と申せば、伊賀ではもはや随一と申してよい達人でござるぞ」

「わしからみれば、わっぱじゃ」

洞玄は、襟もとをひろげた。あら毛の密生した胸の皮膚が、すこし赤くなっている。立てた右膝《みぎひざ》の前に、徳利を林立させながら、

「それにしても、抜関斎さまの遺子と申すおなご」

「ほう、逢《あ》われましたか」

下忍は洞玄の杯に酌をしながら云った。

「堺へ行ってな、いろいろ探ってみたところ京の小松谷の寮に住もうておるとわかって、さっそく忍びこんで、ひと目逢《お》うた」

「言葉をかわされましたか」

「わしは逢うても、先方は気付かなんだ。よう眠っておったでのう。たっぷりみのった、うまそうなおなごじゃ」

「わるさをなされたのではありますまいの」

「いずれせねばなるまい。しかし初対面で、むこうも眠っておるのに妙な振舞に出ては洞玄の名に愧《は》じる」

「甲賀一郷の旧主の姫君でござるぞ」

「情けをかわせば、ただのおなごと男じゃ。固苦しゅう考えることはあるまい」

「そのままお引きさがりなされたか」

「甲賀文だけは置いてきた」

こうがぶみとは、手紙ではない。特殊な書体の梵字《ぼんじ》である。甲賀忍者が、仲間が仕事をしている他郷で別の仕事をするとき、あらたに当地へきたという挨拶《あいさつ》のしるしに、文字を刷った小さな紙ふだを忍者の住いの柱の蔭《かげ》などに貼《は》っておく。梵字はただ一字で、忍者によって常用する文字がちがうから、たれがきたということがわかるわけである。洞玄が、小萩を抜関斎の子もしくは今井宗久の養女として扱わずに、甲賀者の仲間として挨拶を入れたところに、この男の深慮があった。

「まつ毛が長《なご》うてな」

洞玄は、まだとぼけたような口調で小萩の魅力について語っている。

「黒い髪がまくらから流れて、畳にこぼれておる風情《ふぜい》は、えも云われなんだぞ」

下忍の手前冗談を云いながらも、洞玄の目は奥ぶかく光って、この男の心は、決していま口から出ている事柄を考えているのではないことをきびしく物語っていた。洞玄の脳裏にあるのは小萩の黒髪ではなく、葛籠重蔵という伊賀者のくろぐろした映像であったのである。

(伊賀者の刀術は無気味じゃ。まして重蔵は、忍びよりもむしろ刀術に長《た》けていると聞く。果してどれほどのものか。わしより優れているとみれば、顔を合わさぬが勝じゃ。おちるとわかれば、押しかけてでも片輪にする。いずれにしても、これは甲賀と伊賀のわざくらべになったようなものじゃ)

年が暮れた。そのあと、半年を経た。

重蔵、黒阿弥以下の乱波《らっぱ》は、いっせいに地にひそんだのか天に消えたのか、ついに、かたりとも音をたてなかった。自然、京の治安はふたたび静穏にもどったことになる。

「はて、……この地を立ち退きおったのかのう」

前田法印玄以は、不得要領ながら、なんとなくほっとした面持で洞玄にたずねた。正体不明の乱波の跳梁については すでに関白秀吉の耳に入り、その逮捕方に厳重な督促をうけている。しかし京を立ち退けば玄以の管轄《かんかつ》のそとである。追捕《ついぶ》の手はゆるめるつもりはないが、なんといっても気は楽であった。

「所詮《しょせん》、ただの盗賊であったのかもしれぬ。あらかた餌《えさ》をあさるだけあされば、用はなくなったのであろう」

そう云う玄以の顔を、洞玄は逆撫《さかな》でするようににやりと笑って、

「徳善院どのは探題職に似合わず、さすが法体《ほったい》だけに人が善い」

「なぜじゃ」

「そこが、伊賀者どもの付け目でござるよ」

聞いて玄以は不愉快な顔をした。

「所存があるなら申せ」

「忍者の勘じゃ。申してもわかるまい」

洞玄は相手にならず、しきりと黒い奇妙なかたまりを小柄《こづか》で削っては舌に載せてい

る。その指先からほのかになまぐさい悪臭がただよった。玄以は、洞玄の無作法と、その手に持つ物の臭気に眉《まゆ》をひそめながら、

「なんじゃ、それは」

「猪《しし》の胆《きも》の干しかためた物じゃよ」

「甲賀者はそういうものを啖《く》うのか」

「啖う者と啖わぬ者とがある。これを用いはじめると癖になってな、にがいところがえもいわれぬ。どうじゃ、ひとひら」

「要らぬ」

「左様か。しかし気にされるな。これはわしの夜食じゃでな」

場所は玄以の書院である。この屋敷のうしとらの隅に巨大な銀杏《いちょう》の樹《き》がそびえて、その根もとに、さまで小さくもない一宇の祠《ほこら》がある。洞玄はその祠の世話に召し抱えられた神巫《かんなぎ》という名目で、屋敷のうちの長屋に住みついていた。むろんその毎日は退屈をきわめている。

といって、洞玄の気持は安閑としていたわけではない。自分が京に出現して以来、伊賀者の動きがとまったことを畏怖《いふ》にちかい思いをもって眺めているのである。まず、自分が玄以の手に属したことを、京に潜む伊賀者は知っているという点。それともう

ひとつ、彼等がこれほど長期な沈黙を敢行しうるのは、ただごとではないと洞玄は思っている。忍者がある使命で仕事をする場合、たえず行動することは容易だが、無為のまま一定期間沈黙するのは至難に近い。いま自分の目の前の見えざる相手は、小成のみを目当てにした短切な行動をとらず、必要なだけ十分に沈黙したうえ、意表をつく行動に出るかもしれぬという点、しかもこれだけ余裕のある動きを見せるのは、背景によほど巨大な陰謀の主が存在する証拠であるとも考えうる。

（葛籠重蔵とやら、やるのう）

洞玄は、全く何もしでかさぬ怠惰な敵に対して奇妙な感服の仕方をした。

しかしこれは洞玄の思いすごしであろう。重蔵の理由は、もっと簡明な所にあった。

関白秀吉が、京大坂から居なくなったのである。

文禄《ぶんろく》元年（天正二十年）三月二十六日、秀吉は京を発して西下した。征韓戦《せいかんせん》の策源地、九州名護屋《なごや》城に入るためである。しかし、秀吉が京を発《た》つ二十日前、すでに小西行長以下の軍勢をのせた軍船は壱岐島沖《いきのしまおき》を通過して朝鮮に向っていた。今井宗久が最も嫌悪《けんお》した征韓戦の序幕はすでに切られていたのである。

遠征軍の行動は神速をきわめた。秀吉の行列が広島まできたとき、早くも小西部隊は釜山《ふざん》城を陥《おと》し入れ、その翌日は東萊《とうらい》城を抜き、つづいて梁山《りょうざん》、密陽にまで進出し、叫喚の声は南朝鮮の天地にみちた。京から名護屋までの行路は一カ月かかる。秀吉が行列美々しく名護屋城に入った前後、朝鮮にあってはすでに黒田部隊が突出して金海城を抜き、加藤部隊は慶州城を攻略していた。征韓戦の初期の戦勝はめざましいものがあった。朝鮮軍には鉄砲というものがなかった。火器で装備された日本軍の前には一たまりもなかったのである。

その戦勝の報を、葛籠重蔵は京の方広寺裏伊勢屋嘉兵衛の離れに寝ころんで日々耳にしている。京の市民は、国内での合戦と同様、相変らず武家のみがやる、そして武家のみの運命を左右する、およそおのれの生活とは埒外《らちがい》の出来事として受け取っていたが、それにしても重蔵の目からすれば町はなんとなく浮き立っているように思えるのである。京の市民には、在来、権力の盛衰に対しては特有の冷静な表情と勘がある。彼等は近来秀吉の政権がようやく午後にさしかかったことに気付いていたが、こんどの海外での戦勝は、この印象をたとえ一時的にも払拭《ふっしょく》するのに役立った。

こういう時に、秀吉政権の凋落《ちょうらく》を宣伝することは、市民感情に逆行する点であきらかに不利であった。それに、秀吉政権の永続性の評価とは別に、庶民の間での秀吉の人気はふしぎと落ちないのである。

「まれな徳人じゃ」

さすがの重蔵も思う。朝鮮への出兵は、宗久など堺商人のあいだでこそ秀吉政権の評価は低落したが、秀吉個人の人気はその逆に、戦勝によって庶民の間であがった。

「こういう時は、寝ているに限る」

やがて暴落するのは目にみえているのである。事実、すでにおびただしい兵糧米《ひょうろうまい》の買い占めによって物価は昂騰《こうとう》しはじめている。怨嗟《えんさ》の声が地に満ちる日も近い。それが沸騰《ふっとう》する時が、天下の権が移動する時であった。重蔵は、やがて来るその動揺期を待つ気になった。

「秀吉が留守では仕事にもならぬ」

こういう時に、徒《いたず》らに蠢動《しゅんどう》しても、前田玄以の手に入っている甲賀者どもの好餌《こうじ》になるだけがおちであろうと思った。

「黒阿弥、ここ一、二年は悠長に無駄飯を食うにかぎるぞ。堺の法印どのにもそう報《しら》せておいた」

「茶でも習い申すか」

黒阿弥は素直に相槌《あいづち》をうった。この男の見方も同じだった。

「一たん、京から掻《か》き消えて、伊賀のおとぎ峠に帰って時世を待つのもよい」

「上分別でござる。甲賀者や、五平どの、次郎左衛門さま、それに小萩とやら申すおなご、こう邪魔だてが多くては仕事がしにくい。これらの思惑《おもわく》をはぐらかすことにもなる。しかしわしは残り申すぞ。京との糸を断ちきってはまずかろうでな」

「ほう、これは飯を炊《た》くのに不自由するのう。たれぞ、よき女でも掠《かす》めて帰るか」

からかうように云《い》う重蔵へ、

「わるい虫じゃ」

黒阿弥は苦虫を嚙《か》みつぶしたような顔を作った。

奇妙な事故

錯綜《さくそう》した関係にある京の忍者のあいだに、ひとつの真空地帯ができた。彼等それぞれの思惑《おもわく》で見つめてきた葛籠《つづら》重蔵一派の動きが、京の夜から霧のように消えてしまったからである。

重蔵の存在があればこそ敵味方ともそれによって衣食の資を得てきただけに、数カ月のあいだは拍子ぬけしたような、それでも半年もたつと、名状しがたい焦燥が彼等の間にひろがりはじめた。

この焦燥が、重蔵の出現を待つまに、忍者のあいだに奇妙な事故となってあらわれた。一つの事故が他の事故を呼んで、およそどの忍者が考えている筋書にもない不祥事がつぎつぎと起った。

まず、下柘植《しもつげ》次郎左衛門が、甲賀ノ摩利洞玄の槍《やり》にかかってしまったことである。むろん、絶命した。

やはり事の起りは、重蔵らが居なくなったことの焦燥に起因するが、直接の原因は風間五平が次郎左衛門をそそのかしたことによる。

「五平、はよう、木さるを何とかせんか」

正式に妻として迎えよということを、五平が珍皇院の別屋にあらわれた機をとらえて、次郎左衛門が詰め寄った。

「そのことでござる」

五平は殊勝げに受けて、

「わしも焦《あせ》っております。しかし葛籠重蔵らの一味を捕え、かつその後ろ楯《だて》を明るみに出して大手柄をたて、加増のうえ上士に引きたてられるまでは婚姻などは遠慮すべきではなかろうかと存じて遅延している。ましてこの縁組の相手は伊賀《いが》の仲間。この事件が進行しているかぎり主君徳善院さまが許すわけはなかろうし、またわしが伊賀者と手を切ったと明言しているうえで、いらざる疑いをうけてはまずい。事が落着するまで、いますこしお待ち下されぬか」

「なるほど」

次郎左衛門は、いらいらとおのれの痩《や》せた膝《ひざ》をこすりながら、

「すべては、重蔵か」

「いや、先日も申しあげたとおり、いまひとり、恐るべき敵がいる。甲賀ノ摩利洞玄でござる。いかなる繋《つな》がりか、徳善院さまの信頼はわしなどよりはるかに篤《あつ》い。これに手柄をうばわれては折角の苦心も水の泡」

「斬《き》ればよかろう。やはり、前田屋敷の祠官《しかん》として化け澄ましておるのか」

「左様」

「甲賀者づれに何程のことがある。成敗はわしに任せい」

「しかし、ただの甲賀者ではない、相手は摩利でござるぞ」

「わしも伊賀の次郎左衛門といわれたほどの男じゃ」

次郎左衛門は、黒阿弥《くろあみ》一統の盗賊に擬態して前田屋敷に忍び入り屋敷をさんざん荒したうえ、祠官を斬ってたち退《の》くというもくろみをたてた。

「伊賀者の名誉ということもある」

老人は、きおいたった。五平は煽《あお》るだけあおって、老人の昂奮《こうふん》を冷やかにながめている。

次郎左衛門は、その日から十日のあいだ屋敷の様子を十分に下調べしたうえ、京の町が中元の精霊を送った夜、丑《うし》ノ刻をすぎたころに路上に出、何年ぶりかで忍び装束に身をつつんで前田屋敷の高塀を侵した。

邸内の植え込みに小半刻《こはんとき》身をひそめて、次郎左衛門は、屋敷の気とみずからの気をあわすために根気よく整息術を用いていたが、やがて塀の根に沿って、するすると土蔵の方角へ走った。

途中、長屋の軒を通過する。東の端の一軒に甲賀ノ摩利洞玄が寝ているということは、五平の口から聞いている。すでに灯は消えている。その黒い建物三間の軒端《のきば》を通過しおわると、次郎左衛門の瘦せた五体から、どっと汗が流れた。

(嘗《かつ》てないことじゃ。……)

老人は、おのれを顧みて、あらためて戦慄《せんりつ》した。

(老いたかのう)

そう理由づけて自分を安心させようとしたが、ありようは、この屋敷に忍び入った瞬間から次郎左衛門は虚心を喪《うしな》った。虚心のない所に伊賀の隠身術はないとされている。虚《むな》しかるべきこの老忍の脳裏に、甲賀ノ摩利洞玄の映像が次第に大きく成長していた。洞玄の長屋を通過するあたりからその像は急速に肥大し、次郎左衛門の平常心はその像の下に窒息して、長屋を通過したとたん、その像から解放されたのか、次郎左衛門の五体が弛《ゆる》んで一時に汗を噴きだしたのである。

次郎左衛門は地に伏したまま、目だけを前方の闇《やみ》のむこうにむけた。闇の中に、ふたつの土蔵が建っている。

ひとつは、武器庫である。もうひとつは什器庫《じゆうきこ》であることを、次郎左衛門はあらかじめ知悉《ちしつ》していた。

この男が事前に計画していたのは、まずこの什器庫を侵すことであった。ついで摩利洞玄の長屋を襲う。

洞玄の寝所に忍び入るのではなく、雨戸をあけ、襖《ふすま》を蹴倒《けたお》して、身を露出したまま明らさまに彼の上に刃を加えるつもりであった。忍者が忍者の家を襲うには、通常そういう陽道がとられた。忍んで暗殺するというのは、かえって裏をかかれるおそれがあったからである。

ところが、地に伏せて蔵をながめていた次郎左衛門は、急に気を変えた。脳裏にある映像からまず斬り伏せようと思った。斬り伏せてから、什器庫を狙《ねら》う。そのためには、摩利洞玄の長屋で陽道による襲撃をして物音を周囲に気付かれてはまずい。やはり、この場合不利ながらも陰道をもってその寝所を侵さねばならぬと、次郎左衛門は考えた。

地に伏せている虚心を喪失した老忍は、かさかさと黒い蜘蛛《くも》が動くように方角を転換した。これが、この老忍を自滅の淵《ふち》へ落した。

寝所の真下の床へ這《は》い入ったのである。息を殺して、真上の洞玄の気息をうかがった。

甲賀ノ摩利洞玄は、寝床の上にあってすでに気配に気付いていた。洞玄が気付いたとき、わずかに洞玄の気息が変化したのを、床下の次郎左衛門は覚《さと》って蒼白《そうはく》になった。

(気のせいかもしれぬ)

次郎左衛門は、自らを慰めた。もともと甲賀者の実力をあなどってはいた。息を殺して、さらに洞玄の寝息をかぞえた。しかし、あらたに算《かぞ》えだした洞玄の寝息は、すでに虚偽の寝息になっていることを、次郎左衛門は気付かなかった。

洞玄は寝息をたてたまま、静かに腕をのばして枕《まくら》もとの手槍をとり、宙に浮かした。

こぶしで手槍を支えつつ、洞玄は全身で床下の気配をさぐり、同時に目を走らせて畳の目数をかぞえた。

枕の上にある洞玄の目が、畳の上のある一点に吸いつけられたとき、がばと体を躍りあげるのと、手槍の穂先をその畳の目に突きたてるのと同時であった。宙に跳ねあがった洞玄の体の全重量が、一瞬に槍の穂先へむかって落ちた。

床下では、最後まで虚偽の気息を算えつづけていた不幸な老忍が、暗い湿土のうえで串刺《くしざ》しになっていた。しかし、なおおのれの気息だけは、死の悶《もだ》えの中からも乱さない。肩をつきとおされながら、苦痛にゆがんだ頬に、凄惨《せいさん》な苦笑がのぼった。

（……しくじったか）

ようやく次郎左衛門の心に、老練な忍者らしい虚心がよみがえってきたのである。

彼の左手がゆっくりと懐《ふところ》ろをさぐった。

手が、黒い小さな塊りをつかんだ。その塊りを顔の下に置いた。

次郎左衛門の作業はつづく。燧袋《ひうちぶくろ》をとりだして、片手で器用に石を扱うと、塊りの先端から出ている短い火縄を口にくわえた。

やがて小さな爆発音が床の下にこもって、白煙が静かに戸外へ流れた。

戸外の逃げ口と想定した場所で白刃を構えて待っていた甲賀ノ摩利洞玄は、煙を見て静かに剣を持つ力を萎《な》えさせた。目もとに、人を傷《いた》む惻隠《そくいん》の翳《かげ》がうかんだ。

(伊賀者らしい最期《さいご》じゃ。おそらく面貌を焼きつぶしたのであろう)

邸内のあちこちで人の足音がする。そのうちの数人が洞玄のもとに駈《か》けつけてきて、

「おう、これは神主どの」

洞玄は、物臭そうに剣を収めた。

「物音は、お手前のお長屋でござったな。なにごとが起きた。——あ、煙」

駈けつけようとする人数を押しとめて、

「慌《あわ》てまい。賊じゃ。しかしすでに死んでおる」

洞玄は、忍び入った伊賀者がすでに死んだとはいえ、どのような仕掛けを残しているか測りがたいのを要慎《ようじん》した。

しばらく佇立《ちょりつ》していたが、やがて傍らの男に向って顎《あご》をしゃくった。

「もうよかろう。入られるがよい。床下にめずらしいものが見られよう。忍者のむくろじゃ。鶺鴒《せきれい》の死骸《しがい》と同様、めったに見られるものではない」

なにか不快な貌《かお》をして、ゆっくり大股《おおまた》で闇の中に消えた。

人数の中に立ち混って、その背をじっと冷たい目で見つめていた者がある。

風間五平である。

師匠の死を悼《いた》んでいる目ではない。むしろ師匠のあまりにも無力な死を目《ま》のあたりにみて、拍子ぬけしたものを覚えた。幼いころから事毎《ことごと》に自分の頭上にのしかかってきたあの下柘植次郎左衛門が、これほどあっけなく死のうとは思えなかった。同時に、次郎左衛門の死は、五平の心に吻《ほ》っとした安堵《あんど》を覚えさせた。もはや、名実ともに自分が伊賀のしきたりから解放され、自分の人生が、完全に自分自身の所有になったような気がしたのである。

（――しかし）

五平は、くるりと背をむけて次郎左衛門の死が行われた家から遠ざかりながら、

（敵地に入って死ぬのは、忍者の最も愧《はじ》とすべき醜態じゃ。あの男が、終始わしと重蔵に教えつづけたことではないか。伊賀にも例のすくない能なし忍者になりはててあの男は死んだ）

心の中で次郎左衛門の死骸に鞭《むち》を当てればあてるほど、五平の胸に、うずうずとした奇妙な解放の快感がうきあがってくるのである。

このまま、寝るのは惜しいと思った。町を走って、木さるの体を抱いてみようと思った。

珍皇院の藪道《やぶみち》に入ってから、五平はふと妙な気がした。藪の中は暗い。闇が揺れて、風がしきりと吹き渡っている。竹ノ上人《しょうにん》という奇行僧の印象を世に与えるために毎日この藪の中で暮していた下柘植次郎左衛門が、いまなお、この風の中のどこかで木さるを護《まも》っているような気がしたのである。

（やくたいもないこと）

五平は自分をあざ笑って、やにわに抜刀すると、あたかも目の前の次郎左衛門の映像を斬るように鉾尖《ほこさき》を斜めに天へはねあげた。足もとの真竹の一本が、戛然《かつぜん》と鳴る。やがて竹の梢《こずえ》は大きく空を掃いて藪の中に倒れていった。五平は、はじめて白いはればれとした微笑をひらいた。物音をききつけたのか、木さるが寝巻姿のまま木戸をあけて出てきた。

「たあれ？」

「わしじゃよ」

いうなり、五平は木さるの腰を抱いた。覆《おお》いかぶさった顔に、欲情が燃えている。木さるは、身を引こうとして腰をくねらせた。そのうごく腰をとらえて、五平はおのれのものにつけた。

「うごくな」

「露に、ぬれる」

「あとで、着更《きが》えれば済む」

ふたりは無言になった。

竹の落ち葉が散りしいている。露がいちめんにおりて、木さるのふくらはぎをぬらした。

五平は、木さるのうえに誅罰《ちゅうばつ》を加えるようにはげしく愛撫《あいぶ》した。五平の奥歯が鳴った。もはや自分に何ら掣肘《せいちゅう》する力をもたなくなった次郎左衛門に対する復讐《ふくしゅう》のよろこびが、五平のからだの中にうずいていたのかもしれない。

木さるが悶えるたびに、竹の葉が緩慢に鳴った。やがて、その特徴である弦月に似た眉《まゆ》の下で、ふたつの目が天女のように細まった。

五平は、木さるのからだを離した。表情に、復讐を終えたあとの虚脱があった。もとの冷たさにもどった五平の目が、死骸のように斃《たお》れた木さるのからだを眺めた。

木さるは、くびれたあごを上にむけて、軽く閉じた瞳《ひとみ》に空を映していた。欲情のあとの虚しさは、質こそちがえ、木さるのなかにもあった。いつもほぞを噛《か》むような悔恨がわいた。

（この男とは、所詮《しょせん》これだけのつながりか）

五平はたいてい深夜に来る。そして、この行為がおわると暁の光を怖《おそ》れるように京の町へ帰るのであった。木さるは、そのつどこの男とのつながりの虚しさを考えた。しかし最初にからだの中に押しつけられた男の手形は消えず、ふたたび五平の手が木さるのからだに触れると、心までが呪縛《じゅばく》されたように震えるのである。

（くりかえしじゃ）

そう思うまでに、彼女は体が成長したごとくその精神も成長しはじめていた。人間のもっとも深部のかなしみは、この一事が解《わか》ったときからはじまるのかもしれなかった。欲望が誕生し、燃焼し、そして死滅する連鎖を、生涯のうち何度くりかえして人は死ぬのか、と木さるは思う。女の成長は早い。すでに彼女は、ただの小娘ではなくなっていたのである。

しかし五平は、そのことに気付かなかった。いつものとおり、木さるの心を足のつま先で翻弄《もてあそ》ぶような口調でいった。

「おい。父《てて》は死んだぞ」

「え？」

五平が何をいったのか、木さるには聞えなかったらしい。五平はじっと立って、木さるを見おろしている。木さるは、こころもち右膝を立てたまま、仰臥《ぎようが》していた。

「そちの父は甲賀ノ摩利洞玄に殺されたわ」

あっと、声をのんで撥《は》ね起きた。それはほんとうか、ともたずねず、きらきらとひかる目で五平の顔を睨《にら》みすえている。しかし伊賀の子らしく木さるの脳裏はすばやく回転して、この事態のすべてを察していた。唇をかすかに開いて、視線だけはひたひたと五平に注ぎかけたまま、木さるは長く黙った。やがて、咽喉《のど》の奥からかすれたような声を出して、

「……それを見ていたの」

「いや。駈けつけたときは、後の祭りじゃ」

「なぜ、仇《あだ》を討たなかった？」

「あだ？　――何の仇じゃ」

「伊賀者としての」

「わしは伊賀者ではない。――そのことは死んだ次郎左衛門どのも承知したし、そちもすでに諾《うべの》うていることではないか」

「なら、舅《しゆうと》としての仇じゃ」

「押しつけも程がある。まだそちと婚儀を整えてはおらぬ。この理由も承知のはずじゃ」

「すると、お前と父とはどのような関係じゃ」

「赤の他人にすぎまい」

木さるは、真っ青になって、すっと立ちあがった。怒りのために小刻みにふるえている。五平は、にやりと笑った。これは五平にとって思う壺《つぼ》であったにちがいない。五平はわざと木さるの怒りを挑発した。彼にすればこの伊賀の女を捨てる絶好の機会であったのだろう。

「なにも、そう怒らずともよい。はじめから承知のうえのことではなかったのか」

「よい」

木さるは、起《た》ちあがりぎわに手に掴《つか》んでいた土くれを、力まかせに足もとに叩《たた》きつけた。

「仇は、お前じゃ！」

「うろたえるでない。次郎左衛門どのを刺し殺したのは、甲賀ノ摩利洞玄じゃぞ」

「うろたえてはおらぬ。洞玄も殺す。風間五平も殺す」

「待て」

五平は咄嗟《とっさ》に体をひらいて、木さるの利《き》き腕を右脇《みぎわき》にかかえた。木さるの手に青く光る短刀がにぎられている。

「放せ！」

「血迷うな」

いうなり、木さるの体をまりのように投げとばした。五間ばかり飛んで、木さるの体は藪の中にひょいと立った。しかし同時に、その顔は激しい苦痛でゆがんだ。右足の裏を、そぎ竹で踏みぬいたのである。

五平は、悠々と立ち去った。木さるはうずくまったまま、それを追う気力を喪《な》くした。すべてが終ったことを、木さるはひしひしと知った。

枯れ葉の上へしゃがんだ拍子に、木さるのからだの中にさきほど五平が残していった男の体液が、無心にものの内側をつたわって生温かく流れてきた。皮膚を這ってゆくその感触に気付くと、木さるは体を深く歪《ま》げて、土の上にくたくたと折り崩れた。同時に、はじめてこの事態のかなしみに気付いたもののごとく、声を殺して激しくすすりなきはじめた。五平とのながい交情は、父を喪《うしな》わしめ、ついに五平をもうしなった。ただその物質だけが、男女のむすびの虚《むな》しさを物語るように無心に土に帰するために流れている。

ふわりと、小松谷の小萩《こはぎ》の寮の築地塀《ついじ》の内側に降りたったのは、甲賀ノ摩利洞玄である。すたすたと茅《かや》の庭を横切ってゆく洞玄の姿を、いま昇ったばかりの十七夜の月がくろぐろと浮きあがらせた。月光のなかを悠々と行くこの男は、よほどこの家に来なれている様子である。

忍び鑰《かぎ》で雨戸をこじあけ、暗い廊下にあがった洞玄は、そのままふわふわと雲を踏むような無足の歩き方で、奥へと進む。廊下には曲り角ごとに厳重な柵《さく》が仕つらえてあり、洞玄はいちいち錠をおろす。やがて渡り廊下になり、むこうに書院風の建物がみえた。ちかごろは小萩の寝所に用いられている。

町人とはいえ、大名の風を気取って宿直《とのい》の間《ま》まであるが、小萩はそれを用いていない。大胆にも、この屋根下にただ独り、絹蒲団《きぬぶとん》を襲《かさ》ねていつも寝につく。

すらりと襖《ふすま》をあけると、流れてくる女らしい甘い香のにおいが、洞玄の鼻腔《びこう》をたのしませた。

「また押し入って参ったぞ、小萩どの」

洞玄のさしだす龕燈《がんどう》の光に円く照らされた小萩の姿は、この深夜に傍らに寝具さえなく、女机を前にして端然と座っている。

「これは驚く」

「なにがでございます」

「まるで今宵《こよい》、わしが罷《まか》ることを存じていたような支度のよさじゃな」

洞玄は、どっかと胡座《あぐら》をかいた。

小萩は、闇《やみ》の中でかすかに薄笑いをうかべた。

「と申して、決して歓迎をしているつもりはございませぬぞ」

「痛いことを申すな」

「ご用は何でございます」

「はて。先夜、申し残しておいた筈《はず》じゃ」

「望月刑部左衛門《もちづきぎようぶざえもん》の……」

「左様。甲賀ノ刑部左衛門。そこもとの養父じゃ。その刑部左衛門が死に際《ぎわ》になんぞ小萩どのに申し遺《のこ》さなんだかという一件」

「答えは先夜も申しましたとおり、なにも聞いてはおりませぬ」

「甲賀の掟《おきて》では、同じ甲賀衆が、たとえ他郷で敵味方に分れた仕事をしておるにせよ、一方が訊《き》き求めた場合はたがいに秘密を共有せねばならぬというさだめがある。またそうあらねば、一郷の乱波《らっぱ》の働きは廃《すた》ってしまうわ。素直に明かすがよい」

「小萩は、甲賀武士の手で育てられたことはございます。しかし、何度も申すとおり、小萩は甲賀の忍びではございませぬ」

「根気よう隠しだてをするおなごじゃ。余人の目はくらませても、この甲賀ノ摩利洞玄の目は眩《くら》まば、りっぱな忍びじゃぞ。刑部左衛門ほどの忍者から術の印可をもらえせぬわい。――よう聞け。一たん甲賀者になった以上は、そこもとがかつては佐々木抜関斎様の落胤《らくいん》であり、いまは石田治部少輔《じぶしょうゆう》三成の斡旋《あっせん》で、堺《さかい》の大蔵卿《おおくらきょう》法印今井宗久の養女になっておる富貴の身であろうと、すべてそれらの身分は浮世を飾るだけの虚仮《こけ》な粉飾にすぎぬということになる。実体はあくまでも甲賀者であるぞ。従って、同じ甲賀の仲間のわしが明かせと申すことは、当然明かしてもらわねばならぬ」

「大層な物のいい様――」

と袖《そで》を口もとに当てて、小萩は洞玄を愚弄《ぐろう》するように体をしなわせて笑った。

「洞玄とやら。何度申せばわかるのじゃ。よい加減に致しませぬと人を呼びますぞ」

「呼びたければ勝手に呼ぶがよい。そこもとが口を割らぬなら、当方の推量を申してつかわす」

洞玄は黒衣の膝《ひざ》を乗りだし、ぎらりと光る目を小萩の正面に射すくめたまましばらく黙っていたが、やがて厳しい語調でいった。

「われは、治部少輔三成の乱波じゃの」

「………」

「どういう申しつけを、三成から受けておる。――答えぬか」

洞玄はやにわに跳躍し、あっというまに小萩の襟元を鷲摑《わしづか》みにして引き倒した。

「申せ。――さもないと、甲賀の掟によって仕置にいたすぞ」

小萩の両脚を膝で押え、左手をもって喉輪《のどわ》を締め、右手で脇差をさかさにかざして、鋒尖《ほこさき》を小萩の右目のまつ毛に触れるまでに垂らした。

「眸子《ひとみ》を刺す。――よいか」

洞玄は脇差の鋒尖で小萩のうつくしく生えそろったまつ毛をくすぐった。小萩は瞬《また》きもせず、洞玄の目へ囁《ささや》くようにいった。

「次は、左の眸子であろう。さらに次は、耳をそぎ、前歯を抜く。そのこわい甲賀者の仕置は刑部左衛門からきいた。ぞんぶんにしやれ。知らぬことは知らぬとしかいえませぬぞ」

「しぶといのう」

洞玄はやや呆《あき》れたような表情で、

「なるほどわしは正面からものを訊きすぎたようじゃ。由来、おなごは責めに強い。おなごにはものの訊きようがある。どうじゃ、わしのくノ一にならぬか」

洞玄は、ぱちりと脇差を鞘《さや》に収めたが、しかし組み伏せた力は弛《ゆる》めようとはせず、

「ゆるりと、寝物語に三成のことなどを聴こう。のう大蔵卿法印の御息女」

刀を離した洞玄の右手は、すでに小萩の裾《すそ》へまわろうとしている。

「待ちゃれ」

小萩は、もがこうともせず、洞玄のなすままに体を組み伏せられながら、澄み透った静かな声で、

「無体は許さぬ」

「女を犯すのは、乱波の余徳のようなものじゃ」

「その余徳のために、そなたはこの小松谷から生きては帰れぬかもしれぬ」

「人を呼ぶというのか。止《や》めなされ。わしは甲賀では摩利といわれた者じゃ」

「それでは、お願いということにする。わたくしには、操《みさお》をたてねばならぬ人がある」

「操？　ほう、それは誰かな。町人か。それとも諸侯の御曹司《おんぞうし》でも意中にあるのか。しかし、それは洞玄には無関係なことじゃ」

さすがに小萩の顔が蒼白《そうはく》になった。洞玄の手が素早く動いて、小萩の裾を大きくはぐった。

「あっ」

「………？」

しかし、思わず観念の目をとじた小萩の最悪の予期に反して、洞玄の手はそれ以上動こうとしなかったのである。闇の中で何かを見つめている洞玄の呼吸は、静かに冷えていた。やがて足許《あしもと》に倒してあった龕燈をとりあげると、だまって小萩の右股《みぎもも》のつけ根を照射した。

龕燈の光のなかで、小萩のあしは羞恥《しゅうち》のために小さく動いた。洞玄の目はそれをつめたく黙殺している。やがていった。

「そなたは、伊賀者を知っているな」

聞いて、小萩は薄明りの中であっと声のない叫びをあげた。

「この傷。伊賀者が忍びの仕事の際にのみ用いる細身の刀で刺されたものじゃ。おなごのかかる場所に刺すとは、よほどの妄念が無《の》うてはならぬ。その者の名を申すがよい」

洞玄の声にこだまするように、そのとき彼の名を呼ぶいかにも懐《なつ》かしそうな声がきこえた。

「甲賀ノ摩利洞玄――」

はっと洞玄はふりかえった。同時に手が飛んで、龕燈の灯を揉《も》み消している。あたりは先刻の闇に戻り、わずかに雨戸のすき間から月光が射《さ》し込んだ。

「何者じゃな」

洞玄は声を押し殺していった。闇の中からは、しばらく応答がなかった。やがて、低い声が思わぬ近さからきこえた。

「こう奇態な場所で逢《お》うては、名乗りをあげるというのも妙なものじゃ。ここに矢がある。洞玄どの胸もとを狙《ねろ》うている。早《はよ》うその女の上から退《ど》かぬか」

矢ときいて、洞玄は黒い鳥のように跳ねあがって、雨戸を背に部屋の片隅へ身をかがめた。すでに刀を抜いている。

「殊勝じゃの」

用心のためか、声は先刻の場所から移動していた。

「ついでに、お手許《てもと》の雨戸も開けてくれぬか。おぬしを斬《き》りたいが、女性《によしよう》の部屋で刃《は》物三昧《ものざんまい》は不粋じゃ」

「ふふふ、斬れるかよ」

さすがに洞玄は立ち直って、この男らしい落着きを戻していた。

「開けい」

「断わるわ。開けた拍子に、戸板に磔物《はたもの》になるのは、よい図ではない。おぬしが開けたらどうじゃ」

「小萩」

呼ばれて小萩はあっと立ちあがった。先刻からすでに気付いていた。声のぬしは葛籠重蔵に相違ないと思っていた。しかしこの男は、どうしてこの場にやってきたのであろう。なぜ、どこから、という疑問が小萩の脳裏をかすめた。重蔵はかつて小萩を刺してたち去って以来、一度も姿を見ることがなかった。黒阿弥を使って京で動いていたことは無論知悉《ちしつ》していたことだが、その後の動静は、小萩がいかに探索してもついに知れなかったのである。

「雨戸の桟を外してやれ。洞玄どの、それまでは動くでないぞ。小萩、広く開け放つのじゃ」

小萩は障子をあけ、廊下に出て雨戸を十分に開け放った。月光が洪水のように流れこんで、部屋の中に青白い光がみちた。

重蔵はたったいま闇から誕生したように、光に濡《ぬ》れながら、部屋の真ン中にのっそり立ちはだかっていた。単におどしであったのか、手に弓矢を持っていそうにはない。

「おう……」

洞玄は、この急場におよそ場違いといっていいほど、豊かで嬉《うれ》しそうな声をあげた。自分の脳裏にある疑問がこれで解けたという忍者らしい無邪気なよろこびであろう。目の前に立っている男は、どう見ても伊賀者に相違なかった。伊賀者とすれば、この男は葛籠重蔵であろう。

「重蔵。よくぞ現われた。探すことが久しかったぞい。おびきよせた小萩にも礼をいうわ」

「まだ礼をいうのは早い」

重蔵は、洞玄に目を注ぎながら、ゆっくり、相手との間合《まあい》を狭めてゆく。それにつれ、洞玄も右手に刀を垂らしたまま、同様の呼吸と歩幅で、開けた雨戸のほうへ横ばいににじり寄った。雨戸を出るときが、洞玄の危機であろう。重蔵の手にはまだ刀は抜かれていない。しかしその洞玄の危機の峠へ、重蔵の歩幅は正確に登りつめてゆくようであった。

洞玄にすれば、この場で重蔵の息の根をとめるつもりはなかった。出来れば手足を斬って身動きを止め、捕えたうえでこんどの事件の背景でも聞きだせば上乗と心得ていた。

重蔵のほうは、しかし洞玄を両断するつもりでいるのである。なんといっても、こんどの仕事の最大の癌《がん》は洞玄であった。さらにこの場を幸い、師匠下柘植次郎左衛門の讐《あだ》を討つつもりであったろう。伊賀おとぎ峠に潜伏していたはずのこの男が、なぜ次郎左衛門の死とその経緯《いきさつ》を知っていたかについては後にのべる。

洞玄はようやく雨戸の開放部にまで身をにじらせおえた。ふきつける月光の中で、洞玄の左半身の影が長くひいた。にたりと洞玄は顔を崩した。逆光が重蔵の瞳孔《どうこう》をひらかせて、洞玄の悠々たる笑顔は重蔵へ通じなかった。

洞玄の全身が、月光の中に露《あら》われきったとき、重蔵は刺突の姿勢のまま驀直《ばくちょく》した。放胆とまでいえる忍者独特の素朴な刀法ではあったが、しかしこれを通常の兵法のごとく刀身の操作でいなそうとすれば究極でどう変幻するかわからぬ無気味さがあった。洞玄は、伊賀忍者の刀法のそれくらいの手の内は知っている。重蔵の風圧を迎えたとき、洞玄は刃を交わさずそのまま雨戸の外側の濡れ縁を横っ飛びに逃げた。

しかし重蔵はそれよりも早く、洞玄の前を通過して濡れ縁の前端に出てくるりとふりむいた。相手の遁走《とんそう》をふせぐためであろう。

ふりむくと同時に、再び無鉄砲な刺突を仕掛けた。洞玄は、中段に構えている。瞬時、重蔵の刺突が伸びたとみた。しかしそれは洞玄にとって不幸な幻覚であった。重蔵の手から大刀のみが独立の生き物のように奔出して洞玄の咽喉《のど》もとへ電光のごとく奔《はし》ったのである。洞玄はそれを夢中で払った。重蔵の刀は鏘然《そうぜん》と音をたてて中空たかく飛んだ。同時に重蔵は身を沈めて脇差《わきざし》を抜いていた。抜きざま、洞玄の左籠手《ひだりこて》は手首からすぽりと斬りおとされていた。

手首が縁に落ちた。しかしそこにあるのは手首だけであった。洞玄の体は、とっくに視界から消えはてていたのである。

「勝負は後日よ」

明るい洞玄の声がふってきた。姿はみえない。斬られたと同時に、血を引いたまま屋根の檐《のき》に跳ねあがったのであろう。上のほうで、檜皮《ひわだ》を伝う跫音《あしおと》がさらさらと遠のいた。

「焼酎《しょうちゅう》はないか」

「何をなされます」

小萩が出てきてたずねた。

「手首を酒桶《さかおけ》につけて洞玄に返してやりたい。夜が明ければ、たれぞ奉行屋敷へ遣わしてくれぬか」

重蔵は刀を収めながら、

「ついでに、馬を一頭所望したい」

「馬を——？」

「そなたに逢《あ》うためにはるばる夜道を参ったが、折角の逢瀬《おうせ》をいらざる邪魔者がこわした。洞玄は只者《ただもの》ではない。まだこの屋敷に潜んでおるか、即刻下忍を嘯集《しょうしゅう》して打ち返しに来よう。そなたを抱いたまま刺されるのはいやじゃ。いま来た道を帰る」

「まことでございますか。わたくしに逢うがために参られたとは」

「いつわりではない。しばらく離れておっておのれがわかった。恥ずかしながら、正真、わしはそなたを好きになったように思える」

「うれしゅうございます」

小萩は重蔵に取りすがった。やがて小首をかしげて、

「で、戻られるとはいずれへ？」

「こまったおなごじゃ。うれしいと申したその言葉尻《じり》から、さっそく乱波の根性をみ

せるではないか」

「いえ」

小萩はかぶりを振って、

「せめてしばらくでも、重蔵様と暮したいのでございます」

「ことわるわ。いつ寝首を掻《か》かれるか知れたものではない。——厩《うまや》はどこにある」

「裏の柴《し》折戸《おりど》のそとに繋《つな》いでおきましょう。しばらくお待ちなされませ」

小萩は、庭を横切って消えた。重蔵はゆっくり裏口のほうへ歩を進めた。やがて柴折戸の外で待っていると、小萩がみずから口輪をとって、馬を二頭引いてきた。

「一頭でよい」

「いえ。栗毛《くりげ》のほうはわたくしの馬」

「どこへ行く」

「存じませぬが、重蔵様とおなじ道」

「勝手にせい」

いうなり、重蔵は突風のように駈《か》けはじめた。よほど遅れて小萩は追う。

東山のふもとを南北に通う松並木の道がある。重蔵の馬は一たんその道に出、南へ折れて疾駆した。渋谷から山越えして醍醐《だいご》へ出ようというのであろう。小萩の馬が松並木を南へ折れようとしたとき、松の枝からむささびが空を滑るようにおりてきた小さな影があった。影は小萩の鞍壺《くらつぼ》の上に落ちるや、あっというまに手綱を奪い、小萩のももをすくいあげて落そうとした。

「退《の》きゃれ」

「何をする」

「見えぬか、これが」

影は、手に短刀をかざして小萩の胸もとにつきつけていた。

馬はその間も重蔵を追って走った。やがて一方が落ち、鞍壺に伏せた影は、みごとな手綱さばきで馬を中空に飛ばした。

宇治川を南下し郷之口を過ぎたあたりで馬が乗りつぶれたのであろう。重蔵は手綱をすてて鞍を降りた。すでに東のほうに霞《かす》む甲賀の山々から夜が白みはじめている。

やがてうしろの馬が追いついてきた。馬は重蔵の胸元まで来て停り、馬上から人の影がとびおりた。

「なんじゃ、木さるどのか」

「小萩どので無うて、悪かった？」

重蔵はだまって、すたすたと山へわけ入る小みちをのぼりだした。

「待って」

甘ったれてそういったくせに、木さるのほうがむしろ身軽に坂道を追ってきて、

「小松谷でのあらまし、わたくしは見ていた」

「存じておる。わしが珍皇院のそなたの家に立ち寄って、そのあしで小松谷へ向ったが、そなたは小狸《こだぬき》のようにしつこうわしのあとをつけていたのう」

「意地わる。——それでは、もしあの場に甲賀者がいなければ、重蔵様はわたくしの目の前で、小萩を抱いていたことになるの?」

「まあそういうことになるな」

重蔵は苦笑して、追いすがる木さるの相手にならず、さっさと坂道をのぼってゆく。

伊賀のおとぎ峠に潜んだのちも、重蔵は夜道を走って、しばしば京へ出ていたのである。ちょうど昨日のこと、ひさしぶりで京へ現われた重蔵は、黒阿弥の隠れ家から、珍皇院の次郎左衛門父娘の様子をみようと思って立ち寄ってみたが、藪《やぶ》の中にも庵室《あんしつ》の中にも、次郎左衛門の影がなかった。別屋にまわって、木さるがひとり窓から藪の上の空をながめているのをみつけて、

「てて御は?」

「殺された。きのう」

木さるは、目をうつろにあけて、重蔵の顔をぼんやり眺めている。

「相手はたれじゃ」

「甲賀ノ摩利洞玄」

「なに……」

絶句した重蔵のふたつの拳《こぶし》が、こころもち震えた。師匠の下柘植次郎左衛門には、過去において重蔵は煮え湯をのまされた記憶が多かった。しかしふしぎと真底から憎みえたことがなかったのは、伊賀忍者の伝統を愛する重蔵にとって、権謀と詐略《さりやく》に満ちた次郎左衛門の性格こそ、伊賀者の化身のように思えたからであろう。尊敬よりもむしろ愛護の気持でその人柄を眺めることができる余裕があったからである。なんといっても、幼少の頃から数えて二十年のつながりであったから、その死が、重蔵にとって衝撃でないわけにはいかない。

しかも、洞玄に殺されている。事情が何であれ、これは甲賀忍者の伊賀への明らさまな挑戦ともとれるのである。

「なぜ讐を討とうとはせぬ」

重蔵は、木さるの肩に手を置いていった。木さるは驚いて重蔵を見あげた。

「わたくしが？」

「討つ気でかかれば討てる。心細ければ五平に介添えをしてもらえばよい」

「五平とは縁が切れた。もうあの男に頼めぬ」

木さるは、次郎左衛門の最期《さいご》と、五平のちかごろの態度などを脈絡もなく語り散らして、

「重蔵様に頼もう。お願い」

「それは断わる。わしの仕事は、洞玄ごときをいちいち相手にしておっては日が暮れてしまう。木さるどの一人でやることじゃ。幸い、そなたは甲賀者どもに顔を見知られておらぬゆえ、なんなりと近づく工夫があろう」

木さるを復讐《ふくしゅう》へ駆りたてるためことさらに冷たく突き放した。しかしそうはいいつつも、その足で小萩を訪ねたのは、京の甲賀者たちの動静が、あるいは小萩の口裏から知れるかもしれぬと思ったからである。そうした重蔵が、松原の竹藪から阿弥陀《あみだ》ヶ峰《みね》小松谷へのぼってゆくあとを、木さるが見えかくれにそっと跟《つ》けて行った。木さるが跟けた気持の中には、重蔵の挙動に対する不審もあったが、やはり女らしい勘が、女の許《もと》へゆく重蔵の匂《にお》いを嗅《か》ぎあてたからであろう。

道はようやく尾根にさしかかり、未明の眺望がひらけた。すでに木立は消えている。目の前に一望の熊笹《くまざさ》の原がひろがってはるか遠山の朝靄《あさもや》に連なっていた。二人がさやさやと分けて進む笹むらの葉末に、暁暗《ぎょうあん》の微光がこぼれてゆく。重蔵は、うしろから微《かす》かな草履《ぞうり》の音をたてながらついてくる木さるを振りかえって、

「あのときじゃな。つまりわしが洞玄と戦っておるとき、そなたはなぜ、わしを協《たす》けて洞玄に一太刀でも酬《むく》いなかったか。責めるのではないが、そなたが働けば、甲賀者はおそらく生きては小松谷から出られなんだであろうに、惜しいことをした。なぜかな？」

「判《わか》らない、自分でも。——ただじっと、小萩とやらいうおなごの顔だけを見ていた」

「それだけか」

「うん。——体が熱うなった。それに、手足の指先がしびれていたように思う」

「しびれた？　奇妙なおなごじゃのう」

「どうして。——これを奇妙と云《い》うなら、重蔵様などに女の気持はわかりませぬ」

「わからんな。女の気持とやらは、仲間の危機を見捨てるという事か」

「ちがう。木さるは重蔵様が好きなのじゃ」

「礼を申したい所じゃが、好きなら、洞玄を刺してわしを救《たす》けてくれる気持がなぜ起らなんだ」

「まだそんなことを。木さるは、洞玄などどうでもよいのじゃ」

「手ひどいことを云う」

「重蔵様は、洞玄などに負けはせぬ。——洞玄などより、木さるは小萩を見たときに、これが重蔵様の好きな人かと思うて、体じゅうに火が走るように思うた。うそではない。……立っているのが、やっと」

「それが、女の気持と云うのか」

「うん」

重蔵は噴きだした。

「てて御の次郎左衛門どのが自慢をしておったが、これならただの愚女より劣るのう。所詮、女は忍者になれぬものかな」

「忍者などになれいでも、木さるは重蔵様の嫁御になればよい」

「こちらが困るわ」

「やっぱり、小萩とやら申す女のほうが好き?」

「好きだと云えぬが、ただ体のちぎりがある」

「木さるとも、ちぎればよい」

「心までちぎらぬぞ、それでよいか」

「小萩とも？」

「当然じゃ。忍者がいちいち他人に心を与えていては、体がいくつあっても足りぬ」

「なら、木さるも体だけでよい」

「いずれ、そうしよう」

「いずれでは嫌」

「どうせよというのか」

「ここで」

木さるは、不意に立ちどまり、さすがに顔を赤らめて小さな声で云った。ただし目だけは異様に緊張して重蔵の顔を睨みすえている。重蔵は苦笑して、

「まず伊賀の下柘植家に帰ることじゃ。そのうえで、洞玄を討つ工夫をするがよい。討った上でならそなたの云う望みは何でも叶えてやる」

「お嫁のことも？」

「うむ」

云ってしまってから、重蔵は急にあいまいな笑顔をうかべて、

「当てにするのではないぞ。わしに命があればじゃな」

重蔵のわるい癖で、木さるをまだ子供だと思いすぎる所がある。むろんいまの言葉も本心から云ったつもりはなかったが、しかし木さるのほうは雀躍《こおど》りするように云った。

「それなら、おとなしゅう下柘植へ帰る。重蔵様の約束ならきっと確かじゃ」

伊賀《いが》ノ山

天正伊賀ノ乱から数えてこの年は十三年目になる。京からおとぎ峠へもどった葛籠《つづら》重蔵のうえに、ふたたび無為の日月が流れた。

秋が深まるころには、重蔵は冬の榾火《ほだび》のために山をわけ入って粗朶《そだ》を切り、伊賀盆地に雪が降りはじめると、鉄砲を提げて遠く近江《おうみ》、山城に連なる奥山まで獣を追った。気の鬱《うつ》する日には谷へ降りて岩魚《いわな》を釣り、時に思いだしたように、祖父が庵室《あんしつ》へ奉置した念持仏の前にすわって日没偈《にちもつげ》などを誦《じゅ》することがある。おのれが叩《たた》く物憂《ものう》い鉦《かね》の音をきくと、重蔵の心は痴呆《ちほう》のように眠ってゆき、かつての日のように、再びおのれの怠惰のこころを重蔵はこよなく愛しはじめるのである。

京では、淀《よど》君が秀吉の子を懐妊したといううわさが流れていた。遅くも八月に入れば出産であるというので、五十八歳の父親は肥前松浦郡《まつらのこおり》の名護屋城からあたふたと大坂へ向いつつあるという消息を、重蔵は猟に出たついでに立ち寄った名張郷の忍者の家で聞いた。

重蔵にとって、この懐妊はよろこばしいうわさではなかった。午後の陽の傾きはじめた秀吉の政権は、その後継者の誕生によっていささかでも持ち直すことになる。その時間だけ、重蔵の仕事も遅延することになるのである。

淀君がのちの秀頼《ひでより》を生んだのは、それから数日を経た文禄《ぶんろく》二年八月三日のことであった。その翌日の深夜、おとぎ峠の庵室にやってきた京の黒阿弥《くろあみ》が、夜露に濡《ぬ》れた旅装束をぬぎすてるなり、

「ややがうまれた」

「女か」

「男じゃ。豊臣家も、往生際《ぎわ》がわるいのう。どうせ死ぬときまった病人が、すこし持ち直ったようなものか。さきざき、この子が居るために天下は無駄な苦しみをみることになろう」

「黒阿弥にしては、味なことを申すではないか。どこで聞いた」

「研ぎの仕上げを三条西家の岩倉屋敷まで届けに行った帰り、一乗寺のあたりから道連れになった雲水がそう申しておった」

「まあ、これへ来て寝ころべ」

「そうもしておれぬ。あすは陽のあるうち京へ帰らねばならぬ用がござるでな」

「繁昌《はんじょう》で結構じゃ。本業の忍びのほうも、早晩、こうは悠長に日を消しているわけにはいかぬ時がくる。生れた子が一日成長するごとに豊臣家の社稷《しゃしょく》が固くなるわけじゃからな。分別のつかぬうちに父親を亡《な》きものにすれば、天下の諸侯はあらそって関東に拝跪《はいき》する。時期は遅くとも来年の夏がよかろう」

「七月か、八月か」

「七月でよい。お拾《ひろい》とやら申す淀君の子にはふびんじゃが、それが父太閤《たいこう》の忌日になろうか」

「ふびんどころか、こちらは待ちかねるわい」

黒阿弥は、小さな体をぞくりとうれしそうに慄《ふる》わせた。秀吉がその半生のあいだ幾万という人間を殺してきたのも仕事なら、重蔵、黒阿弥が秀吉ただ一人を殺すのも仕事である。

秀吉の忌日を決めてからの重蔵の生活には、ひとつの変化があった。

猟をしなくなった。岩魚をとるために谷に降りず、鹿《しか》の足あとを追って尾根を歩くことをしなくなったことである。猟だけではない、山蚊を掌ではたくことさえやめた。夏の夕、炉端で独り飯をくう重蔵の裸の上半身に、藪蚊《やぶか》が胡麻《ごま》のようにはりつくことがあり、いずれも血ぶくれしてぽたぽたと血が滴《したた》ったが、重蔵は平然と、飯をくう姿勢をいささかも崩さなかった。

律に、不殺生《ふせっしょう》ということがある。身業《しんごう》を三つにわけて、不殺生、不偸盗《ふちゅうとう》、不邪淫《ふじゃいん》とし、口業《くごう》においては、両舌、悪口、妄語、綺語《きご》を規定する。戒も律も、いずれをとっても忍者の精神からみれば、およそ無縁の思想であろう。しかし忍者伊賀流にあっては、ある人物の暗殺をもくろむとき、長期にわたる忍耐をみずから刺戟《しげき》するために、その成就《じょうじゅ》の日までおのれに対して不殺生の律を課する。持戒するのみでなく、その間、律儀を整えるために摩訶僧祇律《まかそうぎりつ》四十巻を誦《よ》む。

持統天皇の三年、海湖にあっては河内《かわち》国高脚海、摂津武庫海《むこのうみ》、野にあっては紀伊《きい》国那耆野《なぎの》、伊賀国身野《みの》を殺生禁断の地に指定された。伊賀の忍者の思想の中に、戒律のなかでも不殺生の律儀のみ取り入れられているのは、そうした伝統の影響があるのかもしれない。

しかし彼等のふしぎは、暗殺という重大な殺生を企てる時期にのみ、烈々と不殺生律を行うということである。修羅になるために菩薩《ぼさつ》の行をぎょうずるという所に、おのれの心をさえ麻酔させねばならぬ忍耐の真骨頂があるのであろう。

いま、十数ひきの蚊が、重蔵の全身の皮膚を食いやぶっている。椀《わん》を置いて食事を終え、身をうごかして仏間に入ったが、なお、黒子《ほくろ》を打ったように散在している全身の蚊は、重蔵の皮膚から離れようとしない。飛び立とうにも、満腔《まんこう》に浸した人間の血が、彼等の翅《はね》を無力にしているのである。重蔵は低い声で、東晋の仏陀跋陀羅《ぶっだばだら》が訳したという摩訶僧祇律経を誦みはじめた。生けるものを殺すなかれと説くこの経典を誦みゆくにつれて、重蔵の脳裏にいよいよ鮮やかに秀吉の映像があらわれ、その男を殺《さつ》戮《りく》すべき重蔵の執念は、蛇が蠕動《ぜんどう》するようにおのれの心を掻《か》きたててゆく。

いうまでもなく、これは調伏《ちょうぶく》の法ではない。経もまた呪法《じゆほう》の湿りをもたない。それだけに、重蔵の心は殺生の執念へ高まりつつも、同時に殺生のあわれさへ沈潜してゆくという奇妙な心の音律がある。経を誦みつつ秀吉の命へあわれみをかける重蔵の心は、この経を誦むことによって、秀吉の霊をその肉体の殺害以前において供養《くよう》しはじめているのかもしれなかった。

その夜、ふと重蔵は経を誦むおのれの右頬に、かすかな風が吹きすぎたように思えた。短檠《たんけい》の影がゆれ、わずかな風に堪《た》えかねたのか、重蔵の背から数ひきの蚊が床に落ちた。

「たれじゃ」

重蔵は誦経《じゅきょう》をやめた。障子の外では、虫のすだく声がようやくかまびすしくなっている。四囲の物音の中に心をわけ入らせるように目をつぶっていたが、やがて、

「遠慮は要らぬ。見かけての通り、この破れ庵室《や》じゃ。どこからでも入って来るがよい」

「すでに参上しております」

ふりむくと、いつ何処《どこ》から入ってきたのか、暗い廊下のはしに人影が立っている。

「小萩《こはぎ》じゃな。わしを殺しにでもきたのか」

「めっそうもない」

「安堵《あんど》した。しかしよく、ここに居ると判《わか》ったな」

「それはもう。重蔵様が京から消えられたとき以来、ほのかに察しておりました。でも、お訪ねしようと思いたったのはこんどだけ」

「わかっているなら、なぜ早《はよ》う訪ねて来ぬ。べつに歓迎はせぬが」

「隠れているつもりでおいで遊ばすのに、わざわざ見付けにゆくこともございませぬ」

「すべては見透しであると云うのじゃな」

「ほ……」

袖《そで》で覆《おお》うて含み笑いするのを重蔵はじっと見つめながら、

「用向きを申せ」

「ひとつには、金子のこと」

小萩は、手もとに置いていた錦紗《きんしや》の包みを重蔵のほうへ押しやった。重蔵は手をのばして、無言のまま膝《ひざ》のわきへ置く。堺《さかい》の大蔵卿《おおくらきよう》法印から定期的に届けられている資金である。

「もうひとつは？」

「重蔵様よりの預りものと存じて、手許《てもと》にとどめているものがございます」

「あずかりもの――」

「品物ではございませぬ」

「わからぬな」

「おなごでございます。下柘植《しもつげ》次郎左衛門の息女とか申す娘」

「ほう。木さるか」

「名前まで憶《おぼ》えてはおりませぬ。しかし、稀《まれ》なと申してよいほどうつくしい器量でございます」

「が、わしはついぞ預けた覚えはないぞ」

「それを伺って安堵いたしました。重蔵様に無縁とあれば成敗はこちらの勝手。それで御異存ございませぬな」

「待て」

重蔵は手をあげて、

「わけを申せ」

「ほほほ、お慌《あわ》てなされた」

「当り前じゃ、木さると申すのは、わしが師匠の息女である。おろそかには参らぬ」

「そうでございましょう。重蔵様のそのお心組に感じてか、きつうお前様へ執心の様子」

「話がくどいのう。一体、どうしたというのじゃ」

「三日前、わたくしの宿に忍び入った賊がございます」

宗久が差し遣わしている小松谷警備の牢人《ろうにん》たちが捕えてみると、烏《からす》装束、忍び刀を背にしているこの賊は女であったという。しかも、書院の庭にひきだされるや、

「そなたが、小萩か」

と畏《おそ》れる気ぶりもなく云《い》い放った。

龕燈《がんどう》の灯が地上に光の輪を投じ、輪の中で胡座《あぐら》をかいているこの小柄な曲者《くせもの》を小萩は濡れ縁から半ばあきれたようにながめた。やがて、

「よい。糺問《きゆうもん》はわたくしがする」

男どもの手から龕燈をとりあげ、人数を退《さが》らせてから、

「おなごと見うけるが、何者じゃ」

と物柔らかくたずねると、

「伊賀の住人下柘植次郎左衛門の娘」

悪びれずに答える。

「名は」

「簾《れん》と云う。しかし、みなは木さるとしか申してくれぬ」

「伊賀者じゃな。それにしても無邪気な乱波《らつぱ》もあったものじゃの」

「なぜ?——」

木さるは、急にあどけない顔付をした。その様子を見て、小萩は思わずくすりと笑って、

「捕えられて、すらすらと素姓を白状におよぶ乱波など、きいたことがありませぬ。うち見たところ、忍びわざはなかなかのものらしいが、忍者としての心映えはまだ出来ておらぬと見ゆる。——これ」

小萩は縁からおりて、木さるのくびれたおとがいに優しく指をあてた。

「そなた、なぜこの屋敷に参った」

「お前様に逢《あ》いにきたのじゃ」

「それはご苦労な。何者に頼まれましたか」

「頼まれはせぬ」

縛られつつも、悪戯《いたずら》ざかりの童子のように胸を張った。小萩は、木さるの挙動の中に害意のないのを認めると、ふと龕燈の灯を消し細引を解いてやった。

「逢いにきた以上は客人じゃ。上へあがるがよい」

小萩は部屋に灯を入れ、木さるを下座にすわらせたうえ、文箱《ふばこ》から一挺《ちょう》の短銃をとりだして脇息《きょうそく》の上にかたりと置いた。

「このつつは火縄なくして射てる。不埒《ふらち》なふるまいはなりませぬぞ。さあその逢いにきた用というのを正直に申すがよい」

「正直に、か」

「念は要りませぬ」

「正直に申せと云うなら、そなたの顔をとくと見とうて来た。わたくしは、そなたが憎うてならぬ」

「………？」

「重蔵様は、そなたが好きじゃ。わたくしは、かの人をそなたに奪《と》られとうない」

「わからぬな」

「正直に申せというから、それを云うたのじゃ。しかし、逢いにきた表の用向きはそれではない」

「なるほど。表と裏とがあるのか」

「ある。表の用向きは、甲賀ノ摩利洞玄という者の宿をききに来た。そなたならば知っていようと思うた」

「洞玄に？　なぜじゃ」

「父の仇《あだ》を討つ。討てば、そなたに勝てる」

「勝てる?」

小萩は、もうここまで来るとこの小娘の頭が、すこしおかしいのではないかと思った。

「もっと落着いてお話し」

「そなたから重蔵様を奪うことができる」

「困ったのう。わたくしは何も、その重蔵とやらを取り込んではおりませぬぞ」

「狐《きつね》」

しかし小萩のほうは取りあわず、

「そなたのほうこそ、その歯をむいたあたり、何やらに似ています」

「——お猿に?」

木さるは、急にぽかんと無邪気な口をあけた。感情の変化がはげしい。小萩は思わず笑いこけて、

「自分でも思いますか」

「父がときどき、そういうた」

「お猿にしては、美しすぎるけれども」

「ほんとに、うつくしい？」

「ええ。目が」

「顔は？」

「顔も、うつくしい」

小萩は持てあまし気味になって、

「その洞玄のはなしを聴きましょう」

「洞玄に父の次郎左衛門が討たれた」

「それで仇討？　そなたが」

「うん」

「わたくしに、洞玄の宿をききたいというのですね。教えてあげます。京都奉行前田玄以どののお長屋。——しかし、あの男を討つことだけはお諦《あきら》めなさい。そなたの父でさえ殺されたのに、そなたの腕で討てる相手ではありませぬ」

「討ってみせる」

「どうしても？」

「討てば、重蔵様がわたくしをお嫁にしてくれる」

「悪いおひと」

「わたくしが？」

「いや、その重蔵様とやら申すおひと」

「おとぼけはおやめ。その重蔵様とやらを、馬で追っかけたくせに」

「あ」

小萩は、いまさら気付いたようなふりをして、

「そなたですか、わたくしを鞍《くら》から落したのは」

「知れたこと」

木さるは、鼻で嘲《わら》った。小萩はそれを黙殺して、

「重蔵様もお人がわるい。このようなよい娘御を、みすみす豺狼《さいろう》のあぎとに追いなさる。お嫁にするどころか、ひょっとすると、そなたを亡《な》きものにしようと企《たく》まれたのじゃな」

「うそ。重蔵様は、そんな人ではない」

「忍者じゃ。本心は、わからぬ」

「そんな人ではないと申すのに」

「木さるどの」

「何じゃ」

「どうしても討つというなら、仕方がありませぬ。そなたをこの屋敷の中に閉じこめる」

「木さるには、足がある」

「牢に入れます」

途端に、木さるは障子を突き倒して廊下へ出た。

しかし、廊下のかげには小松谷の人数がびっしりと伏せていた。折りかさなって木さるをねじふせ、土蔵の二階にしつらえられた塗り籠《ぬごめ》牢の中に突き入れたのである。

小萩が伊賀へ発《た》ったのはその後数日たってからであった。寮を出るときに、ふと土蔵の二階を見あげると、初秋の空に、土蔵の白さが目に痛いようであった。はじめは壁を叩《たた》いて喚《わめ》いていた木さるも、ひっそりと気配をひそめている。

木さるを監禁した小萩の真意は、むろん、洞玄を討たすまいとしたわけではなかった。ひとつには重蔵への嫉妬《しっと》であったかもしれない。もうひとつには、自分の前に新たにあらわれたあの伊賀生れの女の口裏を嗅《か》ぎとってゆけば、さらに何事かが明らかになると思ったのである。

「重蔵様」

おとぎ峠の庵室《あんしつ》で相対《あいむか》ったこの小萩という女は、重蔵にとっては依然として謎《なぞ》であった。しかし半身を霧に包んだ気配のこの女が、重蔵の名を呼びかけるときには、どうかすると息詰るようななまなましい声をだした。

「うむ。いかがした」

「お目をおひらき遊ばして」

「覚めている。うかつに眠っては、いつそなたに刺されるやも知れぬでな」

「ご冗談ばかり」

「たわむれではない。小萩。もうよい加減にしたらどうじゃ。今夜がよい機会であろう。ここでそなたの正体を明かしてみぬか。もっとも、当方はおよその見当はついている」

「小萩は堺の大蔵卿《おおくらきよう》法印宗久の娘——それのみでございますものを」

「聴き倦《あ》きた台詞《せりふ》じゃのう」

「ほほほ。わたくしも申し倦きたかもしれませぬ」

「いますこし、耳新しいことは申せぬものかな」

「御推量は、ご勝手でございます。と、わたくしの口からはそれしか申せませぬ」

「いまひとこと訊《き》くが——」

けにはは参りませぬか。小萩も、もはや、重蔵様をただの女として見とうございます。

「なにもお訊きくださいますな。それよりも、小萩をただの女として見てくださるわけには参りませぬか。小萩も、もはや、重蔵様をただの殿御として見とうございます。もし重蔵様にもまことのお情けというものがございましたら、ほんのすこしでも小萩に頂きとうございます」

「どうせよと申すのかな」

「たとえば、木さるどののこと。……お嫁にしてやると申されたそうな」

「申した。父の仇を討てばじゃ」

「それは詐略《さりやく》でございましょう。きっと」

「さあどうかな。詐略であるか、ないか、わしでさえわからぬ。わしは幼いころから忍者の修業をした。おかげで、わしの心の中には幾通りもの人間が別々に生き、別々に考え、別々な口を利《き》く。難に遭えばその難に恰好《かっこう》の人物が電光のようにあらわれて急を避けさせてくれるし、人に逢えば相手の思うていることを、心の中のどの人間かが解いてくれる。まことに便利なものではあるが、しかしそのためにおのれというものを失《うしの》うた。みかけてのとおり、重蔵の体があるだけじゃ。しかしその体は、心中のさまざまな人物のための仮の宿にすぎぬというのが、忍者じゃ。体に棲《す》む人物のうち、どれが葛籠重蔵そのものであるか、わしにもわからぬ。あるいはそんな人物は居《お》らぬかもしれぬ。居らぬ人物の本心を申せというのは、ちと難題であろう、ではないか？」

「それは常の忍者のこと。しかし重蔵様にかぎって、そのような化生《けしよう》の心はございますまい」

「人間らしいと申すのか。その人間らしい分だけ、わしは忍者として劣っているということじゃ。おのれ生得《しようとく》の心が拡《ひろ》がれば拡がるだけ、忍者として世の物事を見る目が暗《くろ》うなる。わしははたち代の何年かに世を捨てたが、おそらくそのあいだに、生得の心が根をひろげて、わずかながらも人間に還《かえ》ったのであろう。他の伊賀者にくらべて、わしはそのことを愧《は》じることがある。しかし、小萩。そなたは違う」

「どういうことが」

「そなたは、すぐれた化生じゃ」

「どういうことでございましょう。忍者でもないわたくしが」

「しらを切る。そこを、化生というわ。洞玄の語るのを立ち聞きしてようやくわかったが、甲賀の望月《もちづき》家において育てられたとは、忍者としてよほどの筋目といわねばならぬ」

「それは昔のはなし。いまは商人の娘にすぎませぬ」

「そのまことしやかな顔。——狐狸《こり》でもそこまでは、憎らしゅう真顔を作れまいぞ」

「よろしゅうございます。なんと申されましても」

小萩は、膝《ひざ》のうえに重ねたふたつの掌をしずかに置きかえて、

「しかし重蔵様を愛しているわたくしの心だけは、いつわりはございませぬ。小萩の心の皮を一枚一枚剝《は》いで、おしまいに残ったほんとうの心が申すのでございます。この心が申すことをお聴き届けくださいませぬか」

「なんのことを」

「最前から申しているとおり、重蔵様の本当のお心。——小萩を愛してくださるか……」

「訊かずとも、そなたほどの者ならわかるはずじゃ」

「おなごの心が得心いたしませぬ。お言葉をしかと頂かねば」

「小萩ほどの者でも、おなごとはやはりそのように痴愚なものか」

「女のいのちは、ただひとを慕うことによってのみ燃えつづけるもの。それにはお言葉が無《の》うては叶《かな》いませぬ」

「——もし」

重蔵はしばらく息をのんで、

「そなたを、生涯わがそばで賞《め》で暮したいとわしが申せば……」

小萩は息をのんだ。短檠《たんけい》の灯が錐《きり》のように伸びて、やがて燈心《とうしん》が燃えつきたのか、灯は気ぜわしい鳴き声をたてて、あたりは急に暗くなった。重蔵は息を大きく吸いはじめ、それがしずかに洩《も》れて、やがてぽつりと、

「どうする」

「はい」

小萩は、じっと重蔵の顔をみつめ、一気に云《い》い切った。

「逃げてくださいませ、わたくしと。なにもかも捨てて」

云いおわると小萩の目もとに、はじめて湖心のような微笑がうかんだ。

重蔵は、目をつぶって答えなかった。腕を組み、塑像《そぞう》のように動かず、ただ小萩の言葉を待った。自然、それに惹《ひ》き入れられるように小萩は多弁になった。

「このまま、いまのお仕事をお続けなさるかぎり、重蔵様のお命は、やがて非業《ひごう》のうちに消えましょう」

「――――」

「関白の世を覆《くつがえ》すなどとは大それたこと。左様な生き方をせずとも、人間にはもっと楽しく暮す道がございます。小萩は恋を知り初めて以来、そのことに気付きました。さもなくしてこのまま事が進めば……」

「そなたが葛籠重蔵を殺す」

あっと、小萩は袖《そで》で口を抑えた。

「相違あるまい。石田治部少輔《じぶしようゆう》は宗久をたぶらかして、その陰謀をあばくためにそなたを養女に入れたのじゃ」

「………」

こんどは、小萩が黙る番になった。

「いま重蔵の身辺に手を加えぬわけは、三成にすれば、重蔵に存分に働かしたうえ、宗久の罪科の証拠を得んがためであろう。そればかりか宗久の罪を大きくしておのれの功を肥やさんがため、甲賀者小萩を差し入れて、陽《よう》に陰謀の協力さえさせている。途方もない密計じゃな」

「うそ」

小萩は目を伏せたまま、やっとそれだけを小さな声で云った。

「うそではない。なるほどこのままゆけば、そなたと重蔵は、やがて仇敵《きゆうてき》として相見《あいまみ》えねばならぬ。いずれかが、いずれかを殺さねばならぬ日が来る。難儀じゃのう、ことにそれが好き合った男女となれば」

重蔵は、にやりと笑って、まるで他人を冷やかすように云ったが、小萩の表情はそれに応じなかった。

「ですから、このまま逃げようと申しております。――たれも知らぬ土地で世帯《しょたい》をつくりましょう。早《はよ》うお心を、お決めくださりませ」

「重蔵は、おとこと生れて、それほどにそなたに思われたことを過分に思うわい」

「何を仰《おお》せられます。揶揄《やゆ》なされますな」

「いや、本心じゃ」

「ならば、小萩を、好きと仰言《おっしゃ》ってくださいますね」

「うむ」

「――では、逃げることも？」

「それはことわる」

「え。何と申されました？」

「断わる。重蔵は男じゃ。男である以上、いつかは愛した女にも倦きるが、しかし仕事には倦きぬ。男とはそうしたものじゃ。薄情なことを申すようじゃが、重蔵は情けに溺《おぼ》れて、仕事を裏切るわけには参らぬ」

「女の気持を踏みにじっても、仕事の方が大事と申されますのじゃな」

「いかにも。——武士があるじに忠義を尽すように、忍者はおのれの仕事を大事にする」

「お気持はよく承りました。ならば、小萩も仕事に還ります。しかし小萩の仕事と申すのは、或《あ》るいは、重蔵様を殺す事かも知れませぬぞ」

「よいではないか。そなたのおのれの心に対するむごさに、わしは一人の乱波《らっぱ》として真正《ましょうほ》惚れている」

「惚れている。まことでございますか」

「いつわりはない」

「うれしゅうございます。もう無理はお願い申しませぬゆえ、せめて今宵《こよい》一夜だけでもお衾《しとね》に侍《はべ》らせていただけませぬかえ」

いってから、小萩は頰をあかく染めた。重蔵は小萩の手をとり、腕に力をこめて小萩の上体を膝の上に崩した。そして、耳許《みみもと》で小さく囁《ささや》いた。

「そのかわり、明日からはそなたをどのように成敗するかは知らぬぞ」

「ご用心なされませ。小萩とておなじでございますものを」

小萩は、重蔵の胸の中に顔をうずめながらいった。外は、いつのほどか雨が降っている。庇《ひさし》を掃く山の雨の音が、夜の更《ふ》けるにつれて次第に繁《しげ》くなるようであった。

翌朝、重蔵が床を離れたときは、すでに小萩の寝姿はなかった。未明に床をぬけだした小萩は、身づくろいを済ましたのち谷へ降りて水を汲《く》み、台所で甲斐々々《かいがい》しく朝餉《あさげ》の支度をととのえていたのである。

重蔵は、寝床の中で早くからそれに気付いていた。冷酷とまでいえる小萩の忍者としての心映えの中に、このようなけなげさが潜んでいようとは、思いもかけぬことであった。

(変った女子《おなご》じゃ)

呟《つぶや》きつつ、心のなかで、目にも鮮やかな意外さを感じている。器の触れあう音が聞え、やがて玄米の蒸れる匂《にお》いが流れてきた。匂いのなかには、朝餉の支度をするおんなのたおやかな肌の香がこもっていた。かつて覚えたことのないことである。妻を持つ事の無かった重蔵の心に小さな波立ちがおこった。小萩のかもす気配には人と成って以来の彼の心の緊張を一時に解かすほどのふしぎな麻酔の力をもっていた。小萩がいった、人としての楽しみというのは、こうした朝餉のかおりを指したものであろうか。

「お目覚めなさいました？」

「ふむ」

重蔵は、小萩のほうを見ないようにした。見れば、自分が守っている孤独な生活の張りと、そのすべてがみるみる崩れそうに思えたのである。

「あさげが、あちらに」

「頂く」

顔を洗うために、重蔵は庵《いおり》を出て谷間へおりた。重蔵は、そのまま、ついに庵へは戻ることがなかった。帰る自信がなかったのである。山城への尾根道を辿《たど》りながら、この朝ほどの危機を、かつて覚えたことがなかったように重蔵は考えた。

吉野《よしの》天人

文禄《ぶんろく》三年二月二十七日、太閤《たいこう》秀吉は、養子秀次《ひでつぐ》、家康、利家《としいえ》と輿《こし》をつらねて吉野山に遊んだ。朝鮮ノ役の収拾は漸《ようや》く思わしくなく畿内《きない》の人心に微妙な動揺が伝えられている。秀吉としてはおのれの気宇の壮大さを家康、利家に見せ、なおかつ、庶人に対して豊臣政権の安泰を示威したつもりであったろうが、それほどに、この観桜《かんおう》の宴は空前の豪奢《ごうしゃ》をきわめた。

養子秀次はすでに天正十九年臘月《ろうげつ》、秀吉から関白職をゆずられている。それに伴って秀吉ははじめて太閤と称したが、この秀次は吉野観桜の翌年、にわかに謀叛《むほん》の疑いをもって侍臣五人、妃妾《ひしょう》二十九人の首とともに三条河原に梟《きょう》せられ、処刑を命じた秀吉自身も、観桜の年からわずか四年を経て病没した。さらに、秀吉がその手をとって花の下を歩いた内府家康が美濃《みの》関ヶ原で石田方を撃摧《げきさい》したのは、こののちわずか六年にすぎない。

秀吉の栄華が最後の光輝を放ったこの日、葛籠《つづら》重蔵もまたひそかに吉野の花の下にあった。目的は刺殺にあったのではない。重蔵にすれば、秀吉の実貌《じつぼう》を確かな光のもとで見ておきたかったのである。

二月二十七日の早朝から吉野山の尾根を走る狭い参道は、蔵王堂《ざおうどう》の大衆《だいしゅ》の指揮で塵《ちり》一つとどめずに掃き清められ、道の両側に櫛比《しっぴ》する子院、民家に対しては警護の武士が人別、武器などをつぶさに点検した。

行列が近づけば、家の前に家人が並ぶ。土下座する人数、人相は、すべて山門に出役している役人が予《あらかじ》め調べあげ、他国者が一人でも入れば、白地に芥子粒《けしつぶ》を落したように、たれの目にも瞭然《りようぜん》とするはずであった。この中にあって、秀吉を咫尺《しせき》に見ようとすれば、草木にでも化する以外に方法は残されていなかったであろう。

事実、観桜の日の前夜、蔵王堂から山道一里の峰にある西行庵《さいぎようあん》のそばの大樟《おおくす》の梢《こずえ》が、風もないのに動いた。

重蔵であった。遠国《おんごく》から来た葛商人《くずあきんど》の風体を装うていたが、どうしても参道の町並にまで入れず、警護の外陣に当るこの峰の老樟の洞《ほら》の中で夜を過そうと思ったのである。日が暮れてから梢に登り、はるか目の下の山々をのぞいてみたが、峰々谷々をうずめる警護の者の篝火《かがりび》はあたかも万燈会《まんどうえ》のごとくであった。

(すこし、見くびりすぎたかのう)

梢の枝に腰をおろして、重蔵は思わず苦笑した。手の出しようがなかった。

夜間ならばこれほどの警衛陣でも自在に出入してみせる自信もなくはなかったが、秀吉が吉水院《きっすいいん》のあたりから輿を捨てて徒歩《かち》で山道をのぼる時刻は、翌朝陽が高くなってからのはずであった。重蔵は、そのとき土下座の列にまぎれて秀吉の顔を盗み見ようと考えていた。

しかし、このままでは町並に近づくことさえ容易ではなかった。

（やむを得ぬ、か）

おのれに云《い》いきかすものがある。

ひとを一人、地上から暫《しばら》く消す方法であった。その人物におのれが化《な》り変り、しかも白昼、凝視する衆目をあざむくことである。これには、生命の危険を踏む覚悟をしなければならなかった。

秀吉が、御伽衆《おとぎしゆう》織田有楽斎《うらくさい》、古田織部正《おりべのしよう》、山岡道阿弥《どうあみ》らをよんで、「なにせ天下が花を賞《め》でるのじゃ。それにふさわしいだけの宴《うたげ》を支度せよ」と命じたのは、これよりわずか二十日前にすぎない。何分、日がなかった。このため大坂城内と天満《てんま》界隈《かいわい》の諸侯の屋敷は、調度の支度と供揃《ともぞろ》えで合戦のようなさわぎになった。

大坂のうわさは、一日で京に流れる。秀吉の花見の話を京の黒阿弥《くろあみ》の家できいた重蔵は、奇貨であると思った。この日こそ秀吉の相貌《そうぼう》を花の下でとくと見極められる。しかし秀吉をかこむ万余の供奉《ぐぶ》の武士の目をどうするか。さすがにこれを冒して秀吉に接近できる自信は重蔵にはなかった。黒阿弥はこの無謀をとめて、

「てんごう、なさるものではない。命が大事じゃ」

「しかし、貌《かお》も知らずに、後日、参入できると思うか」

「見当はつこう。万人にひとりの異相と申すぞ」

「それだけではわからぬ。なんぞ、ひと工夫はないか」

「ある。それほどに執心ならばじゃ。しかし、ひとたび露顕すればからだが膾《なます》になり申すぞ」

黒阿弥の云うのは、こんどの観桜の宴の趣向のひとつに、観世大夫《かんぜだゆう》が取りしきる桜下の薪能《たきぎのう》が織りこまれている。その能役者のひとりにまぎれて、舞台の上から存分に秀吉をながめたらどうかというのである。

「下河原に、観世音次郎という者の屋敷がござる。毎夜、吉野で舞う者の稽古《けいこ》が行われているという話じゃ。屋敷うちに忍び入って、いまから十日ばかりのあいだに、その所作を盗みとる」

「所作を？」

「そうじゃ。しかし舞台を踏み誤れば、満山は太閤の家人、もはやのがれるすべもござるまいぞ」

「やってみねばわからぬ。曲は何じゃ」

「吉野天人、とか聞いている」

これは観世家にあっては三番物の謡曲とされている。吉野と花とにちなんで、観桜の興添えにとくに選ばれたものであろう。シテは、天女である。最初は里の女の姿をとって現われ、ワキは都方の男という趣向。ほかにワキヅレとして従者二人が登場する。

都の男が従者をつれて、「花の春なれば、千本《ちもと》の桜を眺めん」とゆらめき出てくるところからはじまり、男の一行が吉野山に着くと、花の下でひとりの里女に出遇《であ》う。女は自分を語って「春立つ山に日を送り、さながら花を友にして山野に暮すばかり」と云えば、男はいたく感じて「げに花の友は他生の縁もっとも深し」などと、帰るべき家路を忘れて花を見暮すうち、やがてある夜、女は男に向い、「今宵《こよい》はここに旅居して信念し給《たも》うならばそのいにしえの五節《ごせち》の舞、小忌衣《おみごろも》の羽袖《はそで》ひるがえして月の夜遊《やゆう》を見せ申さむ」と、にわかに天人の姿をあらわし、花に戯《たわむ》れ舞う奇瑞《きずい》を見せるというのが、あらましである。

その夜、下河原の観世屋敷の広い庭に忍び入った重蔵と黒阿弥は、庭のまわりには小さな数寄屋《すきや》風の母屋《おもや》を背景に、あかあかと燃えさかる四隅の篝火を結界として、能衣裳《いしょう》をつけた一団の影がしきりと動いているのを見た。

夜中、薪のあかりで能を演ずる風は、通常、奈良春日《かすが》の神事能のほかにはみられない。毎年二月に入ると、七日の間にわたって興福寺南大門前の芝生で催行されるのが吉例になっていた。こんどの吉野の花見には、とくに夜趣に興を添えるために選ばれたのであろう。東山から吹きおろす黒い夜気に、ひく、しかも浸《し》みとおるような謡曲の声が聞える。それに従って、形は緩慢に舞い、数歩さがって杭《くい》のごとく動かず出を待っている影がある。時折り、風が動いて篝の炎は踊りあがるように空を舐《な》め、そのたびに地上の影が複雑な模様をつくった。

「それ、いま立ったあの影をご覧なされ」

黒阿弥は、重蔵の耳許《みみもと》でささやいた。

「ワキヅレの従者じゃな」

「左様。背恰好《かっこう》、お前様に似ておる」

「あれがよいか」

重蔵は、植え込みのかげで胡座《あぐら》を組みながら、まるで十年も通い馴《な》れた顧客のような風情《ふぜい》で観《み》ている。

「そうじゃ。動きもすくない。——しかし、お前様に出来るかのう」

「どうやら、出来そうじゃ」

その夜から毎夜、重蔵は黒阿弥をつれて観世屋敷に忍び入り、方広寺裏に帰ると黒阿弥をシテに見立てて、多少の稽古を積んだ。黒阿弥には、もともと物の所作を一目みれば真を写せる才があり、謡《うたい》を口の中で唱しながら、いちいち小うるさく重蔵の所作を矯《た》める。重蔵もあきれて、

「そちは、乱波《らっぱ》には惜しい。能役者にでもなればよかったのう」

「やくたいもない。観世大夫のワキヅレを演《や》るのは、お前様でござるぞ」

こうして、秀吉の花見の日を迎えたのである。忍者は、もともと危険を好まない。出来れば、こういう危険を踏まずに秀吉に接近できる工夫があればよいのだが、満山に繰りひろげた花見の配置を眺めてみると、さすがに天下第一の弓取りの花見といえた。それぞれ酒盃《しゅはい》をふくみ花に戯れて一見みだれているようにみえながら、峰々に置かれた花莚《はなむしろ》の配置は合戦の布陣とほとんど異ならず、たとえここに数万の軍兵が不意を衝《つ》いて攻め登ってきても、半刻《はんとき》もたたぬまに撃攘《げきじょう》できそうな、峰々相呼応する心憎い配置である。

「秀吉め。老いても性根だけは失わぬな」

西行庵の峰から、遠くその景をのぞんでいた重蔵は、思わず苦笑するものがあった。おなじく葛商人に化けて、花の周辺をうろついていた黒阿弥が峰の樟まで戻ってきて、

「とてもこのままでは、手が出ぬ。やはり能かのう」
「観世の支度所はどこときまった」
「蔵王堂の子院、報善院と聞いた」
「夜を待って、そこまで降りるか」

春の吉野の昼夜は、気温の落差がはげしい。陽が落ちるとにわかに山気がこごえて、おちこちの峰や谷に焚《た》かれている篝火の色が目に懐《なつ》かしいものになった。ここに団々と燃えさかっているのは、山麓《さんろく》の一角を真昼のように浮きだしている止《し》観院《かんいん》の篝火であった。

能はこの境内で演ぜられる。まず秀吉以下諸大名は、止観院の障子を開け放って見物し、他は篝火の外縁に土下座して居並ぶ。

止観院の裏から半丁の叢《くさむら》の中をさがると報善院があり、能楽師たちの支度にはこの子院の庫裡《くり》が用いられる。舞台の止観院との間には桜樹《おうじゅ》の下を一条の小みちが通じ、芝居小屋でいえば楽屋裏にもあたるこの野みちは一基の篝火もなく、ひたすらな闇《やみ》の満ちるにまかされていた。

能役者たちは、出衣裳のまま、小者の提灯《ちょうちん》に先導されて、この小みちを歩く。浄闇《じょうあん》の中から絢爛《けんらん》たる能衣裳が境内に出ればにわかに篝火に照らされて、いかにも吉野天人の主題にふさわしい夢幻感をそそる。あるいはみちの暗さは、そのためにわざわざ意図された趣向であったかもしれない。

しかし、ワキヅレになる美加次郎の不幸は、このみちの暗さに起因した。

暮六ツの鐘とともに、観世の一行は報善院を出た。

美加次郎は一行より遅れ、先導する小者の提灯より十数歩のうしろを歩く。六ツの鐘の捨て鐘が響き終るころ、にわかにこの男の外界は光を喪《うしな》った。――悶絶《もんぜつ》したのである。そのまま、傍らの草むらの中に引きずりこまれていた。

引きずりこんだのは、黒阿弥であった。素早く猿ぐつわを噛《か》ませ、衣裳をはぎとって傍らの重蔵に着せおわると、

「似合う」

にやりと笑った。満足そうに背をそらして重蔵の扮装《ふんそう》を眺めながら、

「行きなされ。もっともこれが今生《こんじょう》の別れになるかも知れぬが」

「縁起でもないことを申すな」

面をつけて、悠然と重蔵は一行のあとを追った。

既にして、能が始まった。重蔵は、観世大夫の動きにつれて、ワキヅレになるいま

一人の従者の所作に従う。ただそれだけでよかったのだが、面の中にかくれた重蔵の顔は次第に勝《すぐ》れなくなった。

重蔵は錯誤をおかしていた。火の粉の飛ぶ篝火の明るい結界の中からながめると、秀吉がそこにいるはずの止観院の席は意外なほどに暗いということに、ようやく気付いたのである。

なるほど止観院の蔀《しとみ》はたかだかとあがっていた。しかしその下の空間は洞穴のように暗い。逆光のカーテンの中に諸侯大夫が千体仏のように押し並んでいたが、はたして太閤秀吉はその中に居るのか。居るとすれば、中央前面のどの影がそうなのか。探そうにも、面を通して見る外界は小さく、その上、視線を正眼に固着したまま動かしようもなかった。

そのあいだにも、能は容赦もなく進む。天人が都の男の情にほだされて姿を露《あら》わそうとするころおいになって、重蔵はようやく所期の望みを絶った。

（無駄な骨を折った……）

舞いながら、重蔵は苦笑した。凝視すると、正面の秀吉の座とおぼしい座にはたしかに人の暗い輪郭はある。しかしその面貌を知るには、いますこしの光が必要であった。

こうなっては所作をつづける以外に手がなかった。舞台が進んで、里の女が天人の衣裳にあらため、小忌衣の羽袖をひるがえして五節の舞を独舞しはじめる。これに従い、ワキとワキヅレ二人は篝火のそばにまで引き退《さが》って天人の舞を驚きあきれて眺める。重蔵は見覚えた所作のとおり、両膝《りょうひざ》を地につけて天人の舞に見惚れるがごとく面のあごを心持上へあげたが、しかしこの頃おい、重蔵の心の中には奇妙な波がたちはじめていたのである。うしろにあって、重蔵を凝視している者のあるのに気付いたのである。

視線はひとつの方角からではなかった。横合からも、重蔵の左耳の付け根あたりに突き刺さるような視線があるのを覚えた。

(……ふたりじゃな)

しかもそれらは、互いに仲間ではなさそうに思える。ひとつはやわらかく、一つは鋭い。

(誰であろう……)

重蔵の肌に戦慄《せんりつ》がはしった。

露顕すれば、逃れるすべがあるまい。広くもない境内を、篝火で囲んだ演能の舞台を残して隙間《すきま》もなく人が詰めているのである。

不審の声がかかれば逃れる手だてとして、まず四つの篝台を倒すことであろう。あたりを闇にしてから見物の群れの中にまぎれこまねばならないが、その間に寺の門を閉ざされれば絶体絶命である。折りあしく降るような星空であった。塀を乗り越えようとしたところで、おのれの姿を衆目の前に曝《さら》すだけの結果に終ろう。

やがて能は果てて、能楽師たちは一人々々境内を辷《すべ》るように消えた。むろん、重蔵も従う。下座で見ている群れの前を、歩幅を小さく刻んで通るのである。

通りながら、重蔵は背に汗を覚えた。なおも、誰かが自分を見ている。視線は執拗《しつよう》な粘着力をもって、一足進むごとに重蔵の体に纏《まと》いついた。

ついに観衆の前を通り抜け、裏口の四脚門をくぐりぬけたとき、重蔵の四肢の緊張は一時に弛《ゆる》んだ。あとはもはや、忍者としてのおのれの世界であった。目の前に、山野を押し包んだ闇が空の果てにまでひろがっていた。

自然、小走りになった重蔵のかかとに、突如釘《くぎ》を打ち込むような声が後ろで聞えた。

「おい……」

押しつぶしたような、低い声である。重蔵は聴えぬふりをして、なおも叢の中の小みちを急いだ。

「聴えぬのか」

重蔵は、観念の臍《ほぞ》をきめた。すでに能衣裳の紐《ひも》をことごとく解きはじめている。下は黒い忍び装束、さらにその下には鎖帷子《くさりかたびら》をもって身を固めていた。ただ寸鉄も帯びていない。

「待たぬと、斬《き》るぞ」

相手がいったとき、重蔵は殊更《ことさら》にゆっくりと、しかもわざと振りむきもせず、

「斬れるものなら、斬ってみい」

言葉も終らぬうち、弧を描いて落ちてきた長剣が重蔵の肌をかすめた。

みごとに能衣裳を襟元から裾まで真二つに斬り裂いた。衣裳は生けるもののごとく道に立ち、やがてばさりと折り崩れた。

その寸前、重蔵の体は衣裳の中から抜けだして、道端の叢のむこうへ吸いこまれた。

男は追う。

数片の花びらが、風もないのに男の顔へ降りかかった。

重蔵は桜樹の林の中を、登り斜面を選んで逃げた。

中腹まで来たとき、折りしも血のように赤い大きな片割れ月が、山の端《は》からゆらめ

くように差しのぼった。その月が吐きだしたように一個の黒い影が重蔵のそばに匍《は》い寄ってきて、

「重蔵様、わしじゃ」

「おお黒阿弥か。よい所へ来た」

いうなり、重蔵は、黒阿弥が背に負っている刀をいきなり引き抜くと、

「追われている。ここで斬ることにする。黒阿弥、邪魔じゃ、どこぞへうせろ」

重蔵は、だらりと刀を提げて下のほうを透かした。その様子をみて、黒阿弥は白い歯をむきだし、

「なにを迂闊《うかつ》な。あれは、風間の五平様でござるぞ」

「五平？——」

「さきほど、四脚門を出た所でお前様を呼びとめたときに、わしはしかと顔を見た。あの様子では、すでにわれわれが都を発った時からつけていたに相違ござらぬ。ちょうどよい折りじゃ。斬ってしまいなされ」

黒阿弥は口では勢いよくそういったくせに、重蔵が、

「よし。それでは、そちは五平の逃げ口を塞《ふさ》げ」

と命ずると、

「あ、それはならぬ」

と顔色を変えた。

「ふむ？」

「わしは五平様がおそろしゅうてならぬ。必定、斬られる。このまま一足先に京へ帰りますぞ」

重蔵は身を伏せ、もう黒阿弥の存在を忘れたように目を細めて、下からのぼってくる五平の動きを一心に見透かした。やがて目の下の灌木《かんぼく》がかすかに動いて、五平が近づいてきたことが知れた。

「五平」

「気付いたか」

姿は見せなかったが、足元の灌木のあたりから声が洩《も》れた。

「足場を見付けるまで、待ってやる。幸い月も出た。尋常の勝負をするのじゃ」

重蔵はいった。しかし五平の声は嘲笑《あざわら》うように、

「尋常に勝負するぐらいなら、わざわざここまでつけて来はせぬ。斬っても、斬られても、元も子もない」

重蔵は、沈黙した。話を交わせばかわすほど、五平の狡智《こうち》の中に落ちてゆきそうに思えたのである。

月が、峰の桜の老樹の梢《こずえ》から、不意に離れた。光が粉を撒《ま》くように斜めから降りそそぎはじめ、山腹の地物のすべてに濃い褐色の隈《くま》を作った。

重蔵は、抜き身の欛《つか》をにぎりしめた。刀尖《とうせん》にむかってはためくような震えが走った。いかような手段によってでも、五平を殺さねばならぬと思っている。その時期が来ている。このまま五平を生かしておくかぎり、重蔵は彼の術策の鼎《かなえ》の中で所詮《しょせん》、煮上げられるのが落ちであろう。

重蔵の背に月がある。五平は逆光に向っていた。ふたりの距離は、おそらく三間。そのあいだに数株の灌木が蟠《わだかま》っている。この灌木を挾《はさ》んで、二人はじりじりと巴《ともえ》の模様を描いて匍匐《ほふく》しつつ移動した。

二人は、いっさいの物音を殺した。

自然、互いの位置がわからないのである。いつ横合から刃を突き出されるかもしれぬ不安が二人を包んだ。たまりかねたのか、五平は口を開いて探りを入れてみた。声だけはわざと悠長な調子で、

「重蔵、お前のうしろの月が邪魔じゃのう」

云《い》い終ると、素早く移動する。重蔵は答えない。山の肌に耳をつけて、静かに五平の立てる物音を探っていた。峰から吹きおろす風が、しきりと草をそよがせはじめている。鼓膜の中の物音は、ただそれだけしかない。

からん。——

重蔵の右手のそばに、小石が落ちた。つづいて左足の横にも落ちる。小石は、灌木を越えてゆっくり弧を描きつつ、次々と落ちてくる。五平が、重蔵の位置を探っているのである。まず茂みに落ちる音、地に落ちる音を聴きわける。やがて重蔵の体に落ちるときは、音は重蔵の衣服に吸われて五平の耳には還《かえ》るまい。はじめて重蔵の位置がわかるわけであろう。

重蔵は、にやりと笑って逆に石の落ちてくる方向を見定めた。さすがにその方向は一石ごとにみだれて、捕捉《ほそく》しがたい。

ほぼ、目の下からであるということだけはわかる。——重蔵は、手もとにあった一抱えもある石を、じっと掌で抑えた。

頃は、よいと見た。五平は、おそらく真下にいる。重蔵は、石を落下させる。しかし力まかせに押し飛ばした石の方向は、ことさらに五平の位置よりも右に向わせた。石は土を巻いて落ちはじめた。

重蔵自身は、落石とは左右べつの側から素早く灌木をめぐって降りた。

（重蔵か？）

五平がはっとして落石に気を奪《と》られたときである。後ろへ回った重蔵の刃が夜気を斫《き》りさいて頭上に落ちた。

ずるり、と五平の体がすべって、そのまま斜面を転がり落ちてゆく。

五平がそこに居た地面には、たしかに血の匂《にお》いが立っている。しかし重蔵はふと、苦い顔をした。

（手を誤《あやま》ったな）

その稚《わか》い桜樹《おうじゅ》が、地上二尺から見事に斬り放たれている。五平は重蔵の刃をかわしきれず僅《わず》かに傷を負ったまま、重蔵が斬り倒した桜を掴《つか》み、枝に身を隠してずるずると落ちていったのであろう。

重蔵はあのとき桜を斬った覚えは、目にも手にもなかった。五平は殺気を知るとともに、すばやく桜に身をかくしたものかと思われる。

（やはり、並々な男ではない）

重蔵は、あらためて五平が身につけている伊賀の測隠術に目をみはる思いがした。

それだけに、早く葬《ほうむ》る必要もあったのである。

が、重蔵は斜面を降りて五平を追わなかった。忍者の心得というものであろう。五平は、ただ逃げる目的のみで辷り落ちたのではあるまい。おそらく新たな変幻をもって重蔵を待ち構えているはずであった。

重蔵は、抜き身を提げたまま、峰のほうへ登った。登りきると、あたかも、傷を負うた五平の万一の襲撃を恐れるように、飛ぶような脚で杉木立の中を入った。

ここから峰を三つ越せば西行庵《さいぎようあん》に出る。一たん西行庵に退《ひ》きあげるのは、樟の老木の洞にかくしてある忍び道具を埋めてしまうためであった。

埋めたあとは、一刻も早く吉野を去る必要がある。おそらく今ごろは、止観院への叢《くさむら》の中から、悶絶《もんぜつ》している能役者が発見されているにちがいない。それとわかれば、吉野山の警備陣は一時に湧《わ》き返るような活動をはじめるにちがいなかった。

西行庵の峰まで辿《たど》りついた重蔵は、老樟の洞に手を入れてみて、不審な表情をした。無いのである。

(黒阿弥が始末したのかな)

そうも思ってみたが、あの男が、重蔵が山を去らぬ間に道具を片付けてしまうはずがなかった。

ふと、あたりの地面を見渡してみると、掘り返して埋めたらしいまだなまなましい土の痕《あと》があった。

(誰か。――黒阿弥でないとすると)

重蔵の肌が、一時に粟粒《あわつぶ》立った。重蔵には直感があった。あの薪能《たきぎのう》のときに重蔵を見つめていた、もうひとつの視線を思いだしたのである。

(まさか、甲賀ノ洞玄では……?)

あの視線の質は、甲賀ノ摩利洞玄ではあるまいと思った。

しかしこの仕業が誰であっても、いまこの土のそばに立っている重蔵の姿を、どこかの大地の闇《やみ》の中から凝《じ》っと見つめているはずである。

重蔵は身の危険を感じて反射的に土のそばから跳びすさった。

そのとき、木立のなかから、梟《ふくろう》の声が聴えた。

それは梟のものではなく、忍者が吹く梟笛の音であることを、重蔵は知った。

重蔵は抜き身をさげたままあたりを見回した。運わるく、老樟が根を張っているこの場所は、狭い草の原になっている。原の周囲は鬱蒼《うっそう》たる樹林が押し包み、樹林までは何一つの遮蔽物《しゃへいぶつ》もない。

月はすでに中天を侵そうとしていた。重蔵が立っている原はいま、蒼《あお》い光の海の中にある。

樹林まで、突進して身を隠すこともできようが、しかし直ちにその方法をとる気は起らなかった。樹林の中に、何が潜められているか、このままでは見当がつかなかったのである。

その証拠に、梟の声はただ一声啼《な》いただけではなかった。

東に一声すると、西が呼応する。やがて周囲の樹林すべてが、湧くがごとく梟の声を放った。

重蔵は、動くことを諦《あきら》めた。

ただこれから何が始まろうとするのか、手を拱《こまぬ》いて木偶《でく》のごとく突っ立っている以外に仕方がなかったのである。

おそらく飛び道具が来る。これが重蔵の予想であった。しかしみごとに外れた。

最初、重蔵の背後から襲いかかったのは、一すじの刺股《さすまた》であった。

払いのけて、袈裟《けさ》に斬った。しかし鎖帷子に当って斬れず、襲撃者はただ衝撃で倒れた。倒れた男は、忍者の装束をしている。

(わしを捕えようという積りかな)

正直なところ、重蔵は安堵《あんど》した。飛び道具で仕止めようと思えば、いまの重蔵ほど絶好な的はなかった。

しかし、いつのまにふえたのか、十数名の忍者が重蔵の身辺を取り巻きはじめた。刺股、杖《じょう》、熊手《くまで》などを獲物《えもの》に、すべて無言でじりじりと囲みを縮めてくる。

(おう、甲賀者。……)

重蔵は、整然としたこの集団の動きに、思わず驚嘆のうめきをあげた。伊賀者は個人の働きにこそすぐれていたが、城攻め、野戦などにおける甲賀者の集団的な機能には、はるかに及ばなかったのである。

後ろの一人が、重蔵にむかって目潰《めつぶ》しをなげた。危うくかわすと、背後の樟の幹に当ってすさまじく弾《はじ》けた。

粉が飛ぶ。このまま居ると目をやられてしまう。重蔵は瞼《まぶた》を閉じ、息を詰め、樟の後ろ楯《うしろだて》をすてて風上へむかって突進した。

たちまち、乱陣になった。重蔵はいつの間にか抜き身を投げすて、三間杖を奪って闘ったが、まだ辛うじて一人を突き伏せたにすぎない。

目潰しの沈むのを待って再び樟の下へ戻って息を入れた。相手は、この伊賀者の意外な手練に恐れたのか、こんどは容易に打ち懸ろうとはしない。

重蔵は、懐《ふところ》ろに手を入れた。そしてやにわに身を沈めると、星型に刃の出た忍び車を天にむかって飛ばした。

悲鳴も聞えず、ひとりの男が樟の梢から落ちてきた。腕に投網《とあみ》をかかえ、地上でむなしく潰れた。

すべてが無言である。

重蔵の正面に背をかがめて杖を構えていた男が、そのままの姿勢で頭を深く下げてゆき、やがて地上に斃《たお》れたときも、一団の誰からも声が発せられなかった。

ついで、重蔵の右手の男が、まるで舞か、それとも儀式の所作のように静かに折り崩れた。

三人目の男が斃れたときようやく一団の中から、堪《た》えに堪えていたうめきにも似た声が発せられた。

「ひ、退《ひ》けい」

そのひと声で、あれだけの人数が、負傷者を押し包んでまるで夢のように重蔵の目の前から掻《か》き消えたのである。

「黒阿弥かよ」

杖を投げ捨てて、重蔵は付近の叢の中へ声をかけた。

「左様」

黒阿弥は、半弓を持って叢の中から立ちあがった。

「京へ戻らなんだのか」

「すこし、気になり申したでな」

臆病《おくびょう》なだけにこの黒阿弥には、巫女《みこ》のような異常な勘があるらしかった。下市《しもいち》へ抜ける山道を駈《か》けているとき、ふと重蔵の身の上に予感がして戻ってきたというのである。

重蔵は先に立って、樹林の中の道をたどろうとした。しかし黒阿弥はつと袖《そで》を引き、

「見られい」

地上をみると、道の上、茂みの中、手さぐるかぎり一面に鉄びしが撒《ま》き布《し》かれている。踏めば、足の裏に刺さる。忍者のみが使う特殊な道具である。

「おそらく、この木立の下すべてに撒かれているように思われる。おそるべき敵じゃ。もしお前様が木立に遁《のが》れようとすれば、これを踏んで難なく捕えられるところでござったぞ」

そう云いながら、黒阿弥は草の束を引きぬき、その穂先で鉄びしをからからと掃き

捨てた。

「相手は、たしか甲賀者であったな」

「左様。甲賀者」

「あの者どもを使《つこ》うたのは何者かな」

「ほう。……」

黒阿弥は、掃く手をとめて重蔵の顔を見た。

「ご存じないのか。――あれは、小萩《こはぎ》でござるぞ」

「なに。小萩？」

「そうじゃ。わしは、この目でしかと見た」

「小萩を、か」

「いかにも、あの樟から東みなみの木立の蔭《かげ》で、女だてらに忍び装束をして、あれこれ指図をしておったわ」

「なぜ、あの女はわしを捕えようとしたのかな」

「まさかお前様どもの痴話《ちわ》喧嘩《げんか》ではござるまい」

黒阿弥は、皮肉な笑いを泛《うか》べて、

「お前様の生身の体が役に立つのじゃよ。石田治部少輔《じぶしょうゆう》は今井宗久の陰謀が徳川内府

「の指し金であるとにらんでいる。お前様を捕えて生きた証拠とし、天下に陰謀を明らかにして太閤に徳川討滅の決意を迫るつもりじゃ。小萩はその治部少輔の忍者でござるぞ。今後もある。女によい気になって、身を滅ぼされな」

そのとおりである。

と、重蔵は思った。同時に、小萩の忍者としての凄《すさ》まじさに、ほとんど畏敬《いけい》に近い感情の湧くのを覚えた。

やはり、あの薪能の最中に感じたもう一つの視線は小萩のものであった。その視線に籠《こ》められた小萩の想《おも》いは、おそらく重蔵への思慕ではなかったであろう。忍者という、哀《かな》しいまでに職業化された一人の女の、仕事の対象物に対する貪婪《どんらん》な関心以外のなにものでもなかったにちがいない。所詮《しょせん》、忍者は化生であるのか。

小萩の豹変《ひょうへん》のすさまじさを目《ま》のあたりにみて、重蔵は、今更にそう思った。五平とは異なり、伊賀の忍者として生涯を生きようとする重蔵は、小萩のもつ化生にむしろ快い共感がある。世の太平とともに、職業として滅びゆく運命にある忍者の中で、あの女こそ最後の忍者を溌剌《はつらつ》と伝承しているように思えたのである。

おとぎ峠のあの夜は、終夜、庵《いおり》の床の中で小萩の甘い声を聴いた。小萩は一個の赤裸な女として溺れきったかにみえた。事実、小萩はふたりで忍者を捨てようとさえ云ったではなかったか。

「どこか、見知らぬ土地へのがれて、なみなみの人間のするような、安穏な、仕合せな生涯を送りましょう」

そう囁《ささや》きつづけた小萩の声には、涙さえ籠《こも》っていた。あれほど化生として習練された者が、それほどまでに生《なま》な人間に立ち戻るには、よほどの思慕と、よほどの苦しみを経なければ叶《かな》うまい。しかし重蔵は小萩の求めを拒んだ。

男女の愛欲のはかなさを伊賀の忍者は伝統の理性として知りつくしている。一旦《いったん》の情欲は、発する時にすでに亡《ほろ》びの因を秘めているものであろう。重蔵は、虚仮《こけ》なこの情欲に身を托《たく》することなく、忍びとしての化生のなかにおのれを托することを選んだ。

重蔵がそれを選んだ瞬間、小萩もまた本来のおのれに立ち返った。今宵《こよい》の西行庵の峰における襲撃は、おそらくおのれの立ち直りを示す重蔵への宣言であったろうと、重蔵にだけはわかるような気がするのである。

西行庵の峰から間道伝いに吉野川の渓谷に出、佐名伝《さなで》の聚落《しゅうらく》に降りてから、重蔵は高取へ、黒阿弥は高田へと、それぞれ京への迂回路《うかいろ》をとることにした。

重蔵は、すでに武家の旅姿に戻っている。黒阿弥は実直な小商人の旅装に身を固めて佐名伝のひなびた門徒寺の山門の前で別れた。

つと立ち去りかける重蔵の編笠《あみがさ》の中へ黒阿弥は顎《あご》をさし入れて、

「京に戻れば、小萩を成敗なさることじゃ。洞玄も五平様もすべて始末なされ。太閤を殺《あや》める日が近づいている」

「そちはどうする」

「散った乱波《らっぱ》どもを集めて盗賊を、ふたたび始める。方広寺裏の店《たな》もどうやら危うなったから、いずれ羅刹谷《らせつだに》の荒れ寺へでも住いを移すつもりじゃ」

歯をむいて、天明の村道を歩きながら、しらじらと笑った。どこかに、消しがたい年齢の疲れがみえた。

水《すい》　狗《ぐ》

吉野《よしの》から京へもどった黒阿弥《くろあみ》は、方広寺裏の研店《とぎだな》をにわかに畳むと、すぐその足で羅刹谷《らせつだに》の荒れ寺に籠《こも》った。

ひとり、ふたりと、一旦《いったん》は飼い放した乱波《らっぱ》を、丹念に呼び集めはじめたのである。

京の街が寝しずまったころに、彼等は闇《やみ》にまぎれて、毎夜、寺の床下、窓などから風のように忍び入ってきた。黒阿弥は須弥壇《しゅみだん》の前の朽ちた床の上に座りながら、

「名は？」

と小さく声をかける。なにがし、と答えて入ってくる男たちへ、金と仕事を与えてすぐさまに去らせた。その夜も、床下にかすかな物音をきいて、声をかけようとするよりも早く、

「耳じゃよ」

「う？」

「名張《なばり》ノ耳じゃ」

男は床板をあげて這《は》いだした。のそりとお堂の真ン中に立って、

「忘れたかよ」

と、自分の小さな顔を指した。年はまだ五十には届くまいが、前歯が上下ともなく、わらうと魚のような顔になった。肩からぼろぎれを垂れかけて、まるで乞食《こつじき》のような風体をしていた。黒阿弥はようやく不審の眉《まゆ》をひらいて、

「耳じゃな。忘れはせぬ。しかし疾《と》うに死んでおるものと思うていた。……天正の戦さ場では、たしか柘植砦《つげとりで》に籠っておったのではないか」

「おお、あの戦さ場」

云《い》うなり、男は両《ふた》つの掌で顔を蔽《おお》うた。よほど耐え性《こらしょう》がなくなっているらしく赤爛《あかただ》れた目から、とめどもなく涙がこぼれた。天正伊賀《いが》ノ乱の酷烈な思い出が一時に胸にさし迫ってきたのであろう。

「わしが居たあの砦の中の人は、いまこの世に一人も生きておらぬ。わしの上忍柘植義宗様も流れ弾に当って果てられた」

「おぬしもそのうちの一人であろうと思うていた」

「わしは辛うじて遁《に》げたが……」

「あれから十三年経《た》つ。何をしておった」

「乞食じゃ」

男は、へたへたと崩れるように座って、

「こう泰平となっては、そのほかに食い継《つな》ぎようがあろうか、乱波づれに」

「盗賊ということもある」

「やはりおぬしは賊なのか」

「賊ではないが、似たことをしている」

黒阿弥の陰鬱《いんうつ》な顔が、はじめて笑った。男はその笑いにすがりつくように、

「紀州の鷺《さぎ》ノ森の御坊の前で物乞《ものご》いをしているうちにむかし顔馴染《かおなじみ》であった乱波に出会い、おぬしの許《もと》にゆけば、なんぞ金目の仕事があるときいてやってきた。わしは餓《ひも》じい。仕事があれば、なんでもする」

「しかし」

黒阿弥は、急に刃のような冷酷な目付にもどって、

「おぬしには、もう、忍び武者の性根は残っていまい」

「さあ」

男は自分でもわからぬといった、戸惑うような顔をした。

「いちど、試してくれぬか」

「では、縫うてみい」

黒阿弥は、脇差《わきざし》からよく磨かれた小柄《こづか》を抜きとると男の膝《ひざ》もとへ投げた。

「右か、左か」

「どちらでも、おぬしの好みじゃ」

云《い》われて、男は口をつぐんだまま右手で小柄を受け取り、凝《じ》っと左手をかざした。骨に辛うじて黒ずんだ皮の貼《は》りついた、枯れ葉のような掌が、小柄の鋩子《ぼうし》の前でそよ

いだ。男の顔が歪《ゆが》み、額から粘い汗が流れている。呼吸がみだれて、男は苦しげに目をつぶった。

「何をしている」

黒阿弥は、低い声を出した。目に侮蔑《ぶべつ》の色がある。名張ノ耳という男がかつてはどのような忍者であったのか、おなじ伊賀一国でも柘植党と下柘植党の所属の違いがあるために黒阿弥は十分に知る所がない。ただ忍者の廃《すた》れをこの目で見るほど黒阿弥にとって不快なことはなかった。刃物の上を素足で渡るようなこの職業にとって、技術の巧拙よりもむしろそれを支えている魂のきびしさがかれらの第一義とされてきた。この男が乞食にまで身を下げたことは堕落とはいえない。しかし精神の腱《けん》に弛《ゆる》みが生じていることは、我慢のならぬほどの堕落であった。男は、いま、おのれの手によって、おのれの手を縫わねばならぬ。その挙措を仔細《しさい》にすかし見ることによって、黒阿弥はこの新参の忍者としての能力を測ろうとしていた。

「臆《おく》したか」

到底、使いものになりそうにない、と呟《つぶや》きつつ、黒阿弥は急に興を喪《な》くしたように立ちあがった。

「ま、待て」

男は、黒阿弥の裾《すそ》をつかみ、爛れた目に必死の色をうかべて、

「や、やる」

「………」

黒阿弥は、だまって男を見おろした。男の目に、この機会をのがしてはまた明日から飢えをしのばねばならぬという必死な色がある。飢えへの恐怖が、再び男に小柄を握らしめた。掌の肉のくぼみに男の小柄がわずかに触れ、かすかに慄《ふる》えた。

「なぜ目をつぶるのか」

「きえっ」

黒阿弥の声に気圧《けお》されたように、男の小柄は骨をきしませて掌を串刺《くしざ》しにした。血を滴《したた》らせた切尖《きっさき》が手の甲を突き通してわずかにのぞいているのを男は放心したように眺めながら、

「こ、これでよいか」

「抜くのじゃ。じわりと」

「こうか」

云いながら、男は苦痛に身をよじらせた。骨のきしむ音が聞えたが、黒阿弥は表情も変えず、

「早すぎるわ」

「か、勘弁せい」

男は夢中になって、小柄を一気に抜きとった。指を伝って流れる血を拭《ぬぐ》いもせず、黒阿弥のほうへ上体をねじむけて、哀願するように、

「これで、雇うてくれるであろうな」

「断わる」

黒阿弥は、にべもなく吐きすてた。

「なに——」

「そこもとは、わずか掌をひと縫いするだけの間になんど悲鳴をあげたか。性根の殪《す》えた忍者に、なんの使い途《みち》がある。槍《やり》で脾腹《ひばら》を串刺しにされ、刀で手足を刻まれても、余のさむらいなら知らず、吐く気息の音《ね》もたてぬのが伊賀侍の習いじゃ」

黒阿弥は、嘴《くちばし》のように突き出た唇をゆがめて、あざわらった。そのあと、懐《ふとこ》ろから糒《ほしい》の包みをとりだし、ご苦労じゃ、これでも喰《く》らわぬかと男の足もとに投げだしたのは、目の前の男をもはや乱波の仲間としてではなく、ただの乞食として遇し去ったつもりであろう。男はすばやくそれを拾いあげると、かさかさと窓際《まどぎわ》にむかって膝で後じさりしながら、

「黒阿弥、覚えておれ」

ぱっと、窓へ跳ねあがって、暗い堂の中から消えた。窓の下の壁に、てのひらの形

をえがいて、かすかな血痕《けっこん》が残ったのを認めると、

「乞食めが」

黒阿弥は、畳の上から小柄を拾いあげて、さも不潔そうに壁の血痕を削り落した。

忍者は、所詮《しょせん》武士ではあるまい。ばかりか、武士以下の庶人からでさえ侮蔑されてい

たが、しかし黒阿弥にすれば、この職業の者が、世人に対して隠然とした別個の精神

の世界に棲《す》み得ている唯一《ゆいいつ》の理由は、人間の苦痛の機能から超絶する能力をもつとい

う自負によるものであった。これを踏み外して人間に戻った者は、単なる夜盗、細作、

浮浪者と変らぬではないか。

こうして、黒阿弥は、十数人の乱波を選んだ。この男どもを京、大坂、堺《さかい》の市中に

潜入せしめ、従前どおりさかんに盗賊を働かせ流言を放つ一方、重蔵の城内潜入の日

のために、秀吉の動静を仔細に調べはじめた。

すでにこれより前の文禄《ぶんろく》元年八月、秀吉は京の南、伏見の里の丘陵に城を築くこと

を命じている。早くもこの三月、本丸の着工も見た。道楽の多かった秀吉もとりわけ

建築には目がない。ときどき伏見まで工事の進行を見回りにきては、

「まだ棟はあがらぬか」

などと、上機嫌で督促したりする。その時の宿舎は、すでに養子秀次《ひでつぐ》に譲った京の内野の聚楽第《じゅらくだい》の一角を用いた。秀吉を暗殺するとすれば、大坂城への潜入はさすがに難かったが、この聚楽第に足をとどめたときこそ、絶好の機会であろうと、重蔵も黒阿弥も考えていた。

情報の係、擾乱《じょうらん》の係、盗賊の係と、黒阿弥の配下の乱波たちは、それぞれの役目にわかれて整然と働いた。秀吉の身辺の情報の主なるものは、そうした乱波の一人によって、羅刹谷からおとぎ峠の重蔵の庵室《あんしつ》へもたらされた。

黒阿弥は相変らず夜盗を働く。なるほど擾乱が目的であるとはいえ、この男は本性夜盗が好きとみえて、闇の中の塀の内側に降りたつと、けもののように目が輝き、身ごなしは夜気の中に融《と》けて、全身に燐光《りんこう》を発するほどの生気を帯びた。

そうしたある夜、京の市中へ仕事に出かけた黒阿弥は、配下の一人に盗みとった刀剣数口《すうふり》をかつがせて浮世橋まで戻ってきたとき、うしろからかすかな声で呼びとめる者があった。浮世橋から西は町家が並び、東は泉涌寺《せんにゅうじ》の塔頭《たっちゅう》、坊官の屋敷などが松並木の両側にぽつぽつとならんで、その果ては、泉涌寺の森に及んでいる。

「声がしたようでござるな」

「足をゆるめるでない。気付かぬふりをするのじゃ」

黒阿弥は、無腰である。すでに忍び装束をぬいで、いつもの町人の装いに身を更《か》えていたが、懐ろに星型の刃を鋭く研いだ忍び手裏剣を、いくつか呑《の》んでいた。それを胸の肌でそっと確かめて、

「よいか。うろたえて羅刹谷の方角に奔《はし》って隠れ家を悟られまいぞ」

「心得申した」

「万一のことがあれば、わしは泉涌寺裏山から阿弥陀《あみだ》ヶ峰《みね》の山頂へ遁げ、かなわねばそのまま近江《おうみ》へ抜ける。様子がおかしいとみたら、連中を集めて阿弥陀ヶ峰で加勢を潜ませておいてくれ。何をしている。足を早めろ」

すい、と男は黒阿弥を追い越して前へ出た。幸い月がなく、影はたちまち闇に消えた。逆に黒阿弥は歩幅を落して、後ろの変化を待った。

ところが後ろでは、いっさいの気配が絶えていた。たしかに先程は、人の気配こそ感ぜられなかったが、人の声はした。たれかが自分たちに呼びかけたようであった。しかし今は、黒阿弥が背中に全神経を集めて後ろの様子を探ってみてもただ、漠々とした夜気が動き、松の梢《こずえ》のさざめきが、はるか後方にまで鳴り渡っているのみであっ

た。

(これは……)

と、黒阿弥は、内心うろたえるものを感じた。闇の中の者が、なみなみな敵ではあるまいと思いはじめた。相手は、これが黒阿弥であるかどうかを確かめるために声をかけたのかもしれなかった。掛けられた拍子に、連れを先にやっては、まるで自分の正体を動作で白状したようなものである。

とにかく、相手が現われるまで歩くことだ、と黒阿弥は観念した。むろん、羅刹谷へは帰らない。相手はどこかで見ているのである。一人や二人でないかも知れなかった。黒阿弥は全身の挙動を彼等の視線の中に曝《さら》して、闇の中を一見無造作な足どりで歩いた。

泉涌寺塔頭珠宝院の白い塀が右手にある。それが切れて、やがて道は森に入ろうとした。森にさえ入れば黒阿弥が身を隠しうる闇だまりが無限にあったから。

(現われるなら、この辺りじゃな)

それを待つように、黒阿弥はわずかに歩幅をちぢめてみたが、あたりは相変らず深沈とした闇であった。

ただ、さきほどとことなっているのは、何かの気配だけは濃厚にする。それが時に、耳許《みみもと》で人の呼吸さえ聴えるような錯覚に、黒阿弥はおちいった。

(……手には、乗るまい)

相手は、あきらかに黒阿弥に焦燥を与えようとしていた。その手には乗らぬとおのれを引き締めつつも、次第に黒阿弥の心はじれはじめた。

黒阿弥の足はそのまま森に入り、羅刹谷とは逆の方角の小径《こみち》に踏み入れたが、依然として黒阿弥の周囲には何事もなかった。

この径は山頂にのぼっている。山といっても京の東山の峰つづきにすぎない。云うほどの高さではなかったが、ただこの山肌を隙間《すきま》もなく雑木が生いしげって、時には葉《は》の下を這わねばならぬ箇所もあった。黒阿弥は枝の下を鼠《ねずみ》のように音もなく這い進みながら、ふとわれに返って、おのれのとった措置のまずさに気付いた。

「あるいは」

と、黒阿弥は思った。おのれ独りで、おのれの描いた幻覚の中で踊っているのではないか。黒阿弥は、手足を動かすことをやめた。その時であった。黒阿弥の意識の流れをまるで見知っているかのように、うしろの葉の茂みの中から、低く圧《お》しつぶしたような声がきこえてきた。

「おい」

ぎくりとして、黒阿弥は地面にめりこむように、身を低くした。

「おれじゃよ。わかるか。お前にいつか乞食《こつじき》と罵《ののし》られた男じゃ。なるほど乞食には違いなかった。ゆえに腹もたたぬし、讐《かたき》を討つ気もない。しかし、安心は早い。気の毒ながら、お前の敵であることは間違いのないことじゃ。乱波《らっぱ》なら、おのれを雇うた者に味方するのが当然であろうがな。わしを雇わなんだお前の身の不運じゃ。……お前に断わられてから、京ではちかごろほかにも乱波が入用じゃときいた。方々心あたりを探ってみたところ、甲賀者の一団が入りこんでいることがわかり、当りをつけてみると、それが甲賀ノ摩利洞玄であった。お前とちごうて、早速、わしを雇うてくれたが、なんと、様子を聞いてみれば、どうやら洞玄が目星をつけている相手はお前というではないか。むろん、お前たち伊賀乱波の棲み家を逐一言上したわさ。今宵《こよい》は洞玄どのがその棲み家へ案内《あない》せいと申さるるによって、泉涌寺道の浮世橋まできたところ、運よくお前様が歩いてござったという寸法じゃ。――お、待て」

男は、黒阿弥が懐ろに手を入れたらしい気配を察して、

「動くでないぞ。わしも伊賀にあったころは名張ノ耳とよばれて、すこしは利《き》き耳を仲間に知られた男じゃ。お前がどう動こうと、すべてこの耳でわかる。また、動いて

も無駄じゃ。いまお前の周囲には、甲賀の衆が満ちみちておる」

「おのれは、伊賀を売ったな」

「乞食になった身に、伊賀も甲賀もあるはずがない。伊賀とちごうて、甲賀の衆の気象は明るい。お前のように冷とうあしらう者はおらぬゆえ、まったくよい住み心地じゃ」

黒阿弥は、葉の茂みから抜け、身を横に構えて音もなく山の道を駈《か》けだした。その耳もとに、名張ノ耳は間断もなく話しかけてくる。しかも、どういう技法を弄《ろう》してい るのか、跟《つ》けてくるその男の姿は見えない。まるで幻聴をきくように、黒阿弥は気が狂いそうになった。

走りながらも、息がきれてくる。三歳で忍びの法を受けて以来、黒阿弥にはかつてなかったことであった。顔の半分を紙で覆《おお》うて、一里走りつづけてなお、気息が紙を動かさないというのが伊賀者の修業法のひとつであったが、今宵の黒阿弥は、どうしたことか吐く息が激しくみだれて、おのれの耳にその音が気ぜわしくきこえた。

「どうした、黒阿弥」

「うっ」

粘《ね》つくような名張ノ耳の声が、なおも黒阿弥を追うてきた。幻聴である。とはわかっていたが、おのれも忍者でありながら、おなじ忍者が掛けたあやかしの術をふりほどくことができなかった。よほど気力が衰えはじめているのであろう。これは年か、と黒阿弥は走りながら唇を嚙《か》む思いであったが、そう思えば思うほど、何者かが仕掛けてくるあやかしが心の深部に食い入って、ついには、

「それ。目の前に甲賀ノ摩利洞玄がいる」

そう聴えたとき、黒阿弥はたしかにその像が見えて、あっと膝《ひざ》を折って空《くう》を仰いだ。

「あはは、精が出るのう。そう走っては、年寄の身の毒じゃぞ」

ありありと目の前に立ちはだかった甲賀ノ摩利洞玄は、笑いでゆがんだ唇の端から、そう、たしかに野太い声を出した。

「…………」

黒阿弥は、尻《しり》を地面につきながら、必死に口をつぐんで、声を出すまいと努力した。ここで声を出して何かを答えれば、あやかしの糸はいよいよ、彼の心を痺《しび》れるまでに縛りあげてゆくことを知っていたのである。黒阿弥はそっと立ち上った。そして、普《ふ》賢三昧耶《げんさんまいや》の印を結び、印の中に自らの息を吹き入れたのち、口の中で、
悪魔降伏《ごうぶく》

怨敵《おんてき》退散
七難連滅
七復連生秘
と唱えつつ、中指と人差し指とを立て、刀をもって斬《き》り払うがごとく九字をきると、わずかに目の前の映像が消え、黒阿弥は足を踏みこんで進んでみた。何の手応《てごた》えもなく、洞玄が居たはずの空間にはただ漠々とした闇《やみ》のみがあった。
「ふっ。この黒阿弥に近寄れるものなら」
黒阿弥は声を出して、年甲斐《としがい》もなく闇の中で自分にりきんでみせた。しかしその瞬間後、闇の中で自分の顔色がわかるほど蒼《あお》くなった。甲賀者のたれかがこの声をきいて、自分の位置が知れたとしたらいかにもまずい。弾《はじ》かれたように、再び山みちを横歩きで走りはじめた。真言《しんごん》を唱えたことが何ほどかの救いになったのか、もはや耳もとの声は聴えなくなっていた。
山頂にむかって、夢中で走った。そこにはさきほど指示したとおり、自分の配下である伊賀系の忍者の何人かが身を伏せて待っているはずであった。
尾根に這いあがってから黒阿弥はぎくりとして、目を東にむけた。空にかすかな光が射《さ》して、月が昇ろうとしている。

（運が尽きた、わしも）

尾根は松の疎林《そりん》に覆われながら北に走り、そのむこうに椀《わん》を伏せたような阿弥陀ヶ峰が隆起していた。そこまで夜目で踏んでも七、八丁はあろう。淡い月の光に照らされはじめたその尾根を、黒阿弥は、必死で走った。足は思うように進まず、走りながらも、心ににじんでくる暗く湿った思いを払いのけることができなかった。

（年じゃ。忍者の仕事はよくいっても四十までか。啖《く》らうためとは申せ、長《なご》う忍びの世界に身を置きすぎたわい）

伊賀の忍者組織が十年前に信長によって潰滅《かいめつ》させられて以来、術の継承が絶え、若い忍者がほとんど居なくなった。諸国に流浪《るろう》して辛うじて伊賀流の流統を守っているのはすでに多くは四十を越えている。これに反して、近江甲賀郷は無傷で残されたために、京に出役している洞玄の配下は二十代の壮者をよりすぐっていた。阿弥陀ヶ峰で待っている黒阿弥の集めた伊賀系の忍者は、甲賀ならすでに現役を退いて山野に自適している老忍ばかりであった。それに、すでに述べたように伊賀忍者の性格として、集団の動きにもろかったから、もし阿弥陀ヶ峰で甲賀者に捕捉《ほそく》されれば、黒阿弥の配下はとうてい勝ち目がないように思えた。

（重蔵様さえ、居たら）

つい、黒阿弥は愚痴が出るまでに心が弱くなっていた。そのときであった。松の巨木の下を過ぎようとした黒阿弥の体に、突如、天から降ってきたような黒い影が、ばさりと覆うて羽交い締めにした。

「うっ」

黒阿弥は呼吸を窒《つ》められながらも、相手の左手を逆手にとって、小器用に指を反らした。骨が折れる無気味な音が聞えて、

「甲賀者、か」

絶倒した相手の刀をとった。虫を刺すように胸に突き通しながら、

「老いても、甲賀者にはやすやすと仕てやられぬぞ」

と、うめいた。見ると、おどろいたことに、目の前の松の木の梢のあちこちに黒い甲賀者の影がいくつも貼《は》りついていた。黒阿弥の掌から、忍び手裏剣が歯車のように舞いながら離れた。その一人の肉に食い入ると、影が地上に落ちてくるのも見ず、わっと声のない恐怖の叫びをあげつつ、黒阿弥は阿弥陀ヶ峰にむかって走った。

阿弥陀ヶ峰まで来たとき、東の空に昇った月は、黒阿弥の身の隠しようもないまでに、峰の一木一草を照らしはじめた。黒阿弥は、傷ついた森の小さな獣のようにあち

こちを右往左往しながら、

「たれか、居るか、わしじゃ。わしじゃよ」

それは、五十年鍛えあげた忍者というよりも、一人の変哲もない老人に似ていた。

すると、山上の矮松《わいしょう》、岩石、草むら、などがにわかに動いて、

「上野ノ鹿次《ししじ》、ここにござる」

「大呂源左衛門はここに」

「平川ノたひょうえ」

「上塚道願」

「上柘植《かみつげ》ノ佐吉。ここじゃ」

と、あちこちから湧《わ》くような声が聞えた。黒阿弥は月明のなかで踊るように足を跳ねて、

「おう、居たか居たか。たれぞ、人数を申せ」

「たしか、十二人」

「わしを入れれば、十三人になるな」

「左様」

年がしららしい上塚道願が岩場のかげから答えた。

「道願、これだけあれば、ひと戦さ、仕切れるか」

「相手はたれでござるか」

「甲賀衆じゃが、人数のほどは知れぬ。その中に甲賀ノ摩利洞玄がおるのはまずまちがいない。余の者には目をくれず、洞玄のみを斃《たお》せ」

「ほう、洞玄――」

「おじけたか」

「いや。しかし、洞玄はどこに居る」

その時、急に笑い声が天にひびいて、聴く者の心胆を凍らせた。いつのまにまぎれこんでいたのか、洞玄が、ゆっくり岩の蔭《かげ》から立ちあがったのである。目と鼻の先にいる伊賀者たちの顔をにこにこと見まわした。

「いま聞くと伊賀の衆は、十三人か。気の毒ながら、甲賀者は五十人、この山中に潜んでいる。刃向う者は斬る。しかし無益の殺生《せっしょう》はせぬゆえ、遁《に》げる者は遁げよ。わしはただ、そこにいる黒阿弥と申す男と、黒阿弥の上忍葛籠《つづら》重蔵の体だけが入用じゃ」

「………」

気を呑《の》まれたのか、伊賀者の間からしばらく声もなかったが、やがて上塚道願が、

矮松のかげで声をかすらせながら、

「洞玄どの」

と、静かに云《い》った。

「おう、上塚のお人じゃな。お顔に見覚えがある。若いころ、武田《たけだ》家に傭《やと》われて遠州で仕事を共にしたことがあったのう」

「その頃は世がほどよく乱れ、甲賀伊賀衆の働き場所も多く、われわれのたつきも豊かであった。しかし、世が鎮《しず》まるにつれて忍者乱波風《ふぜい》情の仕事はなくなり、まして伊賀八郷の忍び武者の棲《す》み家は右府のために潰《つぶ》された。元亀《げんき》天正の初めならば、ありあまる日本国の仕事場を甲賀伊賀とも仲よく分けて働いたものであったが、このごろともなれば、折角ありついたわずかな仕事場も、互いにその中で争わねばならぬ。これも生きるためとあれば、やむをえまい。しかし洞玄どの。それだけにわれら伊賀者はこの場を一歩も退《ひ》けませぬぞ。退けば、伊賀忍者は甲賀衆に負けたと世に伝わり、ついには伊賀者にものを頼みにくる諸侯もなくなり、われらの子孫のたつきにも差し障《さわ》ろう。五十人と十三人とでは、悉《ことごと》くこの山で屍《しかばね》になっても伊賀の恥にはならぬ。ぞんぶんに打ち掛って来られよ。十三人はすべて老いたりとはいえ、伊賀の流儀を見せてくれよう」

「その云い条、もっとも」

洞玄は大きくうなずいて、

「さすがに、忍びでは天下に一流をなした伊賀衆じゃ。遁げかくれのないこの月明のなかでわざの雌雄を決するのも一興。それ、抜きつれて来られよ」

「おこと一人か」

「おう。一人じゃぞ」

洞玄は、大口をあけて笑って、

「甲賀の者どもは、まだどこぞ麓《ふもと》をうろついておるものとみゆる。おぬしらはこの洞玄の首がほしいのであろう。一同が来ぬ間に、この上で十三人、鋒尖《ほこさき》をそろえて甲賀おとこの実力を試してみてはどうじゃ」

「痴《し》れた奴《やつ》」

洞玄のほざき様がよほど腹に据えかねたのであろう。伊賀者のひとりが後ろに回るや、やにわに洞玄の胴を逆手から薙《な》ぎ落し、一閃《いっせん》、血しぶきがばさりと洞玄のそばの矮松をはたいて白い地面に撒《ま》かれたが、目をみはって見れば、斃れたのは、洞玄ではなく、斬りかかった男でもなく、洞玄の挙動を茫然《ぼうぜん》とながめていた別の伊賀者であった。それに弾みがついたのか、その瞬間、すでに洞玄は飢えた虎《とら》のようにつぎの獲物《えもの》に襲いかかり、血しぶきは月を濡らして地に落ちた。

（これは、負ける）

黒阿弥は、血の気のひいた紙のような表情をひきつらせながら、

「えい、くるまに、掛らぬか」

とわめいた。くるまとは前後三人が巴《ともえ》になって、押し包んだ敵を同時に襲うことであった。伊賀者のくるまに掛けられては、いかなる兵法の腕達者もかなわぬとされている。くるまに包んだうえ、一方から礫《つぶて》、手裏剣をあられのように投げれば洞玄といえども手が出なかったから、

「それは、弱るのう」

洞玄は崖《がけ》に立ち、近江へ出る側の斜面をすべるように降りはじめた。

山を降りきったあたりに山科川《やましながわ》の支流であろう、射庭川《いばがわ》という細流がながれていた。この堤まで洞玄を追ってきた伊賀者はわずか九人。いやそれも、追ってきたというのは、厳密にはあたらない。

これより少し前、山をくだる中腹のあたりで、急に伊賀者たちの後方に漆のような忍び装束に身を固めた甲賀者が五人あらわれ、遁げる洞玄を救うでもなく、追う伊賀

者に斬りかかる様子もなく、ただひたひたと伊賀者たちの踵《きびす》に接しはじめたのである。彼等は一丁を往《ゆ》くごとに、五人、さらに五人と、数は時間を計ったように正確にふえた。伊賀者の先頭に洞玄が走り、同じ速度で、伊賀者を後衛するかのように、甲賀の集団が走っていた。それが足音ひとつたてるでなく、誰ひとり口をひらく者もなかった。ただ彼等の上をひょうひょうと吹きすぎる風の音のみが無気味なほどに高く、伊賀者にとっては、地獄よりもおそろしい時間を意思ある劫風《ごうふう》のように風は刻んだ。たれも口をきく者もない。月の隠れを見計らって山中にまぎれようと思う者がなくもなかったが、月は相変らず晴朗の中天へ歩んで、あと半刻《とき》はこのまま草の根まであかりと照らすであろうと思われた。彼等に出来ることといえばただ足を動かして山を降りるという以外になかったのである。

やがて彼等が恐怖を突きぬけて、自分はここで、この日に死ぬであろうという死期を悟った鳥獣のような物寂びた心境に落ちていったとき、眼下に射庭川の細い流れが、ほのかに闇の中に浮びあがっているのがみえた。

（あれか）

甲賀者がわれわれを誘うている場所は、あの河原であろう、と九人の伊賀者は一様にその流れを見つめた。

「道願、もはや覚悟をせい」

黒阿弥は、むしろ自分の心に云いきかせるように上塚道願にむかって低声《こごえ》で囁《ささや》いた。声にすこしの慄《ふる》えがある。しかし、さきほどの顔色はすでに恢復《かいふく》し、むしろその齢にしては、若者のようなほのぼのとした血がのぼりはじめていた。

道願は、うむとうなずいて、

「やむをえまい」

ゆっくりと、これまた自分に云いきかせるような語調で云いおわると、すぐさま足を遅らせて殿《しんがり》に立ち、同時に黒阿弥は足を早めて先頭に立った。二人がこの隊形をとったのは、甲賀者が無言で案内《あない》してゆく河原の殺戮《さつりく》場へ伊賀の一団がむしろ進んで踏み入れてやるという気組を、敵味方に示したつもりであった。

この奇妙な隊列が河原まできたとき、前を走っていた洞玄がはじめて足をゆるめ、ゆっくりと振りかえって、それが甲賀者への合図であるかのように剣を天にかざし、

「やれ」

と、鋭く、短く云った。たちまち甲賀者の隊列はくずれ、目をくらまそうとするのか、それぞれ激しく動きながら、九人の伊賀者を分厚く包囲した。

包囲の中で、上塚道願は老いしわがれた声をはりあげて、

「伊賀にも恥ということがあるぞ。また、いずれ生き長らえても、忍び武者が食える世はもはや来るまい。おのおのはここで果てよ。死土産に、伊賀の忍者とはどのようなものか、甲賀の未熟者どもに存分に知らせてやれい」

云い終るや、道願は拝み打ちの姿勢で甲賀の集団の中に殺到し、またたくまに二、三人を斬《き》り伏せると、

「見たか！」

と云いざま、さしのばした自分の頸《くび》を、みずからの刀で刎《は》ねて果てた。

ある伊賀者は甲賀者二人に斬りたてられて血まみれになりながらも、その一人に跳びかかって抱きすくめ、

「人を殺《あや》める楽しみの極致はこれよ」

と、相手の背から刃を突き通して、自分もろとも串刺《くしざ》しになって斃れてしまった。

伊賀者のすべてが、いわば、死兵であったから、さすがの甲賀者も一時は河原から水辺へ追いたてられて混乱におちたが、しかしそのころは伊賀の側も満足に奮戦できる者は数えるのみで、やがてそれも甲賀者の乱刃《らんじん》の中に斃れてゆき、ついに黒阿弥ひとりになった。

「黒阿弥、どうじゃ」

洞玄は、四、五間はなれて、抜き身を砂地の上に突き刺しながら云った。甲賀者がそれを取り巻いて、じっと見つめている。

黒阿弥は甲賀者の円陣の中ではげしく疲労し、ともすれば昏倒《こんとう》しかける自分を苦しげに堪《た》えていた。

「早《はよ》う斬れ」

「斬るなら、先刻、そうしている。そのほうだけを生かした。どうであろう、わしの配下にならぬか。甲賀郷で土地をあたえて、上忍にしてやってもよい」

「斬れ」

「いそぐな。ここが分別の仕どころじゃ。そこもとの背後にある陰謀のすべてをわしに物語ればよい。悪いようにはせぬぞ」

「洞玄、それは無駄じゃ」

「なぜじゃ」

「五十年この黒阿弥は伊賀の葛籠家の郎党として忍びをつづけてきたが、いまだ一度もおのれが仕事を裏切った覚えがない。忍者は、おのれを雇うた者を裏切らぬということで世に立っている。まして、いまいのちを長らえたところで、この齢では余命はいくばくもあるまいに、その最後の仕事を裏切れると思うか。もはや疲れた。早う斬れ」

「わからぬ男じゃ」

洞玄は配下に目くばせして、黒阿弥を捕えよと命じた。

「寄るでない」

黒阿弥はいつでも頸動脈《けいどうみゃく》を断てるように左手で鎧通《よろいどお》しを抜いて自分の首すじに当て、右手で大刀をとりなおしてよろよろと洞玄の前へ出ると、

「おのれも、死ね！」

真っすぐに洞玄の下腹をめがけて突きだしたが、素早く洞玄が払ったために黒阿弥の刀は戛然《かつぜん》と月明の空に飛び、同時に黒阿弥は怪鳥《けちよう》のような笑いを残して、左手の鎧通しを力一ぱいに引いた。音をたてて血煙りがあがり、黒阿弥はどうと地に転がりながら、

「いずれは、わしの重蔵様が仇《あだ》を討ってくれるぞ」

と、息が絶えた。

「死におったか」

洞玄はいまいましそうに黒阿弥の死骸《しがい》を蹴《け》った。ゆらりと死骸は表に返ってうつろな目が月を見た。洞玄は黒阿弥から目を離して配下を見わたすと、

「ひけ」

「この河原の死骸はいかが致す」

「甲賀の仲間の分は、背負って、あの山に埋めてやるがよい」

「伊賀のは？」

「捨てておけ。いずれ烏《からす》が始末する。それが敗れた者への、いわば作法じゃ」

洞玄をはじめ甲賀者は、夜の明けるのをおそれるように四方へ散った。

伊賀のおとぎ峠から京へ入る葛籠重蔵が、渋谷越をめざして射庭川河原にさしかかったのは、この事件からわずか一刻を経た天明の頃おいであった。まだほの暗い山科《やましな》の野には夜明けの支度をする農家の灯がひどく懐《なつ》かしいものにみえ、すでに野良《のら》道に出ている農夫の影もあちこちにみられた。

川の面に、うすく霧がたちこめている。霧に濡れながら浅瀬を選んで渡ろうとした重蔵の目に、はじめてこの異変が映った。全身黒ずくめの人間の死骸が、ある者は砂《さ》洲《す》に倒れ、ある者は浅瀬に半ば身を浸して、それはちょうど、烏の不吉な墓場にも似

ていた。重蔵は浅瀬に立ったまま近寄りもせず、じっとその黒い死骸の群れをながめていたが、やがて声もなくうめいた。

（黒阿弥じゃな）

死骸のちらばったちょうど中央に、町人の風をした黒阿弥の小柄な死骸が、四肢をまげて明けそめた空を摑《つか》んで倒れている。この仕業は、五平か、と最初、重蔵は思った。あるいは甲賀ノ摩利洞玄であろう。小萩がもつ甲賀者の集団であるかもしれぬ。そのいずれでもよい。あえて探索する必要はないと思った。重蔵の体腔《たいこう》のなかに久しく忘れていた闘いへの血がふつふつと沸きめぐって、思わずくるめくような衝動のなかで復讐《ふくしゅう》を決意した。

さきに下柘植次郎左衛門が甲賀ノ摩利洞玄に殺され、こんどは黒阿弥とその一統が殲滅《せんめつ》されている。重蔵の胸にひしひしと迫ってきたものは、甲賀者による伊賀者の無残な敗退ということであった。伊賀者の名誉を恢復し彼等の恨みをはらすには、ただ血による供養《くよう》のほかにはあるまい。

（秀吉を討つのもよい。しかしその前に甲賀の者どもに、一人でも多く血を流させねばならぬ）

重蔵の立っている足もとから風が立ちはじめ、霧がようやく川しもへ去りはじめようとしている。うしろで人の気配がした。重蔵は身をかがめて、弛《ゆる》んだ草鞋《わらじ》のひもを締めなおしながら、気配の近づくのを待った。農夫であった。

「もし。お武家様」

「うむ？」

身をかがめながら、重蔵は編笠《あみがさ》をあげた。

「あ、あれは、何でございますか」

「さて」

重蔵は立ちあがって、

「大方、烏か梟《ふくろう》のばけものであろう。うかつにかかわりあうと、あとで代官所から後難があるぞ。ここは見ぬふりをして、早う野良へゆくがよい」

ふと思いついたように懐《ふとこ》ろからいくつかの銀をとりだして、

「あの烏どもの供養料じゃ。代官所ではどこに葬《ほうむ》るかは知らぬが、わかればそっと香《こう》華《げ》でもあげてやってくれい」

農夫は掌の上の銀と重蔵の顔を見くらべながら、

「お前様は、どなたじゃ」

「わしか。あの烏どもの眷族《けんぞく》のひとりじゃとしておこう。早う行け」

重蔵はうしろもみず、浅瀬を渡って山に入った。頂きにのぼればそのまま、むこう斜面は京の街につづいているはずであった。

修　羅

それから数日たった午後、京都奉行前田玄以の屋敷へ、玄関を通らず裏門からすっと入ってきた深編笠《ふかあみがさ》の男がある。

まだ陽も高い。緋《ひ》と黄のまじった派手な大柄の小袖《こそで》に萌黄《もえぎ》の伊賀袴《いがばかま》、黒の足袋、金《きん》蒔絵《まきえ》の鞘《さや》という、思いきって人目をそばだたせる服装をしている。ゆっくりと邸内を見まわしながら、寛々と足をはこんで長屋の前まできたときに、案の定、通りかかった非番の下士に見咎《みとが》められた。

「どなたじゃ。どこへ参らるる。屋敷うちでかぶり物のままかりあるのは、穏当ではござらぬぞ」

「なるほど」

男は苦笑しながら、編笠の紐《ひも》を解いた。

「お名前は」

「葛籠《つづら》重蔵と申す」

「いずれの御家中におわす」

「いまだ他人に仕えたことがない」

「生国は」

「伊賀じゃ」

重蔵は、ことさらに高声で答えた。

「どなたを訪ねらるる」

「さて、その者の名前を忘れたによって難渋いたしておる。その者二人は、もとは拙者とは同業であったが、名をかたろうて御当家に潜んでおると聞いた」

「御同業とは」

「盗賊じゃよ」

「ご、冗談を」

「あはは。盗賊も武士も、さして濃いけじめがあろうとは思えぬ。太閤《たいこう》お引き立ての大名蜂須賀《はちすか》彦右衛門正勝どのは、もとをただせば尾張《おわり》の野盗であった。遠くは源九郎判官《ほうがん》の郎党伊勢《いせ》三郎義盛《よしもり》と申す者も、山賊の棟梁《とうりょう》じゃ。しかしながら、拙者が訪ねる御当家お抱えの二人は、盗賊のわざにおいては、それらの者とは同日に論ぜられぬほどの長技の者じゃ。ぜひ会って昔ばなしなど語らいたいと思うて参ったが、さて肝腎《かんじん》の名前をのう、忘れた」

「ま、ま。ここにて暫時《ざんじ》、お控えの程を。然《しか》るべき家中の仁を呼び参らせるほどに」

非番の下士は蒼《あお》くなってそのまま地上にすわりこみそうになるのをやっと膝頭《ひざがしら》に力を入れてこらえた。下士にすれば、大声で、白昼、しかも奉行屋敷の中で自他を盗賊よばわりしているこの大兵《だいひょう》の男を、まさか云《い》うとおりの盗賊とは思えず、そういう奇癖のある当時横行の豪傑とみ、一時も早くこの応対から遁《のが》れようとして思わず逃げ腰になったのであろう。重蔵は軽くおさえて、

「よい、よい。わざわざ然るべき仁を呼ぶには及ばぬ。拙者の訪ねる者のひとりは、ちょうどあれに参った」

重蔵が指し示した向うの廊下の角に、折柄通りあわせた風間五平がじっとこちらを見ていた。

「あ、あの方が、盗賊」

「そうじゃ。わしと同業のな」

重蔵は、高調子で下士の肩を叩《たた》いて、ゆっくりと廊下のほうに近づいた。

「風間五平。きょうは客として参った。吉野《よしの》の傷は、もう癒《い》えたか」

「癒えぬわ」

五平は薄い唇のはしを吊《つ》りあげた。同時に瞳《ひとみ》が上へ吊りあがって、瞼《まぶた》の中に半ば隠れた。この男が恨みを含むと、女にしたいような優しい容貌《ようぼう》に老狐《ろうこ》に似た影を隈《くま》どるようであった。

「わしのいちぶが癒えぬわ」

「これはめずらしい。風間五平にも傷つくようないちぶがあったのか」

「云っておくが」

五平は、とがったあごを突き上げ、

「わしは、もはやおぬしの仲間でも相弟子でもない。敵じゃ。役儀にて命にかえてもおぬしを捕えねばならぬ立場にもある。それに、身分が異なる。わしは歴《れっき》とした士分じゃ。おぬしは何か」

「乱波《らっぱ》じゃよ」

「わかっているなら、容易な口はきくまい」

「訪ねて悪かったか」

「人を呼んで捕えるぞ」

「その前に、これが見えぬか」

「先刻からわかっている」

五平は、苦っぽく答えた。袖をつかんで親しそうに談笑しているとみせて、重蔵の指の股《また》には毒を塗った小柄《こづか》が挾《はさ》まれていた。

「わしのような牢人《ろうにん》ていの者と立話しをしている所を人目につけば、おぬしの為《ため》になるまい。どこぞ空いた部屋へでも案内《あない》せい」

「この袖の手を離せ」

「では、前を歩いてもらおうか」

重蔵は五平を押した。回廊を東へ下って南北に走る廊下へ出ると用部屋がずらりと並んでいる。詰めている士たちが、記帳の筆をとめてじろりと重蔵と五平の顔をかわるがわる眺めた。

「ご苦労でござる」

重蔵はかるく頭をさげて悠々と通った。先方もあわてて頭をさげる。人間の器量の差がそうさせるらしい。

廊下をもう一度まがった拍子に、燃えたつような西陽が左手の明り障子に射《さ》した。

狭い中庭を覆《おお》っている青葉がその光に映えて、前をゆく五平の首筋が青く染まった。

「また、夏が来るな」

重蔵は、誰に云うとなく呟《つぶや》いた。京に入って早くも四度目の夏が訪れようとしている。五平はそれには答えず、白く光る目をむけて、

「ここじゃ」

と、傍らの明り障子をあけた。

「入れ」

五平が云った。

重蔵は背をむけて入ろうとした拍子に、背筋を割くような殺気を覚えた。やにわに振りむいて、

「五平、それはあとじゃ」

と、咄嗟《とつさ》の機先を制した。五平は、脇差《わきざし》のつかに掛けた手をいまいましげにおろしながら、

「生きてこの屋敷の門を出られると思うなら、料簡《りようけん》がちがうぞ」

「わかった、わかった。まずその障子をたてぬか」

五平は、うしろ手で障子を閉め、重蔵は自分の刀を遠くへ押しやった。どちらも座ろうとはせず、脚をひらいて突っ立ち、互いにその気さえあれば位置も更《か》えずに脇差で抜き打ちできるほどの距離で向いあった。

「用を申せ」

「おぬしを殺すことじゃ」

「なに」

五平は壁ぎわまで跳び下って脇差を抜いた。

「慌《あわ》てるでない。その前に訊《き》くことがある。おぬしは葛籠家の下忍《げにん》黒阿弥《くろあみ》を殺したな」

「なに、黒阿弥を？」

「ああ、おぬしではないのか」

重蔵の顔に、ほっとした色が流れた。重蔵にはそういう弱さがある。五平を敵として誅戮《ちゆうりく》する分にはかまわないが、身内のあだとしてこの永い仲間を討つのはなんとなく気持が爽《さわ》やかではなかった。

「もう一度訊こう。黒阿弥と、その一統の伊賀者を殺したのはおぬしではなかったのじゃな」

「わしではない。しかしわしがそうすべきところを、何者かに功を奪われただけじゃ」

「甲賀者か」

「そうかも知れぬ」

「ここでも伊賀は甲賀に敗れたことになるのう」

「――重蔵、頼む」

「なんじゃ」

「わしの縄にかかってくれい。命は必ずあとで助ける。それが嫌と申すなら、せめてひとこと、おぬしの背後にある者の名を教えてくれぬか。それならば、わしは甲賀者に勝てる」

「おかしな歌を覚えたのう。忍者ならばすべては腕で争うことじゃ。ただその甲賀者、摩利洞玄とやら申したな。その男だけはわしが斬《き》り捨ててやろう。たしかこの屋敷の長屋にいるはずじゃ。どこにいる」

「………」

「申さねば探すまでじゃ。黒阿弥だけでなく、お師匠の仇《あだ》でもある」

「長屋門の西に一抱えほどの黒松があろう」

「見た。枝が南へ張っている」

「その枝の下の家じゃ」

「——そうか」

重蔵はしばらく障子に映える西日の日脚を計っていたが、

(やはり陽が落ちてから斬ろう)

「お師匠といえば」

五平が重蔵の顔をさぐるように云った。

「木さるはどうしている」

「小萩《こはぎ》に捕まっていた。が、その後放たれて、下柘植《しもつげ》へ帰った。気になるか」

「ふふ」

五平は急に卑《いや》しげな顔付になって咽喉《のど》の奥で笑い、

「木さるは想《おも》いださぬが、ふしぎとあの体だけは脳裏を離れぬ」

「妻にすればよいではないか」

重蔵は、気のなさそうな声で云った。

「乱波の娘では、男の出世に妨げになる」

「おのれも、先祖代々の乱波のくせにのう」

「違う。いまは、あるじを持つ武士じゃ」

「その目付よ」

重蔵はくすくすと笑って、

「ただの武士の目ではない。乱波の前身は隠せぬ。蛇のように狡猾《こうかつ》な目じゃ。乱波をつづけているわしがみても、つくづくと自分の同類が厭《いや》になる目付じゃ」

「無駄話はやめい。用が済んだのなら、早《はよ》う出てもらおう」

「そうは参らぬ」

重蔵はにやりと太い眉毛《まゆげ》を八の字にさげて、

「まだ陽がある。あの陽が半ば落つるまで、いましばし長居をさせてもらう必要がある。いま出れば、おぬしのわなにわざわざ掛るようなものじゃ。もっとも、おぬしを殺した上でなら、たった今でも辞去できる。のちのちの為にも、いま殺しておくほうがよいかもしれぬ。そうは思うがの。しかしふしぎと顔をみれば殺せぬ。なぜか、わしにもよくわからぬ。古い仲間というものを、ぼつぼつ懐《なつ》かしむ年になったのか……」

「腐れ坊主《ぼうず》のようなことを云いおる。殺せるものなら試してみたらどうじゃな。わしの方は容赦はせぬぞ」

「そこが、五平の立派な所じゃ。乱波にふさわしく、心が氷のように冷たい」

「なぶるのか」

「なぶりはせぬ。わしもこの仕事が済んで無事に命があれば、伊賀の山で隠棲《いんせい》する気になりはじめている。黒阿弥が生きておれば別じゃが、これほどの仕事のあとで、こまごまとした仕事も面倒でのう。百姓をしたり猟をしたり、わしなりの自由な月日を楽しみたい。そういう悪い虫がもたげてから、妙におぬしが偉くみえはじめてのう。おぬしは乱波の身分を嫌ってお抱え者になったが、本性は乱波のために生れてきたような男じゃ。乱波をつづけているわしのほうが、むしろ心もとない。たとえばおぬしなら、こうしておぬしにしみじみと話しかけているわしを、隙《すき》さえあれば立ち所にでも斬れる。また斬るような男じゃ。どうじゃ、斬れるか」

「隙さえあればな」

「斬ってみい」

「なぜじゃ」

「おぬしが斬りかかればわしも抜く。それでやっと心のかたちがきまる。あとはわしの体がひとりで動いておぬしを斬ろうわ」

「高言を吐く。おぬし一人を殺すぐらいならこの場で妙な埃《ほこり》を立てずともほかにも手だてはある」

「その手だてとやらを待つことにするか」

重蔵は退屈になってきたらしく、ゆっくりと頭をめぐらして障子のほうを見た。わざと作ったその隙にも五平が乗りそうにないのを見ると独り苦笑して、

「よい塩梅《あんばい》に庭先も暗くなった。そろそろ洞玄の長屋に出かけてみるか。どうじゃ、同道せぬか、おぬしにとっても師匠の仇じゃが」

「馬鹿《ばか》な」

「そうか」

重蔵は部屋を出ようとした。壁ぎわにさきほど向うへ押しやった佩刀《はいとう》がある。拾うために、のろのろと姿勢を崩した。その隙をみて、

（いまじゃ）

と五平はとっさに思った。畳を踏む五平の右足の親指に思わず力が入り、不覚にも畳がかすかに鳴った。はっとして五平は力を抜いた。これが逆に五平の虚を作った。その虚に、重蔵の何気ない声がたくみにすべりこんで、

「どうしたのかな」

「いや、何でもない」

「そうか」

云《い》いながら、重蔵は障子をあけるために、悠々と五平の目の前に、間のぬけた広い背中をさらけだした。五平は思わず脇差に手をかけた。抜き討ちをすれば、小刀でさえ刃の中ごろで斬れる距離であった。しかし五平にためらうものがある。

（誘いじゃ。掛るまいぞ）

二度目の機会も見のがした。その気配をみて、重蔵の背中がわらったような気がした。

（おのれ）

五平は、心中激怒した。

（狡猾はそちらじゃ。古い仲間は斬れぬと申しておきながら、隙を作ってわしを誘おうとしおる）

しかし重蔵が別段の振舞をしているわけではない。からりと障子をあけた。その無造作な音が、五平のひとり角力《ずもう》の終りをつげる形になった。彼はぐったりと疲れた。

重蔵は廊下に出た。

五平もそれに従って、しきいを跨《また》ぐ。

わずかにそれは一歩の差であったにすぎない。重蔵の姿がなかった。廊下には、夕月夜の湿った闇《やみ》がみちていた。西の空に、かすかな残照がのこっている。その逆光の中に、洞玄の長屋のあたり、黒松の巨樹が天に貼《は》りついているのがみえた。ひらひらと、消えのこる陽の光を慕《しと》うて、松の梢《こずえ》をめぐりつつ枯れ葉のように舞っているものがある。目をこらすと、それはおびただしい数のこうもりであったが、五平の目にはふとその一羽に重蔵が化したかのごとく思われて、

(どうかしている)

と、おのれをあざけった。

重蔵は庭に消えて、そのまま庭の植え込みを伝いつつ洞玄の長屋に向ったのであろう。五平は重蔵の消えた闇をにらんではげしく憎悪《ぞうお》した。

(いずれ、ほどもなく思い知らせてくれる)

五平は人数を掻《か》きあつめるために廊下をすべるように走って、奥へ入った。

しかし、重蔵はそこにいた。

破風《はふ》の裏の闇だまりに、逆さに貼りついていたにすぎない。五平が去るのを見定めると、手を離してやわらかく落ちはじめ、磨きこまれた廊下の板の上にとんとつま先

を立てた。すでに闇が彼を十分に包んでいる。重蔵はしずかに移動しはじめた。

重蔵が姿を現わした場所は、洞玄の長屋ではなく、屋敷の丑寅《うしとら》の隅にある弁財天の祠《ほこら》であった。池が掘られ、中央に小さな島が浮べられている。祠はその島に建てられていた。

島といっても、直径で三、四間ほどしかない。祠の屋根は、辛うじて大人の背丈ほどはある。岸から島へは丹塗《にぬ》りの反り橋が架かっていて、昼ならばおそらく盆景の中の風景のように美しかろうと重蔵は思った。

重蔵は、島の茂みの中に身を沈めた。ほどなく、向うから洞玄がやってきた。べつに諜《しめ》しあわせたわけではなかった。洞玄は、弁天宮の祠官《しかん》という触れこみでこの屋敷に抱えられている。毎日この刻限には、島の祠に現われるのは、この男の当然の勤めで、変哲もない。重蔵はあらかじめ洞玄の日課をしらべ、長屋に踏みこむ危険を避けて、祠のうしろに待ち伏せしたものであった。

一方、五平はそれとは知らず、洞玄の長屋のまわりに人数を埋伏し、さらに別の人数を前田屋敷の塀の外に隈《くま》なく伏せしめた。この手配りは、洞玄の身辺を重蔵から護《まも》るためではない。このことを、当の洞玄には報《しら》せてもいなかった。五平の方算では、まず自分の敵でもある洞玄を、重蔵の手で斬らしめねばならぬ。重蔵を捕えるのは、それが終ってからの仕事である。

五平は妙な場所からこの人数を指揮していた。洞玄の隣家の厠《かわや》の中であった。洞玄の家の天井裏に忍べば最も都合がよかったが、洞玄は忍者である。その犬のような五官に発見されることは避けがたい。隣家の厠ならば小窓から洞玄の家の植え込みがわずかに見すかせるほかに、洞玄がたてる物音や気配を存外手にとるように聴きとれるのである。厠は、家屋よりわずかに離れて前栽《せんざい》に突き出、隣りの庭と直《じ》かに接している。従って外との出入りも、前栽を抜けて低い板塀さえ越えれば、五平の偸盗術《ちゅうとうじゅつ》をもってすれば自在であった。

むろん、隣家のあるじには断わってはいない。当然、家人は知らずに使用に入った。厠は二室にわかれている。濡《ぬ》れ縁を渡る気配が男であれば五平は奥へ隠れ、女ならば天井へ貼りついた。五平が潜んだ最初のあいだに、主人が一度、内儀が一度、出入りした。そのいずれも、そこに五平のいる気配を察していない。

若い内儀が二度目に入ったときであった。内儀は、自分の目の前の板の上に手燭《てしょく》をしずかに置いて、用を足した。

かすかな夜の風が、小窓から吹き通っている。その風になぶられたのか、五平の面を覆《おお》うた黒い布に付着していた抜け毛がひとすじはらりと手燭の燈芯《とうしん》の上に落ちた。抜け毛は、じりりと、小虫の羽音のような音をたてて焼けた。かすかな匂《にお》いが漂った。

内儀は、はっとして、上を見た。真っ黒な装束の男が妖怪《ようかい》のように四肢を天井にはりつかせていた。声をあげようとするよりも早く、五平は音もなくふり降りて内儀の口を押えた。

「騒ぐでない」

口を押えられつつも、内儀はよほど気丈な女性らしく立ちあがって、懸命に手を動かしながら前の乱れを搔《か》きあわせようとした。顔をみると、年は意外なほど若く、美しくすきこんだ髪の毛に人妻らしい落着いた匂いが漂った。

「騒ぐと為にならぬぞ。この厠こそ無断で借用したが、御当家にも、そなたにも、別段危害を加える意図はない。ゆえはある。しかしそなたにもあるじにも、かかわりないことじゃ。これ、鎮《しず》まらぬか」

女は、必死になって身をもだえた。五平は女の耳もとに口を当て、

「申しきかせる。——聴き入れればすぐにでも放してやろう。せめてそれまでは鎮ま

ることじゃ」

　そして囁《ささや》くように、

「これ。わしがここに居たということ、口が裂けても口外するでない。そなたの胸ひとつに蔵《しま》えば何事も起らずに済む。もし口外すれば、たったいま当屋敷うちへ押し入って、御内儀を厠のうちで犯したと喚《わめ》きたてる。さすれば、そなたは自害するか、それとも放逐されるかいずれかじゃ。わかるか」

「………」

「よいか」

　念を押すなり、五平の手は、やにわに女の裾前《すそまえ》を掻きわけて動いた。女は息を呑《の》み、五平の腕から抜け出ようともがいた。

「犯しはせぬ。しかし半ば犯したと同然じゃ。これでそなたは、立ち戻っても口外はすまい。行け」

　五平は、女を突き出した。放されて、女は壁へよろけた。しかし人変りがしたほど静かになり、うなだれたまま、厠の戸をあけようとした。手燭が残っている。五平はそれを拾って、

「忘れものじゃ」

と、手渡した。女は白い手でそれを受けとった。そのとき五平は、はじめて覆面の中で、自分でも気付くほどの下卑《げび》た笑いをうかべた。女は、逃げるように厠から出て濡れ縁の闇に消えた。

それから、四半刻《しはんとき》も経《た》った。

厠に身を潜めている五平の耳のなかで、ふと洞玄の気配が絶えた。

（まさか、まだ寝はすまいがの。――出て行きおったか）

別段、出支度するほどの気配はなかったから、追っつけ戻ってくるであろうと思った。五平は根気よくそれを待った。

しかしそのころ、弁天宮の反り橋のたもとに現われた洞玄の姿を、祠のうしろに潜む重蔵が目撃していたのである。

洞玄は、音もなく反り橋を渡りはじめていた。橋といっても差し渡し五間ほどもなかった。鮮やかに丹と黒漆でぬられた神橋を、白い祠官の装束をつけた洞玄が渡ってくる。重蔵がそれを葉の茂みからすかせば、闇におどるもののけのようにもみえた。

重蔵は苔《こけ》を払って耳を地につけつつ、洞玄の歩数をかぞえた。

洞玄の足が、橋から離れた。草を踏んで五歩まで近づいたとき、重蔵は祠の蔭《かげ》から

全身をあらわし、右足をななめへ進めながら、

「洞玄」

「重蔵か」

洞玄は悠然と応《こた》えた。まさか重蔵が、今夜ここで待ち伏せしていようとは予《あらかじ》め洞玄が気付くはずがなかったが、とっさの勘が葛籠重蔵であることを悟るや、不意を転じて、むしろ主動の位置から重蔵の名を指して呼ばわったのである。

「いかにも、伊賀者葛籠重蔵じゃ」

「忍者の名乗りはめずらしい。当方は、甲賀の住人伴摩利洞玄。かねて小萩の家で辱知したとおりじゃ。今宵《こよい》はなにゆえの待ち伏せかな」

「劫《こう》を経れば、そうもしらじらしく云えるのか。おのれの胸に問うがよい」

「黒阿弥のことか」

「まだある」

「下柘植次郎左衛門じゃな。――いずれも、甲賀者の刃の下であえない最期《さいご》をとげた。その仇を討つと申すのか。これまた、忍者の世界にはめずらしいことじゃ」

洞玄は、声をたてずに哄笑《こうしょう》して、

「忍者ならば人を殺すのに名分は要るまい」

「名分なしで殺されたいなら、それでもよい。そちとわしとはいずれかかる対面をせねばならぬ運命にあった。どれほどの利に目がくらんだのか、その方、頃日来《けいじつらい》、小うるそう伊賀者の仕事を邪魔立てをしてきた。今宵はその代価を支払わせてやろう」

「よう申した。当方もまったく同じ都合じゃ。わざわざ膳立《ぜんだ》てせずとも、おのれのほうからよくぞ出向いて参ったのは殊勝であった。どうじゃ、いずれを選ぶか。斬《き》られたいか、それとも捕えられたいか」

「よく舌が回るのう。しかし、見た様子、どうやら腰のものがないようじゃ。当方に用意のものがもう一口《ひとふり》ある。要るか」

「行きとどいた親切。これまた忍者らしゅうない。しかし、折角の厚意じゃ」

「受けよ」

重蔵は、四間離れて、茂みの中から、こじりを先にむけ、鞘《さや》ぐるみにして飛ばした。刀は洞玄の頭上を過ぎようとして、きらりと鞘を放れた。鞘は池の中に落ち、洞玄はすでに空中でつかを握っていた。刀は、そのまま、上段の位置にあった。とみたのは、ほんの一瞬にすぎない。

洞玄は、真っ向から躍りこんでいた。時間にすれば、重蔵が刀を投げたのと、洞玄が躍りこんでくるのと、紙を表裏に翻《かえ》すよりも速かった。不覚にも重蔵の態勢は、出来あがっていなかった。自然、受けの立場になり、二間跳びすさった。同時に刀を抜いた。もう半歩退《さ》がれば、すでに池である。

重蔵が退がると同時に、洞玄は上段のまま跳躍を再び重ねた。蛙《かえる》が跳ぶのに似ていた。世の常の兵法者なら、当然腰の崩れをおそれて避ける所であったが、忍者のみが、時に、この異様な刀法を行う。

重蔵は、もはやさがれない。

それとも、受けるか。しかし無事受けとめたところで、渾身《こんしん》の力で振りおろされる洞玄の勢いのために、重蔵の位置は、自然、後方へ圧迫される。うしろは池である。左足は池に入って体が崩れ、二度目は防げても三度目の襲撃には真っ向から斬られ去るのを待つようなものであった。

しかし、重蔵は、退がらなかった。受けとめもしなかった。やにわに膝《ひざ》をそろえて地に沈み同時に下段に構えていた刀を翻《かえ》して刃を上にむけるや、落ちてくる洞玄の刃よりわずかに早く、天をめざして跳ねあげた。わずかでも遅ければ、重蔵は据え物のように斬られた。その紙一重の差を賭《か》けたのである。

「きあっ」

洞玄は叫んだ。血を吹きあげて飛んだのは、洞玄の手首であった。手に、重蔵の与えた刀が握られている。二つながら、池心のかなたへばらばらと落ちた。しかも、腰を高く浮かしたまま殺到してきた洞玄の体は、その勢いのために水際《みずぎわ》で踏みとどまりえず、重蔵の体を越えて、斬られた手首を追うようにどうと四つ這《ば》いになって、水面にかぶさり倒れた。

意外にも池は浅い。

洞玄は、素早く起ちあがって、そして、にやりと笑った。照れたわけでもなく媚《こ》びたわけでもない。いずれかといえば傲然《ごうぜん》とした態度であった。その表情が、まるで長者が下郎に命ずるように云《い》い放った。

「重蔵、勝負はついた。斬るでない。その刃をおろせ。わしを助けろ」

「なに？」

「わしが負けた。その方が望むなら、このまま手を引いて国へ帰ってやる」

「命が惜しゅうなったか」

「あたり前じゃ。斬られるとなれば命は惜しい。まあ聞け。国でわしを待っている女がいる。二人もいる。ここでうそうそと命は捨てておられぬわ。そのかわり今宵かぎりで玄以どのの仕事は一切やめるぞ」

「それは困るのう」

洞玄の率直さが気に入ったのか、重蔵は急に好意のある微笑をひらいた。

「黒阿弥が、そちに殺された。下柘植次郎左衛門もじゃ」

「いずれも男ではないか」

「男とは」

「わしを待つ者は、女じゃ。わしが無《の》うては生きてゆけぬ者共じゃ。下忍の仇《あだ》を討ってやるほどの男なら、それくらいの情はわかろう。わしを甲賀へ帰してやれ」

「往生際の見苦しい」

重蔵は、池の中に足を踏み入れた。

「待て」

「くどい」

重蔵の刀が一閃《いっせん》するや、洞玄の手首のない腕が、付け根から血を引いて水の中に落ちた。

「甲賀者よ」

「な、なんじゃ」

洞玄は苦痛に堪《た》えながら辛うじて立っていた。

い。

「生涯、女に看《み》てもらえ」

「おう看てもらおう。礼は云わぬぞ」

洞玄の声は苦痛にふるえていたが、なお甲賀ノ摩利らしい傲然とした響きを失わない。

洞玄は、語を継いだ。

「のう、伊賀者よ。わしはそちの心の弱さにつけ入って、命乞《ご》いをした。勝負で申せば、そちの敗《ま》けじゃ。もはや、その心映えではわしの命は断てまい。惜しい男じゃが、よくよく忍者には生れぞこのうたのう。——それとも」

「何かな」

「改めてわしが斬れるか」

重蔵は、闇《やみ》の中で苦笑した。

「腕はともかくとして、口だけは達者な男じゃ」

風が出はじめて、足もとに茂る南天の若木がしきりと騒いで、あたりに血のにおいが漂いはじめている。目をこらすと、池の中で仁王立ちになっている洞玄の上半身を染めて血がしきりと滴《したた》っていた。重蔵は、かすかに眉《まゆ》をひそめた。同時に、それを気遣っている自分に可笑《おか》しみを感じもしている。なるほど忍者には、生得《しょうとく》、向かぬのかもしれぬ。しかし重蔵は、この、いかにも忍者らしい利《き》かぬ気と心の詐略《さりゃく》にみちた甲賀者の肩を叩《たた》いてやりたいような気持になりはじめていた。それはちょうど、師匠の次郎左衛門や黒阿弥を愛してきたと同様の、しみじみとした仲間愛とでもいうべきものであった。

「手当をせぬか」

自分の仲間に云うような口調で云った。

「余計なことを申すでない。摩利洞玄ともある者がこれしきの傷で気は失わぬ。ただ一つ申してやることがある。わしもこのような身にされた以上、もはや甲賀の山里に籠《こも》るしか途《みち》はないが、そちも早《はよ》う足を洗うことじゃ。並の武士になるか、田でもあれば百姓にでもなるがよい。情けが多すぎて、忍者には向かぬわ。とまれ今宵はわしの勝ちであった。覚えておけ。こののち互いに生きて酒を汲《く》みかわせる日のあることを楽しみにしているぞ。さらばじゃ」

洞玄はいかにも勝者のような寛闊《かんかつ》な態度で云い終ると、くるりと背をむけた。ゆっくりと、しかもかすかな水音をたてて池を横切りはじめたが、やがて向う岸の靄《もや》にぬれた植え込みのあたりまで行ったときに、急に洞玄の気配が絶えた。

（馬鹿《ばか》なやつ。——死におったわ）

重蔵は、思った。

すでに池の中に立っているときから、出血がおびただしかったようである。薄れてゆく意識の中で、最後の気力をしぼって、おのれが敗けた、わしの勝ちじゃと云いつづけたのは、甲賀ノ摩利としての忍者の位階の体面を守ろうとする洞玄の哀れな死見《しにみ》栄《え》であった。

（なぜあの男は、斬られたときにすぐさま身を消して傷口を塞《ふさ》がなんだのか）

そうなら当然洞玄は命をとりとめたであろう。しかしそこに、洞玄の死の、洞玄らしい可笑しみがある。忍者の世界には勝敗も見栄も人情も体面もない。そのことを云いたてることによって洞玄はおのれの見栄をたて、見栄をたてるために命を落した。

（妙な男じゃ。忍者にむかぬのは、わしのみではなさそうじゃな）

重蔵は刀を拭《ぬぐ》いながら、くすりと笑った。

風がいよいよ激しくなってきたようである。邸内の樹木が騒いで、やがて雨をまじえはじめた。重蔵は、懐《ふとこ》ろから忍び頭巾《ずきん》をとりだして、ひさしを深くかぶった。肩が濡《ぬ》れはじめている。走り寄って塀のきわまで来てから、軽く身を跳ねた。摑《つか》んだ瓦《かわら》のはしから、雨水が右腕へ伝ってきた。重蔵は動作をとめた。外のほうで、気配がした。

（五平め、人数を伏せおったな）

重蔵は、片腕で塀にぶらさがりながら、目をつぶった。斬りひらいて脱《ぬ》け出ることぐらいは容易であった。重蔵の思案はそれではなかった。この風雨の中で五平の布陣のなかに自らとびこみ、五平を探して今宵をかぎり、五平の命をも断ってしまおうかと思ったのである。

（斬るか）

そう、自分の心へ念を押した。これまでに何度押した念であったか。

この期《ご》におよんでも、なお重蔵にはかすかな躊躇《ちゆうちよ》がある。重蔵は頭を振って、おのれの心の弱さをうち消し、

（しかし、五平はどこにいる）

重蔵は、屋敷の内外の伏せ勢の配置を頭にえがき、指揮者としての五平の居そうな場所を考えてみた。雨が、忍び頭巾のひさしを伝って重蔵の顔を濡らしはじめた。

一方、五平である。いつまでも、長屋の厠《かわや》には居ない。洞玄の家から気配が絶えたことに気付いてすでに厠を抜け出、犬が人の足どりを嗅《か》ぐように洞玄と重蔵の気配をもとめて屋敷の内外を徘徊《はいかい》していた。

五平が最後に弁天池のあたりを目指したとき、すでに重蔵と洞玄との間には事が終っていた。五平は、むろん気付かない。

小径《こみち》の草の茂みを音もなくわけて丹塗《にぬ》りの橋の見えるあたりまで来たときに、血の匂《にお》いがした。五平は思わず濡れたみちに身を伏せた。

目だけを上げている。

塀がみえる。

その塀の夜目にもおぼろな壁の白さの上に、樹《き》の翳《かげ》のようなしみがゆらりと貼《は》りついていた。

(洞玄ではあるまい。重蔵。——さては斬りおったか)

この血の匂いは洞玄のものであろうと、五平はにやりと笑った。その笑いが伝わったように、壁の上の翳が手をはなして下へ降りた。五平は、ぎくりとした。

(塀を越えぬのか。——なぜ降りた)

五平がいぶかしんだときちょうど重蔵が屋敷のうちに五平の姿を求むべく決心したときであった。

重蔵が、こちらへ近づいてきた。

五平は、さらに身を伏せた。やがて呼吸をとめ、ついで糸のような息を漏らして、気配を絶った。

重蔵は近づいてくる。

五平は迷った。仕止むべきか、捕うべきかということであった。捕えることが最良であったが、そのためには伏せてある人数のすべてをここに呼ぶ必要がある。指笛を吹けばよい。しかしそのために重蔵を逃がしてしまう懼《おそ》れがあった。やはり、この場で仕止めぬまでも傷を負わせて行動の自由を奪うことであった。

五平は、わずかに身をよじらせて小柄《こづか》を抜いた。


ふたりの間に、雨の飛沫《しぶき》がもうもうとたちこめている。

小柄を抜いた五平の気配に気付いたのかもしれない。しぶきの中で影絵のように動いている黒い装束の足が、このとき急に動かなくなった。

（覚《さと》ったな）

五平はかまわず、小柄の刀身を三本の指で支えた。あらかじめ、十分に毒が塗布されている。鼻にあててその効果を嗅ぎ、薬剤を融《と》かすために雨水に濡らした。

五平は、慎重に手首を屈伸させた。やがて指の股《また》から、小柄がゆっくり回転しつつ飛んだ。途端に、しぶきの中の影が、身を地に投げた。

五平は跳躍した。雨を吹き裂くような勢いで猛進した。五平の意図は、重蔵の姿勢が立ち直らぬうちに、真っ向から一の太刀を浴びせることであった。斬《き》ってもしくじってもそのままの速度で走り過ぎる。伊賀者が先祖から習い伝えている特有の刀法である。

一方地にころがった重蔵は、身を伏すと同時に左股から小柄をぬきとり、その異臭に気付くと、脇差《わきざし》をぬいて、素早く傷のまわりの肉をえぐりとった。血がどっと噴きこぼれた。

この一瞬の作業が終ったのと、五平の刀が、闇黒《あんこく》の天から降りおりてきたのとほとんど同時であった。重蔵が受けるいとまもなかった。辛うじて地を転がって刃を避け、相手が闇のむこうへ走りすぎたのを見定めると、次の襲撃までの間合を計って袴《はかま》を破った。傷口を縛るためである。

重蔵は、抜き身を逆立ててよろよろと立ちあがった。毒がわずかに体にまわったのか、軽いめまいがした。

走り過ぎた五平は、再び茂みの中から重蔵の挙動をうかがった。立ちあがった重蔵の足もとの縺《もつ》れを見ると、ひとり肯《うなず》いた。

（これでよかろう）

あとは人数を呼ぶだけであった。五平は親指と薬指を口の中に含み、するどい摩擦音を出した。その音を聴くと、重蔵は頬に凄惨《せいさん》な翳をうかべた。

「やったな」

左足の自由は半ば利かない。跛行《はこう》しつつ笛の鳴る方向に近づき、

「五平、騒ぐな。出合え。どこにいる」

五平は答えなかった。

風雨がようやく静まりかけている。屋敷のはるかむこうから呼びあう声が聞え、次第にこちらへ近づいてくるようであった。

「出合え」

重蔵は、灌木《かんぼく》の上を横に払った。切られた葉と小枝が風の中に散った。五平は相変らず狡猾《こうかつ》な沈黙をまもっている。

「出合わぬか」

云いながら、重蔵はどうと音をたてて灌木の茂みの中に倒れた。

その音をきいて、五平ははじめて眉をひらいた。獲物《えもの》は倒れた。あとは手配の人数の到着を待つだけであった。

しかし、その時はすでに、重蔵は自らがたてた物音の場所からは消えていた。さす

がの五平も、自分のうった小柄の効果を信じすぎて、重蔵の物音が、ほんの初歩の遁《とん》法《ぽう》をもちいただけであるとは気付かなかった。

重蔵は葉の下を走って塀にとりつき、刀の鍔《つば》を踏んで屋根にあがると、ひらりと路上に降りた。降りた拍子に、左足から激痛が走って思わず二、三歩よろめいた。

よろめいた腰先を、道路に配置されていた一人が、うしろからものも云《い》わずに斬りかかった。重蔵は危うく踏みとどまった左足の力をそのまま右手に反射させて、ぐいと薙《な》ぎ払った。血しぶきがどっと肩にかかった。うしろをも見ない。

すでに五平の指笛によって路上の警戒網がくずれ、人数の大部分が邸内の五平の位置に集まりつつあった。重蔵の行く手には、もはや彼の自由を保障する闇がひろがっていた。

重蔵は、黒い忍び装束を引きちぎるようにして脱いだ。下から先程の衣裳《いしょう》が現われた。雨を含んで、皮のように重かった。疲労と傷のためであろう、吐き気が急にのどへせりあがって、あやうくそれを嚥《の》みくだしたまでは覚えていたが、あとはほとんど失神に近い状態で、ただ走り、ただ歩いた。

鴨川《かもがわ》を三条から渡ったような記憶があった。粟田《あわた》口《ぐち》の青蓮院《しょうれんいん》の門前にきたときに、気付け薬を服《の》みくだした記憶もある。ただ重蔵は自分の行動ながら不思議であったのは、粟田口まで来ていて、なぜ東山を越えなかったのか。越えれば、山科《やましな》に出る。夜の明けぬまに近江《おうみ》の山中に入って疲れを癒《い》やし、そのうえで甲賀郷の間道を経て伊賀に戻れば、ようやくそこはいまの重蔵にとって唯一《ゆいいつ》の安息場所であるはずであった。しかし重蔵は、無意識に近い状態の中にも、この道をとる思いは一度も湧《わ》かなかった。——ほとんど夢の中の人のごとく、粟田口の山麓《さんろく》を、南へ折れたのである。

何度か、谷からころげ落ちたらしい。這《は》いあがっては、南へ無心で歩いた。この道を南へゆけば、五平や洞玄よりも、正体が不可解なだけにさらに危険ともいえる者の家があった。重蔵の意識が正常ならばおそらく寄りつかなかったであろうその家へ、傷ついた獣が本能でおのれの安らぎ場所を求め知るように、重蔵は歩いた。

その築地塀《ついじ》を越えた覚えもなかった。広い庭をつききって、松林の中に小御所風にしつらえた小さな建物の前に立ち、やがて、雨戸を両手で押えつつ重蔵はしずかに崩れた。

「小萩——」

と、かすかに呼ぶ。

小萩が出てきたとき、重蔵はにやりと笑って、無言でただくびを振った。小萩はあわてて抱え起そうとした。その耳もとへ、重蔵は囁《ささや》いて、

「ほんのしばらくでよい。横になりたい。すこしこの家を貸してくれぬか」

声は低いながら、神色自若《しんしょくじじゃく》として云った。小萩も思わず、

「はい」

と答えてから、顔をあかくした。そのあと、すぐ彼女の表情が曇ったのは、この事態の始末に戸惑うたのであろう。

侍女も呼ばず、小萩は、自分の肩を低めて重蔵の右腕をのせ、辛うじて障子のうち側に運んだ。小萩の華やかな小袖《こそで》に、みるみる血と雨が滲《にじ》んだ。

「しばらくお待ちくださいませ。お着更《きが》えを支度します」

「要らぬ斟酌《しんしゃく》」

重蔵は、にべもなく手を振った。小萩は強いて逆らわず、

「よろしゅうございます。でも、ここではあまり。お臥床《ふしど》をのべますゆえ」

「それも要らぬ。これでも忍者じゃ。この板の床でよい。ねむるぞ」

重蔵は、小萩を押しつけて、ごろりと横になった。しかし、目をつぶったあとふと

思いついたように薄く瞼《まぶた》をあけて、

「薬によって、全身が痺《しび》れておる。いったん眠りにおちれば、わしの体は、自分の意のままになるまい。眠ったあと、この体をどう始末しようと、そちの自由じゃ。捕えてもよく、殺してもよい。わしの目が醒《さ》めてから、後悔しても、もはやそちの手には負えぬぞ」

重蔵は、死んだようにねむった。

小萩は、燭台《しょくだい》を近づけて重蔵のそばにすわり、全身を仔細《しさい》に眺めまわした。袖無し羽織の背にかすかな刀の触れたあとが一カ所、袴には、木の株で裂いたらしい跡が二カ所、右肩から、背にかけて血しぶきが滲《にじ》み透って、今宵《こよい》、この男が斬りぬけてきた闘いの凄惨さを物語っていた。

小萩は、重蔵が傍らに投げた刀をとりあげて、静かに鞘《さや》を払ってみた。鍔元から切尖《きっさき》にかけて、雲をえがいたような脂《あぶら》のあとが残っている。

(伊賀者にしてはめったに人を斬らぬひとと聞いていたが)

この脂のぬしは誰であるか、小萩は臆測《おくそく》する風情《ふぜい》で目を細めた。しかしふと思いついて、重蔵の袴の右すそに手をかけた。それを、下帯のみえるあたりまでたくしあげてみたのである。

浅黒く光る皮膚が血と泥でよごれ、はちきれそうに盛りあがった肉を包んでいたが、袴をたくって股の付け根まで来たとき、小萩は息をのんだ。青銭ほどもある大きさで肉が削《そ》ぎはじけ、血がなおも吹きこぼれて皮膚を濡《ぬ》らしている。その傷に、小萩はそっと顔をちかづけてみた。嗅げば、甘い木犀《もくせい》の花のかおりに似た異臭があった。伊賀甲賀の忍者が用いる、かすりとよばれる痺れ薬である。

（なるほど――）

これで、相手が忍者であることがわかる。今宵、この男が闘った相手を、ほぼ推察することも出来る。洞玄かそれとも五平とやら云う伊賀者か、刀の曇りはそのいずれかであろう。

小萩は、顔をあげて傍らの二月堂の上から鈴をとりあげ、このときはじめて人を呼んだ。

しばらくして、いつもの老女楠《くす》が部屋に入ってきた。部屋の中の異変をちらりとみてもさして驚いた風情もなかった。この者は、小萩の元の養家である甲賀の望月《もちづき》家から付いてきた。楠は、しずかに首をかしげて、

「何か――」

「焼酎《しようちゆう》がありますか。それに金創《きんそう》のお薬も」

「はい。着更えは」

「それもおねがいしましょう」

老女は、無言でうなずいて引きさがった。

ほどなく、老女が命ぜられた品々をもって入ってきた。

「ご苦労。おさがりください」

「でも、この御様子では、わたくしもお手伝いをせねば」

「いいえ。すこし思案をすることもあり、わたくしがひとりでします。呼ぶまでお部屋で控えていますように」

「はい」

老女は、つかえた手を放すと、無表情でにじり退った。

小萩は、襖《ふすま》がしまるのを待って、重蔵の体にむきなおり、もう一度袴をたくしあげた。左手の指で傷口のまわりを押え、焼酎の壺《つぼ》をとりあげて、傷口へとくとくと流しこんだ。

ついで、小柄をとりだして燭台の火で刀身を炙《あぶ》り、紙で煤《すす》をぬぐうと、切尖に薄くちぎった綿をとりつけ、いちいち焼酎を滲《し》ましては傷口に錐《きり》でもむように差し入れた。

傷口から砂、泥などの異物をとりだすためであったが、小柄を回すたびに小萩の顔は蒼白《そうはく》になり、さすがに、意識を喪失した重蔵も、その激しい痛みからのがれようとしてしきりと身をもだえた。

小萩は、重蔵の身動きをとめようとして、いきなり自分の両ひざをそろえて重蔵の腰のうえへ横なりに乗り、身を倒して重蔵の右ももを強く肘《ひじ》で押えた。重蔵を抱くような姿勢で傷口の上へかがみこみ、小柄の作業をつづけてゆく。ちかりと、小萩の指先で小柄が光った。そのたびに、重蔵は苦しげにうめいた。それを聞くと、小萩の蒼白な頰のうえに、残忍な、しかし見様によっては法悦ともとれる、ふしぎな微笑がのぼるのである。

小萩は、重蔵の肉の中に入っている小柄の尖端《せんたん》の作業に、暗い欲情を覚えていた。そういう、自分の女の中にあるただごとでない傾きを、小萩はかねてから気付いていた。幼時から、心と身を激しく矯《た》める甲賀の修業をさせられてきた所為《せい》であろうと、小萩は自分をかなしく思うことがある。

やがて小柄を捨て、老女が持って来た蛤《はまぐり》のふたをひらいた。中に、黒い甲賀伝承の金創薬が塡《つ》められている。それを灯であぶり、泥のように融けたあたりで、重蔵の傷穴へ流しこんだ。あとは、晒《さらし》で固くしばる。

（ほんとうに、このたびはご不覚でありましたな）

手当を終えてほっとした小萩は、下唇を小さくちぢめて、くすりと笑った。平素、小萩が山のような大きさに感じている重蔵が、不覚にもこの手傷を負うたことを可笑《おか》しく思ったのだ。笑いおさめると、小萩は急に真顔になって、重蔵の袴の結び目に手をかけた。

忍者の着付けは、帯、紐《ひも》の結びなどは一カ所を触れただけで解けるような独特の工夫がほどこされている。

小萩は袴を解き、帯をといた。またたくまに小袖、下着のたぐいをぬぎ剝《は》がれ、松の巨木を倒したような裸形《らぎょう》の葛籠重蔵が、柾目《まさめ》のあざやかな檜《ひのき》の板床の上に大の字に仰臥《ぎょうが》した。

小萩は、最後の下帯に手をかけたとき、さすがに、眉《まゆ》のあいだに、ためらう色がうかんだ。しかし、しずかにまつげを伏せ、目をつぶりながら、指のみでそれに触れ、ゆっくりと解きはじめた。

やがて、潔い香りのたちこめる真新しい晒で重蔵の全身をゆっくりと愛撫《あいぶ》するように拭《ぬぐ》いはじめる。

終ると、重蔵の腰に新しい下帯を通した。つぎは、用意の衣服を着せてゆく。肩を抱いて着付けをしながら、老女を呼んだ。入ってきた老女へ、

「お臥床の支度を」

と、背をむけて云う。

「お部屋は、どちらにいたせばよろしゅうございます」

「それは……」

小萩は、べつに考えていなかったのである。手をとめてふと思案した小萩の様子をみて、老女は、手の甲を口にあてながら、さもおかしそうに笑った。

「その御ひとでございましたら、客殿か――それとも座敷牢《ろう》でございましょう」

「え？」

「いずれになさいます。おひい様の意のとおりになされればよいのでございますよ」

「そなたならば、どうする」

「座敷牢でございます」

「なにゆえじゃ」

「お隠しあそばすな。その御ひとは、伊賀の葛籠重蔵どのでございましょう」

「いかにも、宗久どのが使い者じゃ」

「存じております。この者」

老女の呼び方が、その御ひと、から、この者に変っていた。

「おひい様は、吉野で捕えぞこねたではございませぬか。今宵、この為体《ていたらく》を幸い牢に囚《とら》えて宗久どのの御陰謀の証拠として差しだせば石田治部少輔《じぶしょうゆう》さまより御依頼のお仕事もめでたく終るはず。わたくしならば座敷牢にいたします。——しかし」

老女のつぐも口は、喋《しゃべ》りだすととめどがなくなるようである。

「しかし、なんじゃ」

「おひい様は、この者とお契《ちぎ》りあそばしたでございましょう」

あっと、小萩は口をおさえた。瞼が、あかく染まっている。むろん、そのことだけは、この、幼いころから育ててくれた甲賀の老女にも話したことはなかったはずだった。老女は、重ねて云った。

「で、ございましょう」

「そのようなこと、念を押すものではありませぬ」

小萩は、さすがに憎々しげに老女をにらみすえた。

老女は、小萩の幼いころから、彼女の母がわりといった位置に自分を置いていた。

それだけに、小萩の駄々を半ば聞き流して、

「念を押さねばなりますまい。この者を牢に入れたうえ、翌朝にでも治部少輔さまに使いを走らせて見参に入れねばならぬということは、あなた様の立場からして自明の理。それをいまさら迷うべき筋合はないことながら」

老女は、すこし悪戯《いたずら》っぽく笑って、

「おひい様は、この者と契っておわす。わたくしが申すその理とは、別のお考えがあるはず。わたくしに始末を相談なさるのは無駄というものでございましょう。思うがままになさりませ」

そう、事を解《わ》けたことを云《い》いながらも、老女は微笑の奥底に、ひやりとするような冷たさを宿していた。この女もまた、甲賀者である。生い育った時から、人間に対する非情の修練をうけてきたのであろう。微笑の底にどういう思いをひそめているのか、小萩でさえ見当のつかぬときがある。いまが、例えばそうであった。

「契ったことがあれば、どうしたと申すのじゃ」

小萩のような女が、安心して駄々をこねることができるのはこの世でこの老女ひとりであろう。――老女は、小萩の駄々を満足したように眺めて、いよいよ融《と》けるような微笑をくゆらして、

「一度契った殿御というのは、夫も同然。恋はおなごの命とも申しまする。わたくしも今は昔、覚えがないわけではございませぬ。おひい様はいま、そうしたおなごの命に殉ずるか、それとも」

「それとも？」

「甲賀の忍者の使命に生きるか。ほほほ、これは意地悪いようじゃが、楽しい眺めでございます。客殿になさるか、座敷牢になさるか。くどいようじゃが、いずれでもよろしゅうございますぞ」

云いおわると、老女は口をつぐんで、微笑を消した。小柄な女である。痩《や》せた膝《ひざ》をそろえて根をおろしたように座りながら、凝《じ》っと小萩の目を見すえはじめた。

その目をみて、小萩は、思わず慄《ふる》えた。この目のおそろしさを、幼いころから十分知っていた。甲賀の望月家で法義を受けはじめた幼女の頃以来、家従の忍者から仕込まれる傍らでいつもこの女が座り、彼女が怠けたり失策《しくじ》ったりするたびに、

「おひい様――」

ただ一ト言だけ声をかけた。叱言《こごと》を云うわけでもなく、折檻《せっかん》するわけでもない。目だけで静かに見すえるのである。大きくもないこの女の目から、瞳《ひとみ》がすっと消え、白々とひかる二つの穴が、小萩の胸を透して背の皮まで凍らせた。

「かんにんじゃ、媼《うば》」

ついそう叫んでしまう。すると女の目から瞳が恢復《かいふく》して、小萩の好きな、もとのあたたかい微笑を含んだ表情にもどる。小萩はこの女の若いころから媼とよんだ。むつきのころから女のもつ温かいほうの目によって育てられたが、その同じ人間の目が、なぜ時々、あの凍るような白目に妖変《ようへん》するのか、小萩はいまでもよくわからない。しかし、小萩という女を甲賀の忍者に育てあげたものは、いつにこの女のもつ凍るような白い目であったといえる。

老女は、突き放したまま、小萩自身に答えを選ばせている。その見据えている白い視線の中で、小萩は忽《たちま》ち幼女のころの生理が甦《よみがえ》り、体温が凍り、皮下の肉が小刻みに慄えた。ただし、今宵の小萩は、そのままでは老女の白い恫喝《どうかつ》に乗らなかった。辛うじて小萩もまた、老女の顔の中の二つの穴を睨《にら》みすえることによって、おのれを支え得た。

「どうなさる」

老女が云った。

「どうもせぬ」

小萩は不貞腐《ふてくさ》れたように答えて、ふっと、白いあごを引きながら、

「いつまでも子供のころのようにそなたの指図は受けませぬ。小萩も二十一じゃ。女のさかりを過ぎようとしている。自儘《じまま》にして、なんの悪いことがあろう。早《はよ》うお臥床《ふしど》を支度しや」

「すこし取り乱されているようじゃ。それをどのお部屋にと、こうして訊《たず》ねておるのではございませぬか」

「きまったこと。この者は、小萩のかわゆい男じゃ。それゆえに」

「客殿でござりまするな」

「ちがう。——わたくしのお部屋へ運ぶ」

「えっ」

老女は驚いてみせたが、顔はあまりのことに呆《あき》れている。

「早う」

「なりませぬ。この男を何と思召《おぼしめ》す」

「わかっている」

「お利口なこと。その敵と添い寝したいのか」

「小萩は、ただの女として振舞いたい。なぜ甲賀者として育てられ、他人の陰謀の道

具として使われねばならぬのか、小萩は今宵こそ自分の運命を恨みます。わたくしはそなたのあるじじゃ。吩咐《いいつけ》に背くと、ただではおきませぬぞ」

「大そうなご見幕じゃ。まあ、あとでたんと後悔あそばせ」

老女は、不承々々たちあがった。

小萩の部屋に臥床をとり、女二人で重蔵の体をかかえて、床へ移した。

「さがりや」

「申されるまでもないこと」

老女は襖をすっと引きはじめたが、すこし云いすぎたと思ったのか、半ばでつと手をとめて、

「お仲よろしゅう」

人が変ったように温かい微笑をひらいた。やはり、この老女には化生のようなところがある。

あとに残ったのは、意識を喪失した重蔵と小萩である。

その夜は看取《みと》りをしてふけ、翌日も重蔵はほとんど昏睡《こんすい》をつづけ、翌々日になってはじめて二人は同衾《どうきん》した。

その翌々日という日の夜半、重蔵はふと、自分の指が寝床の中で弄《もてあそ》ばれていることに気付いて、目を醒《さ》ました。同時に、横に寝ている小萩を発見したのである。

小萩は、重蔵の右肘を自分の胸の上に載せながら、人形を弄ぶように重蔵の指とたわむれて、つと折りまげ、それをのばし、時にちいさく歯の間に入れて嚙《か》む。幼女のような仕草であった。重蔵は、この女にもこんな可憐《かれん》さがあったのかとなぜかそれを痛々しいように思えて、弄ばれることに堪《た》えた。堪えてゆくうちに、あざやかな愛慕の思いがこの男の心を染めた。愛慕はやがて血の中に滴《したた》る。奔流となり、はげしく相手をも押し浸したい思いに駆られた。

「小萩」

「え?」

と、むしろ小萩のほうがいま目醒めたひとのように鮮やかな目を見開いた。

「お目醒めになりましたの」

「どれほど眠ったかな」

「二日も。――お傷は?」

「ここは、この世であろうな」

「なぜ?」

「捕えられもせず、殺されもせずにいる」

「捕えられたいのでございますか」

重蔵はそれには答えず、じっと小萩を見つめて、

「夢を見ていた」

「どんな？」

「伏見の城へ忍び入る夢じゃ。真昼であった。幸い、昼固めの者の目をたぶらかしおえて、大手門から堂々と入った。郭内の地理は、よく諳《そら》んじておる。味噌《みそ》蔵《ぐら》の中で夜に入るのを待ち、本丸の東側にある秀吉の第館《ていかん》に忍び入り、秀吉がたしかに寝ておると思われる部屋の襖《ふすま》に手をかけた。金具の冷たさが、この指に残っている。そのとき、不意に何もかも面倒じゃという気持に襲われた。太閤を殺《あや》めることばかりではない。その部屋に忍び入ることも、襖をあけることさえも、物憂《ものう》うなった。おのれは、何のために、何をしているのか、おのれの一生は、たれのための、一体、何であったかと、平素思いもよらなんだことが、ここに及んで一時に胸をひたした。そうなると、一歩も足が進まなんだ。さがることもならなんだわ。わしは、金具に手を触れたまま、そのままの姿で立ち腐れてゆくのかと思われた。そのとき、なぜか、そなたのことが心に浮んでは消えたことを覚えている。わしの生涯のむなしさを思うとき、そなたとの

ことのみが確かなものであったと、執拗《しつよう》に思うようになった。忍者の生涯は、所詮虚《しょせんこ》仮《け》じゃ。無為に暮すことが人としての仕合せではなかったかと、臍《ほぞ》を噛む思いで、悔いた。わしは、襖の金具に指を吸いつけたまま、動きもならずにいた。金具に触れる指が、やがて熱うなってきた。わしはふと目を醒ました。そのときそなたが、わしと同じ臥床の中にいた。ふしぎな思いがする」

云いおわると、重蔵は、激しい力をこめて小萩の体を抱き寄せた。そして、小萩の耳許《みみもと》に囁《ささや》いた。

「よいか」

「――はい」

小萩は、絶え入るように重蔵の胸に顔を埋めた。

重蔵が、おのれの心の奇妙さに気付いたのは、その翌朝である。あのような夢を見、それを小萩に打ち明けて愛の甘美さに心をひしがれたのは、よほど体力が衰弱していたせいであろう。すでに重蔵の体力は恢復している。おのれの平素の欺瞞《ぎまん》と虚仮の精神を支えるまでに気根が充実していた。体力の衰えは、時に真実の悲鳴をあげさせる。

重蔵は、不覚を思った。臍を噛む思いで、横に臥《ふ》せている小萩の寝顔を見た。寝息さえきこえた。それをうとましく思ったのは小萩に対してではなかった。おのれの真実の残骸《ざんがい》が、いま安らかに寝息をたてている。重蔵の不快はそれにかかっている。みずみずしい虚仮の精神が体内に甦ったいま、不覚の思いが悔恨の黒い煙をたてはじめていた。

重蔵は、そっと床をぬけ出ようとした。小萩は敏感に目をさました。その目に、昨夜重蔵が点じた真実の火が、なおうとましく残っていたのを、見のがすことができない。

「どこへ、いらっしゃいます」

「厠《かわや》へたつ」

「うそ」

小萩は重蔵の袖《そで》を引いた。

「以前、おとぎ峠でもそうでした。おなごのまことをいたぶられるのは、よいことではありませぬぞ」

「厠へたつ」

「その目」

小萩は、すばやく起きなおって、臥床の上に座った。

「後悔なさっていますね」

「まあ、それに似ている」

「それほどに、小萩がお嫌いでございますか。昨夜のお情けは、まことではなかったのでございますか」

「昨夜は昨夜、今朝は今朝じゃ。忍者の心というのは、雲のようにただならぬ。恋の真似《まね》はできても、恋はできそうにないのう。わしの唯今《ただいま》の真実は、一刻も小萩を見ぬということじゃ。そなたをみれば、おのれの心が不快になる。また、そういうおのれの姿を、ながくそなたの目の前で曝《さら》しているに忍びぬ。名残りはあるが、しかし、出る」

「とめませぬ」

小萩は、すばやく自分の態度を更《か》えた。女としての一分がある。重蔵の心映えに呼応した。目から、拭《ぬぐ》ったように昨夜の余情が消えていた。

「わたくしも、そういう重蔵様を見るのがうとましゅうございます」

「それでよい」

重蔵は、小萩が用意してくれた新しい衣服を、終始無言で着更えた。小萩も黙って、それを手伝った。ただ部屋を出るとき、つと脇差《わきざし》を鞘《さや》ぐるみ抜いて、

「無銘の粟田口《あわたぐち》じゃ。なにかの折りには形見にもなる」

と、小萩の手に渡した。小萩はそれを両《ふた》つの袖で受けとって、じっと重蔵の目を見つめた。重蔵は目をそらした。そして濡《ぬ》れ縁から庭にとび降り、そのまま後ろをも見ず、柴折戸《しおりど》の方向にむかって歩いた。やがて、重蔵の広い背が小さくなり、陽の降り溜《た》まった籬《まがき》の向うに消えた。小萩はふと、このところ秀吉が伏見の城内に滞留中であることを思った。それを、あの男は討つ。去ってゆく重蔵の足どりの中に、たしかに、死にむかう者の異様な生命の気息がうかがえたように、今更思いだせる。その小萩の手から、重蔵の脇差が落ちた。脇差は激しい音をたてて板の上に落ち、鯉口《こいぐち》がひとり切れて濡れ縁の端で静止した。わずかにのぞいた白いはがねの上に、朝の陽がしずかに溜まりはじめた。

五三ノ桐《きり》

京都奉行、法印前田玄以は、毎朝、百八つの胡桃《くるみ》の実を磨く。寛闊《かんかつ》な道服の膝《ひざ》を思いきってくつろげ、その上に胡桃の実を散らばらせて、猿が沢の小石を拾うように、ひとつひとつ取りあげては、黄巾《おうきん》で丹念に磨いて経机の上に並べてゆくのである。どの実も十分に枯れくろずみ、瘤面《りゆうめん》がほどよく磨滅して、飴色《あめいろ》のぶきみな半透明の光沢を放っているのは、蛮国の怪奇な宝石を思わせた。僧侶《そうりよ》の出であったこの男は、医術にも明るい。胡桃を磨くと卒中の予防によいということを、よく知っているのである。しかし、余人に訊《たず》ねられたときは、そうは答えない。

「死に支度でござってな」

胡桃の実にも似た醜怪な顔をあげて、微笑する。人が重ねて訊《き》くと、

「棺に入れる数珠《じゆず》でござるよ」

そう答える。そうした物を平素磨いているということになれば、世間は単純なものであった。さすが玄以どのは出が出じゃ、生死の奥義《おうぎ》の中に心を浮ばせている、という思いもかけぬ評判を作ってくれた。最初は玄以自身おどろいたが、自分自身もそういう気にもなった。しかしいうまでもなく、そのじつは、この執拗《しつよう》な指先の運動が、一日でも生をむさぼろうという玄以のねばねばしい欲望の表現以外のなにものでもなかった。前田玄以は、そういう二つの精神の隠微なひだの中で都合よく生きてゆける処世の術を心得ている。はじめ信長に仕え、のちに秀吉に転じ、この物語の数年ののちに関ヶ原ノ役のみぎりには石田方に与《くみ》するとみせて、東西両陣営のたれも気づかぬ

うちに家康のほうへ身をずらせてしまっていたこの男の生き方を、彼の指の中にある胡桃の実はよく象徴している。

その日、半ばを磨きおえたあたりで、玄以はふと気付いたように五平を呼んだ。葛籠《つづら》重蔵が屋敷のうちに忍びこんだ翌朝のことであった。五平は、ときどき研ぎ刃のように目の光る秀麗な顔を、玄以の前で上げた。玄以は、掌の中の胡桃の一つを、ことりと経机の上に置きながら、

「昨夜、弁天宮の池畔で洞玄が死んでいたという報《しら》せがあった。存じておるか」

「は——」

「それに、洞玄の死の前後、屋敷うちでしきりと人影の動く気配があったという。まさかそちの手の者ではあるまいな」

「いや、それは——。しかし、わたくしの手の者でございましたとしたら、いかが遊ばす」

「なぜ、わしの許しもえずに、夜半、みだりに人を屋敷のうちで動かしたかの」

「おそれながら」

五平は平伏したまま、かすかに目だけをあげて、

「わたくしは、伊賀《いが》者でございます。殿もまた、伊賀者としてこの者をお使い遊ばす

以上は、伊賀の法におまかせ下さらねばなりませぬ。いったんその仕事に任じた以上は、伊賀者は伊賀の法をもって仕切り申す。余の侍と異なり、些末《さまつ》なことでいちいち殿の許しを得ませぬ」

「わかった。それで、そちはあの甲賀者を殺したのかの」

「いや、殺したのは当御屋敷に忍び入った曲者《くせもの》でござる」

「何と申す」

「葛籠重蔵にございます」

「かねての張本人じゃな。で、そちほどの者、重蔵を捕えておろうの」

「残念ながら」

「とり逃がしたか。さてさて、伊賀者と一口に申しても、さまざまなものとみゆる。それだけの人数を動かしても、たった一人の曲者を捕えられなんだのか、口ほどもないのう」

「これは心外」

五平は、白い表情を動かさず、

「所存あってのことでござる。いたずらに捕えたところで、忍者が口を割ろうはずはございませぬ。すでにかの者は、わたくしが与えた傷によって心気は半ば喪失したるも同然」

「で、いかがした」

「小柄《こづか》をうったあたりで一旦《いったん》はとり逃がしましたが、のちにお堀を乗りこえる影をみつけ、ひそかにあとを跟《つ》け申した。――おどろくべきことがござる」

にたりと、五平は薄い笑いを浮べた。

「申せ」

「小松谷のあたりで姿を見失いましたが、さる家が目につき、おそらくこれへ入ったるものかと、ひそかに」

「それは堺《さかい》の今井宗久の寮であろう」

「えっ。殿はすでにご存じでおわしたか」

「死んだ洞玄は、そこまで突きとめておったわ。しきりと堺の宗久の身のまわりを洗《あろ》うておったが、どうもたしかな証拠もない。所詮《しよせん》は、葛籠重蔵と申す伊賀者を捕えて生き証拠にする以外は手がないという所まできて、あの男は惜しくも死んだ。で、そちはその寮に入ったのか」

「不覚でございました」

「何が不覚じゃ」

「そこまで重要な家であるとは存ぜず、一たんつきとめた以上は屋敷に帰って手配を整えたうえで出直そうと思い、朝、屋敷にもどって調べましたるところ、その家は宗久どのの寮であると」

「ようやくわかったのか」

玄以は、揶揄《やゆ》するように云《い》った。五平は、顔もあげられなかった。甲賀者の洞玄だけでなく、玄以、重蔵などのすべてに敗北したみじめな思いに追いこまれている。しばらく肩を落して平伏していたが、やがて腹の底から、何者へとも知れぬ青白い怒りがふつふつと湧《わ》きあがってきて、

「わたくし奴《め》の命に代えても、重蔵の身は捕えてみせまする」

「命に代えても？　忍者のあがりにしてはふさわしからぬことを申す。そちはその意気込みで、まさか小松谷の宗久が寮へ押し入るつもりではあるまい」

「押し入っては悪いと申さるるか」

「下策じゃ。宗久に気付かれぬ場所で、ひそかに重蔵を捕えい。わかるかな」

わかる。……

五平は、肚《はら》の中でうめいた。法印玄以がどのようなつもりでそれを云ったにせよ、五平は五平なりに、この男の肚の底は読めているつもりである。

堺の宗久の陰謀を摘発するのは、五奉行のひとりである前田玄以にとっては、掌《たなごころ》を指すよりもたやすい。しかし、いかに巨万の財をもつとはいえ、宗久は一商人にすぎず、その分際で時の主権者を斃《たお》そうなどと考えるはずがあるまい。必ずその背景に巨大な者が潜んでいる。

玄以の見るところでは、秀吉の天下は、秀吉個人の魅力でのみ支えられている。自然、その天下は、秀吉の肉体の衰亡によって消滅する。あとを覘《ねら》う者は、養子関白秀次《ひでつぐ》ということもあろう。しかし事理に暢達《ちようたつ》した堺の宗久ともあろう老人が、秀吉の縁類というだけの暗愚な二十代の青年におのれの運命を賭《か》けるような博奕《ばくち》は打つまい。どう考えても宗久の背後にある影は徳川内大臣家康を措《お》いてなかった。そうとすれば、この事件を妙にいたぶって次の世のおのれの位置を危うくするようなことはしたくなかった。

玄以の喫緊事は、暗殺の兇器《きようき》である忍び者を捕えてその背景に通暁《つうぎよう》することであった。その上で、おのれの今後の人生の設計を考える。ただ、このことは極秘であらねばならない。その点、捕獲の役は、五平のような伊賀者が好適であった。もし五平が失策《しくじ》ってもたかが捨て扶持同然で養っている乱波《らっぱ》、当家に係わりがないと云えば済むことであった。——そういう肚芸の細かさを、同じ畳の上で頭をこすりつけている五平は堪能《たんのう》するくらい読みとっていた。こうなれば、得心のゆくまで玄以の手で利用されてやると考えた。しかし目の前にもう一つの道がひらけていることも、この男は見のがさなかった。それは、宗久という男の存在を知ったことである。

（金になるな、これは）

五平がそうほくそえんだあとは、玄以の手前を繕いかねるほどに浮きたつものを覚えたのである。なるほど、乱波の境涯から足を洗うためには、かつてはそれなりの地位と名誉がほしくはあった。いまも、ほしい。しかし、近来、世間に流通しはじめた黄金というものには、なま半可な武家の禄位《ろくい》以上の強烈な魅力を覚えていたのである。

「必ず、重蔵を捕えてみせます」

そう云って、玄以の前を引きさがった五平は、とりあえずこの男の課題として正直なところ、重蔵どころではなくなっていた。重蔵はしばらく放置したところで、どうなるものでもない。——五平がまず最初にやったことは、伊賀の下柘植《しもつげ》にいるはずの木さるに牒文《ちょうぶん》を書くことである。屋敷に帰るとすぐ、この男は私室に入って筆をとるのももどかしく、一文を認《したた》めた。むろん、連ねられた小さな文字は、すべて忍び文字であった。

「いつも、わしはそこもとの仕合せを考えている」

と、五平は、まず冒頭に書いた。

「わしは、近く、さることによって、おびただしい黄金が得られるはずだ。いつわりではない。そうなればそこもともわしも、賤《いや》しめられた乱波の境涯ではなくなる」

文字が躍っていた。このような書きだしから始めたのは、甘言によってくノ一を釣ろうという詐略《さりやく》ではなかった。そういう余裕もない。五平の心の浮きたちをそのままに表現したものと云ってよかった。ただ、次のくだりからは、五平は忍者にもどり、字体までが冷たくなっていた。

「六月の新月の夜、屋敷の裏門を開けておく。国許《くにもと》にて下柘植党の下忍《げにん》三人を調達のうえ、それらと同道して京へのぼられたい。くわしくは、そのときに、ゆるりと物語るつもりである」

ここまで書いて、ふと五平はくびをかしげ、筆を宙に遊ばせた。これだけの文面で、捨てたに近いあの女がわざわざ会いにくるだろうか、という懸念《けねん》である。五平は、半ば真面目《まじめ》な気持で、そっと書き加えた。

「このところ、そこもとの体を恋しゅう想《おも》う日が多い。わしだけではあるまい。そこもとて同じであろう。一日も早く、わが室に妻として眺める日のくることを望んでいる」

五平は、書き終えてから、この文がたとえその場かぎりの詐《いつわ》りであったにせよ、渇く者が水の幻覚へ咽喉《のど》をあけるようなはげしさで、木さるのからだを想った。五平が木さるを愛しはじめたとしたならば、あるいはこの瞬間が最初であったかもしれない。

すぐさま伊賀へ飛脚を放つと、五平は身を整えてひそかに京を発《た》った。十七里を一夜で歩いて堺の町についたのは、翌日、陽も高くなっていた。

五平は、忍者の定法どおり妓楼《ぎろう》で女を買い、その妓《おんな》との寝物語のあいだに堺の景況、評判、地理などをさぐりつつ二日を費やした。

「そのほかに誰がある」

五平は、堺商人の評判などを、寝床で頰杖をつきながら、興もなげに聞いている。

「やはり、三つの指を折るとすれば、南材木町の法印様でございましょう」

「宗久じゃな、今井の」

「はい。ちかごろはお屋敷の中に、三丈三級の石塔婆《いしとうば》をお建てなされたそうで、大そうな評判でございます」

「妙なものを建てたな。一体、それだけの大塔婆で、たれの霊を弔うつもりじゃ」

「織田信長様の慰霊のためとか承りました。それはよいとしても、太閤《たいこう》様の世に、わざわざ仏事の時節も外れてから御先代様の塔婆を建てるなどは、なんぞ世をすねた底肚あっての仕業かと疑われても烏滸《おこ》じゃと、北材木町の天王寺屋様などはだいぶお諫《いさ》めなされた様子でございますが」

「可愛《かわい》がってくれた信長公の時世が恋しゅうなったのであろう」

「ほんに、このごろは小西様などが有卦《うけ》に入って、今井様などは火の消えた様子。朝鮮のことが起ってからも、小西様が桜之町の鉄砲鍛冶《かじ》を一手におさえて、今井様へは戦さ金が落ちぬと申しますさかいにな」

「そうもあろう。小西と申せば、もともとは、そちなどの用いる白粉《おしろい》の商いから身を起したが、いまでは焔硝《えんしょう》、鉄砲の類《たぐ》いまであきない、父の隆佐は大坂城の勘定役として天下の金を握り、子の弥九郎は摂津守《せっつのかみ》として大明《だいみん》征伐の先手の大将じゃ。豊臣の世とは申せ、ありようは堺の小西屋の世かもしれぬ。宗久などがうらやむのは、無理がないのう。宗久にも、子があったな」

「宗薫《そうくん》様でございましょう」

「これは無位無官じゃ。茶ノ湯に痴《し》れてはおるが、親の身としては、小西の弥九郎の摂津守は及びもつかなくとも、せめて然《しか》るべき利役にもつけさせてやりたかろう。金はどうじゃ。やはり小西が一番か」

「なかなか。――やはり、今井様が一番でございましょうな。つぎが天王寺屋の津田様。小西様は、三番目でございます。ちかごろ、この戦さ騒ぎで、桜之町の鉄砲屋芝辻理右衛門様がお蔵を一度に十もお作りになったと申しますが、古い分限《ぶげん》の方々には及びませぬわな」

分限競いは、堺の町民の語り馴《な》れた話題であるらしく、妓は得意気に他人の蔵の中を月旦《げったん》した。

そういう世間ばなしをしながらも、五平の心の半ばはそこにない。彼の脳裏には、宗久の屋敷の外観が、あざやかな輪郭をもって明滅している。その外観は、昼間、十分に見届けてきたところであったが、夜になってその印象を反芻《はんすう》しつつ内部の建物の配置と構造を推量するのは、武芸十八般にはない伊賀者の独特な頭脳の技芸であった。

「何を考えておいで遊ばす」

妓は、そっと五平の手をとった。

「国許《くにもと》にお残しなされた、見目よいおなごのことでござりますか」

「まあ、そんなところじゃな」

ふと妓のほうを向いて云ってから、五平は、はじけるような思いで、木さるの体と匂《にお》いを思いだした。

「憎らしい」

手をぐいと引き、甲に爪《つめ》をたてる妓の仕草にはかまわず、五平は一方では宗久屋敷の内部を考えつつ、一方では木さるの肉体の鮮烈な実感の中に身を浸している。

(あの女は、来るであろうか)

六月の新月の夜に、屋敷の裏門に現われるはずの木さるのことだ。五平ほどの自信のつよい男が、それを待つのにほとんど僥倖《ぎようこう》を願うような謙虚な気持におちている自分を発見していた。

(もっとも、あの女を待つのは色恋の沙汰《さた》ではない)

五平は、考えた。

事実、そのとおりなのである。木さると、彼女の息のかかった下柘植党の下忍を得ることは、五平の新しい仕事には、是非とも必要なことであった。

五平の欲しいのは、木さるの忍者としての価値のみであるはずであった。しかし、木さるの映像の不思議さは、五平の胸の中で、忍者としてよりも、生々しい女としての実感を濃密に帯びはじめている。かつて五平は、これほどに木さるのことを考えたことがなかった。

あるいは、五平がいま恋うている木さるは、かつて彼が抱いたあの木さるではないかもしれない。五平が木さるを捨てた瞬間から、新しい木さるが五平の思い出の中に誕生し、徐々にそれが鮮烈な装いをもって成長していったのであろう。五平はいま、改めて木さるをはげしく恋しはじめていた。

(焼きが、回りはじめたかな)

そう思った。

忍者にとって、恋は禁物のものであった。あくまでも、彼等の隠語のごとく、くノ一であらねばならない。詐略の道具として利用すべきもの、時にはおのれの性の単なる処理の用具としてのみ、考えねばならない。

遠くで、爆竹の音が聴えた。さきほどから、しきりと聴えていたようでもある。その爆竹のあいまに、小蛇がくねりもつれるような忙しい笛の音が、風に乗りわたっては、また一しきり絶えていた。

「あれは、明人《みんじん》が吹くのか」

「唐船《からぶね》でも入ったのでございましょう」

「この戦さのさなかにか」

「戦さは、こなた様のようなお武家のなさること。あきゅう人の目に、戦さも何もございますまい。しかし、あの船は明のあきゅう人があやつる呂宋船《るそんぶね》のようでございますね」

「なぜそれがわかる」

「明の笛のあいまに、呂宋の水夫《かこ》が鳴らしている狩り太鼓がきこえます。ほら、あの、人の背を鞭《むち》で打つような音。きこえませぬか」

「いま響いたそれが呂宋太鼓であろう。奇妙な音じゃな」

「なんと無《の》う、血の騒ぐ音でござりまするな」

「すべて、耳なれぬ調べというものは、妖《あや》しゅう聞える。もはや夜も更《ふ》けておる。早《はよ》うねむれ」

五平はうるさくなって、話を打切ろうというつもりか、くるりと向うへ寝返りを打とうとした。その白い胸へ妓の手がのび、妓の懐《ふとこ》ろの匂い袋の中の香りが鼻先に満ちた。呂宋太鼓の響きが妓を物狂おしくしたのであろう、執拗《しつよう》にいどむその体を、五平は抱きしめた。同時に、木さるとは違う妓のからだの何かが、五平の気持をそらぞらしくした。急に手を放した。女に対する忍者としての酷薄さを、ひそかに自負してきた五平であったが、かつて覚えたことのない生理的な違和感であった。

（いよいよ焼きが回ったか）

五平は闇《やみ》の中で、ひとり苦笑した。

妓が寝入った頃である。海風が強まりはじめたのか雨戸を叩《たた》く音がしきりときこえた。初夏といえ、夜気も丑《うし》ノ刻限へ満ちはじめると、毛穴がふとすくむほどに冷える。五平は眠ってはいなかった。しばらく妓の寝息を計っていたが、やがて蒲団《ふとん》の中から風のように抜けた。

妓の箱枕《はこまくら》の抽出《ひきだ》しにそっと金を押し入れ、身支度を整えると、外へ出た。路上を影のように歩いてゆく五平の前のくろぐろとした森は、住吉《すみよし》明神の御旅所《おたびしょ》であろう。やしろをはさんで軒をならべる宿院の灯も消えていた。この夜は、五平があらかじめ思いはかったごとく、堺の空からは星の影が絶えていた。

甲斐町《かいまち》の辻《つじ》まできたときに、犬の啼《な》き声が北のほうで聞えた。五平はつと立ちどまり、犬から遠ざかるために、わざわざ三村ノ宮のほうへ折れた。宮の土塀に沿って南下し、さらに東へ折れて、大小路通《だいしょうじどおり》を横切った。すぐ常楽寺の大屋根が見え、寺の築《つい》地《じ》に身を寄せると、築地はそのまま東隣りの代官所の塀につづいていた。代官所を過ぎれば、すでに南材木町である。今井法印宗久の屋敷は、この南材木町の五分の一を占める敷地に、宏壮《こうそう》な結構をかまえていた。規模だけではなかった。塀には裾高《すそだか》の石垣があり、石垣の脚は濠《ほり》がひたしている。外敵に備えた建物の配置も、大名のそれと異ならなかった。中に蔵している金銀を護《まも》るがためである。

宗久はかつて壮者の頃、本能寺ノ変の起った直後に明智日向守光秀《あけちひゅうがのかみみつひで》からの密書を受け「泉南一円の地を与えるによって、戦費の調達に力を添えてもらいたい」との誘いをうけたことがある。宗久は笑って破り捨て「領土がほしいほどなら、好んで町人にはなっておらぬ。明日からでも武将になるわ。その商い好きのこのわしに、領土をくれてやろうとは維任《これとう》どののもよほど胡乱《うろ》が参られているものと見ゆる。功成れば金をくれてやると、なぜいわぬのじゃ。たとえば、堺の船入りの役銭のことごとくを宗久勝手に押えよと云《い》えば、このわしも考えぬでもない。維任どのには、人《にん》を見て法を説くだけの目はしがないのう」

そのあと、秀吉が動いて明智を討ち取ったと聞いたときに、見舞の荷駄をそろえて、山崎にある秀吉の陣営へ参賀した。その帰路、宗久は上機嫌で息子の宗薫を見返りながら、

「あの荷駄は、やがて万倍の金銀になってわしが蔵にもどってくる。商機とは、こういうことをいうぞ」

と云った。

ただ秀吉の世が来てみれば、宗久への利回りは案外よくなかったのである。

(武家は、おのれの領土を守りかつ拡《ひろ》げるためにはいかなる非道なことをも辞さぬ。そのことから云えば、商人が利を拡げるためにとる手段が、どのような類いのものであってもかまわぬことじゃ。維任日向守は天下をとるために信長を殺したが、法印宗久は天下の利をとるために秀吉を殺す。なかなか妙を心得た商略ではないか)

すでに屋敷の中に忍び入った五平は、塀の下の木立の中にうずくまって邸内の気配をうかがいながら、宗久についてそのようなことを考えていた。

(それからみれば、この伊賀侍風間五平などは憐《あわ》れなものじゃ。町人の領土は金銀じゃという宗久から、なろうことならすべてを奪いとればよかりそうなものを、せいぜい木さると安楽に暮せるだけのものしかおどし取らぬ。おなじ賓をなすにしても、大名と商人と忍者とでは、なんと違いのあることかい。しかしそれでも、葛籠重蔵よりはまさっておろうな。あの男は、宗久という盗賊の手先を勤める程度の仕事に大汗を

搔《か》いて、あろうことか命まで投げ出しておるわ)

五平は、じわりと体を木立の中からずらした。忍者は忍者だけの分際で利を稼ぐしか手はあるまい。忍び頭巾《ずきん》の下の白く通った鼻筋には、この男らしいかすかな自負と自嘲《じちょう》がともっていた。

(さて、宗久に会うか)

木立からずらした体をすっと立たせると、ひらひら黒い蝶《ちょう》の舞うように庭内を横切りはじめた。

豪奢《ごうしゃ》な書院造りの建物が軽快な檜皮葺《ひわだぶき》の屋根をひろげて、池畔にまで突き出ている。五平はここに宗久が寝ていると見こんで、雨戸の下にクナイを挿し入れ、音もなく一枚の雨戸を外した。廊下を、宙に浮くような足どりで歩いてゆく。建物の中は、十分に寝しずまっていた。その部屋の一つ一つの気配を外から十分に検分したのち、五平は奥まった、宗久の居間とおぼしい一間の杉戸の前に立った。

杉戸には、塗り重ねの岩彩をもって、二匹の麝香猫《じゃこうねこ》が、葡萄《ぶどう》の蔓《つる》の下で遊んでいる図がえがかれ、いま一枚には、白い象にまたがった天竺《てんじく》の聖者のごとき老人が描かれている。

目方はおそらく一枚について五、六貫はあろう、手をもって引けばしきみに音が立つ。五平はしずかにそれを外した。

次は、襖《ふすま》であった。襖の上の欄間《らんま》からほのかに灯がもれて、その間が宿直《とのい》の者の詰め間であることが知れた。五平は、襖のしきみに、たっぷりと油を流した。そのために、襖は音もなくひらく。つぎの瞬間。——

「うっ」

詰めていた宿直の傭《やと》い侍風の男は、声をあげるいとまもなく、斬《き》り倒されていた。

と同時に、五平はその奥の襖をぱっとひらき、屏風《びょうぶ》をわざと押し倒して、羽毛を浙《せっ》江《こう》の絹で覆《おお》うた豪奢な宗久の臥床《ふしど》の裾に突っ立った。

臥床の中では、宗久はすでに目ざとく瞼《まぶた》をあけていた。五平が裾ぎわに立った気配を感ずると、ゆっくり床の上に起きあがりつつ、

「灯を入れよ」

と、低い声で云った。五平は、惹《ひ》き入れられるように燧石《ひうちいし》をとりだし、ほくちの火を傍らの燭台《しょくだい》に移した。その動作の間にも、宗久のほうへ目だけはむけて、

「騒ぐな。人並に生命は惜しかろうが」

宗久はそれには取りあわず、

「まだ若い声じゃな。その身ごなしも、二歳猫のように弾んでおる。まるで、楽しそうにさえある。——幸い、わしは年をとりすぎた。云われなくとも騒がぬよ」

明るくなった室内で、宗久はうっそりと口許《くちもと》の皺《しわ》をのばして笑った。しかし目だけは動かず、三角に肉厚くきれた瞼が重くたれて、五平の動作を射《さ》すように見つめている。その目とはおよそうらはらな、欠伸《あくび》をするような声が厚い唇から出た。

「人を、ころしたの」

「——わるいか」

われながら、まずい応答であった。五平は気圧《けお》されている自分を感じた。

「悪《あ》しゅうはない。ところで話をする前に、名を申せぬものかな」

「云えぬ」

「ならば、こちらで申してやろう。そちは、伊賀者であるな」

「…………」

「家は、伊賀阿山郷石川村の郷士風間家。名は五平。——相違あるまい」

「…………」

げえっと、叫びにもならぬ衝動が、五平の咽喉の奥を圧した。全身の血が一時に凍り、膝《ひざ》がしらが震える思いを辛うじて支えた。

「な、なぜ、それを知っている……」

驚きを思わず口から出してしまったために、五平の気持はいっそうみじめなものになった。宗久はそれを嘲笑《ちようしよう》するように見つめて、

「申し聞かせてやる。まず座れ」

云われるままに、くたくたと座り崩れたのは、もはや双方の人間の落差からくる逃れえぬ呪縛《じゆばく》ともいえた。

宗久の顔からも、微笑が消えている。ただし、この男自身にも、五平の崩れを楽しむほどの心の余裕はなかった。しわがれた瞼の下の白い目が、細く鋭く光っていた。煤黒《どすぐろ》い、どちらかといえば生気のない顔面の皮膚からかすかにあぶらが浮き出ているのは、いま宗久の胸に刃の上を素足で渡るような緊張の満ちつつある証拠であった。もし相手が窮すれば、たちどころに殺人者に化することは間違いのないことであったからである。

「五平」

今井宗久は、高飛車に出た。

「存じておろうが、この宗久は、ただの利稼ぎ町人ではない。一時は堺の代官を兼ね、

官位は大蔵卿《おおくらきよう》法印、先は信長公に、こんにちは太閤の恩顧を忝《かたじけの》うして、殿中の諸侯諸大夫の表裏に通じてもきている。またそれらの表裏に通ぜねば、わしのごとく天下を相手にする商いのできるものではない。武家は諸国に諜者《ちようじや》を放つ。しかし諜者を放って事情に通ぜねばならぬのは、なにも武家のみにかぎらぬ。天下の利を案ずるわれわれ堺者も、始終諜者を使《つこ》うて諸国の乱を未然に知り、大名の性癖、才覚、諸国の物産を知る。自然若い頃から伊賀者と係わりが出来、ことに下柘植次郎左衛門と申す者がわしの用を弁じてきた。次郎左衛門と申す下柘植党の乱波《らつぱ》、存じておるか」

「知らぬ」

「いつわりが、顔に出ている。しかし、よい。話を続けよう。とにかく頃年《けいねん》、この者に物を頼むことがあって人を伊賀に遣わしたが、次郎左衛門の申すには、はや伊賀も亡《ほろ》びおのれも老齢の身で物の役には立ち申さぬ。によって弟子の一人に事を働かしめたいがいかがであろうと申してきた。ところがその弟子、ほどもなく伊賀を逐電《ちくてん》したそうじゃの」

宗久は、にやりと笑って五平の顔をのぞいた。

「――――」

「やむなく、次郎左衛門はすでに忍び者の世を退いて沙弥《しやみ》の真似事《まねごと》をしておった男をこの仕事に出した。——どうじゃ、覚えはないか」

「恐れ入った、と云いたい所じゃが」

五平は、つかつかと宗久の枕もとへ立ちまわり、あぐらをかいた。肚《はら》太いところを粧《よそお》うたつもりであったが、膝の上に置かれた拳《こぶし》が小心に慄《ふる》えていた。

「そこまで、知っているなら、かえって話が早い。その仕事と申すのは太閤を殺すということであったな」

「ほう」

宗久は、わざとらしくもなく目をまるくした。

「殿下をか。殺すとな」

「あはは、こんどは法印のとぼける番か。お互い、余計な芝居はやめたい。次郎左衛門から、殺せと頼まれたわしが云うのじゃ、間違いはないわい」

「さても、伊賀者の節義も地に堕《お》ちたのう。むかしは口が裂けても、頼まれた中身は云わなんだものであった。それでこそ、諸国の武将は伊賀者にものを頼めたわけじゃな。伊賀一国の国人もまた、節義を守ることによって衣食しておったことになる」

「それをわしに申しても詮《せん》ない。すでに伊賀者ではない」

「なるほど、そちはすでに伊賀を裏切っている」

「従ってその節義もない」

「申しておくが、わしは殿下を弑《しい》し奉《たてまつ》るようなことは次郎左衛門に頼んだ覚えはない。なにかの聞き違えであろう」

そう云いつのろうとして宗久は急に、言葉尻《じり》から力を抜いた。口を利《き》くことがいかにも面倒になったという表情である。肌が冷えてきたらしく、黙りこくったまま、手を胸もとにあげてゆっくり襟を合わせていたが、やがて、

「金がほしいのか」

と云った。

「取引きじゃ」

「ふ、伊賀者づれが、利いたことを云う。わしが武家ならば、そちを生かしてこの邸《やしき》からは出さぬ。しかし商人じゃ。殺せるものなら金で殺してみよう。望みがあるか」

「黄金千枚。――すくないかな」

五平は、薄い唇を動かして云った。当時、鐚銭《びたせん》一枚をもって餅《もち》一個を買うことができる。黄金の千枚といえば、鐚銭にすれば三千六百万枚という数である。この頃、丹後十二万石の領主であった細川忠興《ただおき》は、手許《てもと》不如意《ふにょい》のために関白秀次から黄金百枚を

借りたことがあった。のちに秀次が太閤から謀叛《むほん》の嫌疑をうけた際、忠興は借銭のつながりのためにその余類と見られるのを怖《おそ》れ、急遽《きゆうきよ》他家で調達して返済しようと思ったが、加賀前田家ほどの大大名の門を叩いても即座の間には合わなかった。ついに徳川家康を訪ねてようやく借銭が叶《かな》い、このときの恩で、細川家は関ヶ原のときに東軍に加担した、とさえ当時巷間《こうかん》で噂《うわさ》されたほどの金高である。その金高をきいても、宗久は眉《まゆ》さえ動かさなかった。

「それでよいのか」

事もなげに云い、

「乱波一人を金で殺すのに千枚の黄金は事々しくはある。しかし、今宵《こよい》は天が寒い。暁までそこに居座られては、わが身がこごえる。一刻の安眠を千金であがなうとすれば、これは風流に似ている。わしも茶道の端くれじゃ。冥加《みようが》としてあと千枚加えてくれてやるが、しかし、運べるかな」

黄金二千枚といえばかなり重い。その半分ぐらいなら担《かつ》げぬでもなかったが、堺の町を、深夜木戸を越えて隠密《おんみつ》に脱出せねばならぬ。五平の身ではほとんど不可能といってよかった。しかし五平はその点まで十分用意をしていたらしく、

「存じておるか。甘南備《かんなび》の山のふもと、山城の伎和野《きわの》ノ里は、先年の大水の騒ぎで廃《さび》

れて、野に民家はいまや一軒もない。しかし里の中央に八幡《はちまん》のやしろがある。社殿はすでに亡びたが、鳥居だけは立っているはずじゃ。その鳥居の下に、六月の新月の夜までに埋めておくがよい。云うておくが、おかしな細工はすまいぞ」

その六月の新月の夜である。

京の町のあちこちから聴える六ツの鐘の響きは、いつも、この内野に近い常楽寺の捨て鐘で鳴りおさめる。今宵、それを合図であったかのように、五平の屋敷から加茂河原を通して影絵のように浮かぶ如意《によい》ヶ岳《たけ》の頂きが、金色にいぶりはじめた。細い、糸のような月が昇りはじめているのである。

頂きの松を放れ、月は東の空の闇《やみ》をしずかに払いはじめた。意思あるもののごとく月は天へ身をすべらせた。にじりのぼるその姿を五平は塀越しに望みながら、

（かならず、来るわ。あれは。……）

念ずるように呟《つぶや》いた。女を想《おも》う心は、ときに人の心映えをも他の色に染めかえるふしぎさを現わすようであった。五平のように酷薄な、しかもおのれの酷薄に愉《たの》しみをさえ覚えるこの男の胸に、自分でさえふと嘲《あざわら》いたくなるほどの切なさが流れはじめていた。

（どうかしている、わしは）

このまま五平は、おのれの化生の心術が剝《は》がれて、ただの若者に立ち返ってゆくおそれをおぼえた。あるいは、抱けば、それだけで冷める思いかもしれぬ。いま一度思いを遂げれば、あるいは悪血《おけつ》がおりるようにもとの酷薄なおのれに還《かえ》れることかもしれなかったが。

（しかし、抱いてみねば、それもわかるまい。もしあの女のからだに精を致してみて、なお思いが残るようであれば、わしの忍者もこれが最後かもしれぬ）

それに危機を覚えさせるものは、年少の頃から教えこまれた忍者の心術であった。その心術によっていやが上にも酷薄に研ぎすまされた五平の中の伊賀者の心は、いまの彼のいらだちを冷やかに見ている。

（あほうな奴《やつ》。たかが小女のひとりに）

そうも思い、おのれに対して、薄い唇をゆがめてみた時であった。

「五平どの――」

あっとふりむいたとき、すでに、木さるは、部屋の隅の衣桁《いこう》のかげで、小袖《こそで》のそでを口にあてて、笑いを抑えていた。

「月をみて、なにを考えていやるえ。その神妙な顔」

「――来たのか」

五平は、木さるの美しい顔を呆《あき》れたように見つつ、口の中でそんな無能な答えを呟いた。木さるは、衣桁に垂れた五平の小袖をなぶりつつ、

「えらくなれる相談とはなに？」

「ふむ、あとで話す」

「また、わたくしをだますのではあるまいの」

「わしにだまされるようなおことか」

「たしかにだまされたことがあるけれど、もう云《い》わぬ。次郎左衛門の娘には、昨日はもう昔。そう父から教えられた。忍者にあるのは、今と明日だけじゃと」

「さしあたって、木さるは明日に何が希望じゃな」

「云おうか」

「…………」

「お嫁に行きたいのじゃ。そなたの話の次第で、お嫁に貰《もら》ってやるというなら、木さるは何でもする」

「はて重蔵を想うておったと思うたが」

「くち惜しいが、諦《あきら》めた。これは下柘植の家で籠《こも》りながら、つくづくと考えてみたこ

とじゃ」

「重蔵が嫌いになったのじゃな」

「嫌いになった？　たれがそう申した。わたくしのいやなのは、伊賀の人のなりわいです。毎日の行方さえ定かでない伊賀者の後を追うていては、女の仕合せはついに来ぬ。忍者を恋うほどなら、風を恋うほうがましじゃ。そう思うた。あ、わたくしの顔があかいか」

「あかい。何かしたか」

「――重蔵様のことを想いだすと」

いつもこうなるのだと、木さるは小さな声で云って、上気した頰を両手で抑えた。

五平は、ばかばかしくなって、

「それほど慕《しと》うておるなら重蔵の許《もと》に行けばよいではないか」

しかし、木さるは、きっぱりと顔をあげて、ずるそうな瞳《ひとみ》をきらきらと輝かした。

そしてまるで五平を非難するように云った。

「そうは参らぬ」

「なぜじゃ」

「下柘植郷の人も申していた。あの男は、忍者としての生涯の美しさに憑《つ》かれている。その美しさを完《まっと》うするために、ことさらに死に急いでいるような男じゃと。五平、そうではありませぬか。おのれの男としての生涯のみを美しゅうしようと思うている葛籠重蔵のどこに女の座れる場所がある。木さるは、あきらめた」

「それで、どうするのじゃ」

「お前のお嫁になる」

「呆れた」

事実あきれながらも、五平はそういう木さるの思考の奔放な飛躍に、抑えがたい、いとおしさを覚えている。木さるは心地よさそうに云い続けた。

「風間五平はちがう、と、下柘植郷の人が云うていた。同じ次郎左衛門の弟子でも、五平は重蔵のようではない。あれは、おのれを利することのみを考えている。もともと、女が男の嫁になるのも女としてのおのれを利するがため。そういう男に娶《めと》られてこそ、女の生きる場がある。男を世に出す助けもできる。そう申した」

「たれじゃ、その智恵者《ちえ》は」

「喜平次」

「川ノ端の」

「うん。もう七十になった。天正ノ乱で命はからがらに拾うたが、右目は焔硝《えんしょう》でつぶれ、足はふたつながらの跛じゃ。もはや忍者もつとまらぬ。下柘植のわたくしの家の納屋《なや》に寝起きして里人から酒を欠け椀《わん》に貰《もろ》うては、食べ酔うている」

「川ノ端の喜平次といえば若い頃は小田原の北条《ほうじょう》家に傭《やと》われ、他国人の詮議《せんぎ》のやかましい甲斐《かい》の武田《たけだ》、越後《えちご》の上杉領に自在に出入りして、甲信越の風雲をいつも未然にさぐったという利《き》け者じゃ。忍者の末路ほど惨《みじ》めなものはない。重蔵もやがてああなろう」

「それゆえ」

木さるは、くるりと瞳を動かして、

「そなたを頼みまいらせる」

「じゅんさいな」

五平が笑って木さるの手をとって引きよせた。五平の引く力に添って木さるの体がくねりと倒れたが、しかし顔だけはあげて、

「それよりも仕事の話は」

「ふむ。下忍を集めたか」

「庭先のあの気配がみえぬかえ」

さすがに五平は、木さるのかもす賑《にぎ》やかな雰囲気に気がうつろになって、庭の物蔭《ものかげ》で土下座している四人の男の気配に気付かなかった。下忍といえば、多くは小作百姓のあがりである。上忍である伊賀郷士の出身の者とは、許しのないかぎり同座はできない仕来たりがあった。

五平は、今度の仕事のあらましを木さるに伝え、ぐっと体をのばして、相手の耳へささやいた。

「こんどの黄金二千枚は、当座のことにすぎぬ。相手は堺の大蔵卿《おおくらきょう》法印、二度が三度でも搾《しぼ》れるわ。そうとなれば、武士で身をたてようなどの小さい料簡《りょうけん》は捨てても、生涯、そなたとわしとは、好き勝手な土地で長者ぐらしが送れる。はて、あしゅうはあるまいが」

「あしゅうはない」

五平の言葉尻《じり》を繰り返して、木さるはくすりと肩をすぼめ、

「ついでに、あの小萩《こはぎ》とやら申すおなごの鼻をあかしてやることにもなる」

「小萩？ その者は、たしか宗久の養女じゃな。なぜ存じておる」

五平の目がきらりと光るのを、木さるは取りあわず、

「恋敵《こいがたき》であったわい」

「誰への」

「重蔵様じゃ」

「重蔵と小萩は通じていたのか」

「知らぬ」

　さすがに木さるは口惜しそうに云い捨てて、

「過ぎたことを云えば、性根がくさる」

　そう云いつつも、木さるは、薄暗いゆかの上でちかっと唇を噛《か》んだ。

（この女は、まだ重蔵に惹《ひ》かれておるな）

　五平の咽喉の奥から、金屑《かなくず》くさい黄水が湧《わ》きあがって、出来たら唾《つば》でも吐きつけてやりたい激情に駆られたが、ここでこの女の感情をいたぶれば事の一切がこわれると念じて、ことさら冷やかな表情を作りながら云った。

「明夜、二更、よいな。甘南備の山を存じておるか。その南の麓《ふもと》の伎和野ノ里――申しておくが里には人は住んでおらぬ。壊れた八幡のやしろがあり、鳥居がある。鳥居のそばに集まるよう、下忍どもに伝えい。首尾よう金が掘りだせた翌夕、ふふ、その夕こそ仮の」

「祝言《しゅうげん》かえ」

木さると五平は、顔を見合わして微笑《わら》った。

その頃、宗久はすでに、五平が脅かした一件を早飛脚によって京の小萩に通じ終えていた。

「たかが鼠賊《そぞく》にすぎぬが事の漏れるのが厄介じゃ。出来れば、伎和野ノ里に人が住まぬのを幸い、五平の一味を鏖殺《おうさつ》するよう事を配るがよかろう」

宗久のしわがれた声そのままの筆蹟《ひっせき》が、小萩のとるべき手段を命じている。小萩は、その手紙を読んで、燭台《しょくだい》の火で灰にし、いよいよ、自分が決断をくだすべき時期が意外にも早く来ていることを知った。むろんそれは宗久の命令に従うということではない。

まず、五平の一味の悉《ことごと》くを隠密裡《おんみつり》に捕えることである。捕えたうえで、昨年来京の町を騒がした剽盗《ひょうとう》の罪を着かぶせた上、この伊賀者の背後にある宗久の陰謀を摘発し、小萩が忍者として任務をうけた奉行、石田治部少輔《じぶしょうゆう》三成に一切を報告することであった。宗久が検断されれば、先夜、この家から傷ついたまま出て行った葛籠重蔵がその身を危険に飛び入れることも無くて済もうと思った。

小萩は、老女をよんで、甲賀者二十名を、連夜、伎和野ノ里に伏せておくように命じた。

「おひい様は？」

「わたくしは、出向かずともよかろう。しかし、二十人の甲賀忍びだけで、始末がつきますか。治部少輔どのに事を告げて、街道の固めにいくらかの人数を借りればどうであろう」

「無用でございましょう。夜の働きに、昼武者どもが出ればかえって足手まとい、あの者どもはひとりひとり功名をあせるがために身振りが大きゅうなって、つい伊賀者どもに勘づかれるのが落ちでございます。甲賀者の指図は、わたくしが出むいて致しましょう。まず、いまから人数を走らせて、黄金二千枚を埋めねばなりますまい。人を伏せる細工はそれから」

「早いほうがよいでしょう」

「これがうまく運べば、おひい様も安堵《あんど》でござりまするな」

「このことが終れば、わたくしは只《ただ》のおなごに戻りたい。もう、甲賀郷へ帰るつもりもありませぬ。乱波《らっぱ》がいやになったのじゃ。市井《しせい》で、一人のおなごとしてひそやかに暮したいと思っています」

「近江《おうみ》の佐々木家の御息女であられたおひい様をお育て申したのはわたくしども甲賀の望月《もちづき》家。素姓がわかればお命の危うい所を介添えて下されたのは治部少輔様。望月のことはさておいても、治部少輔様の恩も、この事さえ成れば返し終える仕儀になりましょう。とはいえ、望月家で御成人なされたたために忍びのすべなどを身におつけなされたことは、おひい様にとって、かえらぬ不仕合せであったかとも存じております。これが終れば、おひい様にもぞんぶんにおなごの仕合せが来るように、わたくしどもも、心を尽してみとうございます」

「気休めを云いやるな」

小萩は、つと起《た》って、部屋の小窓をあけた。まだ六月の陽が高く、窓を吹きこんでくる薫風《くんぷう》が、小萩の胸にふしぎな痛みを残した。

気がつくと、はたちを越えていた。もはや、女の盛りは過ぎようとしている。直接にはどれほどの縁もない治部少輔三成のために人生の花の季節を捧《ささ》げてしまったおのれへ、小萩は乳房を掻《か》きむしりたいほどの焦燥を覚えることがある。あるいはそれは、生れおちると同時に甲賀郷で生い立った自分の宿命として諦めもできよう。しかし、これからの人生をどのようにしてすごしてゆけばよいのであろうか。そう思う小萩の

意中を見抜いたように、うしろから老女が、

「おひい様」

と、声をかけた。

「お案じなされることはありませぬ。治部少輔様も——このことが済めば、いかなる大家との縁組も取りもとう、と仰《おお》せられたではありませぬか」

「なんの」

小萩は唇をゆがめて、

「そのような口車に乗せて、またまた小萩を、その大名家とやらを操る道具として使おうとなされているのであろう。小萩も、ずいぶんと人の心の裏を読めるほどに、世間の智恵に長《た》けました。なるほど、あの方は、あの方ひとりを眺めてみれば、ゆめ、やましいことのできるお人柄ではない。しかしおつむりが冴《さ》えすぎるのです。その冴えたおつむりで国の仕置を考えなさるとき、小萩などは血の通うた人間というよりは、将棋の盤の上の冷たい駒《こま》にみえてしまうのじゃ。駒にすれば、忍者の家で育てられた小萩などは、つぎつぎとよい使いみちがあろう。あの方には、恩がある。しかし、いつまでも、あの方の掌の上で生きていては、小萩には、おのれのための一生がありませぬ」

「それで、どうなされますのじゃ」

「わかれば、こうはおのれの身を儚《はかな》まぬ」

云い捨てた小萩は、そのこととは別に、頬が次第に染まってゆくのを覚えた。つきあげるようなおもいで、葛籠重蔵の肉厚い胸の温かみを想《おも》いだしたのである。窓に仕切られた初夏の空の青さを、生気のない松の梢《こずえ》が遮っていたが、そういう荒涼とした風景のどこからか、むせかえるような花粉のにおいが風の中にみちはじめていた。

「詮《せん》ないことじゃ」

と、小萩が呟《つぶや》いたのは、その花粉が何の植物であるかを確かめようとしていたのか、小萩にはわからなかった。ただ突き刺すような自嘲《じちよう》の思いがあった。何ゆえにおのれを嘲《あざけ》らねばならないのであろう。それは小萩にもわからない、まして老女に語ったところで、通じる思いではなかった。

「恋を遊ばしているのじゃな」

老女の声が、小萩にはうつろにひびいた。しかし老女は、彼女なりに自信をもった口調で云《い》った。

「忍び者を慕うのは、よいことではございませぬぞ。それは、かげろうを抱こうとするようなもの。あれらには、心があってないようなものでございます」

小萩は、しばらく返事もせず、押し黙ったまま窓をみていたが、やがて、

「詮ないことを――」

と、もう一度呟いた。小萩は、老女のいうように、陽炎《かげろう》のごとく定かでない忍者の心を慕うことの空《むな》しさを嘆いたつもりはなかった。むしろ、恋をするおのれの心の姿勢に、自嘲の針を突き刺してみたのであろう。人を慕うかぎりは、なぜ相手の身と心をむしりとるばかりに立ちむこうてゆけないのか。そういう、忍者の心を持つおのれへの憐《あわ》れみは、人を恋うてようやくわかりはじめたことなのであった。

「起ちや」

向うをむいたまま、小萩は老女に命じた。老女には山城の伎和野ノ里に人数を配るべき仕事があるはずであった。老女は素直に立ちあがって、つと小萩の肩に掌をのせた。小萩は、その手を邪慳《じゃけん》なほどの力で外して、しかし声だけは優しく云った。

「わたくしのことなら、気にしなくてもよい。ちょうどいまは、心が物憂《ものう》なる時候なのであろう」

「いえ」

老女は、唇を綻《ほころ》ばせた。

「わたくしが、あしゅうございました。おひい様がそれほどのお気持なら、わたくしから、伊賀の重蔵どのの手引きをいたしましょう。恋のために亡《ほろ》びても、あるいは女のいのちはそのことのためにかがやくのかもしれませぬ」

「余計なこと」

小萩はくるりと振りむくなり、両手で老女のからだを突き放して、

「早《はよ》う、去りませぬか」

「――はい」

老女は部屋を出た。その襖《ふすま》を閉め終る音を聴きとどけると、小萩はわっと畳につっ伏した。恋のためのみでもない、なぜとも知れぬ涙がとめどもなく畳をぬらした。

その刻限、小松原から東へ八丁ばかりくだった五条鴨川《かもがわ》べりの古びた旅籠《はたご》越後屋の二階で、部屋一面に絵具皿をならべ、構図は変哲もない、孤松に鷹《たか》のやどるといった図柄を描いていた絵師が、襖のそとの跫音《あしおと》をきいて、つと顔をあげた。小松谷の小萩の寮から姿を消して以来、人目を忍ぶために姿を変えた葛籠重蔵であった。

「いるかな、荊棘斎《けいきょくさい》どのは」

重蔵は、旅絵師らしく、そういう名を名乗っているのであろう。

「いるが、どなたじゃな」

「野衲《わし》じゃよ、声で察しておるくせに、とぼけるでない」

よほど重蔵にとって小うるさい相手であるらしく、云われて、重蔵の太い眉《まゆ》が、かすかに寄った。

「べつにとぼけてはおらぬが――毒潭《どくたん》どのじゃな。遠慮なく入られるがよい」

重蔵が声をかけたとき、すでに襖がひらいて、異様な風体の僧が、ずかりと部屋の畳を踏んでいた。

「また襖絵か。ご精なことじゃわ」

僧は、重蔵を見おろしながら云った。腰を落して絵をのぞきこむ振りをしつつも、重蔵の目を見ている。僧といっても、円頂に剃刀《かみそり》が当ったのは二月も前のことであろう。つぎはぎのある黒衣を肩までたくしあげ、白衣の襟に垢《あか》が光って、ありようは乞食に似ていた。

「鷹に松。殺伐じゃのう。旅籠の襖を頼まれたのなら布袋《ほてい》か福禄寿《ふくろくじゅ》でも描いてやればよいではないか」

年頃は、重蔵とあまりかわらない。頰が異様に赤く、骨柄は、いまにも野ぶせり稼ぎの一つも仕兼ねないほどにたくましい。諸国行脚《あんぎゃ》の雲水で、重蔵とは数日前から泊りあわせているが、よほど人懐《ひとなつ》こい性格なのだろう、ひとつには重蔵を非常に気に入りもしたらしく、托鉢《たくはつ》で貰《もら》った米を研いでは重蔵の分まで煮炊《にた》きしてくれる。重蔵はその好意が小うるさくもあったが、この当時の旅籠は、ふつうは旅客に膳部《ぜんぶ》を出すことをしなかったから、ついそれが便利さに雲水の好意に甘えている。もっとも、雲水ならば、諸国の禅寺のみを訪ねては泊り歩いてゆくのが普通だろう。雲水のくせになぜ寺に泊らず旅籠に逗留《とうりゅう》しているのかと不審に思って尋ねると、僧侶《そうりょ》はからからと赤い口をあけて、

「寺？　あれはご免じゃ。仏もいる。坊主《ぼうず》もいる。固苦しゅうて、こうして天下に仏心を遊ばせている気がせぬではないか」

と哄笑《こうしょう》した。托鉢で得た米をわけてくれるばかりではない。どうかすると、何処から手に入れてくるのか干魚《ひもの》の一尾も椀《わん》に載せてくれることがある。重蔵もその返礼の意味もあって、旅絵描きの謝礼でもらった鳥目《ちょうもく》を出して、毎日の旅籠賃だけは二人分払うことにしていたから、僧の方ではいよいよ親近感を深めている様子だった。ところが、毒潭とよぶその雲水は、絵をながめていることに倦《あ》くと、ふと重蔵の膝《ひざ》もとに散らばっている岩彩の皿の一つをとりあげて、かねて思っていたらしい疑問を問うた。

「これは、群青《ぐんじょう》か」

「そうじゃ」

「そちらは、緑青《ろくしょう》じゃな」

「いかにも」

「みれば、なかなか新しい」

「……………」

「群青といい、緑青というは、絵をかくさいに最も多く用いる岩彩であろう。それが、すこしも減っておらぬ。皿の白釉《はくゆう》も、昨日窯《かま》から生れたようじゃ。おぬし旅絵師と申したが、おそらく世をいつわるそらごとであろうな」

「見かけてのとおり、旅を回って、身すぎをしている」

重蔵は、襖紙の上に伏して鷹の目に青墨を入れながら、ぼそりと云った。あまり相手になりたくない感情が、俯《ふ》せている横顔に出ている。しかし、雲水はそういう様子に頓着せず、

「おのれの指を見るがよい。筆を挾んだ指が、筆の軸に溶けておらぬ。おぬしが絵師を装い、いかに巧みに絵を描こうと、その指だけは正直じゃよ。おぬしよりも絵の下手な絵師でも、十年、十五年とその道をつづけておる者なら、自然、指が絵筆に憑《つ》い

ている」

「坊主のほかに、観相もするのか」

「いや、人間が好きでな。人間を眺めて飽かぬたちゆえ、ついそんなことが気になる。ことにおぬしの何処かに惚《ほ》れたようじゃ」

「あまり、嬉《うれ》しゅうない話じゃ」

「いやいや、わしは禅門に人を求めて諸国を歩いてきたが、いまだに坊主が坊主に惚れるほどの者にはめぐり会えなんだ。坊主というものは、人の生理を備えておって、しかも人であることを超脱しようという無理な仕事師じゃが、果して釈尊が行ぜられたがごとく、われわれ末法の者にもそれが出来るものかどうか、いまだにわからぬ。わからぬからこそ、雲水を続けているのじゃが、ところが、ここ数日、おぬしを眺めていて、ここにそれが出来ておる奴《やつ》がいることを発見した。六感じゃ。おぬしのどこがそれ、とは定かに云いがたい。しかし、おぬしのその色相の底に、わしが志している世界が湖のごとく湛《たた》えられているように思える」

「どうなりと、勝手に思われるがよい」

重蔵は、静かに筆の穂尖《ほさき》を押えて、鷹の眼窩《がんか》に睛《ひとみ》を打ち終えた。孤松の梢の枝を掴《つか》んで四囲を見渡している鷹の下に、白い残月が掛っている。重蔵によって睛を点じられた鷹は、にわかに羽の色に光沢を加え、にこ毛が天風にそよぎ、いまにも獲物《えもの》を求めて飛びたちそうな力が体のすみずみにまで満ちはじめた。

「おお、生きた」

毒潭という雲水は、絵に目を落して、うれしそうに膝を打った。しかし、すぐそのあと言葉を足して、

「おぬしの絵が、うまいゆえに膝を叩《たた》いたのではないぞ」

と云った。

「おぬしが睛を点じた拍子に、わしの疑問が氷解したまでじゃ。それが嬉しゅうて思わず膝を叩いた。さきほどはおぬしを賞《ほ》めたが、正直に申すと、それほどのおぬしにも、まだ半身に暗さがある。わしの目で見ると、それはおぬしの別の半身の澄明《ちょうめい》さにくらべれば、夜のごとく黒々としておる。わしは焦《あせ》ったな。その半身は何であろうかと、ずいぶんと思量した。おぬしを了知することは、同時にわし自身を了知することじゃ。これも、修行のうちじゃからな」

「それで、何がわかった」

重蔵は、思わず釣りこまれて云った。

「いや、わかってみれば、何ごとでもない。おぬしの半身の暗さは、智恵《ちえ》をもたぬ者

の暗さじゃとわしは見た」

「うむ?」

「さきほども申したがごとく、坊主というは、人間の生理を備えておるくせに、人間を超脱しようと志す大それた曲者《くせもの》じゃ。――これ、聴いておるか」

「うむ」

「ところが、おぬしという人間は、みごとに人間を超脱しておる」

「そうかな」

「いかなる方法かは知らぬが、よほど心の鍛冶《たんや》を積んだのであろう。わしがおぬしに惹《ひ》かれたのは、そこであった。最初はふしぎな毛物でも見るような思いがした」

「――」

「しかし、もう一度考えてみると、おぬしはそれだけの男じゃな」

「――」

「なるほど、人間を超脱することは、稀有《けう》のことではある。がそれだけでは、木石鳥獣と変るまい。木石鳥獣は、ただ、じねんに生きておる。あのものどもは、生死を思いわずらうこともあるまい。おのれの煩悩《ぼんのう》をわずらうだけの才慮を与えられてはおらぬでな。生死を超脱するだけが解脱《げだつ》の幸福なら、人間は木石鳥獣になればよい。坊主も、釈尊を拝まず、松の木でも拝んでおれば済む」

「断わっておくが」

重蔵は、絵から目を離さずに云った。

「わしは、おのれを語り度《と》うはない」

「結構。絵師どのが何者であれ、わしの構《かま》うたことではない。とにかく、おぬしの暗さが、智恵の暗さじゃというのが、わしには悲しい。われわれ釈教の世界では、その智恵を般若《はんにゃ》という。おぬしは、人間というものを知らぬ。考えようともせぬ。人間を載せて養《やしの》うておるこの世界というものを考えようとはせぬ。せめておのれの仕合せについてさえ、考えたことがあるまい。そのくせに、百年打座をしても及ばぬほどに、生死に研ぎすました心を持っている。人の皮を着る者の中で、これほど危険きわまりない生きものはない。一日生かしておけば、一日、世界に害をなそう」

「なるほど」

重蔵は、顔をあげてじっと毒潭の顔を見つめていたが、べつに何も云わず、やがて顔を伏せ、絵筆の作業をつづけた。

「人間は五十年しか生きぬ」

毒潭は、群青を淡く溶かした重蔵の彩管からにじみひろがる黎明《れいめい》の靉靆《あいき》をながめながら、ぽつりと云った。

「五十年の仕合せを深めていってこそ、人として生れた甲斐《かい》がある。その甲斐を考えるのが、人間のまことの智恵じゃ。——おぬしのそのつまらぬ生き方を捨ててみぬか」

「この絵師を、か」

「いや、本業のほうじゃよ」

絵筆を持つ重蔵の指先がむっと止った。と同時に五体の血が、静かに冷えはじめた。この坊主は、おのれが忍者であることを知っているのではあるまいか。

「おぬしは、何者じゃ」

「雲水毒潭」

「いずれから、何を頼まれて来た」

「頼まれはせぬ。当方、わが身の来処も知らず、去る処《ところ》も知らぬ」

「禅問答をしておるのではない」

重蔵は筆をなげ捨てて、雲水にむかいあった。毒潭はただ、血色のいい頬に微笑をうかべている。

(もっとも、この骨相は、企《たくら》みを溜《た》めておける顔ではない)

重蔵は、そう見て、ほっと安堵《あんど》した。同時に、この男の善意を疑った自分が不快になった。そう、重蔵に省みさせるだけの力を、相手のひたむきに明るい瞳《ひとみ》は持っていた。雲水も忍者も所詮《しょせん》は、おのれの心をおのれが自在に支配するという修練の目標ではほとんど変りがない。しかし重蔵の知りうるかぎりの伊賀の忍者の中で、この雲水の瞳の半分ほどの明るさを持った者もいなかった。理由は明確である。忍術とは、悪魔の修法にほかならぬ。毒潭のいうごとくであれば、般若をもたぬ、いや、般若を一切否定する所に忍術が成り立っている。

(この僧は、わしを〝暗い〟と云《い》った)

なるほど、この僧の瞳の異常な明るさの前に置かれると、おのれの姿がにわかに黒々としてくるようでもある。重蔵は、少年のころから隠身の術を学んできた。しかし、ついには伊賀の術が持つ宿命的な精神の暗さまでを隠し終《おお》せるものではないことを気付かされたような気がする。

(伊賀で学んだ術も、この男のもつ瞳の明るさには勝ち目がなさそうじゃ)

太陽をのがれてこそ生命を保ちうる隠花植物が、太陽の下で花をひらく植物へほのかな憧憬《どうけい》を抱くことがあるとすれば、重蔵がふと毒潭の目を眺めやった憧憬に似た気持は、ほぼそれに似ていた。しかし、その心根とはおよそうらはらに、底冷えのする声で毒潭に云った。

「絵師のほかにわしの本業があると疑うのか。あると思うなら、まっすぐ云い当ててみよ」

「知らんな。人相見ではないでのう」

笑いながら、首をかしげて重蔵の顔をのぞいて、

「しかし、わしの心眼を見開くと、おぬしの心がよう見ゆる。おぬしは、狂人のような、途方もない大望に憑かれておる。これが僧堂の仲間なら、半殺しに叩《たた》きのめしてでも、その迷妄を追い出してやるところであるが」

「迷妄、か」

重蔵は、ふと隙間《すきま》風に見舞われたように肩をすぼめ、

「坊主はいつもその手で米を稼ぐ」

「いかにも、人をおどしつけてのう」

「たまには、俗人の身にもなってやるがよい。わずか五十年の世に、迷妄のみが人間の生き甲斐かもしれぬし、楽しみかもしれぬ」

「おぬしがそれか」

「いかぬかな」

「みずから地獄を招《よ》んでいる」

「悟りすまして暮すより、いくぶんかは退屈がしのげる。どうせ五十年じゃ」

「じゃによって、太閤を殺してみようと云うのか」

「………」

じろり、と重蔵は、毒潭の顔をみた。いつのまにか手に鉄製の細長い文鎮を握っている。指で弾《はじ》いて飛ばせば、いつでも毒潭の眉間《みけん》を砕く兇器《きょうき》になりえた。

「坊主。わしが甘かった。やはり回し者であったのか」

「つい云いそびれた。いかにも拙僧は回し者じゃ」

そう云いながらも、肝腎《かんじん》の毒潭の表情は、いよいよ明るかった。

「もはや生きてこの部屋を出られぬものと思え。たれに頼まれたのか」

「諸天諸菩薩《しょぼさつ》に」

僧は、胡座《あぐら》をかきながらまだ揶揄《やゆ》する調子をあらためない。すっと重蔵が屛風《びょうぶ》のかげで立ったとき、その目に宿った殺気をみてはじめて僧は右手をあげた。

「おぬしは、本当にわしを殺す気か」

「なにを驚く。坊主と異なりわれわれ俗界の者は世を遊べる余裕はもたぬ。利害が異なれば人を殺さねばならぬときもある。世間の外で経でも誦《よ》んでおればよいのに俗界の事にいらざる口出しをした罪じゃ。世間には利害というきびしい掟《おきて》がある。憐《あわ》れではあるが、その掟に従ってもらわねばならぬ」

「待て。——小萩という女を存じているか」

「なに」

「そこもとの可愛《かわい》いおなごじゃ。知らぬとはよもや申すまい。わしは、坊主《ぼうず》のくせに京の賑《にぎ》わいが好きでな、二年置きほどに、南禅寺塔頭《たっちゅう》にいる師匠の安否をたずねることにかこつけては京へ出てくる。師匠の寺には泊らず、こうして旅籠《はたご》に泊っては市中へ托鉢《たくはつ》する。去年の春に出てきたときのことであった。小松谷のさる屋敷に托鉢して、さる女性《にょしょう》を見た。その日からわしは、不覚にもその女性に惚れた」

「それが小萩であったというのか」

「そうじゃ。坊主とて男にはかわらぬ。美しい女性をみて心を動かされぬという坊主がいるとすれば、その嘘《うそ》つきの頭の鉢を叩き割ってくれよう。わしはその女性の顔をみたさに、毎日のごとくその家に乞食《こつじき》した。人の心は妙なものじゃ。わしがそういう心を抱いて門口に立てば、女性の心に何か響くものがあったのであろう、いつも姿を現わしては、自らの手で布施《ふせ》してくれた。——どうじゃ、嫉《や》けるか」

「馬鹿《ばか》な」

「ここで断わっておく」

と、毒潭は云った。

「さきほどわしが申したことについてじゃ。そのにょしょうに惚《ほ》れた、とわしが申したこと。——いかにも惚れはしたぞ。しかしわしも禅門の端に連なる者じゃ。ゆめ、女性のもつ色香に迷うたつもりはない。正しくは、この女性のもつふしぎな魅力に惹かれた、と云い直しておこう。事実、その女性をひと目みて、わしは異様なものに触れる思いがした。ふしぎな魅力とは、さきほどおぬしにも申したあれ、それはおぬしにも共通している。われわれ求道《ぐどう》の者にも及ばぬ生身《しょうじん》からの超脱と申そうかな。いま一度ものに譬《たと》えて云えば、もしどこぞの寺の庭に棲《す》む狐狸《こり》などが、和尚《おしょう》に真似《まね》て仏道を踏み解脱《げだつ》に似た域に至るとする。が、それらの解脱に般若は伴わぬ。一見解脱に似たような様子になるが、解脱ではあるまい。それじゃ。ただ、その者には妖《あや》しき魅力が漂う。この魅力は、常人の目には映らず、われわれのこの道で苦しむ者のみがわかる。嗅《か》げもする。惹かれもするわけじゃ」

「それで惚れたのじゃな」

重蔵は興なげに云った。

「ああ惚れた。狐狸には由来惹かれるものがある。おぬしに惚れたのと同じ理由で、わしは小萩に惚れた」

「そしてわしに説いたがごとく、所詮、それは畜生の心術じゃと説いたか」

「いかにも説いてつかわした。しかしあの女性は、おぬしのように、心のすみずみまで畜生道で鎧《よろ》うておらず、説くほどに、案外にも人らしいみずみずしい心が残っておることがわかった。わしは楽しみになり、いよいよ惚れた。そして去年は京を離れ、今年また京へ来た。真っ先に行ったのは南禅寺の師匠のもとではなく、小松谷の小萩が寮であったよ」

「惚れると、俗人も坊主も変らぬものとみえるな」

いつのまにか、重蔵は毒潭の話を聴き入る姿勢になっている。

「いかにもいかにも。そして、わしはな、小萩の室に上げられた。もっとも、これはいつものことじゃが」

毒潭は、くすりと笑い、そして唾《つば》をのむために、しばらく話をとぎらせた。明り障子の外では、陽がようやく翳《かげ》ろうとしている。

「今年、と申してもついこの間のことであるがな。小萩に会《お》うてみると、いよいよこの女性の様子に、人らしいみずみずしいものが滲《にじ》みでていることに気付いた。一年見ざるうちに、心術の皮がだいぶ剝《は》げおちておった。わしは最初、これはこれはと思うた。わしの説教が奏功したのかと胸が躍る思いがした。——なぜ目をそらす。聴いておるのか」

「聴いておる」

「肝腎なくだりじゃ。——ところが違《ちご》うた。途方もない見当ちがいであった。小萩は仇《あだ》し男を恋うていた。やはりあの者もおなごであるなあ。その恋のゆえにこそ、小萩は見違えるほど人らしゅうなっていたのじゃ。それを、小萩はわしの法衣《ほうえ》の膝《ひざ》をゆすぶり、哭《な》いて告白した」

「あの女が？　左様に取りみだす女ではないが」

「まあ、多少誇張も入っている」

毒潭は、けろりと舌なめずりした。

そして、云った。

「聞いたぞ、その仇し男の名は。素姓も聞いた。すべて聞いた。小萩は、心の洗われてゆくような顔をして申しおった」

「――なるほど」

重蔵は、天井を見あげ、もうどうでもよいと云う風に苦笑して、掌の中の文鎮を膝もとに落した。

「貴僧のいうとおり、あの女はただの人間になりはておったらしい」

「めでたいことじゃ」

「馬鹿め。――いや、毒潭。おぬしとつきあっているのが、すこし疲れた。久しぶりで楽しい時間をすごした。申しかねるが、夕刻まで午睡をとるゆえ、席を外してくれまいか。また会おう」

重蔵は、脇息《きようそく》を倒してごろりと横になった。毒潭は露骨に顔をしかめて、重蔵の袖《そで》を引きながら、

「これ。話ぐらいは聴いたらどうじゃ」

「無駄じゃよ。人間にはそれぞれの生き方がある。生き方のちがった者同士の話というのは、はじめは面白いが、疲れもする。ことにおぬしが今から云おうとしている事柄は、このわしには云い損じゃ」

「わしが何を話そうとしているのか、おぬしにはわかるまい」

「わからいでどうする。おぬしは小萩にこう頼まれたのであろう。京のどこそこの旅籠で絵師と名乗って泊っている背の高い男に会うてくれと。そして、その男が抱いている野望をこなごなに打ち砕いてくれ、とな」

「いかにも可憐《かれん》なおなごであろうが」

「めずらしくもない。狐狸妖怪《ようかい》でないかぎり、女のくぜつは、大ていそうと決っている」

「狐狸め」

「わしのことか」

「きまったことじゃ」

「狐狸でよいぞ、毒潭。何度もいうが、人間には志というものがある。妄執と申してもよい。この妄執の味が人生の味じゃ。わしの妄執は、稲妻を小さな皿に盛ろうとするに似ている。この清冽《せいれつ》な味は、おぬしら人生の遊び人にはついにわかるまい。わからぬことは口出しをせぬ方が智恵者《ちえ》じゃ。――毒潭。妙なことを云うようじゃが、わしも何と無《の》うおぬしが好きになっている。しかしこれ以上語り合《お》うても、言葉が通じまい。おぬしは、悟りとやらが好きならばそこへ行け。わしは地獄が好きであるによって地獄に行く」

「ことさらに地獄を云いたてるまでもない。伊賀者の心はいつもそこに居る。ただ不幸なことは、天竺《てんじく》の外道《げ》僧《どうそう》のように地獄に堪《た》えられるだけの心術を身につけていることであろうて」

「早《はよ》う行かぬか。眠れぬわ」

重蔵は、寝返りをうって瞼《まぶた》をとじた。毒潭は立ちあがった。一たんは襖《ふすま》のそばまで行ったが、よほどいまいましかったのであろう、引きかえしてきて重蔵の寝姿を見おろし、力まかせに重蔵の肩を蹴《け》った。

重蔵は、かわしもせずに、やがて寝息をたてはじめた。毒潭は去った。重蔵は眠っていたのではなかった。目をつぶっているこの男の瞼の裏に、小萩の映像がうす青い靉靆《あいき》とともにしずかに息づいていた。やがてその映像が溶けはじめ、痩《や》せこけた頰へ伝って、それは素早く乾いた。重蔵はそういうおのれへ、眠ったままの表情で、ひえびえとした自嘲《じちょう》の笑いをうかべもした。

甘《かん》南《な》備《び》山

木津川の川上にあたって細く削《そ》いだような新月が浮んだ。暮六ツを過ぎたころだろう、風はまったく死んでいる。

「たしか、さきほどの日没は雀《すずめ》であったな」

草をわけて進んでいた一団のうちのたれかが、そばの仲間にささやいた。

「いや。藍《あい》じゃった」

一人が、不快気に答えている。そういえば、この日は晴れていたにしては日没が紅《あか》く天を染めなかった。従って、暮の大気の色は雀色にはならず、藍色が次第に黒味を増して、夜に入っている。忍者は、夕暮の雀色をよろこび、藍色を不吉とする。雀といい、藍というのも、空気の湿度の差によるものだろうが、この差が夜に憩《いこ》う世間の人々の警戒心を鋭敏にしたり、鈍くしたりすることを、彼等は永い経験で知っていた。

「よいわ。今宵《こよい》は館《やかた》に忍び入るのではなく、猫の子一ぴきも居ぬ廃村に出むくのじゃ。雀も藍も、えろう違いはあるまい」

と、他の一人が、なぐさめた。

一団は、風の死にたえた木津川べりから南へ折れ、ところどころに散在する櫟林《くぬぎばやし》の小みちを縫いつつ、甘南備の伎和野《きわの》ノ里をめざしていた。先頭を行くのは風間五平で

ありと木さるが寄り添い、木さるのあとを、ばらばらと下柘植《しもつげ》の下忍どもが従ってい
る。

「止れ」

五平が云《い》った。

「林をすかして、前を見よ」

林の樹木のきれ目に、甘南備の丘が黒く天へ盛りあがっている。五平は、ひさしぶ
りで上忍らしく、ゆっくりと語を継いだ。

「このあと、道はゆるやかに登りになっている。登りに沿うて二丁もゆけば、伎和野
の廃村に出る。さらに見渡して台地があれば、それが八幡《はちまん》のやしろ跡じゃ。人は居《お》ら
ぬ。しかし、念は入れねばならぬ。その方、伊庭《いば》ノ横足《よこあし》と申したな、一駈《ひとか》けして物見
せい」

「承った」

伊庭ノ横足という男が、林を出て行った。五平は、残った者たちに、道中の装束を
ぬいで忍び装束に着更《きか》えるように命じ、自分もすばやく装束をつけ終ると、

「木さる」

と呼んだ。

木さるが、白いあごをあげる。

「そなたは、ここに残って居れ。仕事は男どもで片がつく」

「なぜ？」

「いま、そなたから女の匂《にお》いが立ちのぼっている」

木さるのほうは見ず、前の甘南備山の闇《やみ》を見つめながら、五平は云った。

「廃墟《はいきょ》にはたれも居まいとは思うが、万が一ということもある。匂いで、気配を気付かれてもつまらぬ。あらかじめ、おのれの匂いを消さなんだのが、そなたの不用意じゃ。行かぬがよい」

「だけど」

木さるは、胸もとへあごを埋めて、小犬のように自分の匂いを嗅《か》いでから、

「匂わぬ」

「自分でわかるものではあるまい。そなたには、強い体臭がある。日中の道中の汗で、それが強く立ちこめている。なぜ木津川を渡るときに、体を洗う才覚が働かなんだか。その要慎《ようじん》が忍びというものじゃ」

「なに？」

「おかしい」

「なにが」

「お前だけに匂うのであろう。この仕事が終れば、仮祝言《かりしゅうげん》という。お前はわたくしを抱く。そのために、お前の心が逸《はや》るのであろう」

「馬鹿《ばか》め。遊びではないぞ」

「なんでもよい。わたくしはついてゆくだけじゃ」

木さるは、ぷいと横をむいた。甘南備の峰の上に、星屑《ほしくず》が吹き溜《だ》まったように瞬《また》いていた。

「勝手にせい」

五平が云ったとき、伊庭ノ横足という男がもどってきた。

「たしかに廃村でござりました。灯一つ、人ひとり見えませぬ」

「よし」

五平はうなずいて、

「一人ずつ出かけよう。石鳥居のそばで落ちあう。木さるは、わしに付いてこい」

一人ずつ、間隔を置いて出発した。最後に、五平は木さるを連れて、ゆっくりと林を離れた。

「匂う？」

「うむ」

「抱いてみるがよい」

さすがの五平も、この娘の途方もなさに眉《まゆ》をしかめた。相手にならず、無言で道を半ばまで行ったとき、横を歩いている木さるの胸を手で制し、道端の叢《くさむら》を指さして、自分からそっとその中へ入って、腰をおろした。

目の前の闇に、木さるの匂いが人がたをとって立っている。

「抱くの？」

「まだ、そんなことを申している」

「抱きたいくせに」

「しばらく、だまっておれ」

五平は、木さるの方は見ず、じっと耳を澄ましていた。男の様子が不審であったので、木さるも自然口をつぐむようになった。やがて、五平は低声《こごえ》で、

「聴えぬか」

「なにが？」

「物音じゃ？」

「あの男どもが殺されていまいか、よく聴いてみるがよい」

「なぜ？」

「殺されていまいか、とは？」

木さるは、おどろいて目をみはった。五平は冷たい表情で受けとめて、

「これも万一の要慎じゃ。相手は、堺《さかい》の宗久。陰謀の洩《も》れ口を、金だけで塞《ふさ》げるとは思っていまい。この場所で、何を企《たくら》んでおるやら計り知れぬ。要慎に越したことはない。わしが伊賀《いが》の下忍の加勢を頼うだ理由はそこにある」

「わからぬ」

「宗久がわれわれを鏖殺《おうさつ》する、とすればどうじゃ。あの下忍どもは、いまごろ殺されているかもしれぬ。当然、剣戟《けんげき》、弓弦《ゆづる》の音の一つも聞えて来よう。耳を澄まして、物音を聴けというのはそれじゃ」

「何も聴えぬ」

「それならばよい」

「おそろしい人じゃな。下忍を連れて来いというたのは、生《い》き餌《え》に使うためであったのか」

「それが忍びというものよ。酷薄の心のみが、忍びの術のいのちじゃとわしに教えたのは、そなたの父であったわい。その父の血を引いて、そなたなどは天性、酷薄な心に生れついている。どうじゃ、違いあるまいが」

五平は、やにわに、横に腰をおろしている木さるを抱こうとしたが、木さるはその腕からするりと身を游《およ》がせて、

「もう行こう」

と、暗い野道の先に立った。

伎和野ノ里の入口まできたときには、すでに月は雲間に隠れていた。里の入口には檜《ひのき》の巨木がそびえていて、その東側に、壁と石垣のみが辛うじて崩れ残った家がある。二人はその家の前を通って村の中に入ったが、風雨に堪《た》え残った粗壁《あらかべ》の残骸《ざんがい》がそここに墓標のように立って、どこの樹《き》で鳴くのか、ときどき梟《ふくろう》の声がきこえた。

二人は、八幡宮へのびている小みちに入った。道に草が覆《おお》うている。夜露が二人の忍び足袋を濡《ぬ》らした。

鳥居の前まできた。石の白さが、闇の中で死骨のように冷えびえとしている。

木さるは、さきほどから胸に湧《わ》きはじめていた疑問を、ついに口にした。

「みんながいない。どうしたのかしら」

そのとき、五平は、無言で木さるを突きとばした。

「伏せろ。逃げろ。計られた。京で会うぞ」

闇を切って四方から飛んできた矢が、地に刺さり、鳥居の脚に当って弾《はじ》けとんだ。

五平は、地に伏せながら、きらりと刀を抜きはなった。

「逃げろ」
四、五間先の草の上にころがっている木さるへ、五平はもう一度叫んだ。その声に木さるは跳ねおきて山側にむかって逃げようとした瞬間、叢の中から黒い犬がとびだして、木さるの肩にのしかかった。
五平は、小柄《こづか》をぬいて飛ばし、木さるの咽喉《のど》もとに嚙《か》みつこうとしている犬のあばら深くへ突き通した。ちょうど、おのれに降りかかってきた白刃を避けるために、夢中で地上をころげたのと、ほとんど同時であった。そのため、木さるとの間隔は、自然遠いものになった。

木さるは、犬をはねのけると、すぐそばの叢の中へとびこんだ。が、その中に、ずきりとするような白刃が待っていた。

「……女じゃな。よい匂いがする」

黒い装束の男が、そううめくと、横なぐりに忍び刀を払った。切れた草の尖《さき》が、粉のように舞い飛んだ。しかし、そのとき、木さるの体が、二間も退《ひ》きさがり、歌うように、つややかな声をあげた。

「ばかばか。そんな腕で、わたくしが斬《き》れると思うか」

木さるにすれば、声によって自分の位置を敵に印象づけたつもりであろう。その証拠に、木さるの小柄な体は、その場から、天に駈けのぼるように消えた。そのあとに、強い体臭が残った。間髪を入れず声の場所に殺到した数人の黒装束は、たがいに顔を見合わした。たしかに、そこに人がいるごとく、匂いが立ちのぼってはいた。しかし、人はいなかった。

五平は、襲撃者の一人を斬り倒してから、その刀技よりして相手が甲賀者であることを知った。そのいずれもの実力も、五平にくらべて格段に落ちた。

刀技が劣るとはいえ、集団としての機動性は的確をきわめた。五平は、右に跳ね、左に走って、身を消す適当な闇溜りを求めたが、行けばそこに必ず二人の忍者が伏せていた。伏兵は決ったように左右から同時に襲撃する方法をとり、そのうちの一人は刀尖を下段にとって突き出し、他の一人はふりかぶって右袈裟《みぎけさ》で斬ってくる。五平のもつ一本の刀では、逃げる以外に防ぎようのない巧妙な工夫であった。

しかし、二人の一の太刀さえ外せば、勝ちは五平の手にある。五平は、ある叢の闇溜りの中で、討たれるを覚悟に二本の太刀の中に割って入り、一人を籠手《こて》、一人の胴を薙《な》いで突きぬけると、一散に駈けた。

「追え」

敵のうちの誰かが云った。伊賀者同様に夜目が利《き》くらしく、五平のうしろを数人の者が足音もみださずに跟《つ》けてくる。

五平は駈けながら、手にもった刀を夜空高くに投げた。刀は、数秒、天にとどまり、やがて放物線をえがいて全く別な地点へ落ちた。

「あ、あそこか」

ふと、追手が、黒い草の向うへ耳をまどわされて、足をとめた。

「われはそちらへ行け」

こうして、五平の時間が稼げるのである。その手しかなかったとはいえ、五平の手には、鎧通《よろいどお》しと星形の忍び手裏剣のほかに、身を守る武器は残されていない。忍者は、通常、脇差《わきざし》を無用のものとして帯びることがなかったのである。

そのとき、横あいから、

「あ、五平！」

と、低声で叫んで飛びだしてきた影がある。

五平は、とっさにそれが木さるであると覚《さと》り、駈けながら、これはまずい、と思った。

五平は、がば、と地に伏せた。数秒後には、追手が五平の体の上に殺到するであろう。

しかし、五平は、実をいえば木さるが「五平」と叫んで飛び出してきた瞬間において、木さるを追手に売り渡していたのである。五平は、おのれの姿を木さるの目から消した。木さるは、自分の目を疑うような仕草で、立ちどまった。五平の思うつぼであった。その瞬間から、木さるが五平の身代りになっていた。そこへ殺到してきた追手が、木さるの姿をとらえて、

「ここにいる」

彼等が犬のように吠《ほ》えたのは当然の帰結であった。五平は、そこまでの計算がとっさに出来ていた。いわば、さきほど投げた刀と同様の機能を、こんどは木さるの体が果した。

五平が、木さるに名を呼ばれて、すぐそれだけの身の処置をしたのは、彼の体の中

にある忍者としての反射機能であって、彼の智恵《ちえ》ではない。智恵どころか、そこには、徳義も人情も、おのれの意思さえも入っていない。ただ身を守る永い反射の習練が、五平をそうさせた。

「捕えるな。斬れ斬れ」

そういう声が、木さるの周囲で湧いた。その輪の中を、木さるは右往左往した。いくら相手が忍者であると云って、木さるの輪郭が明瞭《めいりよう》にみえるわけはない。ただ闇の中で小さなしみのようなものが、ふわふわと移動しているのを、彼等の目は懸命にとらえている。時には、視野の中から消えた。しかし不幸なことには、木さるには匂いがあった。忍者の異様な嗅覚《きゆうかく》が、目よりも確かに木さるの所在をつきとめた。

「そこじゃ、その樹のかげ」

追手の輪をちぢめられてゆく木さるの姿を、草のかげから五平の目がじっと見つめていた。

木さるは、刀を帯びていない。てのひらの中に、ただ一枚の忍び手裏剣が、じっと汗ばんで握られているだけであった。

五平は今だ、と思った。地の低みを選んで這《は》い、草一本も動かすことなく、じりじりと樹のそばの虐殺《ぎやくさつ》者の群れから身を遠ざけた。

「斬れ」

そう叫ぶ一団の号令者の声を聴いたときである。五平は地を蹴《け》って立ちあがった。そして、うしろをも見ず、廃村の高台を駈《か》けおりていった。

一方、人数に取りかこまれながら、木さるの白い顔には、恐怖がうかんでいなかった。むしろ、唇を小さくひらいて、楽しげでさえあった。彼女は、一つの覚悟をきめていた。こうした絶体絶命の事態に追いこまれたとき、一つの脱出法がある。幼いころ、父親の下柘植次郎左衛門が教えてくれたことだ。木さるは、それを正確に思いだそうとしていた。そして思い出した。それは、斬られることだ。

「そのときは斬られろ」

と父は教えた。どうせ、斬られる運命にある。進んで斬られることによって命を落したところでもともとではないか、というのが次郎左衛門の理論であった。覚悟をきめ、心気を鎮《しず》めたのちに、斬られる工夫を考えるのである。体のどの部分を、どう斬らせるかということだ。ついで、斬られたのちの行動を考える。敵には、斬った安堵《あんど》によるわずかな隙《すき》ができる。その隙をどう利用するかによって脱出の可否がきまると、次郎左衛門は教えた。

木さるは、唇を小さくあけて、息を吐きだしながら、自分をとりまいている黒い影を、ひとつふたつと数えた。それを六つまで数え終ったときが最後だった。

「たあっ」

どちらが上げた叫び声かはわからない。木さるの影を押しつつむようにして、六人の敵が殺到した。木さるは、とっさに判断した。そして、目の前に覆いかぶさってきた甲賀者のひとりを選んだ。木さるは、白い左腕をあげた。同時に、ためらいもせず、頭上の白刃にむかって幼児のように走った。

敵にとって、木さるの行動は意表だったのだろう。一瞬たじろいで跳びすさったが、すぐさま刀を上段にとりなおして、眼前にひらひらする白いものをめがけて真っ向から斬り下げた。手首が飛び、血しぶきが散った。しかし、斬りさげた瞬間が、甲賀者の地獄になった。男は、刀を落した。そして、手で顔を押えた。

「うっ」

背をまげて、地に倒れた。男は、木さるの左腕は斬りはしたが、右手に持っていた木さるの手裏剣の飛来を防ぎえなかったのである。

一団の足が、硬直した。木さるの計算が図に当ったのだ。気がついたときは、木さるの姿はなかった。

夜霧のたつ木津川の堤の根で、木さるが傷を洗っていたのは、それから小半刻《こはんとき》も経《た》ってからである。

傷といっても、生やさしいものではなかった。左手首がなくなっていた。出血が、ともすれば木さるの意識を奪いとろうとした。農家を起して頒《わ》けてもらった焼酎《しょうちゅう》で傷口を洗い、金創膏《きんそうこう》を塗りこんだ乾布でつよくしばった。そのあいだも、鋸《のこぎり》で骨を挽《ひ》かれているような激痛が体中をかけめぐり、木さるは唇を噛みつつ、突きあげてくる泣き声を洩らすまいとした。手当が終ると、木さるは、起《た》とうとした。しかし、出血がすでに行動できる限界にまで来ていたのだろう、起つ力を喪《うしな》っていた。木さるは、葦《あし》の間に崩れ、土の湿った甘さを嗅《か》ぎながら、ほそぼそと泣きはじめた。

傷が痛い。五平への恨みというよりも、傷口の痛みが、木さるを嬰児《えいじ》のように泣かせた。風間五平が、自分を見捨てたということを木さるはあの瞬間から気付いている。しかし五平を恨む気持はふしぎと起らず、それよりも忍者の仕事のおろかしさを、自分と五平を含めた感情で、ひしひしと思った。五平もいずれは、こうなる身だ、という感慨が、木さるの脳裏のどこかで息づきはじめていた。忍者を続けているかぎり、五平の五体も、いずれは木さるの今の身になる運命にある。切り刻まれる日がないともかぎらぬ。

（しかし、重蔵どのは……？）

木さるは、ふと、歔欷《すすりなき》をやめて目をひらいた。あの男なら、どうなのであろう。重蔵も同じ忍者である。やはりいつかは手足を切り離されるような日が来る。しかし、自分や五平とちがうのは、あの男は、その日のために生きているような男なのだ。おのれの五体と引き換えに、生涯の情熱の対象を買ったような男である。いま木さるを襲っている激痛は、あの男にとっては生きる目標でさえあるのだろう、と木さるは思うと、瞼《まぶた》の中にある葛籠《つづら》重蔵の影像が、急に、しらじらしいものになりはじめた。憎《ぞう》悪《お》をさえ伴う。この痛みは、重蔵にはわかるまい。おなじ痛みが、あの男にとっては、おのれの神に捧《ささ》げる歓喜にもなろう。しかし五平ならば、今の自分と同じように手放しで泣く。なるほど五平は、仲間ばかりか、恋人をさえ裏切った。が、それだけに、五平には自分と同じ痛覚をもっているともいえる。夜霧の中で倒れている木さるは、五平の顔を思いだすたびに激痛が奇妙な甘さを伴い、重蔵を思いだすときは、傷口を撫《な》でられるような不快な痛みが走る、ふしぎさに気付いた。

「しかし、もはや、わたくしは、あの二人が居る世界には戻れまい」

それだけは確かなことだ、と、木さるは、口に出して呟《つぶや》いた。木さるにしては、思慮深げな、静かな語気をふくんでいた。このことだけは確かなのだ、ということを、おのれに云《い》いきかせている風でもあった。木さるは、不具になった。傷の痛みが薄らぐにつれ、自分の身の処置に対する覚悟が固まりはじめていたのである。

「帰る」

木さるは、自分へ云いきかせた。伊賀へ帰る。男を慕《しと》うて右往左往した世界から、自分を消してしまうのだ。

「――消えてやる」

木さるは、なにが可笑《おか》しいのか、くっくっと笑った。無邪気で、おどろくほど屈託のない笑顔だった。不具の身を男の前で曝《さら》したくはないのだ。手首の傷の痛みだけは残っている。しかし、痛むということを除いては、木さるの情念は、木津川の上の夜空のように明るく吹きぬけに晴れていた。……木さるは、葦のあいだに立ちあがった。そして堤の上へ這いあがると、伊賀下《しもつ》柘《げ》植《ごう》郷の方角にむかって、とぼとぼと歩きはじめた。

尾行

夏も間近くなったある日の午後、祇園八坂《ぎおんやさか》神社の石段下に葭簀《よしず》をかまえた掛け茶屋の床几《しょうぎ》の上で、午睡をむさぼっていた馬方のひとりが、むくむくと起きあがるなり、目を糸のように細めて、往来の一角をみつめた。男の月代《さかやき》が伸び放題にのびている。鬚《ひげ》が顔半分をかくしているが、目の輝き、鼻梁《はなすじ》の通りよう、歯ならびの皓《しろ》さは、この男がただの馬方ではないことを証拠だてていた。

「婆《ばば》あ、茶代」

奥にむかって甲高い声をかけ、鐚銭《びたせん》を土間の上に投げつけると、男は往来へ出た。裸羽織に褌《ふんどし》一本、毛ずねを脚絆《きゃはん》で覆《おお》うているだけだが、馬方にしては、肌に街道の陽焼けがない。風間五平であった。

五平は、伎和野《きわの》ノ里で宗久方の邀撃《ようげき》をうけて以来、命からがらで京に遁《に》げもどりはしたが、さすがにその足では奉行屋敷に立ち帰れなかった。甲賀の刺客のおそろしさを知っていたからである。彼等は、風が通るほどの隙間《すきま》さえあれば、どこからでも入ってくる。所在をくらまさないかぎり、奉行所内といえども生命の危うさにはかわりはなかった。

(なあに、時にとって幸いだ。……)

と思って、五平はあっさり武士の姿を捨てた。前田屋敷では、あるじの玄以が五平を伊賀者《いが》として、その流儀の仕切りにおいて使っている以上、断わりもなく出奔したところで、余計な探索はすまい、という計算が五平にあった。猟犬が獲物《えもの》を嗅《か》ぎだすために、主人の手許《てもと》をはなれて山へ分け込むことはありうることだ。そう玄以が考えてくれるものと、当然思っていた。

五平が、さまざまの姿に化《な》って街の中に融《と》けたのはひとつには甲賀者の付け狙《ねら》いをかわす目的もあったが、要は、五平にすれば、一日も早く重蔵の腰に紐《ひも》をつけねばならぬ、喫緊のことである。重蔵の居所と挙動を十分にたしかめ、それが秀吉の居城に潜入する証拠を明らかにしさえすれば、宗久の陰謀は一挙に確定し、五平の前田家における地位も飛躍するわけであった。

(——たしかに、あいつは)

茶店の前を、四条通へ歩いて行った編笠《あみがさ》の武士は、緋色《ひいろ》の斑点《はんてん》のまじった派手な小袖《こそで》を着、腰から金蒔絵《きんまきえ》を散らした朱鞘《しゅざや》を落し、風体、歩きようは、まぎれもなく葛籠《つづら》重蔵であった、と五平は踏んだ。五平は、そろりと足を前に出し、武士の数間うしろから、背をかがめて、日蔭《ひかげ》を拾い歩きはじめた。

（重蔵のやつ、鈍重な人体をしておるくせに、身なりだけは、いつも、いかい歌舞伎《かぶき》様じゃ。自然、こちらの目にもつく。紐もつけやすいというもの）

へへっ、と得意そうに唾《つば》を吐いた。あの男の身柄ひとつが千石にもなるかと思うと、こたえられなかった。同時に、この時代にいまだに伊賀者の渡世の律義から脱《ぬ》けようとも考えぬ重蔵の愚鈍さが、あわれにもなる。

（智恵《ちえ》、智恵。ただそれだけのことよ）

五平は、前を行く重蔵の広い肩をあごで嘲《わら》ってみた。それと反射するように五平の脳裏に浮んだのは、木さるのことである。

（木さるめ、惜しいおなごであったが、もはやあれも生きてはいまい）

猫が死んだほどの感情も湧《わ》かなかった、生きていてこそ、木さるの肉体と技能は五平の役に立つのである。死は、忍者にとっては用の消滅であった。人間は胃の腑《ふ》や心の臓で生きているのではなく、忍者の人間観からすれば用のみで人間は存在する。それが、忍者として幼児から練磨を経てきた五平の唯一《ゆいいつ》の人間認識であり、野の霞《かすみ》も、道ばたの石塊《いしくれ》も、世にあるものすべては、忍者の目的のために利用さるべきもので、利用されるためにそれらは生命を保っている、と五平は信じていた。情を移した女に対しても、その法則はいささかも変りはなかった。相手が死ねば、拭《ぬぐ》ったように忘れ去ってしまうというふしぎな生き物が、忍者というものであった。

(はて。気付きおったかな)

四条の橋を渡ったあたりで、重蔵がふと立ちどまったのをみて、五平はぎくりとした。重蔵が、編笠を斜めに傾けるそぶりをしたからである。

五平が舟小屋の軒先に身をかくしているうち、重蔵はしばらく佇立《ちょりつ》して、空梅雨の雲をうかべた叡山四明岳《えいざんしめいがたけ》のあたりを眺めている風情《ふぜい》であったが、やがて、ゆっくりと歩きはじめた。

(気付いていまい)

五平は安堵《あんど》した。ながい経験で、それがわかるのである。案の定、重蔵は、河原で小屋掛けをしている見世物小屋の木戸へ、ふところ手の左袖をなびかせながらのんびりと入っていった。

「ようござれ」

威勢のいい木戸番の声がかかった。

「お一人様ご案内じゃ。なかは満員じゃが、よく詰めあわしてくだされよ。さあてさて、貴船《きふね》でとれた三百貫の大いのしし、今日を外しては、一生で二度とこんな化け物が見られるものではない。牙《きば》の長さが三尺二寸、毛の長さが一尺六寸。抜け毛を持って帰って棟木へ貼《は》れば火の除《よ》け、鬼門へ貼れば鬼が立ち寄らぬというふしぎな通力がある。——さあてさて」

舟小屋の軒から、重蔵が消えた木戸の荒蓆《あらむしろ》を遠目で眺めて、五平はくびをかしげた。こんな愚にもつかぬ見世物を進んで観《み》ようという重蔵の料簡《りようけん》が計りかねたが、とにかく、詮索《せんさく》よりも入ってみることだった。

「ようござれ」

木戸番の台へ永楽銭二枚を投げ出して、五平も蓆をはねのけた。中へ入ってみると、なるほど、中は鮨詰《すしづ》めの盛況だったが、背の高い重蔵をみつけるのに造作はなかった。重蔵は、当然、編笠をとっている。横顔があらわに望見できた。まったく無警戒に近い表情で、小屋の中央に置かれている猪《いのしし》の檻《おり》をながめていた。

ただ、背がひどく高い。ときどき、重蔵のうしろのあたりから、よほどその高さに業《ごう》を煮やしたのだろう、いまいましそうな罵声《ばせい》がとんだ。

「これさ、前のおさむらい。ちっとばかし、首をひっこめてくれぬかや。まるで猪を観に来たのか、お前さまのお背中を観にきたのか、見当がつかぬわい」

「これでよいか」

そのつど、重蔵は苦笑して、丈《たけ》をちぢめてやっている。

「まだ背中じゃ。目の先に幔幕《まんまく》でも張られたようじゃ」

「こうならどうじゃ」

背をかがめながら、ついには、重蔵は後ろの者によほど気を遣ったものか、人垣の中を横這《よこば》いに移動しはじめた。絶えず移動しさえしておれば、特定の後ろの者にのみ迷惑をかけることにはならないと思ったのであろう。ところが、動くにつれて重蔵の背が、しだいに小さくなりはじめたのである。いちぶ、にぶ、と、ほとんど目にもとまらぬわずかさで、重蔵は縮小しはじめている。やがては、頭が消えた。ついには、その派手な衣裳《いしょう》まで黒い人混みの中から没し去った。

(む？……)

五平は、息を詰めた。重蔵は、何者かが尾行《つ》けている気配を、すでに覚《さと》っている模様なのだ。五平は、じっと位置を変えず、視線を研ぎすまして相手の行方を追った。

重蔵の姿こそは見えなかったが、重蔵が移動するたびに人波がゆれるのが、わずかに見えた。そのゆれ跡を注視すればよい。ゆれ跡は、航跡をえがいたように小屋を一周しつつあった。

（さては、小屋の出口まで出るつもりじゃな）

出口も入口も、一つ木戸なのである。五平は、視点を木戸の荒蓆のあたりに定着させた。蓆の前は、出入りの客がたえず行き交《こ》うて、人の渦を作っている。遊び人風の男が出た。かと思うと、物売り女が入ってきた。商人風の男が、鼻唄《はなうた》をうたいながら出ていったあと、つぎは、絵師。――この人混みの中で、みごとに姿をすり替えていた。葛籠重蔵なのである。無地の茶染めの薄ぎたない小袖に、無腰で、軸物の包みらしいものを抱えている。たしかに葛籠重蔵であった。五平は、驚嘆する思いで、その横顔をみた。

（やるのう。さすがに、伊賀随一といわれた忍びの達人だけのことはあるようじゃ）

路上へ出た五平は、人通りの多い初夏の夕暮の賑《にぎ》わいを幸い、通行人の背に、ちらちらと身を隠しつつ、絵師姿の重蔵のうしろをつけた。重蔵は、相変らずゆったりと歩いている。小半刻《こはんとき》ばかりつけているうちに、重蔵の肩に何となく安心のゆるみが生じはじめたように思えた。両わきの家々に灯が入りはじめたころ、五平の尾行は成功した。重蔵が、塒《ねぐら》ときめているらしい小さな旅籠《はたご》の土間に入ったのを見届けたのである。

(あとは、気永に見張ることだけじゃ)

二間幅の狭い道筋の両側に、紅殻格子《べにがらごうし》の旅籠が櫛《くし》のように並んでいる。五平は重蔵が入った向いの旅籠に宿をとった。

「亭主、金はある」

馬方姿の五平を怪しんだ亭主を、まず安心させる必要があった。金が、なにより身分を証拠だてる。有り金を亭主の目の前で見せ、そのうちの銀の粒を一つ掌に握らせて、

「前田屋敷の者じゃ。詮議《せんぎ》の筋あって人を追うている。粗略にすまいぞ」

石田屋敷

その時刻より少し前、小萩《こはぎ》は、わずかに芭蕉葉《ばしようば》のみが茂る枯れ山水の中庭を前に小松谷寮の一室で、雲水毒潭《どくたん》と向いあっていた。

「それで、重蔵さまはどう申されましたか」

「いや無駄でござったよ。びるしゃな仏は外道《げどう》をも教化されたと聞くが、わしの力では、地獄の美しさを夢に描いておるようなあの外道は手に負え申さぬわい」

「それでは、あの、小萩が困るではございませぬか」

「わしの存ぜぬこと。もともとは、あのような男を想《おも》いなされたそこもとの罪じゃでな。地獄の美しさに憑《つ》かれた男を慕えば、一定《いちじよう》、小萩どのも堕地獄の仲間じゃ」

「薄情な。……毒潭さまとも思えませぬ」

「あははは。これはよい気持。美しいおなごにそのように怨《えん》ぜられては、毒潭の身も心も蕩《とろ》けるように思い申すぞ」

毒潭は庭へ目をむけ、白い筋肉の逞《たくま》しく浮き出た横顔を見せながら、豁然《かつぜん》と笑った。ときどき風が庭を吹きわたって、緑の石の間に芭蕉葉が作っているわずかな日蔭《ひかげ》をくゆらせている。

「よい風が吹く」

毒潭が云《い》った。

「風の話ではございませぬ」

「いや風の話じゃ。人のいのちは、劫億《ごうおく》のかなたより生れ来たって、劫億のかなたへ吹き散る。風も同様のこと。いずかたよりきて、いずかたへ吹き去るかは、なにびとも知らぬ。ただ頬を吹きなでてゆくときだけを、人は風とみる。しかし、たれも風を見た者はあるまい」

「風などは、見えますまい?」

小萩は、すこしいまいましそうに云った。

「左様。風は見えぬ。在るのは、芭蕉葉が揺れているという色相《しきそう》だけじゃ。人のいのちも風のごとく虚仮《こけ》ゆえ、目に見えはせぬ。ただそこに事実として在るのは、人の生涯の行動のみじゃ。これはたしかに、どの者の目にも見ゆる。風に芭蕉が揺すれるがごとくにな」

「毒潭さまは例によって、お話をむずかしゅうして仕舞われましたな」

「いやいや、重蔵のことを申しておるのじゃ。人の生涯の生き方というのは、さまざまにあるということを申そうとしたまでじゃ。おのれの樹《た》てた生き方が、当人にとって美しければそれでよい。それぞれのいのちを、思うさまに生きていってよいことじゃ。それもこれも、やがては微塵《みじん》と吹き散る。同じく微塵と吹き散るわしが、他人が美しいと思うておる生き方に、それは美しゅうないぞと苦情を申し入れにゆく滑稽《こっけい》さが相わかった。このことを、重蔵めが、なんと無《の》う、思い知らせおったわ」

「お気のお弱い毒潭さま」

小萩は、微笑《わら》って、

「もはや、頼みませぬ。小萩が、おなごの智恵《ちえ》とまことで、重蔵さまの生き方をお変えして見せまする」

「おなごのまこと？」

毒潭はやや驚いたように口を開け、つと小萩の顔を見、やがて静かに膝《ひざ》を打った。

「そうかもしれぬな。なるほど。おなごのまこと、のう」

「おからかいでございますか」

「いやなに。ただ正直に驚いておる。青天に霹靂《へきれき》を聞かされる思いであった。おなごのまこと。わしは見かけのとおり雲水の身じゃ。ついぞ世の中に、そのような妙な物があるのを忘れておった。あれは、まことに怖《おそ》るべき物であるな」

「また左様なおからかいを」

「いや、揶揄《からこ》うてはおらぬ。で、そこもとは、いつそれをご発動なされるか」

「まあ。毒潭さまの申されよう。いやでございます」

「ごく、まじめじゃ。世の中に、おなごの愛にほだされぬ男はあるまい。ことにおなごの智恵にまどわされぬ男はあるまい。が、話がこの類《たぐ》いになっては、いかようにもわしは出家の身、引きさがらざるをえぬ」

毒潭は、云ってから、つと膝を進めて、

「しかし、その物をご発動なされるのは、早いほうがよろしいぞ。遅きに失すると、あるいは大事が去る。先日、わしが重蔵を打ち眺めたところ……」

「え？　重蔵さまを？……」

「これは勘じゃ。単なる勘ではあるが、狂いはあるまい。あの男の様子、心境、ふるまいの奥には、すべての準備が整い終ったような落着きがある。おそらく、忍び入る城の調べもしたであろう。秀吉の在否も、日を繰って克明に調べおおせたに相違ない。あの様子はもはや時間を待つのみの姿であった」

「時間は」

「無い」

言葉尻《じり》を引きとって、毒潭は、いかにもこの劇のたった一人の観客として、楽しげにうなずいた。

「それでは毒潭さま。まことに申し兼ねまするが……」

「なんじゃな。まだわしに頼みがあるのか」

「いえ。それでは今日はこれで、お引きとり願わしゅうございます」

「これは参った。帰れというのが頼みごとか。現金なお人じゃな」

毒潭は立ちあがって、

「しかし、衆生《しゆじよう》を済度《さいど》せねばならぬ比丘《びく》の身をもってしても持てあましたあの男が、おなごのまこととやらで救われるとすれば、これは比丘、優婆塞《うばそく》にとって、いかい皮肉なことじゃろうて」

「でも、お坊さまがおいで遊ばされなくても世の中は持ちましょうが、おなごが居なくては世は成りたちませぬ」

「参った、参った。これはさんざんじゃ。あっははは」

毒潭は、おどけて逃げるように庭へ飛びおりた。その悪童めかした様子のおかしさに、小萩は久しぶりに少女のように笑った。

伏見の石田治部少輔《じぶしようゆう》三成の屋敷は、伏見城の郭内の地にあって、表三十間奥行六十間、文禄《ぶんろく》三年初夏にようやく竣成《しゆんせい》をみた建物である。近江《おうみ》佐和山の居城と同様、この建築には、三成らしい配慮がはたらいている。構造には、黒木にわずかにちょうなを掛けた巨木を用い、壁はほとんど荒壁のままで、表に面した側のほかは、化粧塗りさえしていない。壁土に鰑《するめ》を塗りこんで万一のさいの兵糧《ひようろう》とし、同様の趣旨で、屋敷の敷地のいたるところに矢竹を植えるという、過剰なほどの実戦意識を具象していた。

廊下はことさらに磨かず、筋目の多い杉の厚板が通されているだけである。侍長屋のほかに、構内の主な建物に白書院があり、ここを三成が伏見滞在中の公用にもちい、ほかに黒書院があって、これを、幕将島左近勝猛《しまさこんかつたけ》が公務にもちいていた。

島左近という、このとき中年の峠を越えたばかりの小柄な武将は、もともとは大和の筒井家の家臣で、早くから武勇智略《ちりやく》を天下に知られていたが、のちに故《ゆえ》あって主家を退き、故郷の近江の犬上川のほとり高宮郷に閑居していた。天正十三年、石田三成がはじめて従五位下治部少輔に叙任され、禄《ろく》四万石の大名に取りたてられたとき、彼がまずやったことは、家禄のほぼ半分の一万五千石を割いて、島左近を家老に迎えることであった。三成が五奉行の一人、禄は近江佐和山十九万四千石、豊臣政権の下で威福を振うようになった今日、なお、三成の内外の方策は、多く左近から出ているといわれている。

この日の日没後、左近が、黒書院の自分の居間の燭台《しよくだい》のかげで、征韓《せいかん》ノ役にともなう石田家の兵糧帳をしらべていたとき、ふと自分の背後に、人の気配がするのに気付いた。

左近ほどの者になると、こういう際に、うかつに声をかけたり、身動きしたりすれば、かえって敵がうろたえて必死の刃を加えてくることを知っている。じっと、そのままの姿勢に堪《た》え、帳簿をめくりつつ、侵入者の気配を背中で汲《く》みとろうとした。意外にも、相手の気配は、それ以上に動く様子もない。しかも、まるで殺気というものが感じられなかったのである。

のちに関ヶ原で、戦国期を通じて最も凄絶《せいぜつ》な死闘を演じて、いかにもこの時代の武士らしい最期《さいご》を飾った島左近にも、一つの癖があった。やや、好色の風がある。つい数日前、情を与えた下仕えの小女でも忍んで来たのであろうかと、ふと安堵《あんど》した。その安堵の表情が、背中に出た。背後の者は、それを素早く察し、虚を衝《つ》くように、

「島さま」

と声をかけた。左近は、影を踏まれたように、うろたえた。相手には、心憎いばかりのずるさがある。

「たれかいの」

「小萩でございまする」

なるほど、久しく見なかった小萩が、いま、黒装束の膝をそろえ、白い手を畳の上について、まつ毛を俯《ふ》せていた。

「どうなされたか。いまどき」

左近は、ゆっくりと膝を小萩のほうへめぐらして、云った。この娘が、夜陰、しかも、こうしたいでたちで訪ねて来る異様さを、左近は驚いていない。この娘は、対面の必要があれば、治部少輔の寝所へさえ、この姿で参上するのである。むろん、役目の必要からだが、だからといって、娘が近江の名族佐々木家の血をひく筋目の出だけに、三成も左近も、ただの隠密風情《おんみつふぜい》としては扱わず、あくまでも佐々木の姫君として鄭重《ていちょう》な応対をしている。

小萩は、だまっていた。左近は微笑《わら》って、

「黙っておられてはわからぬではないか。何でも左近に仰せられよ。殿は征韓の御用で名護屋に出向かれているが、小萩どののことについては、留守中面倒をみて差し上げよと、くれぐれも云いのこされている。はて、伎和野《きわの》の一件かな」

「いえ。あのことは、すでに書面をもって報告に及びました」

「そうであったな。では――」

云いかけて、左近は口をつぐんだ。自分を見あげている小萩の目が、いつもとちがって異様に張りつめていることに気付いたのである。常にない思いが瞳《ひとみ》の中にかくされているのをみて、左近は、相手が用件を切りだすまで言葉数をつつしんでやるのが、むしろこの場合の思いやりであろうと思った。

庭前の闇《やみ》が揺れて、しずかな涼風が吹きとおってくる。左近は、しばらくそれを楽しむように目を細め、脇息《きょうそく》へ体をくつろがせていた。

「あの——」

小萩は、意を決したように云った。庭前から、左近の視線がゆっくりと転じた。小萩の面上に注がれているその瞳に、やさしい光が宿っている。

「なにかな」

「左近さまは、かつて、身寄りのない小萩にもしものことがあれば、わしを伯父とも頼め、と仰《おお》せられましたな。お忘れならば、なにとぞお思いだし下さいませ」

「いや。忘れてはおり申さぬぞ。たしか、三年前、治部少輔様が、佐々木の忘れ形見として小萩どのをわしに引きあわされた席上で、お身の上とお役目をふびんに存じ、僭越《せんえつ》ながらそう申した。そのもしもと云う大事、さては、しゅったい致したのか」

「はい」

「申しなされ」

「恋でございます」

「ほう。恋ならば、この左近などは、半生が間、何度も致して、格別大事とも思えぬが」

「殿方ならば知らぬ。おなごの身では、恋は生涯に一度。小萩はいま、いのちを賭《か》けております」

それを聞いて、小萩よりもむしろ左近のほうが、そっと顔をこわばらせた。

「相手は？」

一応は型どおりにたずねてみたが、左近の素早い決断は、すでに小萩を諦《あきら》め去っていた。相手がなにびとであっても、すでに恋を知った女諜者《おんなちょうじゃ》には、利用価値は零《ゼロ》にちかかろう。それを説得する無駄も知っていた。しかしそれだけではなかった。左近の沈痛な表情の裏には小萩の身を哀れむ、春の潮のような温かい情感が、いま満ちはじめようとしていた。さきにも述べたごとく、島左近は、数年ののち関ヶ原の野で果てた男である。術数の明るさにかけては、あるじの三成も及ばない。あるじの挙兵の無謀も知っていたし、時期と方法の点で諫《いさ》めもした。しかし三成の決意の固さを知るや、死が彼を奪いさるまで激情をこめて戦いの計画と遂行に没頭した。左近の人生は、そうした一つの情念で貫かれている。おのれを知る男のために死ぬ。そういう清冽《せいれつ》な陶酔を求めて、左近の心は常に濡《ぬ》れる用意をしていた。小萩を前にしたこの場合の左近の心の奥にも、そうした音律に通じたものが、高く鳴りはじめていたのであろう。左近の胸にある小萩は、高貴の血をうけ、それをうけたがためにこそ不幸を得た哀れな女人の像として映っている。おのれを喪失した異常な宿命の中に女の一生を、小萩はこののちも老い送ることであろう。その小萩が、いま恋を得た。しかも、恋に殉じようとしている。この哀れさが、左近の無意識の中に透明な模様を散らして融《と》けた。

「相手は?」

左近は、もう一度云った。静かで、その声はむしろ眠そうでさえあった。

「……それは」

云い澱《よど》んだ小萩が、伊賀《いが》者葛籠《つづら》重蔵という名を口に出すまでに、さらに四半刻《しはんとき》ばかりの沈黙を必要とした。そのあいだの時間を、左近は、涼風の中に瞼《まぶた》をとじて気長く待った。

小萩がついに口にしたときも、つとめて、驚いた風をみせなかった。わずかに云《い》った。

「添いとげるつもりじゃな」

小萩は、下をむいて黙った。うなずきたくはある。しかし、あまりにも、それは可能の薄いことではないか。

「お約束じゃ、お力になろう」

左近は、事もなげに云った。小萩は、はっと目をあげた。

「しかし……」

「云わずともよい。その者が、宗久の使嗾《しそう》によって太閤《たいこう》殿下の御命を縮めまいらせようとしておる者であることは、すでにそなたの報告によって存じている。して、そなたが惚《ほ》れるほどよい男かの」

「は、はい」

「なるほど。これは、いかい馳走《ちそう》である」

左近は、目の下を皺《しわ》ばませて微笑《わら》った。

「しかし、いかなる手だてにて……」

問題は、それであった。すがるように膝をにじらせてくる小萩へ、左近は答えた。

「わからぬ。――かみ、ほとけでも解けぬ難題を小萩どのは持ちこまれた。しかし、手だてがある、ない、で、この勝猛は諾否をきめる男ではない。うべない度《と》うて、勝猛はうべのうた。絵解きは、あとで一服ののち考えることじゃ」

「………」

「堺《さかい》の大蔵卿《おおくらきよう》法印宗久の謀叛《むほん》のたくらみは、いまや明らかになった。しかし、考えてみられよ、謀叛の事実があったわけでもなく、企《たくら》みの証拠があるわけでもない。ただ一つの証拠といえば、伊賀者葛籠重蔵だけじゃ」

「………」

「まず重蔵を捕えて、秘密のうちに斬《き》る。これが肝要。あとは、本陣の宗久じゃが、この陰謀をあばきたてず、宗久の身にも触れず一切を不問に付す。宗久は相変らず商いをつづけ、茶道具を吟味し、茶道の講釈をならべて、安穏に生涯を終えることになるであろう。天下は、譬《たと》えてみれば一頭の猛虎《もうこ》のようなものじゃ。猛虎は、おのれを取りひしぐほどの飼い主の居るときと、餌《えさ》に飽食しているときのみ、静かに眠る。いま日本の天下の飼い主は老い衰えた。しかも、朝鮮に兵を出して、天下はようやく飢えようとしている。猛虎はいずれは起きて荒れ狂うかもしれぬが、とにかく今は静かにねむっている。このとき、宗久を捕えて、その陰謀の背景を明るみに出すことは、わざわざ虎《とら》の尾を踏むようなものじゃ。いずれ、時節が来るまで、まわりを静かにしておくにしくはない」

「それでは、重蔵さまを、いや、葛籠重蔵のみをお斬りなされるのでございますか」

「そうわしは思案した。ただし、これは昨夜のことであったがの。はて、どうであろう、酌をしてたもらぬか」

左近は、傍らにある一個の瓢《ふくべ》をとりあげて、小萩の前にさしだした。小萩は、にじり寄って二つの手で受けた。古びて漆のような艶《つや》が出ている。左近のふくべといえば、世に名がある。何度も、左近の槍《やり》とともに戦場を往来して、この異様な黒艶の下には、戦場の血と汗が滲《し》み入っているのであろう。

左近は、盃《さかずき》を口に寄せて云った。

「その重蔵を生かせという。なんと難題ではあるまいか。わしにすれば、宗久はおろか、徳川内府とその一統を刈り伏せて、禍根を絶ちたくはある。が、然《さ》すれば、世は再び元亀《げんき》天正の乱れに戻ろう。殿下の統一の事業は無に帰する。重蔵ひとりを石田家において斬り、あとは口を拭って知らぬ顔をきめこめば何事も無事で済むではないか」

「重蔵は、むざむざと斬られますまい」

「石田家の兵をもってしてもか」

「たとえ天下の兵をもってしても」

「買いかぶりおるわ」

左近は相手にならず、話をつづけた。

「宗久の懐《ふところ》ろにひそむ匕首《あいくち》が、いうなれば伊賀者重蔵といえる。重蔵を斬るというのは、宗久の懐ろから匕首を抜きとって捨てることじゃ。もっとも、これは必ずしも斬る要はなく、刃を引いてもよい。匕首として使いものにならぬようにすれば事は済む。……しかし、小萩どのには、重蔵の性根を抜く自信がなさそうにみえますな。これはいささか、女人として、はずかしいことに属するかもしれませぬぞ」

「男には、男の生き方がございましょう。左近さまなら、女の情にひかされてご自分の生き方をお変えなされまするか」

「これは参った」

「重蔵と申す者も、左近さまと同様でございましょう。おのれのいのちを顔料に、つきつめた生涯の絵を描こうと思うております。たとえ陰謀が露顕して堺の法印宗久が殺されても、重蔵のみは利害から離れ、おのれの情熱のためにのみ、この事を遂行するかもしれませぬ。そのような男の心が、おなごのなさけなどで融けるものでございましょうか」

「刺客に、ままある型じゃ。しかし、わしに訊《き》かれたところで、重蔵の身にならねば判《わか》り申さぬぞ。男というものは、おのれの情熱の矢をつがえて曠野《こうや》を駈《か》けている猟人のようなものじゃとわしは所存している。どの男も、さまざまな曠野の風景を夢にえがいて生きている。おなごというものは、その猟人を檻《おり》に入れる天の役人であろう。いかに巧みに檻へ入れるか、そこは、おなごと男の才覚のたたかいのようなものではあるまいか」

「小萩のような者には、そのような智恵《ちえ》がございませぬ」

「そなたに無ければ、男のわしにあろうわけがない」

「まあ。さきほどは力になってやろうと、仰せられたばかりではございませぬか。どうか、お教えくださりませ」

「困ったのう。とりわけ重蔵とやらは、曠野に憑《つ》かれた猟人であるらしい。わしさえ、うらやましく思われるほどじゃ。捕える工夫などはとても思い浮ばぬ。とにかく、こう致そう。小萩どのに、左近が手の者を幾人なりともお貸し申す。猟人を野から狩り出すための勢子《せこ》として、存分にお使いなされ。ただし、檻に入れるのは、あくまでも、おなごの小萩どのの役目。――したが、猟人がもし勢子の網をやぶって殿下のお館《やかた》に近づくようなことがあれば斬りまするぞ。天下の安危にかえられぬ。それはおわかりであろうな」

「はい。やむをえませぬ。そのときは、小萩の手で命を縮めましょう」

「よいよい。その気魄《きはく》さえあれば、あるいは檻に入れられぬことはあるまい。おそらく、これ——」

と、左近は、からになったふくべの尻《しり》で、小萩の膝《ひざ》をとんと打ちながら、

「これは佳絶な檻であろうの。重蔵とやらは、武芸には秀《ひい》でていても、ものの福を知らぬげな男であるわい」

と、はじめて、左近らしいつややかな好色の笑い声をあげた。

伏見城

五平が、亭主に命じた二階の部屋と、重蔵が旅絵師の姿で潜伏している旅籠《はたご》の部屋とは、狭い小路を隔てて、まむかいに庇《ひさし》を突きあわしている。馬方の風体でこの旅籠に入ってきた五平は、いつのまにか、大道で芸を売る放下師《ほうかし》の姿に身を変え、終日雨戸を閉めきって、板のわずかな合せ目から重蔵の部屋の様子をうかがっていた。

しかし、重蔵の部屋の中は見えない。この六月のむし暑いさなかに、紙障子をとざしたまま、終日風も入れようとしないのである。

「ご苦労なやつじゃ」

五平は、真っ暗な部屋の中で額の汗を拭《ぬぐ》いつつ、吐き棄《す》てるように呟《つぶや》いた。身を守る用心とはいえ、一面からいえば、重蔵の生き方を象徴しているようでもあった。一体、どれほどの願いの筋があって、ああまで自分を、自分で作った苦行の枠の中に閉じこめておかなくてはならないのか。

「そういう伊賀《いが》者は、昔は居た。おのれの術の中に陶酔できる伊賀者が。……術を練磨し、術を使うことに陶酔し、その陶酔の中にのみ、おのれの生涯を圧縮し、名利《みようり》も、妻子のある人並な生活も考えぬ伊賀者は居た。しかしいまは、元亀《げんき》天正の世ではないわい。年号も文禄《ぶんろく》とあらたまり、戦さの種さえ朝鮮へ行き、日本の大小名の悉《ことごと》くが茶事にうつつを抜かしている時節ではないか。その時節に、あの男は、しがない商《あきゆ》うどに使われて、おのれのみが最後の伊賀者になろうとしている。こけにもほどがある」

夜になると、重蔵の部屋に灯がともった。ときどき、何を立居しているのか、影が映ることがある。影の動きは、変哲もない。しかし、五平は、その影をみて、なにか、身の内を魘《おそ》われるような鬼気を覚えた。

影に、鬼相がある、と思ったのは五平の直覚にすぎなかったが、伊賀者は、そうした生理に刺すような実感のある勘を崇《とうと》んできた。——重蔵の心身は、いま異常な緊張の中にある。投影された紙障子の上の影は、変哲もない。しかし五平がそう思って見つめれば、ぶきみな、真紅の色を呈しているようでもある。

「今夜か、明朝――」

たしかに、重蔵は行動を起す、と、五平は見た。秀吉は、いま伏見に居るのである。とすれば、その行動は、当然、伏見城潜入でなくてはなるまい。

五平は、背負袋の中に忍び装束と道具の類《たぐ》いを入れ、刀を包んだ茣蓙《ござ》とともに背にかけて、わらじの紐《ひも》を、手さぐりで入念に改めた。

そのあいだも、雨戸の隙間《すきま》から目をはなさない。重蔵がいつ宿を発《た》つか、予測ができなかったからである。その夜、五平の目は、ついに白むまで雨戸を離れなかった。

五平の直覚は、はずれていない。翌朝、重蔵が、旅籠の薄暗い土間の片隅にある荷車に腰をおろしたのは陽も高くなってからであった。相変らず、絵師の装束である。草鞋《わらじ》のひもを結んでいる重蔵のそばへ、宿の亭主が名残り惜しげに会釈《えしやく》をしながら、

「では、いずちへ」

と、たずねている。

「はて」

重蔵は、大きな荷物を肩にせりあげて、

「べつにさだめてはおらぬ。どこぞ、繁昌《はんじょう》の土地があるなら教えて下さらぬか」

「それなら、江戸に行きなさるがよい。北条《ほうじょう》様が潰《つい》えて以来、小田原の賑《にぎ》わいが江戸の新府に移っていると申します。京、大坂、堺《さかい》あたりからも、大工、指物師《さしものし》が入りこんで、武家屋敷だけではなく町家などが月に何百という数でふえているそうじゃ。けっこう、襖絵《ふすまえ》の需《もと》めなども多いのではありませぬかな」

「よいことを聞いた。新開の土地なら、下手な絵師でも、急場のふさぎに使《つこ》うてくれぬともかぎらぬ」

笑って、路上に出た重蔵を、向いの宿の二階から五平がじっと見おろしていた。

(昼発ちで、ぬけぬけと出るとは不用意なやつ。どうせ目当ての土地は京から遠くもあるまい)

半月ばかりもつづいた京の晴天が、昨夜半を境にようやく崩れはじめようとしている。ゆっくりと、肩をゆるがして南をさして歩いてゆく重蔵の向うの空は鉛色の雲がみちはじめて、暗い日光をわずかに融《と》かしていた。

(この空は、夜半まで持つまい。重蔵は風雨を利して城に入るものとみえる)

五平も、旅籠を出た。見たところ、重蔵は、旅絵師の半丁ばかりあとを、貧相な放下師が歩いてゆくだけの何気ない風景であった。

しかし、五平の胸中は必ずしも安らかでない。相手が名うての忍者であるだけに、これほど骨の折れる尾行はなかった。深草を過ぎるあたりから、人家も少なくなり、街道を往《ゆ》く人影もまばらになった。時には、半丁むこうをゆく重蔵との間には、犬一ぴきも入らないことさえある。五平は、立木、草むら、辻堂《つじどう》を利用しては姿を巧みに隠蔽《いんぺい》しつつ進む。もっとも、その頃にはすでに街道から放下師の姿は消えていた。九条のはずれの茶店で、すばやく用意の百姓の野良着《のらぎ》に着更《きか》えたからであったが、深草の手前の茶店では、さらにこれを商人風にあらためた。そのつど歩き方まで変えているから、遠目でみれば、それぞれまったくの別人としか映らない。

重蔵は、いかにも世外の天を歩む風来の旅絵師のごとく、寛々《かんかん》とした足どりで街道の埃《ほこり》を踏んでいた。すでに、雨がばらつきはじめている。重蔵は、濡《ぬ》るるがままに歩いてゆく。道が伏見の町の家並に入ったときは、すでに木幡山《こはたやま》の山影がわずかに残光の中に浮き出て、町にはちらほらと灯が入りはじめていた。

町に入ると、五平は歩幅を速めた。辻と人通りが多いために、重蔵を見失うおそれがあったからである。京から大坂へ一日旅をする小商人という風体であった。それが、町に入って半丁も行かぬ間に、家並の軒端《のきは》で、十数人の馬方が雨を避けて客待ち顔に腰をおろしているのを見た。彼等は五平の姿をみると、よい鴨《かも》と思ったらしく、そのうちの二、三人が馬臭い体を寄せてきて、矢継ぎ早にわめきかけた。

「ああ惜しい、惜しい。大坂くだりの舟は、たった今出たところじゃ」

「馬に乗りゃんせ。夜駈《よが》けで行ってもわずか十三里。朝までには楽に着こうでのう」

「伏見で泊っても鳥目《ちようもく》は要るぞい。その鳥目をわしらに寄越せば、お城のみえる大坂まで居眠りながら連れてゆくわい」

「さあ、馬はこれじゃ。乗った乗った。尻《しり》を押すぞよ」

「馬は要らぬ」

腰にしがみついてきた馬方の手を軽く払って、五平は云《い》った。馬方は大形《おおぎよう》に手首を抑えて、

「あっ、痛《いて》え。骨が喚《わめ》くように痛え。骨がわめきやがる」

「どうした。どうしたんじゃ」

たちまち十数人の馬方がわらわらと五平をとりかこみ、

「やい、禰宜《ねぎ》」

「禰宜ではない。あきんどじゃ」

「あきんどか。どっちでもええわい。おのれは、馬方と馬とを間違えくさったか。馬なら鞍賃《くらちん》を払ってしばけ、馬方をしばくとは、どういう料簡《りようけん》じゃい」

「それは悪かった。謝るゆえそこを通せ」

五平は、重蔵の姿を見失うかと思って気が気でなかった。

「いや、通さねえ」

真っ黒に胸毛を生やした男が、大の字に立ちはだかり、右手で五平の胸をとんと小突いて、

「死んでも通さねえぞ。通りたけりゃあ、馬に乗るか、それとも酒代《さかて》を置くか」

「おのれ、この馬蠅《うまばえ》ども。わしをなにびとじゃと思うておる」

金でもくれてやればよかったのに、五平はそれを惜しんだ。相手を威《おど》して通ろうとした所に、幾年か世間表通りの武士として禄《ろく》を食《は》んだ悪い癖が出ていた。もともと、世間の裏でしか通用しない伊賀者の境涯から抜けだすために、仕官をした男なのである。

果然、馬方たちは色めきたった。

「何びとじゃと？　ほう、面白い。一体、どこの何様なのじゃ。色良う口上を吐けば、一同平伏つかまつってくれぬでもない。え？　どうじゃ。申してみい。云わぬかよ」

正面の男が、ぐっと五平の胸を押した。五平は、しまったと思った。ここで手間をとっては重蔵を見遁《みの》がすことになる。すでに視野の中から重蔵の姿は消えていた。忍者としての柔軟さを忘れていた。年少の頃から武士としての表通りの格式に憧《あこが》れ、ようやく格式らしいものを得たいまに至って、おのれの付け焼刃の見識のために、つまらぬ禍《わざわ》いをまねいた自分の今の立場を五平は臍《ほぞ》を嚙《か》む思いでまざまざと知った。

しかし、その後悔そのものがすでに遅かったといえる。胸を突かれた拍子に、五平の伊賀伝承の体技は無意識のうちに働いていた。六尺近いその馬方は、ひき蛙《がえる》のように地面へ叩《たた》きつぶされて、

「ぎえっ！」

舌でも嚙んだのか、口から血をたらし、右手で土を摑《つか》んだきり、男は動かなくなった。驚いたのは、他の馬方仲間だった。一時は一せいに逃げ腰になったが、よほど喧《けん》嘩馴《かな》れているとみえ、辛うじて踏みとどまると、

「石じゃ。石を啖《く》らわして、あの面《つら》を赤潰《あかつぶ》しにせえ」

手に手に石くれを拾いはじめた。その二つ三つが五平の身辺に飛びはじめたころ、五平は投石をかいくぐって男たちの懐《ふとこ》ろに飛びこみ、電光のような早わざで投げた。

その何人かは、空中に弧をえがき、脳天から逆落しに地上へ落下して頭蓋《ずがい》を割られた。
「待てえい！」
そのとき、うしろの方で怒号がきこえた。同時に、揉《も》みあって押しかたまっている
この一団の中に、数本の槍《やり》が、石突きからぐいとさしこまれた。
「た、たれじゃ」
「逆らうか」
いつのまにか、五、六人の足軽が取り巻き、数歩さがって、ひと目で指揮者と知れ
る小兵《こひょう》の武士が立っていた。
「やめぬか。天下様の御城下を騒がすとはふらちな奴ばらじゃ。やめぬと槍先で血な
ますにするがよいか」
この声で、ようやく囲みが解けた。その中央で、五平が呼吸も荒げずに立っている。
武士は馬方の仲間の一人から事情のあらましをきいて、激怒した。
「ほざくな。事情をきけばその方どもが悪い。またしても旅の者をおどし、身の皮を
剝《は》いで、鞍賃をせしめようとしたのであろう。今日のところは大目にこらえてやろう
が、再びかかる狼藉《ろうぜき》を働いたれば、きっとその成敗をするぞ。この泰平の御世に、し
かも伏見の御城下でまるで戦場の野伏稼《のぶせりかせ》ぎも同然な振舞をしおるとは、言語道断じゃ。

えい、散れ。散らぬか」

その見幕におそれをなして、馬方たちはあわてて散った。

小兵の武士は、ゆっくり五平に近寄った。

「みればば、あきゅうどの身なりのようじゃが、お見事な力わざ。ほとほと感服して見《み》惚《と》れ申した。いずれは名のある武士におわそう。こういう仕儀になったのも、何かの御機縁、話の種にお名をお明かし下さるわけには参らぬか。——いや、拙者こと」

武士は、あごを引いて会釈しつつ、

「蜂須賀《はちすか》家馬廻役《うままわりやく》上野弥兵衛と申す者。して貴殿は?」

と鄭重に云いながら、この鼻筋の通った怜悧《れいり》そうな武士は決して本心でそう云っているのでもなかった。射るように五平の挙動をみつめて、すでに五平の表情の中にある、見馴れぬ暗さに気付いているようである。

上野弥兵衛という武士は市中見廻りに当っている。伏見の町は秀吉の城造りがようやく終ろうとしている頃で、諸侯の屋敷こそ設けられたが、市政を見る奉行職はまだ置かれておらず、諸侯がそれぞれ当番で市中の狼藉を取り締っていた。だから、弥兵衛は、この場合、正規の警察業務の担当官なのである。五平は、面倒なことになった、と思った。

あくまで、商人、手代と云い通せば、かえって、弥兵衛の興味を刺戟《しげき》しすぎる結果になる。商人が、あれほどの武芸をもっているはずがない。むしろ、すらりと武士を名乗って、あとは云い抜けるほうが、弥兵衛の興味の追及を避けやすいと五平は思った。相手が武士ならば、べつに悪事も働いていないかぎり、物事を執拗《しつよう》に問いただすわけにはゆくまいからである。

「べつに、名を名乗るほどの武功も身分もある者でござらぬ。いまは、ゆえあって、かかる風体を粧《よそお》うておりますが、すべて主君の御指図によること。その御指図は、政道むきのことには全く関係ござらぬゆえ、主君の名を訊《き》くことはひらに御容赦ねがいたい」

「それは、惜しい。お身も武士ならば判《わか》ってくれよう。お互い武士というものは、武芸名誉の人の名前だけは憶《おぼ》えたいものじゃ。名前をお明かし下さらぬなら、せめてこの詰め所まで来て、物語などお聞かせくださるわけには参りませぬか」

弥兵衛という蜂須賀侍はいかにも世なれた上方武士の物腰で、婉曲《えんきょく》に、訊問《じんもん》へ誘いこもうとした。

「いや、それは」

五平は難渋した。事実そういう表情を作って、寸刻もいそぐ用を持っている旨《むね》を訴え、

「名前でよいなら、お明かし申そう。申せば、早速にお別れいたしますぞ」

「痛み入る。蕪雑《ぶざつ》ながら、これも役目のうちの一つでござるゆえ」

と、弥兵衛は、ようやく自分の立場に触れた。五平は、前田家で名乗っている名を云おうかと思ったが、それを憚《はばか》る気持が動いた。五平の脳裏に、玄以の食えぬ顔が浮んだ。あの老人の隠密《おんみつ》というよりも、いまの五平は、ただ自分の栄達のために仕事をしているのである。彼は、反射的に偽名を云うつもりにした。偽名ならばいくつも持っている。年少のころ、下柘植《しもつげ》次郎左衛門の指し金で三河に潜入したときに、数日使った名前を思いだした。五平は伊賀の阿山郷石川村の生れで、そのとき、それにちなんでつけた偽名の姓を石川という。

「ほう。で、名は？」

「五右衛門《ごえもん》。――」

「はて、石川……」

「御免」

飛燕《ひえん》のように走って、闇《やみ》に消えた。弥兵衛は呆《あ》っ気《け》にとられたように見送った。物《もの》

の怪《け》に出遭ったような一種の酩酊《めいてい》が残ったが、やがて醒《さ》めるにしたがい、濃い眉《まゆ》をひそめて首をかしげた。

重蔵は、鍵屋《かぎや》町の小さな旅籠《はたご》に宿をとって、ひとまず濡れた旅装を解いた。ここから西へ五丁もゆけば、伏見の本丸から最も遠隔の大名屋敷である加賀屋敷の前に出るはずであった。

宿の二階から見れば、城は真東に当っていた。しかし、この時刻のこの闇のなかでは、木幡山の稜線《りょうせん》さえ定かでなかった。

雨が相変らず降りつづいている。風は東北にむかって吹いているようであったが、ときどき宿の前の枡屋《ますや》町の辻で方角を変えているのか、逆風となって東窓の雨戸をはげしく叩いた。風の気配にひどくねばりがあり、この分では、夜半は相当吹き荒れそうに思えた。

重蔵は、暗い灯の影で忍び道具の一つ一つを改め、最後に伊賀ごしらえの刀を抜いて、青い刃色に見入った。父が使っていた無銘の摂津《せっつ》ものだが、すばらしく斬《き》れる。通常の武士の佩刀《はいとう》よりも目立って細身なうえに、身の長さはわずか一尺九寸五分、反りはなかった。それに長大なつかがすげてあり、鞘《さや》は黒うるしのつやを消し、長い下げ緒が巻きつけてあった。

静かに鞘におさめ、他の道具とともに屏風《びようぶ》のうしろへ押しやると、蒲団《ふとん》をとりだして延べた。行動を起す時刻まで、小半刻《こはんとき》はある。重蔵は眠ろうと思ったのである。

目をつぶると、重蔵の胸に、一つの暗い感動が渦潮のような音をたてて流れはじめていた。天正ノ乱で殺された父のこと、母のこと、そして、織田兵に凌辱《りようじよく》されて自害した妹のことなどが、遣り場《やば》のない恨みをもって、重蔵の胸に迫ってくる。その恨みの事実と太閤《たいこう》とは直接の縁は無かったかもしれないが、重蔵の胸の中では、それらは同じ円の輪郭をもって同居していた。太閤個人の今日の生存は、重蔵の肉親の悲劇と同質のおびただしい墓標の山の上に成り立っているものだった。太閤みずからをもその無名の墓標の中に叩きこむ以外に、彼等の怨《うら》みははらされようのないものであった。

むろん、重蔵のこの行動の発源が、そうした暗い復仇《ふつきゆう》の精神からのみ出ていたものではなかった。それを遂げなければ、重蔵の生涯は成立しそうになかったのだ。それは忍者の哀《かな》しみともいえた。いつの場合でも他人から与えられた目的のために、おのれと他をあざむき通すこの職業の生涯にとって、太閤を殺すという一見無意味の一事は、唯《ただ》ひとつの真実であるともいえはしまいか。この一事によってのみ、重蔵の虚仮《こけ》な生涯は、一挙に美へ昇華するように思えたのである。

（しかし、あの女は……）

重蔵はふと呟《つぶや》いた。口にのぼせてから、重蔵は闇の中でひとり赤面し、慌《あわ》てて打ち消そうとした。何を自分は想《おも》おうとしたのかは判らないが、この想念の系列の中に、あの女の映像が入ってくるべきものではなかった。少なくとも重蔵はそう思おうとした。自分の忍者としての人生に、女が入りこんでくる部屋があろうとは、もともと考えもしなかったことである。

子《ね》ノ下刻《げこく》を過ぎたころ、重蔵は、がばと蒲団をはねのけた。枕もとに過不足のない鳥目を並べおわると、そっと雨戸をあけ、体を外へすべらせ、軒伝いにしばらく走って、路上へ降りた。雨はすでにふりやんでいる。しかし風は濡《ぬ》れていた。

「心地よく冷える」

そっと呟いた。重蔵の足は、両替町の方角にむかっている。濡れた闇が、昼間の暑さをうそのように拭《ぬぐ》っていた。暑くもなく、かといって涼しすぎることもない。人の生命がふと幽明の境を踏みはずしてしまうのは、こういう夜なのであろう。重蔵の影が天地から消えたのは、両替町の甲州屋の店先を過ぎてからであった。影は地上を走っている。しかしそれを目撃した者があったとしても、一瞬まつ毛をそよがせた黒い風のようなものにしか思えなかったに相違ない。

島津屋敷を過ぎてから、重蔵は北上した。さらに、東進した。目の前の木幡山に、伏見城の楼閣が凝然としてそびえ立っていた。その背面の搦手門《からめてもん》に出るのが重蔵の目的であった。

島津屋敷から伏見城へはただ一本の小道が通じている。屋敷のうしとらの角に柳があり、その根元を濠《ほり》の水が浸していた。重蔵が通りすぎたすぐあとで、濠の中から柳の根方へ這《は》いあがった影がある。

「重蔵。——思うたとおりの道筋であったな」

ひとりごとをいう頬に会心の微笑がのぼった。五平である。忍び装束に固めていた。

彼は、重蔵の影を見失わぬ程度に距離を保ちつつ地を低く走った。伊賀の伝承では、音をたてぬためには風の隙間《すきま》を縫え、という。さらに、足の親指のみを地に付けて走れ、とも云《い》った。二つの走る影には、針を落したほどの物音もなかった。

濠を渡った。そして、内濠に出た。

(はて——?)

重蔵が、自分を追う者の気配に気付いたのは、彼がその内濠の水の底に身を沈めきったときである。水底の草を摑んで身を静止させ、鼓膜を圧する水圧のなかにわずかな変化を感じとろうとつとめた。

（たれかが、この同じ水中に居る……）

一人の者が水中に身を入れたために、水は微細な波紋を起して遠くへ伝わるものだが、あるいはこの場の波紋は、魚が動いたことを誤認したことかもしれない。

重蔵は、まさかとも思う。自分の疑念をわらう気になった。彼は、しずかに水底を這いはじめた。

やがて、重蔵の掌は、ぬらりとした水底の石垣をつかんだ。腹を石垣の苔《こけ》に密着させつつ、一挙に水面へ浮きあがると、石垣の隙間にクナイを打ちこみ、尺取虫が進むように、重蔵の影は、黒い天へむかってせりあがってゆく。

石垣は事もなく登りつめたが、なお白壁が聳《そび》えている。重蔵は、細引に付けた熊手《くまで》を城壁の屋根の向うに投げて、ゆっくりと登りはじめた。

重蔵の影が城壁のむこうに消えた瞬間、待っていたように水面から頭を出したのは、五平であった。五平も、石垣の隙間へクナイを打ちこみ、右に左に体をせりあげて行った。

城壁の内側に降りた重蔵は、逃げ口に必要な忍び道具を草の間にかくし、濡れそぼった装束をぬいで石をくるんだ。城兵に追われた場合、この装束を濠に投じて、あたかも自分が投水したように擬装するためであった。

別に、油紙に包んだ装束を用意している。急いで着更《きか》え、草鞋《わらじ》を捨てて忍び足袋を懐ろに入れた。足袋の裏に真綿が縫い刺されてあり、家屋に侵入する間際《まぎわ》に、伊賀の者達は使用する。

重蔵は、城内の建物の配置を見定めると、建物の蔭《かげ》から蔭を、素早く縫いはじめた。

やや遅れて、同様の場所に五平も降り立った。しかし、重蔵の姿は、すでにない。五平は焦《あせ》ったのであろう。袂《たもと》を立ちしぼりすると、すぐさま城壁の銃眼からの石段を、ころぶように降りて行った。出来れば、重蔵よりも一足さきに秀吉の居館の前に行きつきたかった。重蔵が到着すると同時に呼び子を吹いて人を集め、自分が踏み進んで重蔵を斬るか捕える。侵入者を現場の位置で、しかも人々の目の前で抑えるというのが、伊賀者らしい五平の智恵《ちえ》であった。むろん、自分は大声で名乗るわけである、

――われは前田玄以の家来何某《なにがし》であり、こなたは、太閤殿下を弑《しい》し奉《たてまつ》ろうとする葛籠《つづら》重蔵という者である、と。

されば、捕獲後必ず太閤の目通りが叶《かな》う運びになろう。太閤は気さくな男ゆえ、直々《じきじき》に言葉を与えて、即座に恩賞をきめるに相違ない。無論、その恩賞は、たかだか

五万石の前田玄以によって得られるものとは、格段の開きがある。五平はそう思った。

ところが、秀吉の居館らしいものは容易にみつからなかった。この点に彼の用意にぬかりがあった。当然のことながら、命をかけて潜入しようとする重蔵ほどには、彼は伏見城の研究をしていなかったのである。

五平は、天守閣へ向った。しかし重蔵は、その方向にはむかわなかった。

刺客に対して用心ぶかい秀吉は、城池の中に、さらに小さな城池を営んでいるのである。天守閣から東南の方向に馬酔木《あしび》の森があり、そこをくぐりぬけると、豪奢《ごうしゃ》な庭園に入る。池が濠のごとく囲繞《いにょう》し、中央は島になっている。島の上に三層の楼閣を構えているのが、秀吉の常住の居館であった。

それには水を渡らねばならなかった。重蔵は、手足に四つの水蜘蛛《みずぐも》を穿《は》いた。水面を、文字どおり水蜘蛛が這い進むようにしゃくり進むのだ。

しばらくやんでいた雨が、また降りはじめた。池をとりまく森がたえず鳴りわたっている。闇は、完全に人間の目を無能にしていた。やがて丑《うし》ノ刻も近いであろう。侵入者にとってはこれほど恵まれた夜は稀《まれ》といってよい。重蔵は、島の入江に入った。入江といっても、その概念の縮景にすぎない。両手をひろげれば両岸の岩壁に触れるほどの狭さであった。小さな舟が繋《つな》がれていて、重蔵がたてるわずかな波のために、舟ばたが小さな水音を起した。むろん音は、池を包む風雨に消されている。

入江は、居館の床の下にまで入りこんでいる。その床の上に三層の楼閣が載ってい

る勘定になる。重蔵は陸にあがると、悠々と床の下を歩きはじめた。気配で、どの上が宿直《とのい》の部屋であるか、わかるものであった。その警戒の緩急の度まで知悉《ちしつ》しえた。

（ざっと、この一層目には百人。二層目には、たかだか十人。三層目は無人と踏んだが、どうであろうか……）

秀吉は、二層目に居る。二層目の結構からみて、せいぜい間数にすれば五つか六つ。ところで、侵入口である。一層目から入って、二層目に上ってゆくのが常套《じょうとう》であろうが、それには百人の神経からおのれの身を匿《かく》さねばならない。

むしろ、無人の三層目の畳を外して、二層目の天井へ入るのが至当であろう。たぶん、三層目は、茶室になっているはず、と思った。

彼は、用意の管熊手《くだくまで》をとりだした。長さ二尺ばかりの細い竹管を十本束ねたものだ。それに麻緒が通されており、尖端《せんたん》に熊手がついていた。麻緒の端を引けば竹管は一本の竹竿《たけざお》になり、二丈ほどの高さに伸びる。

管熊手は、建物を外殻から登ろうとする忍者を協《たす》けた。重蔵は、屋敷のたるきに熊

手をかけ、苦もなく地上を離れた。

三層目の雨戸を外して、中へ入った。思案のとおり、茶室になっていた。

問題は、二層目の天井へ降りるはめ板の箇所の捜索である。重蔵は、何度も畳を上げ伏せしつつ、ようやくそれが見付かったときは、

(これで、太閤の命も消えたが同然……)

さすがに、全身に汗がにじんでいた。はめ板の穴に身を入れて、天井へ降りた。天井を這い歩くことによって、下の部屋の気配をうかがう。小半刻ばかりたった。彼の皮膚が、その下の模様のすべてを吸いとりつくしたという自信をえたとき、ゆっくり立ちあがって、もとの茶室に帰った。そこから、階段を踏んで階下へ降りた。

廊下は、東西に走っている。朱の裂《き》れで縁どりされた畳の列が続き、廊下のところどころに掛《つ》った吊り行燈《あんどん》が、金箔《きんぱく》の襖障子《ふすま》を暗い暈光《うんこう》で燻《いぶ》しだしている。

重蔵は、その行燈の一つ一つを、ゆっくりと吹き消していった。脱出のときの用意なのである。

秀吉の寝所がある。

重蔵は、襖の金具に手を掛けた。中に、二名の宿直の者がいるのは、気配で判《わか》るこ

とであった。襖を二尺開けた。身を入れるのと閉めるのと、そして魔のように走って、二人の宿直の武士へ当て身を食わすのと、ほとんど同時だった。

次の部屋は、更衣《こうい》ノ間《ま》である。ここはたれも居ない。

秀吉の寝所は、その奥になっていた。欄間を通して、仄《ほの》かなあかりが更衣ノ間の天井に射《さ》しこんでいた。

(しまった。……女が、居るのか)

重蔵は、何となくそんな予感がした。ここで女に騒がれては、折角の仕事も水の泡になる。ところが、重蔵に一つの運がむいた。女が、厠《かわや》へでも立つのだろうか、障子をひらいて更衣ノ間へ入ってきたのである。

あっ、といいかけた女の唇を、重蔵の掌がふさいだ。同時に、脾腹《ひばら》へ拳《こぶし》を入れた。女は声もなく気を喪《うしな》い、重蔵の胸へ倒れかかってきた。どうせ、何がしというつぼね名のある女であろうが、名の詮索《せんさく》などは重蔵に用がない。

いよいよ、最後の襖に手をかけた。音もなくひらいた。そこに秀吉が居た。眠っていた。

重蔵は、枕《まくら》もとに立った。部屋に香りが満ちている。ふと目を走らせると、床の間に白檀《びゃくだん》の台座が置かれてあった。その上に、小さな青磁の香炉が載せられてあり、ひとり馥郁《ふくいく》と息づいていた。

重蔵は、秀吉の寝顔をのぞいてみた。黄ばんだ老人の疲れた顔が、変哲もなく睡眠をむさぼっているにすぎなかった。昼間は、威厳をつくるために鼻の下に付け髭《ひげ》を貼《は》り、夜はそれを外している。髭のない鼻の下から唇がやや薄開きになり、黄色い前歯が二本、寒々とのぞいていた。

(殺すか。――)

重蔵は、背中の欛《つか》に手をかけた。しかしさてとなると、それを阻《はば》むものがあった。もとどりを握って首を掻《か》けば、老人は兎のように死ぬにきまっていた。重蔵の一動作の中に、老人の生死があった。しかし、この男は太閤ではなく、眠っているかぎりにおいては無力な老人にすぎなかった。太閤として殺すには、目をさまさせる必要があるのではないか。……

重蔵は、太閤の枕もとにかがんで、

「起きぬか」

といった。老人は目ざとい。瞼《まぶた》をあげて、しばらく重蔵の顔を見ていたが、ゆっくり、

「見覚えのない顔じゃな」

といった。むろん、服装、気配で、この男が危険な侵入者であることは、秀吉は承知の上のことである。

「どこの者かな」

秀吉は、もう一度目をつぶっていった。毛物のような擬装を、人間も用いることがある。目をつぶったのは、おのれの人間のひろがりを相手に見せるためであった。こういう心理的格闘を、秀吉は得意として半生を送ってきた。しかし沈黙だけは怖いらしく、

「何をしに来た」

と、語を継いだ。

「わしか」

問われるまでもないことだが、重蔵は、黙々と枕もとで胡座《あぐら》を組んでいて、すぐ返答が出なかった。なるほど、自分はこの男を殺しに来ている。しかも、いますぐにでも、この小男の命を絶つことができる地点にまで侵入しえている。だが、

(妙なものじゃ……)

と、思った。可笑《おか》しみがこみあげてきた。天下の支配者といっても、怪獣や魔神の

相形《そうぎょう》を備えているわけでなかったのが、おかしかったのである。目の前には、六十近い皺《しわ》ばんだ肉体がころがっているにすぎないではないか。重蔵の口から、彼が思いもよらなかった言葉が出た。ふしぎな毛物でも覗《のぞ》き見るような語調で、

「おぬしは、たしかに秀吉と申す男か」

といった。そのために、なんとも間のびした対面になってしまった。秀吉にとっても、深夜の客から改めてこう問われることは意表だったらしく、

「いかにも秀吉じゃが」

と答えた。そこまでは、何か、夢の続きのような半醒《はんせい》状態だったらしい。答えてから、目にみえて狼狽《ろうばい》した。刺客に名を名乗ることもないのである。秀吉は、はっと目をひらいた。「狼藉《ろうぜき》……」と叫ぼうとして、やにわに口を押えられた。曲者《くせもの》は、笑いを含んで言った。

「騒ぐな。いや、騒いでもかまわぬ。騒いでくれればわしも踏みきりがつく。それを合図におぬしを斬《き》ることにしよう」

妙な男が舞いこんできたものだった。相手が、直ちに危害を加えてきそうにない様子を察すると、秀吉は床の上に四つ這いになり、起きあがった。胡座をかいた。覆面の中で、相手が笑っている。自分を侮蔑《ぶべつ》しているのでもなければ、むろん追《つい》

従《しょう》しているわけでもなく、この微笑は、自分がかつて接したことのない性質のものだった。あきらかに、自分を憫《あわ》れんでいるのである。

「何を笑っている」

「ひどく老いぼれているではないか」

「………」

秀吉は、血の気のない顔の筋肉をこわばらせた。黙ったのは、腹が立つといった感情の問題ではなかった。正確には思考の呂《ろ》れつが縺《もつ》れたというべきであろう。どういう理由でこの倒錯が起ったのかもわからないが、いま目の前にいる相手は、まるで、当然であるかのように、自分を頭から目下として扱っているのである。しかも、彼自身、そうされても仕方のないような、ふしぎな力が相手の中にあるような気もする。たとえば、鼠《ねずみ》が、突如、猫の前に出たとき、一種の催眠状態におちいり、思考や動作の呂れつが縺れるのと似ている。

「何をしに来た」

秀吉は、云《い》った。夢の中で口をひらくような、苦しげな声であった。

曲者は、当然のことのように、

「殺しに来たわ」

と云った。その声に、ぶきみな地鳴りに似た響きがある。少なくとも、秀吉の身にはそう聞える。地獄の冥官《めいかん》が、庁命をたずさえて迎えに来たような錯覚が、彼の意識を支配した。引きこまれるように云った。

「どの罪業《ざいごう》であろう」

「それは、数えきれまい」

「浅井の子を殺したことか。あれは右府様の命でしたことであったぞ。ほかにも殺生《せっしょう》はした。しかし、すべては天下のための止《や》むをえざる殺生であったつもりじゃ」

「釈明は、冥府《めいふ》ですればよい」

「覚悟の前じゃ」

「さすがに、匹夫より身を起して天下をとったおぬしだけのことはある。しかし残念ながら」

重蔵は、くすくす笑って、

「手が震えているな」

「夜冷えのせいじゃよ」

秀吉も、仕方なく笑った。笑ってから、自分の笑い声で、秀吉は、はじめて覚醒《かくせい》した。自分を取り戻した瞬間、愕然《がくぜん》とした。

「そ、そちは何者か」

「おう、醒《さ》めたか。あははは、冥府の使いでも何でもない。わしは伊賀者で葛籠重蔵という者じゃ」

「盗賊か」

「賊を働くこともある。しかし今宵《こよい》はおぬしの命を拝領するつもりできている」

「たれに頼まれた」

「口を慎まぬか」

重蔵は、低声《こごえ》で叱った。

「おぬしは、わしの囚《とら》われびとじゃ。手さえ伸ばせばおぬしの命は、たった今でも消えることを忘れてはならぬ」

「お、おのれは……」

と叫びかけた。しかしさすがに声を呑《の》み、声を落して、

「わ、わしは、六十余州、日の照る下のあるじであるぞ」

「解《わか》っている。しかし、それは昼間のことではないか。家臣が居並んでいてこそおぬしの通力は利《き》く。が、この夜ふけ、わしと差し向っているかぎりでは、わしの支配を

受けねばなるまい」

「な、何をいう」

「まあ聞け。おぬしとわしとでは、通力の種類が違っている。おぬしは、人を動かすことに精魂を傾けて、ついに日本中へ号令するまでに至った。べつに比べるわけではないが、伊賀者であるわしは、年少のころから、自分自身を動かすことのみに心血を注いだ。いまでは自在に自分の心身を操ることが出来るようになっている。通力というものはそれを試す最高の機会において完成する。おぬしは、おのれの通力を試すのに大明《だいみん》征伐を考えだしたが、わしは、おぬしが日本国の人と富を動かして作ったこの城の中に忍び入り、たった二人でおぬしと対面してみたかった。幸い、さる者から、おぬしを殺せと頼まれた。驚くには当らぬ。わしにすれば伊賀者のなりわいで、やむをえぬことなのじゃ」

「なるほど」

「命は惜しくはあろうが、諦《あきら》めて貰《もら》わねばならぬ」

「折角じゃが、わしは命が惜しい」

「わしも哀れには思う。話を交わせば情も湧《わ》いた。太閤とは、これほどの老いぼれとは思うても居なんだことじゃ。捨てておいても定命は幾何《いくばく》もあるまいに、殊更《ことさら》に刃を当てるのはむごい気もする」

「それでは、見のがすか」

秀吉は、ずるそうな目を光らせた。すでに恐怖の発作は鎮《しず》まっている。というより、この危機を、この奇妙な考え方の曲者と一緒に興じ弄《もてあそ》んでいるような表情でさえあった。その秀吉のずるそうな目付を見てとって、重蔵はゆっくり首をふった。

「それはなるまい」

「なぜじゃ」

「わしも、なりわい。頼まれたことは、遂げねばならぬ」

「かわりに、金でも領地でも、欲しいものを与えて遣わそう」

「阿呆《あほう》な男よ」

「何と。――」

「もともと金で動くようなら、このような危険な仕事はせぬものじゃ。領地がほしければ、疾《とっ》くの昔に真っ当な武士になっている。世の中には、そのような利欲よりも、おのれの技のたのしみに生きている者が居るのを、わしの目の前に居てまだ判らぬと見ゆる」

「わかっている。しかし、とにかく」

「何じゃ」

「許してくれ」

秀吉は、にやりと笑った。この奇妙な侵入者に、ふしぎな親近感さえ湧いてきたのである。肩を叩《たた》けば判ってくれそうな、みずみずしい心をこの曲者は持っていそうに思えたのである。

しかし、重蔵は、内心いまいましそうに舌打ちをした。暗殺者が、相手と言葉を交わすことは禁物だったのである。話せば、情がうつる。樵人《きこり》が樹の枝を払うように無心で殺さねばならなかった。それを、重蔵は最初から誤ったのだが、無理のないことでもあった。相手は、無心で殺戮《さつりく》し去るには、あまりにも人間臭い男であった。

その人間臭さが、秀吉という男を、天下人《てんかびと》へ推しあげさせるに至った魅力なのであろう。重蔵は最初、眠りをむさぼっていた老爺《ろうや》を見た。どうみても一介の老爺にすぎなかったが、いま思えば、それさえもこの男のしたたかな愛嬌《あいきょう》であった。叩き起したときは、この男は狼狽するよりも、まず寝呆《ねぼ》けた。すぐそのあとで、自分の寝呆けを軽妙に利用した。それが、侵入者にとってさえ、次第にこたえられぬ魅力になって映ってきた。

「許してやろう。——しかし」

と、重蔵はいった。

「それだけでは、わしの気が済まぬ」

「どうすればよい」

「うれしい、と一ことといってもらおう」

「なに」

秀吉は、鼻白んだ。

「申せ」

重蔵は、冷やかにいった。このまま放免してしまうのでは、何となく自分の感情の処理がつかなかったのである。いわば、重蔵の駄々のようなものだった。

「わしはこの場所へ来るまでに、命を賭《か》けている。帰りも、無事に城を抜け出られるとは考えても居ぬ。それぐらいの謝意はおぬしとして当然であろう。——それとも、太閤の身分の手前、たかがらっぱにはいえぬというのか」

「世間に口外はすまいな」

「そのような約束はできぬ。わしにも口はある」

「ならば、いうまい」

「なに」

重蔵は、白い目で秀吉を見た。重蔵は、自制を欠いていた。さきほどまでの秀吉の印象は消え、この男が栄達してからのさまざまの尊大な噂《うわさ》を思いだした。老来、自制を喪《うしな》った秀吉には、時に狂人としか思えぬ驕慢《きようまん》のふるまいのあることは、すでに世上に流れている。それが、自分の目の前で小さくなっている秀吉と同一人であると思ったとき、つきあげてくる不快のえずきに堪えられなくなった。

「いえぬなら」

「どうする」

「こう、来い」

やにわに重蔵は、秀吉の寝巻の襟くびを摑《つか》んだ。

「な、なにをするのじゃ」

「気の毒じゃが、目をつぶっておれ」

重蔵は、秀吉の顔を畳の上に擦りつけた。みるみる秀吉の顔は充血した。拳《こぶし》をあげるなり、その顔を力まかせに殴りつけたのである。

「うっ」

よほどはげしい衝撃だったのだろう、秀吉はそのまま気を喪った。

（仕過ぎたか……）

両脚を硬直させて昏倒《こんとう》している老人をみて、重蔵はすぐ後悔した。この男を権力者だと思えばこそ、気も立ったが、見おろしてみれば変哲もない、ただの老人であった。年相応の老醜にひからびた生き物が、短い四肢を硬直させて倒れているにすぎなかった。むしろ、醒めればこの醜態を恥じねばならぬ身分に飾られているだけに哀れがまさるようでもあった。

重蔵は、老人を抱きあげてやり、衣服をつくろって蒲団《ふとん》の中に収めた。重蔵が侵入してきたときの、なにごともない老人の姿に還《かえ》った。醒めたとき、おそらく老人はあわてるであろう。今のことは、ひょっとすると悪夢ではなかったかと。

「とんだ、茶番であったな、秀吉」

重蔵は起《た》ちあがって、くすりと笑った。気の毒でもあり、おかしくもある。自分の身勝手さがおかしかったのである。しかし、これで永いあいだ体のどこかで鬱《うつ》していた悪血《おけつ》が吹き散ったような爽快感《そうかいかん》もあった。思えば、人生は不満にみちている。抑鬱が重なれば、それを晴らすために人間の精神は、もっともらしい目的を考えつくものだ。重蔵は秀吉を殺そうとしたが、それは殺さなくても、殺すに価《あたい》するような激しい行為さえすれば、抑鬱は、自然、霧消もする。

（——とすると、この男こそ、いい面《つら》の皮だった。わしはこの男を殺すことで、ここ数年の暮しを楽しめたが、しかしこの男の得た所は、藪《やぶ》から棒に殴られるだけだったことになる）

くすり、と笑った重蔵のゆとりの中には、そういう人間の精神の滑稽《こっけい》さをわらう感情がある。重蔵の精神の小道具にさせられた秀吉は、相変らず蒲団の中でころがっていた。

しかし、哀れな男は、もう一人堺に居るはずだった。大蔵卿法印宗久である。この男は自分の利権欲のために重蔵の小道具になり、金を貢いだだけに終った。秀吉の生命は宗久の希望に反して依然として息づいていたからである。

（秀吉、もう会うこともあるまい）

重蔵は部屋から消えた。彼はもう一度三層目の階段をのぼり、乾《いぬい》の方角の雨にぬれた檜皮葺《ひわだぶき》の屋根へそっと足を置き、そこから暗黒の天へむかって、音もなく飛んだ。地に降りたつと闇《やみ》の中を人目に見つかることなく走った。やがて、隅櫓《すみやぐら》の軒から石垣の下の濠《ほり》の水を見おろしたころおい、居館の付近では、重蔵が思いも計らなかった騒ぎが持ちあがっていた。重蔵が抜け出てからしばらく経《た》って、五平が居館の中へ忍びこんだのである。不幸はそこで起った。

「曲者《くせもの》――」

廊下をまがったときに、やにわに斬《き》りつけた者があった。五平は、しまったと思い、つつつと廊下を後じさりして、

「曲者ではござらぬ。ただいまお館《やかた》の中へ忍び入った曲者を捕えに参った者。誤って後悔なさるな」

「えい、聴かぬ。おのおの出合い候《そうら》え」

建物の中は騒然となり、秀吉の護衛に駈《か》けて行く者、出口を閉ざして警戒する者、廊下に灯をつけまわる者、そして当の曲者追捕《ついぶ》に殺到する者、さすがに秀吉親衛の役を負う者達だけに事故発生の場合の機動は迅速をきわめた。

五平は、遁《に》げ場《ば》を失った。執拗《しつよう》に斬りつけてくる一人を、やむなく斬りすてたが、もともと逆らう積りは毛頭なかった。血刀をだらりと右手にさげ、龕燈《がんどう》に照らされながら、

「お館の中を汚《けが》して申しわけがない。曲者ではないというのに、聴きわけぬゆえ、不

本意ながら手に掛け申した。拙者こと前田玄以の家臣で、下呂《げろ》正兵衛と申す者」

「前田どのの家臣がなぜ深夜、伏見城に用がある」

「それには仔細《しさい》がござる。のちほど、ゆるりと申しあげてもよい。しかし、今はそのような余裕はない。おのおの方。申しあげておくが、拙者にかかずらわって刻限の移るうちに、本当の曲者は、この騒ぎを奇貨として城を抜け出しますぞ。よいか」

「指図されるまでもないわ。あの半鐘の音がわからぬか。城のすみずみまで、人数が固めておる。とにかく、申しひらきは、然《しか》るべき場所でするがよい。獲物《えもの》を捨てよ」

「それよりも、一体、殿下は御無事なのか」

「なぜそれを訊《き》く」

「曲者は、殿下のお命を縮め参らせに来たはずじゃでな」

「いかなる理由で、それを知っている」

「今申したとおりじゃ。拙者は前田玄以どのの隠密《おんみつ》であるわ。知らいで役目が勤まるまい。お手前方は、曲者に侵入されたおのれの落度を棚にあげて、曲者を追捕しにきた奉行の隠密を捕えようとしている。あとでわかって吠《ほ》え面をかくな。さあ、刀は、捨ててやる」

五平は、鞘《さや》に抜き身を収めると、足もとに捨て、つま先で遠くへ蹴《け》り転がした。ず

らりと警護の武士たちを見まわし、冷たい笑いを片頰に浮ばせて、

「馬鹿《ばか》者どもの吠え面を楽しみにしてやる」

「それっ」

折り重なった武士たちのために、五平は十重《とえ》二十重《はたえ》に縛りあげられた。

翌朝、牢《ろう》から引き出されて白洲《しらす》に据えられた五平は、あっと驚いた。

「前田家に問いあわせたところ、同家には、下呂正兵衛と申す家臣は居《お》らず、まして隠密を伏見城に出した覚えなどないと申しておるぞ」

調べに当った半白の武士が、五平を見おろして、いきなり、冷やかに極めつけたのである。

「包みかくさずに素姓を申せ」

五平は、自分の置かれている立場が、明確にわからされた。前田家では、自分の家臣が伏見城に忍びこんだなどとはいえる筈《はず》もなく、かばう筈もなかった。

「なるほど、そうかい」

こうなれば、すべてを明らかにすることだった。自分が前田家に名を更《か》えて仕えている伊賀者風間五平であり、忍びこんだ男は葛籠重蔵という者であること、かねてそ

の陰謀を嗅《か》ぎつけた自分は、忍び者としては千載一遇の功名の機会と思い、そのために多少深入りしすぎてかかる嫌疑をうけるはめになったこと、伊賀者重蔵の背景には堺の大蔵卿法印宗久が居ること、などを、五平は、舌滑《したなめ》らかに申し立てたところ、驚愕《きようがく》したのは、こんどは調べに当った武士の側だった。

「待て」

これ以上喋《しやべ》らせておけば何を口にするかも知れぬと見た武士は、五平を再び牢に戻したのち、あたふたと上司のもとへ駈けつけた。

一両日は、牢内の五平に何の音沙汰《おとさた》もなかった。ただ、その間、牢の鞘の外から、二度にわたって、奇妙な首実検を受けた。

最初の場合は、大勢の人数に囲まれたひとりの老人が、じっと牢の中の五平に目を注いだのである。五平には、それが秀吉であるとは見抜けなかった。

老人は、何もいわなかった。ただ、牢内の男が、自分の部屋に忍びこんできたあの男ではなかったことにふしぎな喜びを顔にあらわした。なぜであるかは、わからない。おそらく、あの夜の訪問者を、この老人は何となく好きになっていたのではなかったか。それとも、自分を殺さずに去ったあの男を、こんどは自分が手を下さねばならぬ不幸な廻《めぐ》りあわせを、回避できた安堵《あんど》であったのかもしれない。

しかし、付いてきた武士が、この者があの男であるかを慇懃《いんぎん》に訊《たず》ねたとき、どうしたことか、老人は、はっきりと、そうだと答えた。その応答は、五平には聴えなかった。

次に、牢をのぞいたのは五平が伏見の城下で馬方といさかいをしたとき、仲を割って入ってくれた蜂須賀《はちすか》の見廻りの武士上野弥兵衛という男である。この男は、商人の風体をした五平が、見馴《みな》れぬ体技を持っていたことに不審を抱き、翌朝、城内に侵入者があったことを聞いてから、その旨《むね》を上申してきたのである。早速、首実検に案内されたのであろう。五平を一目みるなり、深く係の武士へうなずいた。

「相違ござらぬ。この男でござる。たしか、石川五右衛門《ごえもん》と申した」

といった。

八月二十四日、天晴。——

さる公卿《くげ》の日録の文禄《ぶんろく》三年の項に、そういう日付からはじまる記述がある。

「盗人スリ十人、又一人者《ひとりのもの》八釜《かま》にて煎《い》らる。同類十九人はりつけに懸る。三条橋間の川原にて成敗なり。貴賤《きせん》群集也《なり》」

これは、五右衛門刑死に関する最古の記録であろう。

続本朝通鑑《しょくほんちょうつがん》になると、この事実はやや具体化する。

「頃年《けいねん》、石川五右衛門トイフ者アリ。或《ある》ハ穿窬《せんゆ》シ或ハ強盗シテ止ラズ。秀吉、京尹《けいいん》前田玄以ヲシテ遍《あまね》ク之《これ》ヲ捜サシメ、遂ニ石川ヲ捕フ。且其《かつその》母並ニ同類二十人計リヲ縛リ、之ヲ三条河原ニ烹殺《ほうさつ》ス」

これと同工異曲の記述が歴朝要紀や将軍家譜にも載っているが、五右衛門に関するものはただこれだけであり、それ以上を出ない。

五右衛門がわれわれの周知のような人物に仕立てられたのは、江戸も中期に入ってからのことである。月代《さかやき》を一尺ものばし、緞子《どんす》の着物を着た異様な人物が、改めて庶民の前にあらわれた。近松門左衛門《もんざえもん》には、傾城吉岡染《けいせいよしおかぞめ》という作があるが、ほかに、石川五右衛門一代噺《ばなし》、金門五山桐《ごさんのきり》、浜真砂《はまのまさご》伝石川《つきぬ》、艶競石川染《はでくらべ》、木下曾我恵真砂路《このしたそがめぐみのまさごじ》などの浄瑠璃本《じょうるりぼん》、歌舞伎《かぶき》本が出た。しかし、実在の五右衛門というのがいったい何者であったかは今日なおわからないのである。

古来、説はある。石川という姓から類推すると、たとえば、三好《みよし》氏の家臣に石川明石《あかし》という者がある。その者の子で、軀幹《くかん》長大、三十人力を有し、すでに十六歳のときに主家の宝蔵を破った。このとき番人を斬って黄金《こがね》造りの太刀を奪い、のがれて諸国を流浪《るろう》しつつ盗を働いた、という説。

遠州浜松の生れという説もある。はじめ真田《さなだ》八郎と称したが、のち河内《かわち》国石川郡山内古底という医家に縁あったため、石川五右衛門と改称したという。また伊賀国に石川村という在所がある所から、その地の出身の忍者で、同国の百地《ももち》三太夫《さんだゆう》から術を学び、修業中百地の妻女に通じた。その妻女を操って三太夫の金を盗ませ、逐電するに際して妻女を殺して井戸に投げこんだといわれる説。いずれも、何の典拠もない。

考えてみれば、これほどの大盗で、しかもその処刑の事実が、当時の公卿日記や官《かん》撰《せん》の記録に載っているほどの人物でありながら、処刑前の行状はおろか、出生地さえわからないというのは、奇妙というほかない。そこに、何か政治的臭気をかぐことができる。そういう臆測《おくそく》を働かした人も古来多くいたし、説もある。

伊賀国石川の出身風間五平と、同じく伊賀郷士葛籠重蔵という忍者が、文禄年間に伏見城に潜入したという事実が、伊賀国一ノ宮敢国《あえのくに》神社の社家の口碑として古くから伝わっている。これをもって従来の説に拮抗《きっこう》できるというほどの強い根拠はないが、偶然にも風間五平は石川村の出身であり、その潜入は五右衛門という人物の処刑の少し前である。あるいは、五平こそ、石川五右衛門ではなかったか。

この物語のごとく、風間五平が石川五右衛門であるとすれば、京洛《けいらく》で盗賊を働いた罪は、まったくの冤罪である。その罪は、葛籠重蔵、まさしくは黒阿弥に帰せらるべきであった。いやそれよりも、伊賀を追われて生計の道を失った有名無名のおびただしい忍者群の所行に帰せらるべきであろう。

秀吉政権は必ずしも安泰でなくなっている。秀吉の養嗣子関白秀次《ひでつぐ》の謀叛《むほん》の時に、うわささえ、この直後には明るみに出た時期である。その後、徳川方について豊臣家滅亡のために働いた堺の今井宗久の奇怪な暗躍などは、こうした時期の政局を象徴する、ほんの一例にすぎない。

この時期において、施政の当局がとるべき方法は、ただ一つであったことはわかる。それは、くさいものには蓋《ふた》をすることである。知らしめては、地盤が軟化しはじめた天下は、思わぬ箇所で地すべりを起すおそれがあろう。地すべりは、微妙な連鎖作用をつづけて、ついには天下をも揺がすような大事を惹《ひ》きおこさぬともかぎらない。

かくて、風間五平の事件は、単なる盗賊事件の名を冠せられた。処刑は、盗賊にしては不相応の規模で執り行われた。五平の見も知らぬ他の囚虜をこれに付加して、同類縁者配下という与党まで組まれた。処刑が秋霜《しゅうそう》をきわめたのは、落日の秀吉政権が、その検察力を誇示することによって、政権健在の政治的宣伝をねらったのであろう。

五平は死んだ。しかし、その死によって誕生した石川五右衛門という男は、後世に生きた。

しかし、人間と人間の動きがかもす渦は、皮肉に旋回するものである。石川五右衛門の事実上の分身である葛籠重蔵は、文禄三年八月二十四日の三条河原の処刑の主が風間五平であったとは露も知らず、ましてそれが、自分の所行の反映であったとは知るよしもなく、伊賀おとぎ峠の庵室《あんしつ》に帰って、世間との交渉を断った春秋を送った。

春の晴れた日に、野草を摘《つ》んできた家の妻に、こう教えることもあったであろう。

「それは、胃痛によい」

「名は、十王《じゆうおう》でございますね」

小萩《こはぎ》が答える。

忍者のあがりが暮してゆくには、野草の中から薬用のものを選び、それを干して他に売るしか方法がなかった。重蔵が薬草をとり、小萩がそれを里へ売りに出たのであろう。

「これは何でございましょう」

「三黄じゃ。利尿のほかには、あまり役にたつまい」

そういう重蔵と小萩の上を、平凡な山里の歳月が流れて行った。夫の重蔵が伏見の城を抜け出してから五年目に秀吉が死んだ。七年目の秋には、美濃《みの》関ヶ原という在所の付近で、秀吉の遺臣石田三成と徳川家康との間に決戦が行われ、その結果、家康の手に覇権が握られたことも、小萩は里のうわさで耳にした。しかし夫には何も話さなかった。話したところで、何の感興も起しそうにない何かが、彼女の夫の中に成長しはじめているのに気付いた。山の風霜《ふうそう》は、庵《いおり》の周囲のあらくれた自然を、容赦なく彫《ちょう》琢《たく》してゆく。それと同様峠の風霜にすれば、一たん人間の世界から離れた重蔵の心をも、岩や山肌の仲間とともに彫琢しはじめたのであろう。重蔵は、山容の中の地物の一つに化しはじめていた。小萩もまた、自分の夫の風ぼうを通りすぎてゆく山の風韻を、楽しいものに思えるようになっていた。

解説

村松　剛

司馬遼太郎の時代小説の、ぼくはファンである。ファンという言いかたは、この場合適切かどうかわからないが、雑誌にこの作家の名が出ていると必ず読むのだから、まずファンといっていいだろう。

病みつきのはじめは、この『梟の城』だった。『梟の城』の刊行は昭和三十四年の九月。そのまえに、中外日報という仏教系の新聞に連載されている。

この小説は、だいいちに忍者という題材が、当時としてはまだ非常に目新しく、新鮮だったのである。忍者は大正の初期に立川文庫が、猿飛佐助という人物を創造して「忍術使い」の名を世間に流布《るふ》させていらい、大衆の人気者になってきた。村山知義の作に『忍びの者』があるのは有名だし、戦後でも昭和三十年ごろにはじまった時代小説の流行のなかで、忍者はすでにその黒装束の姿を、方々に出没させていた。

しかし忍者を主人公として正面からとらえがいた長編、ということになると、戦後ではやはり『梟の城』が最初だったと思う。もう一つこれと前後して、山田風太郎が『甲賀忍法帖《にんぽうちょう》』を書く。この二つをきっかけとして、忍者ものの爆発的なブームが起り、無数の忍者小説が出現した。ブームはたちまち、映画、テレビの世界にまで進出し、デパートの玩具《がんぐ》売場でも忍者の服装一式が売られるご時世がくる。司馬遼太郎はひところ「忍豪作家」と呼ばれていた。

司馬遼太郎は大阪出身の作家である。昭和三十年、三十二歳のとしに『ペルシャの幻術師』という小説で講談倶楽部賞（第八回）を授与される。大阪外国語学校で蒙古《もうこ》語《ご》を勉強したという少々毛色のかわった閲歴を生かして、『戈壁《ごび》の匈奴《きょうど》』等の、蒙古、西域に取材した幻想的な短編を、その後もいくつか書いている。幻想的なものへの好みが、『梟の城』では忍法になった。ということができるだろう。『梟の城』はこの作家が書いた最初の長編なのである。彼はこれによって三十四年下半期の直木賞をもらい、一躍、流行作家になった。

だが『梟の城』の新しさは、単に忍者という題材だけの問題にとどまらない。（司馬遼太郎は「忍豪作家」などと呼ばれることを、むしろきらっていた様子なのだ。）この小説はそのスタイルや人間のえがきかたによって、みずみずしさを感じさせた。

昭和三十年ころに起った時代小説のブームは、そのころにはじめられた経済高度成長政策と、それにともなう消費ブームに照応している。週刊誌があいついで、雨後の筍《たけのこ》のように生れ、その大部分が時代小説を連載した。石原慎太郎の『太陽の季節』がベスト・セラーになったのは昭和三十一年であり、時代小説の方もこの時代の風潮に応じて、スピーディな、乾いた文章と、エロティックな場面の多いことを、特徴とするようになった。

戦前の時代小説、たとえば吉川英治の『宮本武蔵』の主人公は、一剣天によって立つ求道者《ぐどうしゃ》型の人物である。それにたいしてこの時期以後に流行のチャンバラでは、ハードボイルドばりの、ニヒリスティックな剣士を中心に、美女の裸体と残酷な殺陣《たて》がちりばめられる。

文章のスピーディなことやエロティスムという点では、司馬遼太郎の場合も、時代の風潮から例外ではないだろう。ことにこの作家は、利害打算に敏感な、金銭で動く型の人物を積極的にえがこうとする。『梟の城』では副人物の風間五平がそうだし、ダブル・スパイを演じる下柘植次郎左衛門がそうなのである。次の『上方武士道』でも、彼は大阪人気質を主題とした。

しかし彼のえがく主人公を、虚無的な人物とは決していえないのである。むしろ彼らは、何らかの信念にとりつかれた、ある意味では理想主義的な人間なので、それがニヒリズムばやりの時代のなかで、彼の小説のもう一つの、大きな特質を形づくる。『梟の城』の葛籠重蔵は、父母と妹とを虐殺《ぎゃくさつ》された怨恨《えんこん》から、豊臣秀吉を殺すことを生涯の目的として生きている。忍者としての生涯を、美しく完結したいというのが、彼の念願なのだ。『燃えよ剣』では、やはり一つの信念というか固定観念を奉じて、意地をはりとおした男の姿がえがかれる。司馬遼太郎によれば、新選組の指導者たちは大体が武州天領の百姓で、だからこそ彼らは徳川家をありがたがり、また百姓だったからこそ時代おくれの武士道を、武士よりも片意地に守りとおした。新選組の鉄則、士道第一とは、いわば劣等感のうらがえしの表現だったことになる。『鬼謀の人』でも作者は、合理主義に徹した天才、大村益次郎《ますじろう》や、長岡藩を自分のつくった芸術品のように愛して、そのためにかえって藩をほろぼしたもう一人の天才、河井継之助《つぐのすけ》の生涯を書いている。なお幕末の奇傑たちをえがいたこの史伝『鬼謀の人』は、司馬遼太郎の作品中でももっとも醇度《じゅんど》のたかい、すぐれた仕事と思う。いずれも一つの情熱に身をかけた、男性的な人びとなのである。『梟の城』のような娯楽中心の読物の場合でも、その点は同じなのであって、作者の眼はそういう男の生涯を追い求める。したがってその構成は、つねに伝記的な形をとるのだ。戦前の理想主義者型剣士の代表は、『宮本武蔵』だが、葛籠重蔵は、粧《よそお》いを新にした現代型の宮本武蔵である、という見方が成りたつのではないか。

吉川英治の武蔵には、情熱型の女、朱美と、貞淑なお通との二人が寄りそっていた。それと同じように、『梟の城』の重蔵のまわりには、野性的な木さると気品高い小萩《こはぎ》との二人がいる。武蔵がお通を、重蔵が小萩を、「道」のために拒否しつづけることも両者共通だが、しかし武蔵がお通をついに抱かなかったのにたいして、『梟の城』の現代的な男女は、はじめにまず肉体をあわせるのである。気位の高い現代の貞女(?)小萩は、謎《なぞ》めいた遊女として登場し、重蔵に身を任せ、それからあとも自分の方から男にいどんでいる。(男は彼女の白い股《もも》に、剣を刺して去る。)

戦争をあいだにはさんだ二つの時代の、愛の観念の変化を、ここに見ることができるだろう。

司馬遼太郎は明治維新への回顧がさかんになったちょうどそのころから、幕末を舞台にした一連の小説を書きはじめた。また会社の乗取りが話題に上ると、主家を乗っとった戦国の梟雄《きょうゆう》、斎藤道三を主人公とした小説を発表している。忍者ブームの先鞭《せんべん》をつけたことといい、着眼の機敏さは時代もの作家のなかでも、抜群の方なのである。

これはおそらく彼が新聞社（産経新聞）で働いてきたということと、関係がある。

彼は過去の時代のなかから、情熱に生きた男たちの姿をとり出してきた。独特な照明が、歴史にたいしてさし向けられる。『梟の城』の場合はまだそれほどではないが、史実に立脚した一群の小説には、歴史解釈のうえの面白さがあるのだ。暗殺者の列伝『幕末』や、前記の『鬼謀の人』は、男たちの情念をえがいたという意味において、幸田露伴の史伝ものから、坂口安吾の『二流の人』にいたる系列を思い出させる。

ここで注意すべきなのは、作家がこれらの小説、または史伝のなかで、主人公の情熱に、ある余裕をもってたいしていることだろう。『鬼謀の人』では大村益次郎の天才をえがきながらも、作者はその奇矯な姿を、ユーモラスにうかび出させる。土方歳《ひじかたとし》三《ぞう》以下、新選組の隊士たちも、その季節外れの情熱において滑稽《こっけい》であり、彼ら自身、自分たちの滑稽さにうすうす気がついているのだ。

『梟の城』の主人公も同じなのである。吉川英治の『宮本武蔵』をもう一度例にひくと、宮本武蔵の理想主義的な情熱は、そのままある時期の吉川英治の心情であり、二つは分ちがたく結びあっている。作者が武蔵を見る眼は厳粛であって、武蔵を笑うようなところは少しもない。

だが『梟の城』では、作者は主人公にある距離をもってたいする。主人公自身が、自分の一途《いちず》な情熱の愚かしさを、多少とも意識している。その愚かしさの自覚が頂点にたっするのが、いよいよ秀吉の寝所にしのびこんで、この老人と出会ったときなのである。すべては愚かしいと告げる冷えびえとした風が、老残の秀吉の肉体を通じて吹きこみ、主人公が守りぬいてきた最後の情熱の火を吹き消してしまう。

あらゆる情熱を、思想を、相対的なものと考える視点が、この作家にはある。一般に時代小説を書く大衆作家の弱点は、彼らの多くがあまりに真面目《まじめ》で厳粛すぎるところにあるだろう、とぼくは思っている。ハードボイルド系の作家はむろんべつだが、いわゆる大衆文学畑出身の時代もの作家に、この傾向が顕著なのである。それが彼らの小説を、往々やりきれないものにする。

一口にいうなら司馬遼太郎は、読者として大衆層だけではなく、気むずかしい知識人をも吸引できる知識人の時代もの作家なのだ。すべてを相対化する視野のなかで、しかも情熱のもつ美しい雄々しい姿を、ユーモアとともに彼はえがき出す。小説の背後にあるそういう知的な、男性的な風貌《ふうぼう》を、見落してはならない。それが彼の小説に、つよい張りを、緊張感を、あたえているのである。

（昭和四十年三月、作家）

この作品は昭和三十四年九月講談社より刊行された。

「司馬遼太郎記念館」への招待

司馬遼太郎記念館は自宅と隣接地に建てられた安藤忠雄氏設計の建物で構成されている。広さは、約2300平方メートル。2001年11月に開館した。

数々の作品が生まれた自宅の書斎、四季の変化を見せる雑木林風の自宅の庭、高さ11メートル、地下1階から地上2階までの三層吹き抜けの壁面に、資料本や自著本など2万余冊が収納されている大書架、……などから一人の作家の精神を感じ取っていただく構成になっている。展示中心の見る記念館というより、感じる記念館ということを意図した。この空間で、わずかでもいい、ゆとりの時間をもっていただき、来館者ご自身が思い思いにしばし考える時間をもっていただきたい、という願いを込めている。　（館長　上村洋行）

利用案内

所 在 地　大阪府東大阪市下小阪3丁目11番18号　〒577-0803
T E L　06-6726-3860 , 06-6726-3859（友の会）
H P　http://www.shibazaidan.or.jp
開館時間　10:00〜17:00（入館受付は16:30まで）
休 館 日　毎週月曜日（祝日・振替休日の場合は翌日が休館）
特別資料整理期間（9/1〜10）、年末・年始（12/28〜1/4）
※その他臨時に休館することがあります。

入館料

	一　般	団　体
大人	500円	400円
高・中学生	300円	240円
小学生	200円	160円

※団体は20名以上
※障害者手帳を持参の方は無料

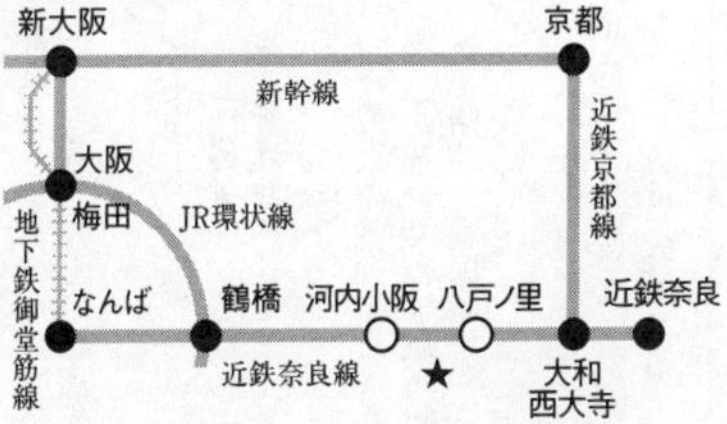

アクセス　近鉄奈良線「河内小阪駅」下車、徒歩12分。「八戸ノ里駅」下車、徒歩8分。
Ⓟ5台　大型バスは近くに無料一時駐車場あり。但し事前にご連絡ください。

記念館友の会　ご案内

友の会は司馬作品を愛し、記念館を支えてくださる会員の皆さんとのコミュニケーションの場です。会員になると、会誌「遼」（年4回発行）をお届けします。また、講演会、交流会、ツアーなど、館の行事に会員価格で参加できるなどの特典があります。

年会費　一般会員3000円　サポート会員1万円　企業サポート会員5万円
お申し込み、お問い合わせは友の会事務局まで
TEL 06-6726-3859　FAX 06-6726-3856

司馬遼太郎著
人斬り以蔵

幕末の混乱の中で、劣等感から命ぜられるままに人を斬る男の激情と苦悩を描く表題作ほか変革期に生きた人間像に焦点をあてた7編。

司馬遼太郎著
国盗り物語（一〜四）

貧しい油売りから美濃国主になった斎藤道三、天才的な知略で天下統一を計った織田信長。新時代を拓く先鋒となった英雄たちの生涯。

司馬遼太郎著
燃えよ剣（上・下）

組織作りの異才によって、新選組を最強の集団へ作りあげてゆく〝バラガキのトシ〟——剣に生き剣に死んだ新選組副長土方歳三の生涯。

司馬遼太郎著
新史太閤記（上・下）

日本史上、最もたくみに人の心を捉えた〝人蕩し〟の天才、豊臣秀吉の生涯を、冷徹な史眼と新鮮な感覚で描く最も現代的な太閤記。

司馬遼太郎著
関ケ原（上・中・下）

古今最大の戦闘となった天下分け目の決戦の過程を描いて、家康・三成の権謀の渦中で命運を賭した戦国諸雄の人間像を浮彫りにする。

司馬遼太郎著
草原の記

一人のモンゴル女性がたどった苛烈な体験をとおし、20世紀の激動と、その中で変わらぬ営みを続ける遊牧の民の歴史を語り尽くす。

司馬遼太郎著

花神（上・中・下）

周防の村医から一転して官軍総司令官となり、維新の渦中で非業の死をとげた、日本近代兵制の創始者大村益次郎の波瀾の生涯を描く。

司馬遼太郎著

城塞（上・中・下）

秀頼、淀殿を挑発して開戦を迫る家康。大坂冬ノ陣、夏ノ陣を最後に陥落してゆく巨城の運命に託して豊臣家滅亡の人間悲劇を描く。

司馬遼太郎著

果心居士の幻術

戦国時代の武将たちに利用され、やがて殺されていった忍者たちを描く表題作など、歴史に埋もれた興味深い人物や事件を発掘する。

司馬遼太郎著

馬上少年過ぐ

戦国の争乱期に遅れた伊達政宗の生涯を描く表題作。坂本竜馬ひきいる海援隊員の、英国水兵殺害に材をとる「慶応長崎事件」など7編。

司馬遼太郎著

覇王の家（上・下）

徳川三百年の礎を、隷属忍従と徹底した模倣のうちに築きあげていった徳川家康。俗説の裏に隠された〝タヌキおやじ〟の実像を探る。

司馬遼太郎著

歴史と視点

歴史小説に新時代を画した司馬文学の発想の源泉と積年のテーマ、〝権力とは〟〝日本人とは〟に迫る、独自な発想と自在な思索の軌跡。

司馬遼太郎著

胡蝶の夢 (一〜四)

巨大な組織・江戸幕府が崩壊してゆく――この激動期に、時代が求める〝蘭学〟という鋭いメスで身分社会を切り裂いていった男たち。

司馬遼太郎著

項羽と劉邦 (上・中・下)

秦の始皇帝没後の動乱中国で覇を争う項羽と劉邦。天下を制する〝人望〟とは何かを、史上最高の典型によってきわめつくした歴史大作。

司馬遼太郎著

風神の門 (上・下)

猿飛佐助の影となって徳川に立向った忍者霧隠才蔵と真田十勇士たち。屈曲した情熱を秘めた忍者たちの人間味あふれる波瀾の生涯。

司馬遼太郎著

アメリカ素描

初めてこの地を旅した著者が、「文明」と「文化」を見分ける独自の透徹した視点から、人類史上稀有な人工国家の全体像に肉迫する。

司馬遼太郎著

峠 (上・中・下)

幕末の激動期に、封建制の崩壊を見通しながら、武士道に生きるため、越後長岡藩をひきいて官軍と戦った河井継之助の壮烈な生涯。

司馬遼太郎著

司馬遼太郎が考えたこと 1

―エッセイ 1953.10〜1961.10―

40年以上の創作活動のかたわら書き残したエッセイの集大成シリーズ。第1巻は新聞記者時代から直木賞受賞前後までの89篇を収録。

柴田錬三郎著

赤い影法師

寛永の御前試合の勝者に片端から勝負を挑み、風のように現れて風のように去っていく非情の忍者〝影〟。奇抜な空想で彩られた代表作。

池波正太郎著

忍者丹波大介

関ケ原の合戦で徳川方が勝利し時代の波の中で失われていく忍者の世界の信義……一匹狼となり暗躍する丹波大介の凄絶な死闘を描く。

池波正太郎著

闇の狩人（上・下）

記憶喪失の若侍が、仕掛人となって江戸の闇夜に暗躍する。魑魅魍魎とび交う江戸暗黒街に名もない人々の生きざまを描く時代長編。

池波正太郎著

雲霧仁左衛門（前・後）

神出鬼没、変幻自在の怪盗・雲霧。政争渦巻く八代将軍・吉宗の時代、狙いをつけた金蔵をめざして、西へ東へ盗賊一味の影が走る。

池波正太郎著

忍びの旗

亡父の敵とは知らず、その娘を愛した甲賀忍者・上田源五郎。人間の熱い血と忍びの苛酷な使命とを溶け合わせた男の流転の生涯。

池波正太郎著

真田太平記（一〜十二）

天下分け目の決戦を、父・弟と兄とが豊臣方と徳川方とに別れて戦った信州・真田家の波瀾にとんだ歴史をたどる大河小説。全12巻。

池波正太郎著
堀部安兵衛（上・下）

因果に鍛えられ、運命に磨かれ、「高田の馬場の決闘」と「忠臣蔵」の二大事件を疾けた赤穂義士随一の名物男の、痛快無比な一代記。

隆慶一郎著
吉原御免状

裏柳生の忍者群が狙う「神君御免状」の謎とは。色里に跳梁する闇の軍団に、青年剣士松永誠一郎の剣が舞う、大型剣豪作家初の長編。

隆慶一郎著
鬼麿斬人剣

名刀工だった亡き師が心ならずも世に遺した数打ちの駄刀を捜し出し、折り捨てる旅に出た巨軀の野人・鬼麿の必殺の斬人剣八番勝負。

隆慶一郎著
かくれさと苦界行《くがいこう》

徳川家康から与えられた「神君御免状」をめぐる争いに勝った松永誠一郎に、一度は敗れた裏柳生の総帥・柳生義仙の邪剣が再び迫る。

隆慶一郎著
一夢《いちむ》庵《あん》風流記

戦国末期、天下の傾奇者《かぶきもの》として知られる男がいた！　自由を愛する男の奔放苛烈な生き様を、合戦・決闘・色恋交えて描く時代長編。

隆慶一郎著
影武者徳川家康（上・中・下）

家康は関ヶ原で暗殺された！　余儀なく家康として生きた男と権力に憑かれた秀忠の、風魔、裏柳生を交えた凄絶な暗闘が始まった。

山本周五郎著

大炊介《おおいのすけ》始末

自分の出生の秘密を知った大炊介が、狂態を装って父に憎まれようとする姿を描く「大炊介始末」のほか、「よじょう」等、全10編を収録。

山本周五郎著

樅ノ木は残った

毎日出版文化賞受賞（上・中・下）

仙台藩主・伊達綱宗の逼塞。藩士四名の暗殺と幕府の罠――。伊達騒動で暗躍した原田甲斐の人間味溢れる肖像を描き出した歴史長編。

山本周五郎著

柳橋物語・むかしも今も

幼い恋を信じた女を襲う悲運「柳橋物語」。愚直な男が摑んだ幸せ「むかしも今も」。男女それぞれの一途な愛の行方を描く傑作二編。

葉室麟著

橘花抄

己の信じる道に殉ずる男、光を失いながらも一途に生きる女。お家騒動に翻弄されながら守り抜いたものは。清新清冽な本格時代小説。

葉室麟著

春風伝

激動の幕末を疾風のように駆け抜けた高杉晋作。日本の未来を見据え、内外の敵を圧倒した男の短くも激しい生涯を描く歴史長編。

青山文平著

伊賀の残光

旧友が殺された。伊賀衆の老武士は友の死を探る内、裏の隠密、伊賀衆再興、大火の気配を知る。老いて怯まず、江戸に澱む闇を斬る。

梟《ふくろう》の城《しろ》

新潮文庫　し-9-1

昭和四十年四月三十日　発行
平成十四年十一月十日　九十五刷改版
令和五年五月二十五日　百三十四刷

著者　司《し》馬《ば》遼《りょう》太《た》郎《ろう》

発行者　佐藤隆信

発行所　株式会社　新潮社

郵便番号　一六二―八七一一
東京都新宿区矢来町七一
電話　編集部(〇三)三二六六―五四四〇
読者係(〇三)三二六六―五一一一
https://www.shinchosha.co.jp

価格はカバーに表示してあります。

乱丁・落丁本は、ご面倒ですが小社読者係宛ご送付ください。送料小社負担にてお取替えいたします。

印刷・錦明印刷株式会社　製本・錦明印刷株式会社

ISBN978-4-10-115201-1 C0193